Appelle-moi

Sophie McKenzie

Appelle-moi

*Traduit de l'anglais
par Florence Bertrand*

ÉDITIONS
FRANCE
LOISIRS

Titre original : *Trust in me*
Publié par Simon & Schuster UK

Édition du Club France Loisirs,
avec l'autorisation des Éditions Belfond.

Éditions France Loisirs,
123, boulevard de Grenelle, Paris
www.franceloisirs.com

ISBN : 978-2-298-09503-6

This story is for anyone who has been betrayed by someone they trust... I hope you like it.

Sh.. x

Cette histoire s'adresse à tous ceux qui ont été trahis
par quelqu'un à qui ils faisaient confiance…
J'espère que vous l'aimerez.

Sophie McKenzie

Pour Roger, Dana et Alex,
avec toute mon affection.

C'est un choix impossible. Comment suis-je censée le faire ?

Je pense aux semaines écoulées et à la succession d'événements qui m'a conduite à ce point.

Ça n'a pas d'importance. Rien de tout cela n'a d'importance.

Seul compte ce choix.

Ce choix impossible.

Un mois plus tôt…

1

Le texto arrive comme je descends de voiture. J'appréhende tellement la soirée que je prends à peine conscience du bip. Le soleil couchant dessine à l'horizon des arabesques rose orangé qui semblent étirer les tours de la cathédrale d'Exeter, les rendre plus nettes. L'air est tiède mais je frissonne, mon cœur cogne fort contre mes côtes. Will me lance un regard inquiet. Je tire mon téléphone de mon sac en me demandant vaguement si le texto vient de la baby-sitter ; mais c'est le nom de Julia qui s'affiche. Une seconde, cela me fait chaud au cœur. Ma meilleure amie veut sûrement m'apporter son soutien, dans ce style bien à elle : franc, direct et chaleureux.

Pourtant, le message est bref et sec.

Appelle-moi. Besoin de te parler.

À tort, sans doute, je ne peux m'empêcher de me sentir blessée. Julia sait que je redoute ce dîner. Elle sait à quoi je dois faire face. Ou plutôt, à qui. Et pourtant, son texto ne concerne qu'elle.

Peut-être ne devrais-je pas être surprise. Julia a toujours été un peu obnubilée par sa propre personne. Quand même, cela ne lui ressemble pas d'avoir oublié. Je referme le texto. Je n'ai ni le temps ni l'envie de répondre sur-le-champ.

Will passe le bras autour de mes épaules alors que nous traversons la route pour entrer dans la propriété où Leo et Martha ont emménagé il y a quelques mois à peine. C'est une construction neuve, un cube blanc et élégant qui contraste avec la rangée de maisons mitoyennes qui l'entourent.

— Impressionnant, non ?

Sa voix est tendue. Je jette un regard rapide vers lui. Les signes de sa nervosité sont bien là, dans la légère crispation de sa mâchoire, la tension autour de ses yeux. Bon. Je suis contente qu'il soit anxieux aussi. C'est la moindre des choses.

À vrai dire, la villa est époustouflante. Étudiée jusque dans les moindres détails, elle reflète parfaitement les aspirations de Leo Harbury, l'employeur de Will. La porte s'ouvre à notre approche. Un jeune homme en smoking, qui tient un plateau de flûtes de champagne, apparaît devant nous. Il me rend mon sourire.

— Will et Livy Jackson, annonce Will.

— Entrez, je vous prie.

Le jeune homme s'efface pour nous laisser passer.

— Leo et Martha sont là, ajoute-t-il en désignant une porte sur la gauche. Salle de bains et vestiaire sur votre droite.

J'emboîte le pas à Will. Mes talons résonnent sur le carrelage en mosaïque. Le décor du vestibule est sobre et élégant. Si l'extérieur ostentatoire de la maison évoque la personnalité exubérante de Leo Harbury, ces murs blancs tout simples témoignent de l'influence modératrice de son épouse. Je saisis mon image dans un miroir à dorures. J'aurais dû aller chez le coiffeur hier, et non aujourd'hui : mes cheveux châtain clair, soigneusement coupés au carré et rendus vaporeux par le brushing, font trop « apprêtés ». Je pourrais aussi bien porter un panneau indiquant « Femme faisant un effort ». Je souris malgré moi de ce julia-isme et me tourne légèrement, vérifiant ma robe de soirée de chez Hobbs. Quoiqu'assez jolie, elle reste ce qu'elle est : du prêt-à-porter. En temps normal, ce genre de pensée ne me viendrait pas à l'esprit. Leo et Martha Harbury ne sont pas snobs et même si Martha va inévitablement arborer une robe de créateur en vogue, elle me complimentera aussi sur mon apparence, avec un de ses sourires chaleureux. Je m'ordonne de me reprendre en main. Il est trop tard pour changer quoi que ce soit à ma tenue.

Will m'observe en se mordillant la lèvre. En dépit des fils argentés à ses tempes, il fait jeune – plus jeune que moi, alors qu'en réalité il a deux ans de plus – et il est chic dans son costume sombre. Je tripote le collier en platine qu'il m'a offert l'an dernier pour notre treizième anniversaire de mariage. Il semble brûlant contre ma peau, pourtant l'air est frais dans le vestibule.

Nous atteignons la porte sur la gauche. Les sons de la fête flottent jusqu'à nous. Le bourdonnement sourd des conversations, le timbre tour à tour grave et aigu des violons en arrière-fond, le tintement des verres.

— Ça va, Liv ?

Je hoche la tête, mais nous savons l'un et l'autre que ça ne veut rien dire. Will me prend la main, je la retire. Ce qui est sans doute injuste. Il s'en veut terriblement de m'avoir amenée là dans de telles circonstances.

C'est quand même sa faute.

— Je suis désolé, commence-t-il.

Je l'interromps d'un geste. Je ne veux plus entendre d'excuses. Surtout pas ce soir.

J'ai eu six ans d'excuses. Aucune ne m'a aidée à remonter le temps. Aucune n'a effacé la douleur.

Et aucune ne va m'éviter d'avoir à rencontrer Catrina dans quelques minutes.

— Rappelle-moi combien de personnes seront là ?

Ma voix est crispée.

— Une vingtaine, je pense.

Will fait la moue.

— Paul et Becky, bien sûr, d'autres collègues du bureau, plus quelques clients et agents avec qui nous travaillons en Suisse et en Allemagne, leurs conjoints, et peut-être certaines personnes venues des États-Unis…

Il laisse sa phrase en suspens. Le nom qu'il ne prononce pas emplit l'espace entre nous.

J'essuie mes paumes moites sur ma robe. Le repas « à la bonne franquette » de Leo et Martha est un événement annuel, mais c'est notre première visite dans leur nouvelle maison. Bien sûr, le terme « à la bonne franquette » ne traduit en rien l'ambiance classe et guindée de l'événement en question. Leo est un homme d'affaires prospère, qui a fondé sa société de médias et de marketing voici trente ans et qui en a fait une des plus grandes entreprises locales.

— Prête ?

Mon téléphone sonne. Je farfouille dans mon sac pour le prendre. Le nom de Julia s'affiche à l'écran.

— Qui est-ce?

— Julia.

Je coupe l'appel, puis éteins l'appareil. En cas de problème à la maison, la baby-sitter pourra toujours appeler Will. Je ne peux pas gérer Julia. Pas maintenant, en tout cas. Je ne suis même pas capable de réfléchir correctement. Je jette un nouveau coup d'œil à Will. Il a l'air terrifié, la main figée sur la poignée. Avec un affreux pincement de jalousie, je me demande ce qu'il éprouve à l'idée de revoir Catrina. Elle a travaillé brièvement avec lui avant d'être envoyée à Paris diriger la filiale française de la société de Leo. J'essaie de me souvenir de la fille que j'ai vue sur le site internet de Harbury Media : une blonde aux traits délicats et au nez retroussé, impeccablement maquillée, avec un sourire aguicheur. À moins que je n'aie imaginé le sourire?

— Liv?

Will me regarde. Quelqu'un à l'intérieur éclate de rire.

— Je suis tellement désolé pour tout ça, chuchote-t-il.

J'acquiesce en détournant les yeux. J'ai envie de m'en prendre à lui, de lui crier que ses excuses ne suffisent pas. Qu'elles ne me donneront pas le sentiment de sécurité, la tranquillité d'esprit auxquels j'aspire. Catrina et lui m'ont dépouillée de ces choses-là il y a six ans avec leurs mois d'après-midi volés. Will s'était complètement entiché d'elle. Il a toujours prétendu que ce n'était pas de l'amour mais je lisais l'obsession dans son regard. Et j'ai haï cette femme, alors, avec une fureur primitive ; pour avoir fait irruption dans mon mariage, mis en péril ma vie de famille, le foyer de mes enfants.

Jamais je n'ai autant haï un être humain.

À une exception près, peut-être.

Will se penche et me donne un baiser sur la joue.

— Tu es superbe.

Je secoue la tête. Ce n'est pas que je croie qu'il ment, mais au bout de presque quatorze ans de mariage, on ne se regarde pratiquement plus, alors je ne peux pas m'empêcher de penser qu'il compense à l'excès, qu'il essaie d'être gentil. De toute façon, il est trop tard. La flatterie ne nous aidera ni l'un ni l'autre à survivre à cette soirée.

— C'est vrai, insiste Will, en remettant à sa place une mèche échappée sur ma joue.

— Allons-y.

Il ouvre la porte. La pièce, bondée, est aussi magnifiquement conçue que le reste de la maison : canapés en cuir, petites tables originales, rideaux crème tout simples. Des tableaux modernes sont accrochés ici et là. Will garde ma main dans la sienne alors que nous entrons. Je cherche Catrina des yeux. Contrairement à ce qu'a dit Will, il y a beaucoup plus de vingt personnes ici. Leo tient sa cour près de la fenêtre. Il s'approche de la table des boissons, sans cesser de parler, de la démarche de fanfaron qui lui est habituelle. Je regarde autour de moi. Aucun signe d'une blonde de moins de cinquante ans.

Je lève les yeux vers Will, haussant les sourcils. Il secoue la tête.

Je respire un bon coup. Catrina n'est pas là. Pas encore.

Un couple s'avance vers nous, un grand sourire aux lèvres. Ils ont à peu près le même âge que Leo et Martha, une petite soixantaine d'années.

—Content de te revoir, Will. La dernière fois, c'était à la conférence de Bâle, non?

L'homme a un accent texan. Il serre la main de Will avec enthousiasme, puis se tourne vers moi pour me présenter sa femme.

Will me présente à son tour et elle sourit. Elle porte une tenue qui ne peut être décrite que comme une robe de bal – elle est rose et tombe en plis doux et soyeux sur le sol. Je baisse les yeux sur la mienne, un fourreau noir agrémenté de dentelle qui m'arrive aux genoux. Je n'arrive pas à décider si elle est trop jeune ou trop mal coupée pour moi. J'ai pris près de cinq kilos depuis la naissance de Zack.

Will et les deux Texans sont en grande conversation à présent. Un autre jeune homme en smoking arrive avec un plateau de boissons. Je prends un verre de vin blanc. Il est délicieux, sec et gouleyant, et dégage un arôme subtil de groseille verte. Autour de moi, les bavardages se poursuivent. Je souris et hoche la tête, mais je n'écoute pas. Je ne peux penser qu'à Catrina. Elle est plus jeune que moi et, autant que je sache, n'a pas d'enfants. Je suis certaine qu'elle va être sexy et maigrichonne – en plus d'être intellectuellement brillante. Basée à Paris depuis presque six ans, elle est toujours le plus jeune membre du comité d'administration de Harbury Media. Quand je l'ai dit à Julia il y a quelques jours, elle a levé les yeux au ciel. « Prépare-toi, Liv. Dans le pire des cas, elle s'est muée en Parisienne pur jus : elle s'habille

21

chez les grands couturiers, s'offre des soins de luxe et affiche un sourire hautain. »

En pensant à Julia, je suis à moitié tentée de m'excuser et de m'esquiver dans la salle de bains pour lui téléphoner – à cet instant précis, je me moque qu'elle ait été un peu égoïste ce soir, j'ai besoin de parler à ma meilleure amie – mais avant que j'aie pu articuler un mot, Martha et Leo sont là.

Souriant jusqu'aux oreilles, Leo serre vigoureusement la main de Will et lui donne une bonne tape dans le dos.

— Quel plaisir de vous voir, monsieur ! lance-t-il avec l'accent faussement distingué qu'il affecte souvent en public.

Martha et Will ont beau affirmer que Leo est beaucoup moins sûr de lui qu'il n'en donne l'impression en société, il me met toujours un peu mal à l'aise. Il y a quelque chose d'autoritaire dans son attitude, de dérangeant dans son regard perçant.

— Cette promotion te convient ?

Il fait allusion au titre de directeur général adjoint qu'il a récemment ajouté à celui que Will détenait déjà, celui de responsable de la planification. Une manière de reconnaître son talent et son dévouement qui s'accompagne d'une modeste hausse de salaire et d'une grosse augmentation de stress.

— Très bien, merci, répond Will en rougissant légèrement.

Leo m'adresse un clin d'œil, son regard s'arrête sur mon décolleté. Je me balance d'un pied sur l'autre. Non que je pense qu'il ait des fantasmes à mon sujet, il n'a même jamais flirté ouvertement avec moi. Cependant, on sent chez lui quelque chose d'insaisissable – on ne sait jamais au juste ce qu'il pense.

— Livy, intervient Martha en m'embrassant sur la joue. Tu es splendide. Comment vont les enfants ?

Touchée par son accueil, j'oublie aussitôt de rappeler Julia. Martha ne manque jamais de prendre des nouvelles d'Hannah et de Zack. Elle-même n'a pas d'enfants et dit toujours avec un sourire amusé que, si elle avait eu une fille, elle aurait voulu qu'elle me ressemble.

— Ils vont bien. Hannah est en pleine crise d'adolescence, mais Zack est toujours Zack. La nouvelle maison est magnifique, à propos.

— Je suis contente qu'elle te plaise.

Un pli se forme sur son front.

— Hannah est si grande, déjà ?

— Mais oui. Elle aura treize ans en octobre.

Je tire le téléphone de Will de sa poche et montre à Martha son écran de veille : une photo d'Hannah et de Zack en short et tee-shirt, tout bronzés, prise lors de nos vacances en Espagne à Pâques. Pendant que Martha roucoule avec une fierté de grand-mère, Paul et Becky s'approchent à leur tour. Leur présence me fait plaisir, pas seulement parce que nous ne nous sommes pas revus depuis une éternité, mais parce que ce sont des amis de longue date.

Paul et moi nous sommes rencontrés alors que nous étions étudiants en histoire. Cependant, nous ne nous sommes vraiment liés d'amitié que plus tard, après l'université, quand Paul a été embauché par Harbury Media et m'a présentée à Will, qui y travaillait déjà. Paul a fait la connaissance de Becky peu après, et, pendant un temps, nous nous sommes fréquentés régulièrement tous les quatre.

— Zack est tellement mignon, s'extasie Becky. Absolument adorable.

Je souris, réprimant la tentation de me lancer dans une anecdote. Paul et Becky n'ont pas d'enfants et je sais pertinemment que leur intérêt pour les miens, contrairement au ravissement sincère de Martha, a ses limites. Comme pour confirmer mes pensées, Becky se détourne du téléphone et murmure quelque chose à l'oreille de Paul.

Je les observe. Ils vieillissent bien tous les deux : Paul, très svelte, vêtu d'un complet, les cheveux ramenés en arrière, Becky élégante dans une robe de cocktail bleue. Je connais Paul depuis si longtemps que j'oublie souvent qu'il est le fils de Leo – fruit d'un premier mariage auquel il n'est jamais fait allusion. Cela doit avoir un côté étrange, de travailler pour son propre père, mais Paul semble plutôt heureux.

Je rends son appareil à Will. Un instant plus tard, Leo l'entraîne vers Werner Heine, un client venu d'Allemagne.

— Ils n'arrêtent jamais de travailler, n'est-ce pas ? observe Martha d'un air résigné.

Je lui retourne un sourire de regret. Paul et Becky continuent à bavarder ensemble, et ne nous écoutent pas. Martha se rapproche de moi et baisse la voix.

— Je suis tellement désolée pour Catrina. Leo l'a invitée sans réfléchir, et puis il a été trop tard pour revenir en arrière. Je ne l'ai su qu'il y a quelques jours.

Elle lève les yeux au ciel.

— Les hommes, franchement.

Je hoche la tête, les joues en feu. Elle sait donc. Je n'ai jamais mentionné la liaison à Martha – ni à personne sauf à Julia. Elle a dit cela, comme tout ce qu'elle dit, avec une bonne intention, mais comment ne me sentirais-je pas humiliée ?

Gênée, je parcours une fois de plus la pièce du regard. De nombreux invités travaillent dans les mêmes bureaux que Leo et Will. Combien d'entre eux savent ? Will m'a affirmé qu'il n'en avait jamais parlé à personne. Je suppose que c'était idiot de ma part de croire que personne ne se doutait de rien. Ou que la rumeur ne s'était pas répandue.

— J'adore ta déco, complimente Becky à l'adresse de Martha, qui me presse gentiment l'épaule avant de reprendre son rôle d'hôtesse.

Tandis qu'elles se lancent dans une conversation détaillée sur les teintes de peinture disponibles chez Farrow and Ball, Paul se tourne vers moi. Il a un visage allongé, et, hormis un menton un peu carré, n'a pas hérité des traits de son père.

— Comment vas-tu, Livy ?

Je mens.

— Très bien.

— Tu disais qu'Hannah est en train de se transformer en adolescente boudeuse ?

Encouragée par sa question, je plonge dans ma dernière anecdote en date, celle d'Hannah me demandant de lui prendre rendez-vous chez l'esthéticienne pour une épilation des jambes à la cire « alors qu'elle n'a même pas encore ses règles ». Paul paraît embarrassé et je me réprimande intérieurement. Il a toujours été un tantinet prude. Lors de notre première visite chez eux après la naissance d'Hannah, il avait insisté très poliment pour que sa couche sale soit mise directement dans leur poubelle extérieure. C'était son droit, bien sûr, mais cela avait en quelque sorte altéré notre amitié. Ces dernières années, nos visites réciproques sont devenues plus rares même si nous nous retrouvons tous les quelques mois pour dîner ou boire un verre à Exeter.

Becky se joint à la conversation au moment où Paul explique qu'ils vont faire rénover leur maison – un immense manoir victorien à Topsham – de la cave au grenier cet été. Professeur de maths à l'école privée locale, Becky est menue et remarquablement séduisante, avec une crinière de cheveux bruns et soyeux remontés en un chignon compliqué, et des yeux aussi sombres et pétillants que ceux de son mari. Paul, bien sûr, travaille pour Harbury Media, où il occupe un poste à un échelon inférieur à celui de Will, celui de directeur de la comptabilité et responsable du marketing numérique. Il a une tendance attachante à se déprécier. Sans jamais aller jusqu'à la fausse modestie, il affirme que son travail, quoi qu'il présente des défis, est fondamentalement fastidieux, et que c'est sa femme qui est la plus intelligente des deux.

— Elle a l'intelligence *et* la beauté, déclare-t-il en la regardant avec admiration.

Elle rougit et l'embrasse sur la joue. Instinctivement, je cherche Will des yeux. Paul et Becky, qui se sont mariés la même année que nous, semblent nager dans le bonheur tandis que Will et moi n'avons tenu que sept ans avant sa liaison. Presque autant d'années ont passé depuis, mais la seconde moitié a été plus difficile. À cet instant, j'ai du mal à ne pas me sentir envieuse de ce couple, visiblement toujours aussi amoureux.

Je demande à Becky si elle a hâte d'être en vacances, et d'entreprendre les travaux prévus.

—Oh, oui, mais surtout parce que nous allons déménager et laisser les ouvriers tranquilles jusqu'en septembre.

—Où allez-vous vous installer ?

Mes yeux se posent sur Will, qui, à l'autre bout de la pièce, bavarde avec des collègues. Je ne connais pas toutes les femmes du groupe, mais je suis certaine qu'aucune d'entre elles n'est Catrina.

Becky se lance dans une description de la propriété que ses parents possèdent en Espagne, où elle compte se rendre dès le trimestre terminé.

—Paul va me manquer, évidemment, dit-elle en se tournant vers son mari avec un sourire affectueux.

—Et vice versa.

Paul s'adresse à moi avec une moue.

—À cause de mon travail, je ne pourrai pas la rejoindre avant des semaines…

—Plus d'un mois, renchérit Becky. Oh, mon chou !

Je m'efforce de réprimer ma jalousie face à leur intimité. Même dans les bons jours, Will et moi n'avons jamais fait partie de ces couples qui finissent les phrases l'un de l'autre.

—Et où vas-tu vivre avant d'aller retrouver Becky ?

—Dans une des propriétés de ma mère, explique Paul. Elle en possède plusieurs dans le coin.

Je sais très peu de choses concernant la mère de Paul. Il s'est querellé avec elle – et son beau-père,

27

qu'il haïssait – durant son adolescence. Ils sont restés en contact, mais il est évident qu'il n'est pas proche d'elle, même maintenant. Leo et Martha ne parlent jamais d'elle. Le premier mariage de Leo s'est terminé alors que Paul était très jeune, longtemps avant sa rencontre avec Martha. Paul, qui n'a jamais semblé amer à ce propos, affirme avec un sourire ironique que, s'il avait été marié à sa propre mère, il l'aurait quittée aussi.

Quelques minutes s'écoulent pendant que nous sirotons notre vin. Le chat de Leo et Martha, un magnifique persan blanc aux yeux bleus nommé Flocon, passe fièrement à côté de nous, attirant maints regards admiratifs. Will revient, et Paul et lui se mettent à parler motos, une passion partagée qui a été à l'origine de leur amitié autrefois. Paul, apparemment, vient de faire l'acquisition d'une Ducati. Will écarquille les yeux quand Paul lui explique de quel modèle il s'agit. Je sais qu'il rêve d'une moto lui-même. Il a vendu la sienne quand Hannah était tout bébé pour que nous puissions acheter une voiture neuve.

Becky parle toujours de l'Espagne – de l'Andalousie, pour être précise – et des randonnées pédestres que Paul et elle ont appréciées lors de leurs dernières vacances là-bas. À présent, il y a un sourire figé sur mon visage. Pas seulement à cause de la démonstration de bonheur conjugal dont je suis témoin malgré moi, mais parce que je sais que Catrina ne va pas tarder à arriver. Si elle n'est pas déjà là.

Au bout d'un petit moment, Martha s'éclipse pour s'assurer que tout va bien à la cuisine. Becky la suit. Paul et Will continuent à causer motos de sorte que je promène mon regard autour de la pièce. C'est un calvaire. Mon verre est vide. Je l'ai bu beaucoup trop vite. Le serveur s'approche avec un plateau. Je prends un verre et le presse contre ma joue alors que Leo nous rejoint.

— Salut, papa, lance Paul en lui tapant doucement dans le dos. Sympa, la soirée. Les clients adorent.

Leo accepte le compliment avec un petit sourire. Je remarque – mais ce n'est pas la première fois – que Will se tasse un peu en présence de son patron, comme s'il essayait de prendre un air plus respectueux. Je me demande si Leo s'en rend compte.

Quelques minutes s'écoulent. D'autres invités font leur apparition. Je suis aux aguets, j'attends, les yeux constamment attirés vers la porte. Leo me surprend en flagrant délit et effleure mon bras. Il n'y a rien de déplacé dans ce contact, pourtant sa main semble trop lourde sur ma peau.

— Nous apprécions vraiment que tu sois venue, Livy, dit-il, d'une voix empreinte de douceur, qui ne lui ressemble guère.

Je me sens rougir. Il sait au sujet de Catrina, lui aussi. Je regarde autour de moi. Paul m'observe, tout en écoutant Will qui décrit une moto de collection qu'il a vue hier. Est-il au courant ? Et Becky ?

L'espace de quelques instants épouvantables, je me demande ce qu'ils savent au juste. Catrina travaillait au bureau depuis un certain temps. Sans doute tous les hommes la désiraient-ils. Will a dû penser qu'il était le plus chanceux de ses collègues quand leurs yeux se sont rencontrés au-dessus de la photocopieuse – ou ailleurs – je ne sais où a commencé cette sordide liaison.

La main de Leo est toujours posée sur mon bras. Je m'éloigne légèrement et il la retire enfin. Comme il se tourne vers Paul, je ferme les yeux au souvenir des journées que j'ai passées, rongée par l'angoisse. Comment cela avait-il débuté ? Combien de fois s'étaient-ils vus ? Le sexe était-il vraiment bon ? Quand, où et combien de fois m'avait-on menti ?

Après les aveux de Will, nous avons eu des disputes épouvantables. Apparemment terrifié à l'idée que je puisse le quitter, il répétait sans cesse que ç'avait été un moment de folie – enfin, deux mois de folie. Que j'étais la femme de sa vie. Que notre foyer, nos enfants et notre vie ensemble étaient tout son univers.

Je lui ai pardonné – et j'ai essayé d'oublier. Pourtant, six ans après, le souvenir de la liaison peut encore entamer ma confiance, comme l'acide ou la rouille. C'est ironique : quand j'étais jeune, avant que cela se produise, j'avais imaginé qu'une liaison serait comme une explosion nucléaire, que mon mariage se désintégrerait sous l'impact. La réalité s'est révélée être plus proche d'une bombe à fragmentation, qui projette des éclats et laisse des déchirures dans des endroits inattendus. Moins destructrice sur le coup – mais peut-être tout aussi fatale.

J'ouvre les yeux. Paul et Leo observent la porte. Simultanément, leurs regards convergent sur moi. Oh, mon Dieu ! C'est elle, c'est Catrina. Elle paraît plus petite et plus ronde que je ne m'y attendais. Souriante, le visage ouvert, elle est mignonne plutôt que jolie. Certainement pas belle. Je la détaille. J'ai passé tellement de temps à imaginer un top-modèle exhibant de la lingerie que j'ai du mal à assimiler l'apparence ordinaire de la femme que je vois devant moi. Une chose est sûre – elle est jeune. Elle a le teint frais et la peau ferme, les yeux brillants.

Je me rends compte que je la dévisage et détourne la tête. Will met sa main au creux de mon dos. *Je suis là.*

Je ne le regarde pas en face. J'en suis incapable. J'ai rougi, je me sens exposée. Je voudrais être ailleurs. N'importe où. À la maison, en train de lire une histoire à Zack ou d'écouter Hannah se plaindre pour la énième fois d'être la seule de sa classe à ne pas posséder d'iPhone.

Will est en train de dire quelque chose, règle un détail concernant le travail avec Leo. Je feins d'admirer le parquet splendide, et m'aperçois que le vernis de mon gros orteil droit s'est écaillé. Soudain, Will se raidit à côté de moi. Instinctivement, je sais ce que cela signifie : Catrina s'approche. Je lève les yeux. Me fige. Elle est debout devant nous, moulée dans une robe bleue, ses élégants pendants d'oreilles scintillant à la lumière. Elle tend la main à Will, qui doit retirer sa paume du creux de mon dos pour la serrer. Elle est exactement telle que Julia l'avait prédit, le dédain parisien en moins.

— Will, ça fait un bail, dit-elle en souriant.

Son accent du Yorkshire me prend par surprise. Je ne m'attendais pas à ce… ce mélange de sophistication et d'absence de prétention.

Elle se tourne vers moi.

— Laura, c'est bien ça ?

Nous nous faisons face. Je sens la tension irradier de Will.

— Liv.

— Oh, je suis vraiment désolée.

Elle a le nez légèrement épaté, les yeux trop espacés. Il émane d'elle une vulnérabilité attirante, mais elle n'a rien d'une femme fatale.

Quand même, je suis certaine que l'erreur commise sur mon nom était délibérée. Ce qui signifie sûrement qu'elle n'est pas indifférente à Will. Qu'elle est toujours attirée par lui. Je l'observe avec anxiété. La réciproque est-elle vraie ?

Tandis qu'il parle avec Catrina, je m'efforce de décrypter leur langage corporel. Will est réservé, mal à l'aise. À cause d'elle ? Ou de la situation ? Catrina, bien que parfaitement maîtresse d'elle-même, a un regard malheureux qui la trahit. La main de Will a repris sa place au creux de mon dos, pressant ma robe contre ma peau moite.

— Excuse-nous, s'il te plaît, dit Will. Il y a une foule de gens que je voudrais présenter à ma femme.

Il m'éloigne. Catrina nous suit des yeux, un sourire plaqué sur le visage. Will se penche vers moi.

— Livy. Ça va ?

Je ne réponds pas. J'essaie de digérer le fait que Catrina le désire toujours. Peut-être l'ai-je imaginé. Je jette un nouveau coup d'œil autour de moi. Elle nous observe encore. Elle semble terriblement triste.

— Tu sais que je t'aime, n'est-ce pas ?

La voix de Will est un murmure pressant à mon oreille.

Je me tourne vers lui. Je ne lis aucun désir pour Catrina sur ses traits. Seulement de la sollicitude à mon égard. Pour la première fois depuis que nous avons quitté la maison, je me détends un peu. Je l'ai rencontrée à présent. Et Will ne la désire pas. Toute cette histoire remonte à très longtemps. C'est fini. Au moins en ce qui le concerne.

— Je crois qu'elle tient toujours à toi, dis-je avec un sourire forcé.

Will secoue la tête.

— Non. Et si c'était le cas, ça n'aurait pas d'importance.

Il baisse la voix.

— Il n'y a que toi, Livy, tu le sais, n'est-ce pas ?

Il me supplie du regard. J'acquiesce, au moment même où Martha réapparaît pour annoncer que le dîner est prêt.

L'heure suivante s'écoule dans le flou. Avec le plus grand tact, Martha a placé Catrina à l'autre bout de la table. Je la vois bavarder avec Paul et Becky.

Le repas est délicieux, servi par de jeunes hommes en smoking qui évoluent silencieusement dans la pièce, présentant à chaque convive une assiette de salade à la grecque, puis de noisette d'agneau.

Le dessert est une sélection de tartes et mousses miniatures. Ensuite vient le café. La soirée touche à sa fin – les dîners de Leo et de Martha ne se terminent jamais tard ; Leo est connu pour se lever de très bonne heure, et attribue même le succès de sa compagnie aux heures qu'il y consacre avant le début de la journée de travail – et j'ai presque oublié mon humiliation de tout à l'heure quand il s'approche de nouveau. Il a les joues rouges et apporte avec lui une vague odeur de cigare.

—Une crise à Genève, grommelle-t-il. C'est ce satané Henri qui remet ça.

Will, qui ne m'a pas quittée d'une semelle durant le dîner, fronce les sourcils.

—Qu'est-ce qu'il veut encore ?

Leo le lui explique. Lucas Henri, comme je le sais déjà, est le plus gros client de Harbury Media. Il dirige une société high-tech basée en Suisse qui fournit des articles électroniques à divers magasins dans le Sud-Ouest. Will le déteste cordialement. Pour autant que je puisse en juger, c'est le cas de tout le monde chez Harbury. « Il a les pires défauts d'un client, m'a dit Will un jour. Il ne sait jamais ce qu'il veut, mais il n'est jamais content. Il fait de la microgestion. Et il essaie toujours de nous faire faire des trucs qui n'étaient pas prévus au contrat. » Ce soir, apparemment, quelqu'un s'est trompé sur les dates d'une campagne de marketing excessivement coûteuse et Henri s'affole.

—Il menace de se retirer de toute l'opération, soupire Leo. Il faut que tu viennes avec moi, Will. Tout de suite.

Will me lance un regard d'excuse.

—Ce n'est pas grave, dis-je, habituée à ces déplacements de dernière minute.

C'est là l'un des inconvénients d'être mariée à quelqu'un qui parle couramment le français et l'allemand. Catrina aussi doit parler un très bon français si elle travaille à Paris. J'éprouve un pincement de jalousie à cette pensée.

—Notre distributeur a un charter qui décolle juste avant minuit, reprend Leo. Rentre à la maison, prépare un sac de voyage.

Son air jovial a complètement disparu. Il est sévère et concentré, le professionnalisme incarné. En réaction, Will se redresse à côté de moi.

— Dans ce cas, je suppose que je vais rentrer aussi.

J'ai voulu prendre un ton badin, malgré tout la tension perce dans ma voix. Je ne devrais pas me laisser affecter par ma situation de femme au foyer, mais, entourée de femmes qui ont réussi dans leur carrière, telles que Becky et Julia, j'ai parfois du mal à ne pas me sentir sur la touche.

L'expression de Leo s'adoucit.

— Désolé, Livy, j'ai besoin d'avoir mon meilleur homme sur l'affaire.

Il hésite et me tapote le bras. Une fois de plus, sa main me paraît trop lourde, trop insistante.

— Ne t'en fais pas, c'est Genève, pas Paris, et il n'y a que Will et moi.

Il a dû penser que je redoutais que Catrina ne voyage avec eux. Je rougis jusqu'aux oreilles, mais il ne s'en aperçoit pas. Il s'est déjà retourné vers Will.

— Les filles vont t'envoyer un ticket par mail. Il n'y a pas d'autre solution.

Sur quoi il s'éloigne.

Will ouvre la bouche et la referme. Je devine qu'il ne sait pas quoi dire et qu'il a peur que ce contre-temps ne soit la goutte d'eau qui fait déborder le vase après l'épreuve qu'il m'a imposée ce soir. C'est drôle. Will est apprécié au travail pour sa capacité à apaiser en trois langues des clients névrosés, mais il a un mal fou à exprimer ses émotions. Quant à effectuer des tâches pratiques, comme poser des étagères ou réparer la clôture du jardin, ce n'est pas la peine d'y songer.

— Ce n'est rien.

Je souris. Au moins, nous allons nous éloigner de Catrina.

— De toute façon, tout le monde est sur le point de s'en aller.

Nous prenons congé de Martha. En grande conversation avec Paul, Catrina agite la main en guise d'adieu. Je réponds d'un signe de tête. Puis nous partons.

Je pousse un soupir de soulagement en montant dans la voiture. Le téléphone de Will sonne presque immédiatement. C'est encore Leo, avec du nouveau sur la situation à Genève, qui semble se dégrader de minute en minute. Je regarde par la vitre durant le court trajet jusqu'à Heavitree. Je connais ces rues par cœur. Après avoir grandi à Bath, je suis venue étudier à l'université d'Exeter voici vingt ans. Je n'en suis jamais repartie. En temps ordinaire, cela ne m'ennuie pas mais, à cet instant, j'ai l'impression que, à cet égard aussi, ma vie et mes expériences sont limitées. Certainement plus limitées que celles de Will, qui vient de Londres – et qui avait déjà passé un an en France et en Allemagne quand je l'ai rencontré –, et de Catrina, qui travaille et vit à Paris.

L'air las, Will coupe la communication, et me demande si ça va. Je réplique assez sèchement que oui, puis me sens coupable. Après tout, il a fait tout son possible ce soir pour me rassurer.

Alors que nous nous dirigeons vers la porte d'entrée, je prends sa main dans la mienne. Will se tourne vers moi, un pli inquiet sur le front. Je me hausse sur la pointe des pieds pour l'embrasser, et laisse mes lèvres s'attarder sur sa bouche. Il m'étreint.

—Oh, Livy.

Son haleine est chaude contre mon oreille. Il y a tant d'émotion dans sa voix – de soulagement, de désir, d'amour – que je me sens soudain idiote d'avoir douté de lui.

—Hé, dis-je, reculant légèrement pour encadrer son visage de mes mains. Tout va bien. Ne t'inquiète pas.

Il sourit, et nous entrons. Les enfants sont couchés et dorment tous les deux, Dieu merci. Pendant que Will disparaît au premier, je règle Bethany, notre baby-sitter, qui habite un peu plus haut dans la rue, avant de monter à mon tour pour lui donner un coup de main. Il y a un peu de panique parce qu'il ne sait plus où il a laissé son ordinateur portable, que nous finissons par dénicher sous celui d'Hannah dans un coin du salon. Quelques minutes plus tard, il est dans un taxi en route pour l'aéroport. Par miracle, les enfants ne se sont pas réveillés et la maison est brusquement et étrangement silencieuse. Je regarde la télé un moment puis prends un long bain. C'est seulement au moment de me coucher que je me souviens du texto et de l'appel de Julia auxquels je n'ai pas répondu. J'allume mon téléphone. Elle a laissé un message sur ma boîte vocale me demandant de la rappeler. Le message dit que c'est important alors je lui envoie un texto pour savoir si elle est toujours debout. Pas de réponse. Vu qu'il est onze heures passées, j'expédie un second texto disant que je suis désolée de l'avoir manquée et que Will a dû s'absenter, mais que les enfants et moi viendrons déjeuner le lendemain comme prévu.

Je dors d'un sommeil profond, bien meilleur que la nuit précédente, quand j'appréhendais encore ce dîner. C'est Zack qui me réveille en sautant sur le lit, les cheveux en bataille, sentant le sommeil et le chocolat ; il a la bouche toute barbouillée. Il plonge sous les draps et noue les bras autour de mon cou.

— Maman, chantonne-t-il à mon oreille, en m'attirant vers lui de ses petits poings noués, il y a eu trois épisodes de *Ben 10* de suite.

Je le serre contre moi, envahie par la bouffée d'amour familier que Zack fait naître en moi. À sept ans, il grandit et s'affine, il n'est plus le petit garçon potelé d'autrefois, mais son énorme soif d'affection ne semble pas diminuer, ce dont je lui suis reconnaissante.

— À quelle heure on va chez Julia ? demande Hannah depuis le seuil.

S'il existe un ton plus méprisant que celui qu'une fille de douze ans peut employer à l'adresse de sa mère, il me reste à l'entendre.

Je regarde par-dessus la tête de Zack. Hannah est adossée au chambranle de la porte, grande et dégingandée. Ses cheveux blonds serpentent le long de son dos. Elle est au bord de la puberté – hanches étroites, jambes de pouliche, deux bourgeons de seins. Avec son teint pâle et ses yeux gris, elle ressemble davantage à Kara de jour en jour. Je la contemple, submergée par les souvenirs : Kara petite fille, rieuse et espiègle ; Kara les yeux écarquillés, décrivant sa première fête d'étudiante ; Kara en pleurs quand notre chien, malade, avait dû être euthanasié…

Kara morte.

Je frissonne. Je n'ai jamais vu son cadavre mais j'imagine parfois ses yeux couleur de pierre tels qu'ils ont dû être dans la mort : froids, durs et vides.

—Maman ? répète Hannah, qui s'impatiente. À quelle heure ?

Je refoule mes pensées morbides et regarde le réveil. Il est presque dix heures. Pas étonnant que Zack ait pioché dans le chocolat. Je ne me souviens pas de la dernière fois que j'ai dormi si tard.

—Tu as faim, mon bébé ?

Zack acquiesce, enfouit la tête dans mon cou et plante un gros baiser baveux sur le lobe de mon oreille.

—Je suis là, hein, intervient Hannah d'un ton vexé.

Oh, mon Dieu, elle a l'air au bord des larmes.

—Nous irons chez Julia à onze heures, dis-je, m'efforçant de sourire en dépit des sautes d'humeur de ma fille.

—Bien.

Elle tourne les talons.

Je tends la main vers mon téléphone en soupirant. Mon appel va droit sur la boîte vocale de Julia, par conséquent je lui laisse un message disant que nous n'allons pas tarder. Elle n'a toujours pas répondu au texto que je lui ai envoyé hier soir. À la réflexion, j'en conclus qu'elle est sans doute encore au lit. Qui m'a-t-elle dit fréquenter en ce moment ? Un homme plus jeune. Aux cheveux clairs. « Mon démon blond », m'a-t-elle confié avec délice. Je ne me rappelle pas son vrai nom – à supposer qu'elle me l'ait révélé.

Je soudoie Zack avec la promesse d'un sandwich au bacon pour qu'il me lâche et se lève. J'en prépare un pour moi aussi mais Hannah refuse de déjeuner.

— Je mangerai chez Julia.

Je n'insiste pas. Inutile de discuter. Julia aura préparé des mignardises achetées à l'épicerie fine du quartier et de grands verres de gin tonic pour elle et moi, suivis de plats hypersophistiqués : elle ignore totalement le concept d'un menu enfant. « Des œufs de caille plutôt que des nuggets de poulet », dit-elle toujours. Elle n'a jamais cédé là-dessus, même durant la longue année où Zack n'a mangé que des saucisses.

Pendant le déjeuner, Julia et moi dégusterons du pouilly-fuissé, son vin blanc favori, et il y aura un pichet de vraie citronnade pour les enfants. Julia glissera deux glaçons dans le verre d'Hannah pour imiter le gin tonic.

— Une boisson glamour, dira-t-elle avec un sourire en lui adressant un clin d'œil. Pour te préparer au Grand Moment, Han !

Elle a toujours eu une relation privilégiée avec Hannah. Elles ont bien des points communs – suscep-tibles, égocentriques, mais capables aussi de chaleur sincère. Je sais que la ressemblance d'Hannah avec Kara hante Julia autant que moi. Après tout, c'est la mort de ma sœur – et la fureur impuissante que nous éprouvions envers son assassin – qui nous a rapprochées.

À dix heures et demie, Hannah est habillée et prête à partir – elle porte un jean skinny et un débardeur en soie qui m'appartient, et qui est à la fois trop grand et trop «femme» pour elle. Trop occupée à cajoler Zack pour qu'il se prépare, je m'abstiens de faire un commentaire à ce sujet ou de lui dire qu'elle a eu la main plutôt lourde avec le khôl. Elle adore Julia. Je comprends qu'elle veuille l'impressionner. Julia a cet effet-là sur moi aussi.

Zack enfin prêt, j'enfile ma robe et mes sandales. Julia, qui n'est jamais en retard, déteste le manque de ponctualité chez ses invités. Il me semble étrange qu'elle n'ait répondu ni à mon texto ni à mon appel, cependant je n'y accorde qu'une brève pensée lorsque nous arrivons, sous un grand soleil, à l'entrée de son immeuble.

Mais elle ne répond pas à l'interphone.

Je fronce les sourcils. Jamais Julia – qui s'avoue volontiers maniaque de l'organisation – n'a manqué un de nos repas dominicaux ni même été en retard à aucun rendez-vous. En dépit de la force et de l'exubérance de sa personnalité, Julia est l'une des personnes les plus attentionnées que j'ai jamais connues : pétrie de bonnes manières jusqu'à l'excès et aussi ouvertement reconnaissante pour la constance de mon amitié que désireuse de changement et de stimulation dans d'autres domaines de sa vie.

Nous sommes devenues proches après la mort de Kara. Avant, Julia était l'amie de ma sœur, voilà tout. Célibataire et sans enfants, elle n'aurait pas pu être plus différente de moi. Mais elle est la marraine de mon aînée et la première personne vers qui je me suis tournée quand j'ai découvert que Will avait une liaison.

— Oh, mon chou, avait-elle dit avec un soupir las, maman ne t'a jamais dit de ne pas mettre tous tes œufs dans le même salaud ?

Elle cite toujours Dorothy Parker – je lui ai offert un recueil de ses mots d'esprit pour son dernier anniversaire, le trente-sixième. Une fois que nous aurons installé les enfants devant un DVD, je sais qu'elle me bombardera de questions sur Catrina et le dîner d'hier.

Je sonne de nouveau. Toujours pas de réponse.

— Mais elle est toujours là quand on vient, s'écrie Hannah.

Elle a raison. Julia ne décevrait jamais mes enfants en oubliant un rendez-vous avec eux. Je revérifie mon téléphone. Pas de message. Pour la première fois, le texto de Julia disant qu'elle avait besoin de me parler me donne un frisson.

— Qu'est-ce qu'on va faire, maman ? demande ma fille, anxieuse.

Zack, sentant que l'atmosphère a changé, se rapproche de moi.

— Peut-être que l'interphone est en panne.

Le double des clés de l'immeuble et de l'appartement de Julia est accroché à mon vieux porte-clés en cuir, tout comme le double des miennes pend au sien. Je le glisse dans la serrure.

À l'intérieur, les enfants grimpent les marches quatre à quatre et tambourinent à la porte d'entrée de Julia, au premier étage. Toujours pas de réponse. Je les rejoins, en commençant à regretter de ne pas avoir tourné les talons alors que nous étions encore en bas, mais je ne peux plus faire marche arrière maintenant. J'ai des picotements à la nuque. Où est-elle ?

J'ouvre et nous pénétrons à l'intérieur. J'ai l'impression d'être une intruse, malgré la clé. Soudain silencieux, les enfants restent en retrait. Peut-être sentent-ils quelque chose dans l'air. Tout se passe trop vite pour que j'en sois sûre. Déjà, nous sommes dans le salon et Julia est étendue là sur le canapé. Elle pourrait être endormie mais je sais qu'elle ne l'est pas.

Une longue seconde s'écoule. Je retiens mon souffle, envahie par une affreuse certitude.

Julia. Ma meilleure amie. Est morte.

Harry

« Je vois un modèle, mais mon imagination ne peut se figurer celui qui l'a conçu. Je vois une horloge, mais je ne peux me représenter l'horloger. »
Albert Einstein

Il n'y a qu'une chose qui compte : l'honnêteté. Et je vous promets sincèrement de ne jamais vous mentir. Alors, pas de mensonges. Et pas de fausse modestie non plus. Je vais dire franchement qui je suis et ce que je fais.

Commençons par le mythe numéro un : celui selon lequel je serais psychopathe. Ce mot-là, accompagné de tant de bagages, signifie seulement « une âme qui souffre ». N'est-ce pas magnifique ? Qui pourrait rester insensible à la notion d'une âme en proie au tourment ? Mais qu'on colle une étiquette pseudo-scientifique là-dessus et, soudain, ça sonne réfléchi et médical, et suggère qu'un traitement s'impose.

Quoi qu'il en soit, c'est un diagnostic erroné, fondé sur la peur et le malentendu. Parce que, et voilà ma thèse, nous sommes tous des psychopathes au fond de nous. Quelle âme ne souffre pas ? La vie est souffrance. Ce n'est pas de moi, mais de Bouddha. Et qui pourrait le nier ? Quand même, je préfère le vieux terme de « psychopathe » à celui, plus moderne, de « sociopathe ». Sociopathe fait partie du jargon dénué de sens que j'entends constamment au bureau – comme « cadence » et « granularité ».

Mes excuses, je m'emballe. Permettez-moi de commencer par le début et d'expliquer comment ma prétendue « psychopathie » a commencé. Sans citer de noms, évidemment. Sachez donc que j'ai eu une petite enfance relativement confortable. Désolé de décevoir vos attentes, mais c'est comme ça. Mes parents étaient parfaitement normaux. Je n'ai pas été battu ni victime d'abus sexuels ou de négligence. J'avais à manger, un lit où dormir, des vêtements propres chaque jour. Un psychopathe de classe moyenne. Ha ! Prenez ça dans la tronche, vous autres psychologues analytiques.

Et puis Harry est venu vivre avec nous.

Je devine ce que vous pensez. Harry. Sans doute un oncle ou un locataire. Harry : agresseur sexuel. Manipulateur d'enfants. Pédéraste.

Non. Harry était notre chat. Noir, avec une fourrure très très fournie. Un chat trouvé au refuge. Un chat intéressant. Très probablement psychopathe lui-même. En tout cas rusé, narcissique et dépourvu de conscience. Je ne crois pas qu'Harry se soit soucié des souris qu'il tuait. Il ne vivait que pour les trouver, les attraper et les regarder souffrir. Harry était cruel et je ne m'intéressais pas à la cruauté. En revanche, j'étais curieux à son sujet. Il avait une longue queue épaisse – en apparence, toute en poils, lesquels se déposaient sur chacun des meubles que nous possédions – mais sous cette fourrure, sa queue était comme un gros fil de fer. Cette queue m'obsédait. Elle n'était pas ce qu'elle semblait être, un peu à l'image de Harry lui-même. Douce, et pourtant dure. Forte, et pourtant faible. Là une minute, disparue l'instant d'après.

Je suis sûr que Freud aurait adoré mon obsession préadolescente pour ce substitut de phallus. Mais, comme si souvent avec Freud, son analyse aurait été faussée par les limites de sa propre compréhension. Vous voyez, mon intérêt pour la queue d'Harry n'était pas pseudo-sexuel. Non. Il est né de la découverte stupéfiante que j'avais faite qu'une chose pouvait en réalité en être deux. Une fois que ce concept m'est venu, bien sûr, je l'ai vu se répéter partout. Par exemple, il y avait la gentille maman, qui me donnait des gâteaux au chocolat, et la méchante maman, qui se fâchait quand je faisais des miettes. Et ainsi de suite…

J'observais Harry constamment, en songeant à sa queue, et un jour, j'ai voulu voir comment il réagirait si j'en enlevais un bout. J'ai trouvé un carnet et j'ai écrit « expérience scienttificque » sur la couverture. Bon, j'étais très jeune. Ensuite, j'ai noté le jour et tracé un trait pour faire deux colonnes : une pour expliquer ce que j'avais fait, et l'autre pour dire comment Harry avait réagi.

Ça ressemblait à ça :

Lundi	Pris le couteau le mieux aiguisé dans le porte-couteaux de la cuisine. Mis Harry sous le bras. Suis allé au fond du jardin. Coupé bout de la queue.	Harry a fait beaucoup de bruit et a essayé de me griffer. Je l'ai laissé partir.
Mercredi	Affûté couteau avec pierre à fusil du tiroir. Mis Harry sous le bras. Suis allé au fond du jardin. Coupé encore un bout de queue. Un demi-centimètre. Mesuré.	Harry s'est tortillé et a gémi avant et après la coupe cette fois.

Vendredi	Fait pareil.	Harry ne peut plus courir maintenant. Pourquoi ? Je ne lui ai pas coupé la patte.
Lundi	Fait pareil.	Harry pareil. Queue pareille. Harry tombé. Fait des recherches. Queue aide à l'équilibre. Maman a trouvé Harry à côté de la porte. Pense que c'est la porte qui lui a coupé la queue (idiot).
Mardi	Harry chez véto. Véto dit que la queue est infectée.	Harry malade.
Jeudi		Harry mort.

Voilà. Ma première expérience. La première, mais pas la dernière.

Loin de là.

Évidemment, Harry a été mon dernier animal et mon dernier mâle. Peu après, j'ai atteint la puberté et mes pensées se sont tournées vers les filles. Une évolution que Freud lui-même qualifierait de normale.

Je dis les filles, mais une seule d'entre elles a jamais compté.

Et son legs a été ma vie.

2

Dieu sait comment mes jambes me portent jusqu'au canapé. Une odeur aigre d'urine flotte dans l'air. Julia a les yeux fermés et un bras replié sur sa poitrine. Elle semble paisible. Elle est vêtue d'un pantalon de survêt en synthétique et d'un haut en coton côtelé. Sa tenue classique pour une soirée entre filles à la maison. Ses cheveux d'un roux sombre, moins flamboyant qu'autrefois, retombent sur son visage en mèches désordonnées. Il y a une bouteille de Jack Daniels sur la petite table. Un verre vide. Je remarque chaque objet tour à tour. Je suis consciente de la présence d'Hannah et de Zack à côté de moi. Ils observent Julia, eux aussi. Une seconde, j'espère envers et contre tout que c'est un jeu, qu'elle va ouvrir les yeux et crier « Bouh ! »

— Elle dort, maman ? demande Zack.

— Je ne sais pas.

Mais, bien sûr, je sais. J'ignore ce qui le prouve, peut-être la pâleur de sa peau ou la raideur de ce bras en travers de la poitrine. Je baisse les yeux. Il y a une tache à l'avant du pantalon là où ses muscles se sont détendus et qu'elle a fait pipi.

— Pourquoi ça sent le pipi ? insiste Zack en s'agrippant à ma jambe.

— Maman ?

La voix d'Hannah tremble. Elle s'approche à son tour.

Je dois agir. Faire quelque chose. Protéger mes enfants. Ces pensées se succèdent dans ma tête tandis que je tends la main pour effleurer la joue de Julia. Elle est froide. Je fais remonter mes doigts sur sa tempe, écarte les cheveux de son front. Sa peau – tout son être – est anormalement rigide.

Un tremblement me saisit. Comment est-ce possible ? Comment Julia peut-elle être morte ? Elle n'a que trente-six ans, deux de moins que moi.

— Maman ?

Brusquement, la voix d'Hannah paraît aussi enfantine que celle de Zack.

Je retire ma main. Le temps semble se dérouler au ralenti. Je tremble, incapable de réfléchir. Intérieurement, je hurle, mais aucun son ne sort de moi.

— *Maman ?*

La voix d'Hannah, sèche et terrifiée, me propulse dans l'action.

Je tire mon téléphone de mon sac, compose le 999. Surréaliste, tout ça est surréaliste.

— Services d'urgence. Que désirez-vous ?

— Une ambulance.

Hannah étouffe un cri. Zack s'appuie plus lourdement sur ma jambe.

La femme à l'autre bout du fil me demande ce qui s'est passé. C'est comme si elle me parlait à travers un long tunnel.

— Nous sommes venus voir mon amie.

Je donne le nom et l'adresse de Julia.

— Je crois qu'elle... elle... elle est sans connaissance.

Je ne peux pas me résoudre à dire le mot.

— Mes enfants sont là, avec moi.

Je prie pour que la femme comprenne.

En effet. Sa voix est apaisante, mais ferme.

— Julia respire ?

— Je ne pense pas.

Ma voix est un murmure rauque. Je me sens engourdie, perdue. C'est la première fois de ma vie que je suis à côté d'un cadavre – ni mon père ni ma mère n'ont voulu que je voie Kara. Pourtant il est évident que Julia est morte. Il n'y a aucun doute dans mon esprit, mais c'est une vérité trop énorme pour que je puisse la formuler.

Encore quelques questions. La femme du 999 déclare qu'une ambulance est en route et me demande s'il y a des signes de lutte, si la porte d'entrée a été forcée.

— Non.

Cela ne m'était pas venu à l'esprit.

— Il n'y a qu'un verre.

Alors que je dis ces mots, Hannah tend la main pour le prendre.

— Ne touche pas à ça !

J'ai parlé sèchement et elle retire sa main très vite et se met à pleurer. La femme me suggère d'emmener mes enfants dans une autre pièce. Elle me répète qu'une ambulance est en route. Me prie de rester en ligne. Mais j'ai besoin de mes deux mains pour m'occuper de Zack dont les bras sont cramponnés autour de ma taille, comme s'il avait peur de tomber s'il lâchait prise.

Je fais sortir les enfants du salon. Nous entrons dans la chambre de Julia, l'endroit au monde qu'Hannah préfère. Normalement, elle flânerait ici et là, laissant courir ses doigts sur la coiffeuse qui déborde de bijoux et de produits de beauté. Aujourd'hui, nous nous pelotonnons les uns contre les autres sur le lit.

Je passe mes bras autour de leurs épaules.

— Julia a eu un accident, dis-je, encore incapable d'avouer la vérité.

Zack me dévisage, ses grands yeux bleus écarquillés par le choc.

— Elle est morte ?

Pourquoi mes enfants doivent-ils affronter cette épreuve ? Pour la deuxième fois en douze heures, une bouffée de fureur m'envahit. Et pourtant, ici il n'y a pas de Catrina. Ici, il n'y a personne à blâmer.

Je hoche la tête.

— Je suis désolée, mon bébé.

Je l'attire plus près. Hannah aussi. Elle continue à pleurer, les larmes roulent sans retenue sur ses joues, tombent sur l'édredon en soie bleue de Julia. Le lit est fait. Elle n'y a pas dormi. Je note cela avec le même détachement que j'ai remarqué le Jack Daniels.

Quelques minutes plus tard, j'entends le bourdonnement de l'interphone. Je me lève. Zack s'accroche à moi tandis que je gagne le salon pour faire entrer les secouristes. Aussitôt, l'atmosphère change. Les ambulanciers – un homme d'un certain âge et une femme plus jeune – restent impassibles

51

devant la scène. Quelques secondes leur suffisent pour se rendre compte de ce que je commence juste à assimiler, c'est-à-dire que Julia est morte depuis des heures. Ils sont surtout inquiets pour nous trois. La femme nous raccompagne dans la chambre, où Hannah est recroquevillée tout au bout du lit de Julia. Elle nous fait asseoir et parle doucement aux enfants. Elle nous fait part de sa compassion pour le choc que nous avons subi. Maintenant, Zack est plus fasciné que bouleversé.

— Elle est vraiment partie ? Elle ne va pas se réveiller ? Pourquoi elle a fait pipi ?

Hannah, silencieuse, mâchonne une mèche de ses cheveux. En temps normal, je lui dirais d'arrêter. À cet instant, c'est tout juste si je peux y songer. L'ambulancier me fait signe de retourner dans le salon. Nous restons sur le seuil. De là, je vois les jambes de Julia à partir des genoux. Son pantalon est relevé jusqu'à mi-mollet. Les ongles de ses orteils sont peints en vernis argent. La teinte qu'elle a mise sur les ongles d'Hannah lors de notre dernière visite.

— La police est en route.

Il a un fort accent du Nord, une voix réconfortante.

— On va vous demander de faire une déposition.

Je le dévisage.

— La police ?

Il hoche la tête.

— C'est la routine en cas de… de décès suspect.

J'ai la bouche sèche.

— Quel âge avait votre amie ?

— Trente-six ans. C'était la meilleure amie de ma sœur. Je la connais depuis que ma sœur…

Ma phrase reste en suspens.

— Eh bien, trente-six ans, c'est jeune pour mourir si subitement, si comme vous dites, elle était en bonne santé.

— Pour autant que je le sache…

Julia aurait-elle pu me cacher quelque chose ? Je repense brusquement au texto qu'elle a envoyé hier soir au moment où Will et moi arrivions chez les Harbury.

Appelle-moi. Besoin de te parler.

— Il n'y a aucun signe de lutte ni d'entrée par effraction mais la police voudra savoir si vous ou les enfants avez touché ou déplacé quoi que ce soit.

Je secoue la tête. Le texto de Julia était-il un appel au secours ?

Quelques minutes plus tard, les agents arrivent. Tout à coup, le petit appartement élégant de Julia est bondé. Des hommes et femmes en combinaison de plastique blanche, les cheveux coiffés d'un filet, passent le salon au crible. Une policière en uniforme me parle et je répète ce que j'ai dit à l'ambulancier.

— Pouvons-nous appeler quelqu'un pour vous ? me demande-t-elle gentiment.

— Will.

Je veux mon mari. Ici. Tout de suite. Je me moque qu'il soit à Genève.

Elle prend mon téléphone au moment où un policier en civil fait son apparition. À l'évidence, quelqu'un d'assez haut placé dans la hiérarchie. Tout le monde s'affaire à sa vue. Il entre à grands pas résolus. En dépit de ses tempes grisonnantes, il ne semble guère plus âgé que moi.

— Madame Jackson ? Inspecteur Norris.

Il me pose d'autres questions, surtout sur la vie de Julia. Avait-elle un ami ? Des allergies ou un problème médical connu ? Buvait-elle beaucoup ? Prenait-elle de la drogue ? S'était-il passé des événements marquants dans sa vie récemment, tels qu'une rupture ou la perte d'un emploi ? Et sa famille ?

Je réponds de mon mieux, avec le sentiment de marcher dans la boue. Je lui parle de la famille de Julia et de son travail comme journaliste free-lance… lui dis qu'elle n'a jamais été mariée… qu'elle sortait avec quelqu'un ces derniers temps mais que j'ignore son nom… qu'elle vit dans cet appartement depuis plus de dix ans… qu'il ne s'est rien passé d'extraordinaire dans sa vie récemment… qu'elle aimait le Jack Daniels mais que je l'avais rarement vue ivre et que j'étais sûre qu'elle ne se droguait pas.

La voix acerbe de Julia résonne à mes oreilles. *De la drogue ? Tu rigoles, mon chou. Tu as vu la peau de Keith Richard ?*

Je m'interromps, les larmes aux yeux. Je n'arrive pas à croire qu'elle n'est plus là. Je n'arrive pas à croire que je n'entendrai plus jamais cette voix.

— Pourquoi toutes ces questions ?

L'inspecteur Norris s'éclaircit la gorge.

— Nous devons déterminer ce qui s'est passé.

Il marque une pause.

— Saviez-vous si votre amie avait des pensées suicidaires ?

Je le fixe.

— Non, dis-je avec emphase. Absolument pas. Pas Julia.

Je suis le regard de l'inspecteur jusqu'au Jack Daniels et au verre vide.

54

— Elle ne… Elle n'a pas…

Le texto de Julia resurgit devant mes yeux :
Appelle-moi. Besoin de te parler.

J'en parle à l'inspecteur Norris. Il hoche la tête.

— Nous en saurons davantage après l'autopsie.

Zack est toujours assis sur le lit, blotti contre une jeune et jolie policière en uniforme. Recroquevillée dans un coin, Hannah enroule ses cheveux autour de son doigt. Son maquillage a coulé sur ses joues. Je déteste la voir si anéantie. C'est ironique. Quand elle était petite, j'étais abominablement mère poule, réticente à la quitter des yeux ne fût-ce qu'un instant, pourtant je n'ai jamais imaginé que j'aurais à la protéger de ce qu'elle a vu aujourd'hui.

Mon regard retourne à l'inspecteur Norris.

— Mes enfants…

Il me tapote le bras.

— Je vais trouver un agent pour vous raccompagner.

Comme il s'éloigne, la policière revient, mon téléphone à la main.

— Votre mari.

Je prends l'appareil.

— Will ?

— Qu'est-ce qui s'est passé, bon sang ? Ils disent que Julia est morte ?

L'incrédulité outragée de Will reflète tellement mes propres sentiments que j'en reste muette. Un bruit de fond comble le silence. Des gens bavardent et rient derrière lui.

— Liv ?

55

— Je ne sais pas. Oui, je veux dire. Elle nous a… quittés. Je ne sais pas pourquoi… comment… quand seras-tu de retour ?

— Hmm…

Will hésite.

— Je ne sais pas au juste. Je vais expliquer la situation à Leo. Ici, c'est un cauchemar, le client est complètement paniqué.

Derrière lui, les voix se font plus fortes. Il y en a deux : celle de Leo et celle d'une femme. La femme a l'accent du Yorkshire.

Je prends une inspiration choquée.

— Elle est là-bas ?

— Quoi ? Qui ?

Will sait parfaitement de qui je veux parler. Je l'entends à sa voix. Il soupire.

— Leo l'a fait venir. C'était un ordre. Il a décidé ça après notre départ. Je l'ignorais jusqu'au moment où nous nous sommes tous retrouvés à l'aéroport.

Il baisse le ton.

— Liv, s'il te plaît. Le fait que Catrina soit ici n'a rien à voir avec moi.

Je regarde le canapé. Deux femmes en combinaison de plastique blanche inspectent les ongles de Julia. Je ravale ma salive, les idées brusquement redevenues claires.

Julia est morte.

Catrina n'a aucune importance.

— Je sais. Reviens seulement aussi vite que tu pourras.

Will me dit qu'il m'aime, puis nous raccrochons. Comme promis, un agent nous ramène à la maison. Les enfants sont dans un état épouvantable. Zack s'accroche à moi et Hannah ne veut pas s'arrêter de pleurer. Le policier me demande si quelqu'un pourrait venir m'aider. Il me remet une petite brochure et une carte où figure un numéro de téléphone.

— Appelez ce numéro si vous vous souvenez d'autre chose ou si vous avez besoin d'aide ou de conseils. Pour vous ou pour les enfants.

Il cite le nom de divers groupes de soutien psychologique.

— Tout est dans ce dépliant.

Je ne retiens presque rien de ce qu'il dit. La maison semble froide malgré le chauffage. En jetant un coup d'œil à l'horloge de la cuisine, je découvre avec stupeur qu'il n'est même pas une heure de l'après-midi. J'ai l'impression que toute une journée s'est écoulée depuis que nous avons pénétré dans l'appartement de Julia. Que des années ont passé depuis que Will est parti pour Genève hier soir.

Julia est morte.

Je n'ai pas encore réalisé. Je prépare des haricots en sauce sur toasts, me déplace en pilotage automatique dans la cuisine. Zack mange. Hannah refuse et disparaît dans sa chambre. Zack me suit dans la cuisine tandis que je vide le lave-vaisselle et mets du linge à la machine. Je ne sais ni quoi faire ni où aller.

Tout à l'heure, j'ai donné à la police le nom de la mère de Julia. Elle m'appelle, bouleversée, incapable de se focaliser sur quoi que ce soit. Le remords perce dans sa voix. Julia et elle se parlaient peu. Julia la surnommait la Martyre à cause de son nom, Joan. Comme Jeanne d'Arc.

— Je n'arrive pas à y croire, répète-t-elle inlassablement. Comment est-ce qu'une chose pareille a pu arriver ?

Je ne sais pas quoi lui dire. Elle explique qu'elle est en route pour Exeter. Elle séjournera chez Robbie, le frère jumeau de Julia. Quelques minutes plus tard, celui-ci appelle à son tour. Plus jeunes, nous sortions souvent tous les trois. En fait, il y a un million d'années de ça, Robbie et moi avons même eu un rendez-vous. Ç'a été un désastre, car il avait deux ans de moins que moi et je l'intimidais tellement qu'il était comme paralysé. Moi, je me sentais coupable de ne pas m'intéresser à lui et j'ai essayé de le lui faire comprendre le plus délicatement possible. Julia n'avait jamais rien dit mais je crois qu'elle avait été soulagée que nous ne soyons pas sortis ensemble.

Robbie semble abasourdi. Il veut des détails, demande à savoir comment je l'ai trouvée. Je lui réponds de mon mieux mais il y a une tension entre nous. Un malaise qui n'est pas uniquement dû à cette sortie autrefois. Robbie et Julia n'étaient pas proches. Bien que jumeaux, ils ne se sont jamais vraiment entendus. Julia a toujours été un peu trop fantasque au goût de sa famille et ne cachait pas son dédain envers Robbie, qui avait choisi de faire un apprentissage en gestion hôtelière plutôt que d'aller à la fac. Il avait fait son chemin petit à petit pour devenir responsable de banquets et séminaires, mais, hormis quelques voyages professionnels à l'étranger dans des hôtels appartenant à la chaîne qui l'employait, il menait une vie aussi plan-plan que celle de Julia était riche en aventures.

Robbie raccroche, guère plus avancé qu'au début de notre conversation. En reposant mon téléphone, je remarque que le jour commence à baisser. Comme Hannah n'a pas réapparu, je monte essayer de lui parler mais elle se met à crier et claque sa porte. Je ravale ma colère et me console en regardant *Toy Story* avec Zack, et parviens même à rire avec lui quand Buzz essaie de prouver qu'il sait voler. Je lui fais couler un bain et, une fois dans son lit, lui tiens la main jusqu'à ce qu'il s'endorme.

Will rappelle. Sa voix est douce et compatissante. Il s'inquiète pour moi et pour les enfants. Il rentrera demain par un vol en début de soirée. Je pleure au téléphone, mon chagrin mêlé de soulagement parce qu'il est là, présence solide et constante au milieu du chaos. Avant que j'aie pu mentionner Catrina, Will dit qu'il est désolé qu'elle soit du voyage et répète qu'il n'a pas pris part à cet arrangement et qu'ils ont à peine échangé deux mots depuis leur arrivée.

Je lui assure que je le crois, et, de toute manière, peu importe, car la mort subite de Julia m'a fait prendre du recul. Will semble rassuré et mon cœur se gonfle d'affection pour lui. J'ai rencontré Catrina. Cette épreuve est derrière moi – et si massivement dépassée par ce qui est arrivé à Julia que tout vestige de doute concernant la liaison a, enfin, été éliminé. Will et moi nous disons que nous nous aimons et coupons la conversation. Je suis exténuée. Je n'ai rien mangé de toute la journée. Je fais chauffer de la soupe et en emporte un bol à Hannah. Cette fois, elle l'accepte. Elle pleure, je la serre contre moi et, pendant quelques instants, j'ai l'impression que nous partageons notre chagrin. Cependant, je refoule mes propres larmes et quand Hannah s'en rend compte, elle m'accuse d'être indifférente. C'est si éloigné de la vérité, je suis si lasse et si dévastée par la douleur, que je me fâche et lui crie qu'elle est égoïste.

Hannah me hurle de sortir et je m'en vais. Une fois dans ma chambre, je me jette sur le lit comme si moi aussi j'avais douze ans et pas trente-huit et que je n'étais pas mère de deux enfants. J'attrape le téléphone et appelle ma propre mère, qui est aussi choquée que tout le monde. Et puis elle prononce les paroles auxquelles je refuse de faire face depuis ce matin.

— Oh, ma chérie, c'est comme avec Kara.

Aussitôt je suis replongée dans le passé, ma troisième année d'université. Ma chambre d'étudiante. Le coup frappé à la porte. Les deux policiers au visage grave. *Venez avec nous, s'il vous plaît, il y a eu un terrible accident.* Et le temps qui passe, maman et papa qui arrivent, suivis du professeur principal de Kara ; nous tous réunis, pâles dans la salle d'attente. Puis papa allant identifier le corps et le gémissement sourd de ma mère rompant le silence alors qu'il revenait vers nous, les lèvres tremblantes.

Kara a été brutalement agressée par une nuit froide de février alors qu'elle rentrait à la résidence universitaire en suivant le bord du canal. Son assassin l'a violée avec un couteau avant de la poignarder. Elle s'est vidée de son sang sur le chemin de halage. Le coupable n'a jamais été retrouvé.

Envahie par la nausée, je raccroche et vais voir Hannah. Elle s'est endormie. Le visage reposé, elle ressemble encore davantage à Kara. Enfant, ma sœur était vive, enjouée, et tout le monde l'adorait.

Sa mort a été un déchirement, une terrible profanation qui a fait voler en éclats nos petites vies de banlieue proprette. Elle a tué mon père. Ma mère et moi en sommes persuadées, de toute façon. Papa ne pouvait pas supporter de penser qu'il ne l'avait pas protégée, et son sentiment d'échec l'a détruit. En regardant Hannah, les coulures de son maquillage et les mèches de cheveux qui retombent sur son visage, je sais que j'éprouverais exactement la même chose.

Cependant, il n'en a pas été ainsi avec Julia. Ma mère se trompe. À la différence de Kara, Julia est morte paisiblement, sans doute à cause d'un problème médical passé inaperçu. Du moins, tout porte à le croire.

Je m'endors en essayant de me cramponner à ce fil ténu de réconfort. Je m'y cramponne le lendemain quand je permets aux enfants de manquer l'école et ce soir-là, quand Will revient et m'étreint tandis que je pleure. Et le surlendemain, quand la mère de Julia m'appelle pour me poser d'interminables questions sur elle, sa rancœur après leurs années de quasi-silence sous-jacente dans la conversation. Et je m'y cramponne toujours le jour suivant quand Martha me rend visite, pleine de sollicitude et de gentillesse, et à la sortie de l'école, quand les autres mères me demandent ce qui s'est passé – car la nouvelle s'est répandue Dieu sait comment.

Puis jeudi arrive, et avec, la première information apportée par l'autopsie. La mère de Julia me téléphone pour me l'annoncer. Elle paraît à la fois en colère et résignée.

61

Le corps de Julia contenait des doses mortelles de barbituriques et trois fois la quantité d'alcool maximale autorisée pour conduire.

— Nous devons l'accepter, Livy, dit-elle. Julia s'est tuée.

Les mots sont trop brutaux. L'idée est inconcevable.

— Non. Julia n'aurait jamais…

— Les résultats de l'autopsie ne laissent aucun doute. Elle n'était pas malade.

— Mais…

— Livy, tu ne m'aides pas, coupe la mère de Julia, froide et dure. La police a trouvé des preuves sur son ordinateur. Elle a consulté divers sites ces deux derniers mois, et puis il y avait une brochure sur le Nembutal sur son bureau.

— Mais… tout ça était destiné à un article qu'elle préparait sur les suicides dans le secteur de la mode. Elle m'en a parlé.

Je la revois secouer la tête en évoquant les pressions auxquelles étaient soumis certains des jeunes mannequins qu'elle avait interrogés.

Elles pensent toutes qu'elles sont trop grosses, avait-elle déclaré d'un ton las. *Elles sautent le petit déjeuner, prennent un café noir et une cigarette à midi et un mouchoir en papier pour dîner. C'est pire que les danseuses…*

— Aucun article n'a été publié, insiste Joan. Personne ne lui en a commandé un.

— Je sais. Ça l'intéressait, voilà tout.

— Exactement.

Un long silence. Je me creuse les méninges pour trouver un moyen de convaincre Joan que Julia ne se serait jamais suicidée.

Soudain, elle s'éclaircit la gorge.

—Elle a laissé un message, Livy.

Un vertige me saisit. Julia a écrit un mot expliquant son suicide ? Non, c'est impossible.

—Que dit-il ?

—S'il te plaît, Livy. Il m'était adressé… enfin, il était adressé à la famille. C'est personnel.

La voix, les mots de la mère de Julia me transpercent comme la lame d'un couteau. Que veut-elle dire ? Je suis… J'étais… la meilleure amie de Julia.

—S'il vous plaît… J'ai besoin de savoir, de comprendre.

—Il était sur l'écran de son ordinateur. La police l'a trouvé. Il dit simplement… *À ma famille. Je suis désolée, je ne peux pas continuer. Je vous en prie, pas de fleurs, pas de cérémonie religieuse, pas de chichi. Souvenez-vous seulement de moi avec affection. Je vous aime. Julia.* C'est très bref. Elle ne donne aucune raison.

À présent, elle semble blessée. Sa voix tremble.

—C'est très dur pour moi.

—Je sais. Je suis désolée.

J'ai dit ce qu'il fallait dire mais, en mon for intérieur, je bouillonne de colère. Je n'y crois pas… Je ne peux pas y croire. Il est impensable que Julia ait écrit une note pareille… pas de *chichi*, tu parles, Julia était une vraie cabotine ; et de toute façon elle se serait confiée à moi.

Soudain, je me souviens du texto et de l'appel manqué.

Appelle-moi. Besoin de te parler.

Elle a essayé de me parler. Et je l'ai ignorée.

—Je t'informerai des dispositions prises pour l'enterrement, reprend Joan d'un ton bref. Ce serait gentil de ta part de m'envoyer une liste d'amis et de collègues, des gens à qui nous devrions envoyer un faire-part.

— Je peux contacter des gens aussi, dis-je, désireuse de me rendre utile.

— Merci, on va se débrouiller. Je suis avec Robbie et Wendy.

Ma gorge se noue. C'est irrationnel, mais je me sens vexée. Et pour Julia aussi. Elle aurait détesté que son frère et sa belle-sœur organisent quoi que ce soit pour elle.

— J'aimerais vous donner un coup de main…

— C'est très gentil de ta part, mais tout est prévu. Ce sera une cérémonie œcuménique, conformément aux dernières volontés de Julia.

Quelles volontés ? *Pas de cérémonie religieuse.*

— Et… nous pensions au crématorium d'East Devon.

Elle renifle.

— Enfin, envoie-moi cette liste d'amis et de collègues quand tu auras un moment, s'il te plaît.

Dans une sorte de brouillard, je note son adresse mail et prends congé d'elle.

Une heure s'écoule. Il y a un soleil resplendissant dehors mais je reste assise à la table de la cuisine, le regard dans le vide, la tête pleine d'images de Julia – farouche, fière, drôle. Je pense à mes enfants traumatisés. Julia les adorait. Elle m'adorait. Si elle avait été déprimée, je l'aurais su. Mais elle était heureuse, elle aimait son travail, et son nouvel amant, ce démon blond, lui plaisait beaucoup. Elle adorait sa vie.

Ça ne peut pas être vrai. Je refuse de l'accepter. Il y a dû y avoir autre chose, un autre facteur. Je me débats avec ces pensées durant le reste de la semaine, obsédée par l'idée de me renseigner. J'appelle tous les numéros que la police m'a donnés. On me confirme que l'autopsie et la note trouvée sur l'ordinateur indiquent qu'il s'agit d'un suicide. Julia est morte entre vingt-deux heures et minuit. Je ne peux pas m'empêcher de penser à cette soirée si bousculée, au silence de la maison après le départ de Will pour l'aéroport et à moi qui m'étais couchée en pensant qu'il était trop tard pour rappeler Julia. Si seulement j'avais ignoré les convenances, comme Julia, elle, l'aurait fait…

Je téléphone aux éditeurs des revues auxquelles elle collaborait en free-lance. J'appelle les blogueurs, les journalistes que j'ai rencontrés par son intermédiaire, les deux ex-amants avec qui je suis encore en contact. Et je parle, interminablement, à Will, qui m'écoute patiemment lui répéter que Julia était incapable de se suicider, et me serre dans ses bras quand je finis par céder aux larmes.

Tous s'accordent à dire que c'est un choc, que c'est dur, mais que nous devons nous y faire. Ils laissent plus ou moins entendre qu'un sentiment de culpabilité me pousse à nier la vérité. Un sentiment de culpabilité que je n'ai aucune raison d'éprouver, disent-ils. Certains affirment que ce n'est pas ma faute. Je veux leur crier que je le sais. Que la question n'est pas là. Julia n'est pas morte à cause de moi.

Maman et Will suggèrent timidement que je suis influencée par les circonstances de la mort de Kara.

— Il n'y a pas d'assassin ici, seulement une femme malheureuse qui nous a caché à tous ce qu'elle ressentait vraiment, affirme Will, d'un ton plein de sollicitude qui le trahit.

Comme tous les autres, il pense que je fais fausse route.

Ainsi, une autre semaine s'écoule, le corps est rendu à la famille, le jour de la cérémonie approche et l'histoire de Julia est réécrite. Loin d'avoir été heureuse et pleine de vie, elle aurait été cachottière et dépressive. J'entends beaucoup parler du thérapeute qu'elle a consulté durant plusieurs années après la mort de Kara. De la même manière, il y a de fréquentes références aux nombreuses soirées que Julia «passait avec Jack».

Je me tue à répéter aux gens qu'elle disait cela pour rire, que c'était ironique.

Ils pincent les lèvres, parlent de ces gens qui boivent seuls et citent des statistiques sur le bourbon et le suicide.

Lasse de ces conversations, je me replie sur moi-même, observe mes enfants avec attention. Zack, comme les tout jeunes enfants y parviennent, reprend du poil de la bête – ses souvenirs de Julia s'estompent déjà. Hannah est réservée à la maison, mais ses professeurs m'affirment qu'elle se comporte normalement au collège.

Le train-train reprend : je fais le taxi pour les enfants, les courses, règle les factures. Et pourtant, alors même que tout reste pareil, tout est différent. Je remarque une jeune femme arborant des lunettes de soleil à la Jackie Kennedy et une veste verte qui sort de Waitrose sur Gladstone Road. Elle ressemble tellement à Julia que je lui emboîte le pas jusqu'au moment où elle tourne au coin et je vois son nez aquilin, le contour juvénile de son menton et je me rends compte que ce n'est pas elle. Instinctivement, je sors mon téléphone pour relater ma méprise à Julia.

Et puis je me souviens. Je reste debout, immobile, dans la rue, mon sac de courses pesant lourdement à mon bras. J'entends presque son rire sarcastique : *Arrête les médocs, Liv,* dirait-elle. Ou alors : *Planète Terre à ménagère : on se reprend.*

Chaque jour, il se passe quelque chose que je voudrais lui raconter : le dessin qu'a fait Zack d'une voiture qui – si on plisse les yeux et qu'on la regarde d'un certain angle – ressemble étrangement à celle qu'elle conduisait, ou l'actrice vue dans une comédie dramatique qui me rappelle une vieille amie commune. J'essaie de le dire à Will, mais ce ne sont pas des souvenirs qu'il peut partager, et, de toute façon, il est fatigué et soucieux quand il rentre du bureau le soir.

De sorte que nous parlons de moins en moins de Julia alors même qu'elle me manque de plus en plus, et que, durant tout ce temps, diverses hypothèses tournent en boucle dans mon esprit.

Elle n'a pas succombé à la maladie. Ne s'est pas suicidée.

Petit à petit, sans bruit, la seule autre possibilité s'insinue comme un poison dans ma tête, bousculant le connu et l'inconnu.

Personne ne prend des barbituriques par accident. Le Nembutal n'est disponible que sur ordonnance et le dossier médical de Julia confirme qu'on ne lui en a pas prescrit.

Autrement dit, sa mort n'a pas été un accident, et elle ne l'a pas choisie.

Ce qui ne laisse qu'une seule explication : quelqu'un a tué Julia et maquillé sa mort en suicide.

3

Will prend une journée de congé pour m'accompagner aux obsèques. Il est d'avis que les enfants ne devraient pas y assister. Je suis d'accord avec lui concernant Zack, qui continue à accepter la mort de Julia comme un fait naturel et exprime ses sentiments par autant de questions : qu'est-ce qui se passe quand on meurt ? Est-ce que le cœur s'arrête juste de battre comme ça ? Et quand le cœur s'arrête, le cerveau peut penser quand même ? C'est comme de s'allonger sur le canapé et de s'endormir ? Quel effet ça fait ? Ça peut m'arriver à moi aussi ? Et à papa et à toi ?

Je réponds de mon mieux, essayant de trouver un juste milieu entre la vérité et son besoin d'être rassuré. J'explique que parfois les gens tombent malades subitement, mais en général seulement quand ils sont très vieux et que leurs enfants sont adultes. Il n'est pas venu à l'esprit de Zack que Julia ait pu se donner la mort – qu'une telle possibilité puisse même exister. Je ne vois pas en quoi assister aux obsèques l'aiderait à mieux comprendre ou à mieux faire son deuil.

Avec Hannah, c'est différent. Elle demande tout de go ce que m'a dit la police à propos de la mort de Julia. Après avoir tergiversé un peu, je finis par céder face à son insistance. Un seul regard suffit à me le faire regretter. Contrairement à Zack, Hannah sait que le suicide est une possibilité, mais elle n'est pas davantage en mesure que moi de comprendre pourquoi Julia se serait tuée. Je lui dis que je ne crois pas à cette hypothèse, cependant, elle est ébranlée par le poids des figures d'autorité qui me contre-disent, son père y compris. Elle pleure dans sa chambre, me serre contre elle un instant avant de me repousser presque aussitôt. Elle refuse de parler. Will essaie. Ma mère aussi. Hannah se mure dans son silence. Je reconnais la souffrance qui coule de ses yeux. Elle sait qu'elle était particulièrement aimée de Julia et se pose les mêmes questions que moi : comment Julia a-t-elle pu s'arracher à nous ? Pourquoi ne lui avons-nous pas suffi ? Comment a-t-elle pu nous faire ça ?

Des questions que je me pose chaque jour, pour aboutir toujours à une seule et même réponse, toute simple. Julia ne se serait *jamais* suicidée. Et de toute façon, elle n'aurait jamais permis que ce soient mes enfants qui la trouvent. Elle savait que nous venions. Nos déjeuners du dimanche étaient un événement régulier quand Julia était chez elle et nous avions confirmé celui-ci deux jours avant.

J'avais appelé pour vérifier à quelle heure nous devions arriver. Elle m'avait paru distraite, sa voix inhabituellement tendue et anxieuse. Je lui avais demandé si elle allait bien et elle m'avait répondu que oui, qu'elle était seulement préoccupée à cause de son travail. Puis elle avait ajouté quelque chose d'un peu étrange, comme quoi elle devait « se renseigner sur un truc ». Elle avait aussi mentionné son nouvel ami, le Démon blond. Était-il lié à ce truc sur lequel elle enquêtait ? J'ai du mal à me souvenir du déroulement exact de la conversation.

Supposons qu'elle ait découvert quelque chose à son sujet... quelque chose de déplaisant ? Elle s'était montrée beaucoup plus cachottière que d'habitude à propos de cet homme. Pourquoi cela ? Et si elle avait découvert qu'il était marié ? Cette pensée tourne dans ma tête. Depuis tout le temps que je la connais, elle n'a jamais couché avec un homme marié. Pas sciemment, du moins.

Était-ce à cela que son texto faisait allusion, ce fameux samedi soir ?

Appelle-moi. Besoin de te parler.

Tout ça me ronge.

Julia est morte un samedi soir. Pourquoi n'était-elle pas avec son Démon blond ? Pourquoi ne s'est-il pas manifesté depuis ? S'étaient-ils querellés ? Il est inconcevable que Julia se soit tuée à cause d'un homme – *Mieux vaut les traiter comme des animaux domestiques, ils sont gentils* – mais si, pour une raison ou pour une autre, elle a voulu rompre, il a pu devenir agressif. Mais alors, pourquoi n'y avait-il aucun signe de lutte ? Je revois Julia paisiblement allongée sur le canapé. C'est déchirant de penser qu'elle aurait haï qu'on la découvre ainsi – le pantalon souillé, les cheveux en désordre.

Quand je propose à Hannah de venir à l'enterrement, elle secoue la tête.

— Il n'y aura que des adultes là-bas, maman. Je veux lui dire au revoir toute seule.

Je lui promets de l'emmener à l'endroit préféré de Julia, à Bolt Head, sur la côte, d'où on a une vue dégagée sur la mer. Elle avait dit aux enfants qu'elle l'aimait à cause des milans qui le survolaient. À moi, elle m'avait avoué avoir aussi rencontré là plusieurs hommes séduisants et fortunés qu'elle avait ramenés chez elle pour des ébats sexuels passionnés. Hannah est d'accord pour s'y rendre, mais je vois que c'est une piètre consolation. Je lui dis qu'on s'assiéra sur la falaise, au-dessus de la mer, et qu'on boira les faux gin tonics que Julia avait coutume de lui préparer.

— Ce ne sera pas pareil, murmure-t-elle d'une petite voix perdue.

Et bien sûr elle a raison.

Will est contrarié qu'Hannah sache pour le suicide – il aurait préféré tout lui cacher. Nous nous disputons à ce propos le dimanche, après quoi il reste muet pendant plusieurs heures. Blessée, je garde mes distances. Le dégel se produit une fois les enfants couchés. Nous parlons de nos projets de vacances pour la fin de l'été en mangeant des plats à emporter. C'est typique de la manière dont nous nous réconcilions, en laissant s'éloigner les problèmes et les tensions au lieu de les affronter. J'ai toujours aimé que nos disputes soient rares mais aujourd'hui, j'ai conscience, une fois de plus, que ne pas parler signifie que rien n'a été résolu en profondeur.

Le lendemain matin, alors que nous nous préparons, ma mère téléphone de Bath. Elle a une bonne grippe, pourtant, en dépit de sa fièvre et de son mal à la gorge, elle est résolue à faire la route jusqu'à Exeter pour assister à la cérémonie. Il me faut un bon moment pour l'en dissuader. Ma mère a toujours eu beaucoup d'affection pour Julia, tout comme Julia a toujours eu un faible pour elle, pour mes deux parents, à vrai dire.

— Ils sont mon foyer loin de mon foyer, Liv, m'a-t-elle déclaré un jour. Tu n'as pas idée de la chance que tu as.

Par conséquent, en fin de compte, il n'y a que Will et moi. Nous nous rendons au crématorium dans un silence confortable. Je suis perdue dans mes pensées, repassant dans ma tête le bref éloge funèbre que Joan m'a invitée à faire. Même si j'ai été écartée de l'organisation des obsèques, j'aurai au moins la possibilité de parler, de rappeler à tout le monde qui était réellement Julia, mais plus ce moment approche, plus cette responsabilité pèse lourdement sur mes épaules. Nous arrivons avec une demi-heure d'avance. La cérémonie ne commence qu'à onze heures, néanmoins la mère et le frère de Julia sont déjà là avec Wendy. Le temps sec et ensoleillé de ces dernières semaines a viré à l'humidité, et le ciel est plombé par des nuages sombres.

Robbie sourit en me voyant. Il ne ressemble pas du tout à sa sœur, et, avec ses joues tombantes et son crâne dégarni, paraît beaucoup plus âgé que ses trente-six ans. Julia était toujours ravie qu'on la croie la plus jeune des deux, et taquinait son jumeau en lui disant qu'il faisait « vieux » avant l'âge – ce qui avait le don d'agacer Robbie.

Malgré tout cela – et les cheveux qu'il s'est laissé pousser dans le cou, sans doute pour compenser leur absence au sommet de son crâne –, Robbie est plus séduisant à présent qu'il ne l'a été entre vingt et trente ans. Certainement plus séduisant qu'à l'époque de notre désastreux rendez-vous, quand il avait les joues couvertes d'acné. Will affirme que Robbie a toujours un faible pour moi. Il me sourit jusqu'aux oreilles et jette sa cigarette alors que nous approchons.

Je baisse les yeux sur le mégot rougeoyant. Julia et moi, on fumait aussi, autrefois. J'ai bataillé pour arrêter l'année où j'ai épousé Will. Julia a continué gaiement au rythme d'un paquet par jour jusqu'à son trente-cinquième anniversaire quand, pour des raisons qu'elle n'a jamais vraiment expliquées, elle a décidé de cesser sur-le-champ. Pour autant que je le sache, elle a renoncé sans la moindre difficulté – et, en moins d'une semaine, s'est métamorphosée en anti-tabac pure et dure. Je ne l'ai jamais revue une cigarette à la main.

Joan nous offre une moue malheureuse mais Robbie se penche et m'embrasse avec chaleur, puis serre la main de Will. Wendy, une prof de gym au corps sec et au visage assorti, se contente de froncer les sourcils ; vêtue d'une longue jupe noire ajustée et d'une veste grise et droite, elle paraît plus musclée et plus austère que jamais. Le style masculin de sa tenue est renforcé par son visage pincé et sa coupe peroxydée au ras du menton. Julia ne pouvait pas la supporter. *Hitler en perruque blonde*, disait-elle avec un gloussement méprisant.

— Comment ça va, vous deux ? demande Robbie.

— Ça va. Et vous tous, vous tenez le coup ?

— On essaie.

Joan secoue la tête, évite mon regard. Wendy lui tapote le bras. Je me balance d'un pied sur l'autre, mal à l'aise. Robbie ouvre la bouche, visiblement désireux de bavarder, mais Will le prend de vitesse.

— Nous sommes vraiment désolés, dit-il. À tout à l'heure. Viens, Liv.

Il m'entraîne vers Paul, Becky et Martha qui viennent d'arriver. Les premières rangées de chaises du crématorium se remplissent lentement, surtout de gens que je ne reconnais pas. Une poignée d'amis et de collègues de Julia s'approchent et parlent à voix basse ; tous arborent une mine choquée, solennelle.

Cinq minutes supplémentaires s'écoulent, puis tout le monde est invité à s'installer. Pour une raison ou pour une autre, Wendy, qui ne nous a pas adressé la parole dans le parking, vient droit vers nous alors que nous attendons dans l'allée.

— Livy.

Ses doigts osseux m'agrippent le bras comme des griffes. Les gens de part et d'autre d'elle s'écartent.

— J'aurais dû te le dire dehors, merci infiniment d'être venue.

Quoi ? Je me hérisse. Je sens que Will se raidit, lui aussi. Pour qui se prend-elle ? Après leur dispute, Julia et elle ne se sont revues que trois ou quatre fois, aux rares réunions de famille auxquelles Julia n'avait pu se soustraire.

— Salut, Wendy.

J'hésite, indique la salle.

— C'est bien de voir qu'il y a tant de gens ici.

— Des parents, répond-elle avec un mince sourire. Julia avait trente-trois cousins, tu sais.

Je savais. C'était une des différences entre nous – Julia en rupture avec sa nombreuse famille, et moi, enfant unique après la disparition de Kara, étroitement liée à mes parents, et maintenant, à ma mère.

Wendy s'éclaircit la gorge.

—Tout le monde est venu soutenir la mère de Julia, évidemment.

Elle secoue la tête.

—C'est tellement égoïste de la part de Julia. C'est bien d'elle, au fond, de vouloir attirer l'attention jusque dans la mort.

J'en reste bouche bée.

—Tu es trop sévère, s'interpose Will fermement.

Je sens sa main sur mon épaule et mon cœur se gonfle de gratitude.

—Nous ne savons pas ce qui se passait pour elle… pourquoi elle aurait…

Je m'empresse de rectifier.

—Si elle avait…

Wendy lâche un reniflement méprisant.

—Elle était peut-être moins proche de nous tous que nous le pensions.

Cette pique m'est à l'évidence destinée. Je veux me défendre et défendre Julia – dire à Wendy que nous n'avions pas de secrets l'une pour l'autre. Mais ce n'est pas vrai. J'ai trahi Julia. Je ne l'ai pas rappelée. Je ne sais pas ce qui la préoccupait ce soir-là.

Je n'étais pas là quand elle est morte.

La musique commence et Wendy s'éloigne. Le crématorium est presque plein. Pour chasser de mon esprit les réflexions de la belle-sœur de Julia, je me retourne et parle à certaines de ses amies journalistes.

Elles, au moins, sont sincèrement attristées par sa disparition. Les journalistes de mode arborent de petites robes noires, des bijoux en or blanc étincelant et des sacs à main de grandes marques. La plupart des autres portent des vestes d'été et des nu-pieds à talons. Beaucoup ont l'air sous le choc, mais toutes disent la même chose.

Je ne me doutais pas du tout qu'elle était déprimée et qu'elle buvait beaucoup. Tu étais au courant?

Ce n'est pas vrai! ai-je envie de leur hurler. Mais à quoi bon? Tous croient qu'elle s'est suicidée, y compris ceux qui sont réellement bouleversés. Je suis la seule à douter.

Je suis soulagée quand Paul, Becky et Martha prennent place à côté de nous. C'est par mon intermédiaire que Paul a fait la connaissance de Julia, à l'époque où nous étions tous en fac. Ils ont même couché ensemble une fois. Ni l'un ni l'autre n'a eu envie de pousser les choses plus avant et je ne suis pas du tout sûre que Becky soit au courant. Durant la période où Will et moi avons beaucoup fréquenté Paul et Becky, Julia était souvent présente. En revanche, Martha ne l'a rencontrée que quelques fois et n'est là que par égard pour moi, je le sais.

—J'aurais aimé la connaître mieux, dit Becky doucement. Elle a toujours été assez réservée, mais c'était une fille adorable. Pleine de vie. On n'aurait jamais imaginé…

Je me mords la lèvre.

Paul fronce les sourcils.

—Je suis désolé, Liv. Ça doit être très dur pour toi.

Je lui adresse un sourire reconnaissant.

— Leo voulait venir aussi, tu le sais, n'est-ce pas ? demande Martha.

— C'est vrai, confirme Paul, mais avec Will et moi absents du bureau, c'était difficile. Il t'embrasse.

— Absolument, renchérit Martha.

— C'est gentil.

Je n'écoute pas vraiment. C'est gentil de la part de Leo de penser à l'enterrement de Julia. Après tout, il la connaît à peine, comme Martha. Et je suis touchée que Martha, Paul et Becky aient fait l'effort de venir. Pourtant, à quoi cela sert-il que les gens assistent aux obsèques de Julia si sa mémoire doit être aussi peu respectée ?

Les deux premiers rangs sont *réservés à la famille*. En voyant ce panneau, j'ai envie de fondre en larmes, puis je me dis que c'est mesquin de s'en soucier.

Ce qui compte, c'est Julia. Malgré tout, être tenue à l'écart sous prétexte que je n'étais pas liée à elle par le sang me brise le cœur.

— Je suis tellement contente qu'Hannah ne soit pas là, dis-je à l'oreille de Will. Elle serait anéantie.

Il acquiesce.

Je suis assise au bout d'une rangée, de façon à pouvoir quitter ma place sans encombre quand il me faudra prendre la parole. J'ai des papillons à l'estomac. Au moins, je participe à la cérémonie. Mon nom figure sur la liste des orateurs, vers la fin, après que Wendy aura lu un poème et Robbie prononcé un bref éloge de la vie de sa sœur. J'imagine sans peine le verdict de Julia là-dessus – *Ce faux jeton ne connaissait strictement rien de ma vie.* Enfin, c'est là que j'interviens, pour remplir les blancs.

Deux morceaux de musique sont prévus – un air classique popularisé par un ténor italien que Julia aurait détesté, et, pour conclure la cérémonie, la *Suite n° 3 pour orchestre* de Bach. Très jolie mélodie, mais à ma connaissance, Julia ne l'écoutait jamais. Joan passe à côté de moi au moment où ces pensées me traversent l'esprit. Pâle, les traits tirés, elle s'appuie lourdement sur le bras de Robbie. Je me sens coupable. Peut-être que la *Suite n° 3 pour orchestre* signifie quelque chose pour eux.

La seule musique de ma vie se joue au lit, ma chérie. J'entends presque la voix ironique de Julia tandis que les conversations cessent dans le crématorium et que Joan, Wendy et Robbie prennent leurs places. Ensuite, le cercueil est amené. Ma gorge se noue – l'idée que Julia repose à l'intérieur est à la fois absurde et horrible. J'ai tellement de colère en moi. Cette cérémonie ne devrait pas avoir lieu. Julia ne devrait pas être morte. Tout est tellement faux.

Un employé du crématorium entame la cérémonie, et invite Wendy à prendre la parole. En fait, elle lit plutôt bien son poème, sa voix coupante porte clairement dans la salle. On entend quelques reniflements endeuillés après la chanson du ténor italien. Ensuite, c'est au tour de Robbie. Il fronce les sourcils en parlant. D'abord, je crois qu'il est gêné par son chagrin, puis je comprends qu'il en veut à Julia. Pas à cause de ce qu'il dit – des propos anodins sur l'intelligence de Julia et le succès de sa carrière de journaliste – mais à cause du ton qu'il emploie. Il est furieux contre elle. Les paroles que Wendy a lâchées tout à l'heure me reviennent en mémoire.

C'est tellement égoïste de sa part de vouloir attirer l'attention jusque dans la mort.

Robbie communique exactement le même sentiment avec chacun des mots qu'il prononce. J'ai du mal à en croire mes oreilles. Il ne raconte aucun souvenir personnel, n'évoque ni la chaleur de Julia ni sa générosité. Il parle pendant moins de trois minutes, se contentant de résumer le parcours professionnel de Julia et de faire un lien acerbe entre ses « nombreux voyages » et son peu d'inclination à s'engager dans des relations durables. Il a évité de mentionner la manière dont Julia est morte, pourtant, le suicide est dans toutes les pensées.

L'employé du crématorium appelle mon nom. Les jambes flageolantes, je m'avance et prends place à côté du cercueil.

Je promène un regard sur l'assistance. Certains sont en larmes. Tous ces gens croient que Julia s'est tuée. C'est à moi de leur faire comprendre, d'une manière ou d'une autre, qu'elle n'a rien fait de tel.

J'inspire à fond pendant que Will m'encourage d'un sourire. J'ai écrit ce que je veux dire. Le papier tremble dans ma main. À présent que je suis là, les mots semblent insuffisants alors je les ignore et me laisse guider par mes sentiments.

— J'ai du mal à réaliser que Julia n'est plus là, elle qui a toujours été tellement présente. On dit parfois que quelqu'un déborde de vie et d'énergie, mais Julia était vraiment comme ça. C'était la personne la plus drôle que j'aie jamais connue.

Je marque une pause. L'anecdote que je voulais relater m'échappe.

79

—Ses traits d'esprit lui ont parfois attiré des ennuis, mais au fond, elle ne supportait pas la méchanceté, pas plus que les gens en retard.

Quelques personnes hochent la tête. L'impatience que Julia manifestait envers le manque de ponctualité était bien connue – un jour, elle a interrompu la conversation téléphonique d'un grand couturier qui la faisait attendre.

—Bref… Julia avait des idées bien arrêtées.

J'hésite. Ce n'est pas ce que je voulais dire.

—Ce que je veux dire, c'est que Julia était ma meilleure amie. Nous parlions. Tout le temps. Elle me confiait tout.

Ma voix s'étrangle.

—Le soir de sa mort, elle a essayé de m'appeler mais je n'étais pas là…

La plupart des visages expriment le chagrin et la compassion. Je croise le regard de Becky. Elle me sourit. Paul aussi. À côté de lui, Martha écrase une larme et hoche la tête en guise de soutien. Encouragée, je poursuis.

—Ce que j'essaie de dire, c'est que Julia était généreuse – avec son temps, son argent et son affection. Qu'elle était susceptible, acerbe, intolérante envers la bêtise, mais aussi pleine de sagesse, d'humour, de gentillesse. Elle avait dix-huit ans quand nous nous sommes rencontrées, à l'université. Et même si elle avait des mauvais jours, elle croquait la vie à pleines dents. Elle adorait son travail de journaliste, la mode, les sacs à main… et son appartement, son chez-elle. Surtout, elle était fidèle à ses amis. On parlait de vieillir. On se disait que si on finissait seules toutes les deux, on prendrait un appartement ensemble et deux gros matous. Elle adorait mes enfants…

Les larmes me viennent aux yeux.

— Il est tout simplement impensable qu'elle ait fait… ce qu'on prétend… c'est… il a dû se passer autre chose.

Ma voix se brise. Je ne peux plus articuler un son. Les visages devenus flous paraissent inquiets, les gens échangent des coups d'œil embarrassés.

Soudain, Will est à côté de moi. Mes genoux cèdent et je m'appuie sur lui, le laisse me ramener à ma place. Un silence feutré règne dans la salle. Au premier rang, Wendy, Joan et Robbie me considèrent avec pitié – et dans le cas de Wendy, avec mépris.

Un chagrin terrible me submerge. Je n'ai convaincu personne. Si c'était l'inverse et que Julia fût là, à ma place, elle aurait trouvé les mots justes pour dire au monde que je n'aurais jamais pu me tuer. Moi, j'ai échoué. J'ai échoué auprès de Julia. Les larmes roulent sur mes joues. Arrivé à la hauteur de notre rangée, Will s'immobilise. Au fond de la salle, les gens, debout, se pressent de part et d'autre de la porte. Tous m'observent sans tout à fait croiser mon regard.

Tous sauf un. Il est grand, d'une beauté virile, vêtu d'un costume noir. Même avant d'avoir remarqué la crinière blonde qui le trahit, je reconnais instinctivement le Démon blond de Julia.

La fureur se lit sur ses traits, dans sa posture. Alors que je le fixe, il se détourne brusquement et sort. Will m'oblige à me rasseoir. Je sens que j'ai les joues rouges. Will ne semble pas avoir remarqué l'homme. Il se penche, sa main sur la mienne, et chuchote à mon oreille.

— Ça va, Livy?

Je hoche la tête, tout en m'essuyant les yeux. L'employé du crématorium nous accorde une minute de silence pour prier ou penser à Julia et aux moments passés avec elle. Puis la *Suite n° 3 pour orchestre* de Bach s'élève et les rideaux devant le cercueil se ferment. Je regarde une fois de plus autour de moi, mais le jeune homme blond a bel et bien disparu.

Avant même que je m'en rende compte, la cérémonie s'achève et tout le monde quitte les lieux. Will passe un bras autour de mes épaules et me guide au-dehors. L'air est plus frais qu'avant, le soleil a du mal à percer.

La famille de Julia m'évite mais plusieurs personnes s'approchent: des amis et collègues de Julia et ses deux ex. Martha, Paul et Becky sont particulièrement adorables. Ils m'étreignent avec émotion, en affirmant que je n'ai rien à me reprocher vis-à-vis de Julia. Je déteste qu'on ait interprété ainsi mes propos – comme si c'était un plaidoyer pour mon innocence. Personne ici n'envisage que je puisse avoir raison à propos de la mort de Julia. Je demande à quelques-uns s'ils connaissent le nom du blond qui se tenait au fond de la salle, mais aucun ne le sait. Le regard furibond qu'il m'a lancé s'est gravé dans mon esprit et fait courir des frissons le long de ma colonne vertébrale.

Pourquoi était-il si fâché? Sait-il quelque chose?

J'essaie d'expliquer mes soupçons à Will, qui refuse de m'écouter. Il pense que je me trompe

– que mon point de vue est faussé par le remords et le chagrin. Il me fait aussi remarquer que rien ne prouve que l'inconnu soit le Démon blond.

— Vu l'état où tu es, tu as facilement pu imaginer son air coléreux, suggère-t-il.

— Je ne l'ai pas imaginé !

— D'accord, mais s'il avait vraiment une liaison avec Julia, pourquoi ne s'est-il présenté à personne, Liv ?

Sa question est raisonnable et je n'ai pas de réponse à lui proposer. Autour de nous, la foule est plus clairsemée, les gens partent pour l'hôtel où Joan a organisé une petite veillée. Le Démon blond n'est plus là, aucun doute là-dessus.

Will et moi emmenons deux des amies journalistes de Julia. La conversation, triviale et polie, ne contient que de rares allusions à Julia. Il est ironique qu'une femme dotée de tant de personnalité ait si peu marqué son propre enterrement. Le cœur lourd, je me sens seule avec ma peine. Mon malaise persiste à l'hôtel, dont le décor est on ne peut plus anonyme : tout y est beige et moderne, c'est le genre d'endroit que Julia aurait détesté. Les quelques bouteilles de vin offertes se vident rapidement, remplacées par du thé et du café, et un bar payant. Il fait chaud. Les hommes ne tardent pas à retirer leur veste, ajoutant à l'atmosphère détendue, bon enfant. La plupart des amies journalistes de Julia ont disparu. Je vois dans un coin deux femmes que j'ai connues à la fac, mais tout à leur conversation, elles ne font pas attention à moi.

Je parle avec Paul et Becky un moment. Ils sont si gentils, si attentionnés, que j'en ai presque les larmes aux yeux. Au bout d'un moment, je comprends que Becky vient de terminer son trimestre – les établissements privés finissent toujours avant les écoles publiques – et qu'elle part pour l'Espagne le lendemain. J'insiste pour qu'ils rentrent afin qu'ils puissent profiter de leur dernière soirée ensemble. Après avoir hésité un peu, ils s'en vont, en emmenant Martha.

Seule pour la première fois depuis la fin de la cérémonie, je regarde autour de moi. Will, près de la fenêtre, discute avec Robbie et Wendy. Après les coups d'œil apitoyés qu'ils m'ont lancés au crématorium et les paroles de Wendy sur l'égoïsme de Julia, je ne peux me résoudre à me joindre à eux. Alors que je les observe, le portable de Will sonne dans la poche de sa veste, drapée sur le dossier de la chaise à côté de moi. Il est toujours en pleine conversation, aussi je réponds à sa place.

C'est Leo.

— Bonjour.

— Livy ? Vraiment désolé de te déranger durant les obsèques.

Ses excuses ne me semblent guère sincères. Le ton de sa voix est à la fois empreint d'importance et trop insistant, comme sa main sur mon bras l'autre jour.

Je m'éclaircis la gorge.

— Ce n'est pas grave. C'est presque terminé.

De fait, la salle est en train de se vider.

— C'est terrible pour Julia. Je ne la connaissais guère, bien sûr, mais elle était si pleine de vie.

Je soupire. Leo ne manque pas d'intelligence, mais il retombe sur les mêmes platitudes que nous tous.

— Et, euh… comment s'est passée la cérémonie ?

— Ça a été.

Ma voix s'emplit de larmes.

— Non, en fait, ça n'a pas été du tout.

— Je sais, répond Leo avec une compassion qui, cette fois, paraît sincère. Je suis content que Martha et Paul soient venus me représenter.

— Merci. Pardon. Tu voulais parler à Will ?

— S'il te plaît, c'est à propos d'un des comptes en France. Il est là ?

Je m'approche de Will et lui tends l'appareil. Comme je ne tiens pas à rester bavarder avec Robbie et Wendy, je m'excuse et me replie dans les toilettes. En traversant la salle, je cherche le Démon blond du regard. Il n'est toujours pas là. À l'évidence, il ne viendra pas.

L'anxiété que j'ai éprouvée tout à l'heure me noue l'estomac.

Cet homme sait quelque chose au sujet de la mort de Julia.

J'en suis certaine. Et, à présent, je ne suis pas seulement bouleversée qu'elle ne soit plus là.

J'ai peur aussi.

Georgina

« Et Dieu dit : "Voici le signe de l'alliance que j'institue entre moi et vous." »
Genèse 9,12

Ceci va vous amuser.

Avant ma rencontre avec La femme de ma vie, il y a eu Georgina. Elle était notre baby-sitter quand j'avais une douzaine d'années – et que j'estimais, bien sûr, être trop grand pour avoir besoin d'une baby-sitter. Je tolérais Georgina parce qu'elle était jolie, enfin elle me semblait jolie à l'époque.

C'était l'été – et ma mère avait organisé une fête à l'occasion de notre emménagement dans une nouvelle maison. Naturellement, mon père n'était pas là, mais Georgina si. Je me souviens qu'elle est arrivée vêtue d'une jupe audacieusement courte. Elle portait des tresses et ses lèvres pulpeuses étaient recouvertes d'un rouge vif qui lui donnait l'apparence, au moins, de la sophistication adulte. La plupart des hommes – les maris des amies de ma mère – ne pouvaient pas détacher leurs regards d'elle. Cependant Georgina était ma propriété. Il ne m'est pas venu à l'esprit qu'elle avait huit ans – et douze centimètres – de plus que moi. Je n'avais jamais été embrassé : j'ai décrété sur-le-champ que je voulais que Georgina m'embrasse et que rien ne pourrait m'empêcher de parvenir à mes fins.

Il faisait chaud, c'était un après-midi parfait, avec un ciel bleu et juste la petite brise qu'il fallait. Les adultes, assis dans le jardin, sirotaient de la bière ou du vin, fumaient et bavardaient. Tout était très ennuyeux, très conformiste. Georgina, quant à elle, flirtait, la petite garce, savourant l'attention de ces hommes plus âgés qu'elle. Je lui ai dit que j'avais besoin de lui parler et lui ai fait signe de me suivre sur le côté de la maison. Elle m'a suivi à regret.

Nous nous sommes arrêtés entre le mur de la cuisine et la clôture branlante recouverte de glycine mauve qui séparait notre maison de celle du voisin.

— Qu'est-ce qu'il y a ? m'a demandé Georgina avec impatience.

— Embrasse-moi, ai-je ordonné en levant les yeux vers elle.

Le soleil soulignait le duvet au-dessus de sa lèvre supérieure et donnait un éclat doré à ses longues tresses blondes.

Elle a éclaté de rire.

— Oh ! Je t'en prie, a-t-elle dit en me donnant un petit baiser sur la joue. À tout à l'heure, bébé.

Sur quoi elle s'est détournée, visiblement décidée à regagner la fête.

J'étais outré. Ce n'était ni le baiser ni l'attitude que j'avais escomptés. Je l'ai saisie par le poignet.

— Lâche-moi !

— Non, ai-je répliqué, plein d'assurance. Embrasse-moi. Sinon je dirai à maman que tu as volé son collier.

Elle a froncé les sourcils.

— Qu'est-ce que tu racontes ? Quel collier ?

L'objet en question – un legs de ma défunte grand-mère – se trouvait en réalité dans ma poche. Sous couvert de la fête, je l'avais dérobé, dans l'intention de le vendre la prochaine fois que j'irais au centre-ville, où je passerais inaperçu. Je ne me rappelle pas ce que je voulais acheter avec l'argent, mais ce n'était ni la première ni la dernière fois que je subtilisais de petits objets à ma famille ou à mes amis. Bizarrement, bien que tous aient remarqué leur disparition, personne ne m'a jamais soupçonné d'être l'auteur de ces larcins. Déjà, à l'époque, j'étais trop doué pour laisser des indices.

Georgina fronçait toujours les sourcils. J'ai réitéré ma menace.

— Tu ne vas pas dire ça à ta mère, a-t-elle protesté, mais en dépit de ses paroles, j'ai décelé une pointe d'incertitude dans sa voix.

Je lui ai tordu le poignet plus fort qu'avant.

— Je te jure que si.

Elle a hésité.

— Vas-y alors, espèce de petit pervers. De toute façon, elle ne te croira pas.

Je l'ai lâchée et elle s'est éloignée d'un pas vif. Je débordais de mépris. Comment osait-elle douter de moi ?

Quelques minutes plus tard, je me suis approché de ma mère tout doucement et je lui ai expliqué que je venais de voir Georgina prendre le collier dans son coffret à bijoux. Maman l'a emmenée dans la cuisine. Georgina a tout nié et essayé de me faire endosser le blâme. Cette tentative a été quelque peu mise à mal quand maman a exigé d'examiner le contenu de ses poches, dans une desquelles j'avais évidemment glissé le collier.

Maman a été choquée et bouleversée. Georgina aussi, naturellement. Moi j'assistais à la scène depuis la porte, savourant le spectacle.

Georgina s'est enfuie tandis que ma mère menaçait de téléphoner à son père le soir même pour tout lui raconter. C'était une menace lourde de conséquences car on savait très bien dans le quartier que le père de Georgina était un ivrogne doublé d'un tyran. J'ai rattrapé Georgina dans la rue, et je lui ai dit que si elle m'embrassait, j'expliquerais à maman que toute l'affaire était une mauvaise plaisanterie.

Georgina a accepté avec colère. Elle m'a entraîné derrière le premier buisson venu et s'est mise à m'embrasser. Comme il faut. Avec la langue et tout. Jamais je n'avais rien connu de tel. Au bout de dix secondes elle s'est dégagée, me laissant au comble de l'excitation.

— Bon, ça va ? a-t-elle grogné.

J'ai désigné ses seins.

— Montre-les-moi aussi.

Elle a refusé. J'ai insisté.

— Sinon, ma mère dira tout à ton père.

Après un autre instant d'hésitation, elle a déboutonné son chemisier. Elle était moins en colère maintenant, son visage était rouge et ses doigts tremblaient. Un des petits boutons en plastique est tombé. Je l'ai ramassé, j'ai bien regardé les seins de Georgina et puis je lui ai demandé de relever sa jupe.

Une fois de plus elle a hésité, puis elle a obéi. J'ai scruté le triangle de coton bleu en haut de ses cuisses maigrichonnes.

— Baisse-le.

Elle a fait glisser le slip à mi-hauteur de ses jambes en détournant le visage. J'ai pris mon temps pour examiner ce qu'elle avait révélé, savourant son humiliation autant que la vision de son corps. Au bout d'un moment, je lui ai dit qu'elle pouvait partir. En se rajustant, elle m'a regardé dans les yeux.

— Alors, tu vas dire à ta mère que toute cette histoire de collier était une blague, oui ?

J'ai pivoté et me suis éloigné, en frottant le bouton en plastique entre mes doigts.

— S'il te plaît ? a-t-elle crié dans mon dos.

Un sourire s'est dessiné sur mes lèvres.

J'ai regagné la fête. Personne n'avait remarqué ma brève absence. J'avais évidemment subi une perte financière ce jour-là, mais j'avais obtenu quelque chose de beaucoup plus précieux.

Ai-je dit la vérité à ma mère ?

Qu'en pensez-vous ?

Un peu plus tard, maman a passé son coup de téléphone et, quelques jours après, j'ai croisé Georgina dans la rue. Elle avait un œil au beurre noir. La semaine suivante, une nouvelle baby-sitter est arrivée. Elle s'appelait Kim.

4

Après la réception, Will me dépose à la maison puis repart au bureau s'occuper du fameux client en France. Il semble préoccupé en me disant au revoir et l'idée me vient qu'il est peut-être sur le point de parler à Catrina qui, après tout, travaille à Paris. Mes vieilles craintes resurgissent. Le fait de la revoir aurait-il réveillé son désir pour elle après tout?

Non, c'est absurde. Rien dans l'attitude de Will ne justifie ce genre de pensée. Je mets une machine de linge en route et m'intime de ne pas me comporter comme une idiote.

Ma mère appelle alors que j'étends le linge. Elle a une voix affreuse, toute rauque et enrhumée. Elle n'arrête pas de répéter qu'elle est désolée d'avoir manqué les obsèques, de ne pas avoir été là pour me soutenir. Je comprends à sa voix qu'elle n'est pas particulièrement ravie que Will soit déjà retourné au bureau. Je m'empresse de le défendre.

— C'est difficile de s'absenter quand ce n'est pas pour un membre de la famille.

La manière dont j'ai été tenue à l'écart par Joan et Robbie me revient en mémoire.

. — Leo a été très gentil, et Will a un poste trop important pour prendre une journée entière de congé. Tu sais qu'il est directeur adjoint, maintenant.

Ma mère se tait. Je me demande si elle songe à l'enterrement de ma sœur, voici dix-huit ans. Il a été tellement différent de celui de Julia que je n'y avais pas vraiment pensé avant, mais maintenant tout me revient. Alors que Joan a organisé une cérémonie œcuménique, sans fleurs ni couronnes, comme l'exigeait la note prétendument laissée par Julia, l'église du quartier de mes parents débordait de bouquets. Dans une affreuse parodie de mariage, l'église embaumait le parfum du muguet et des roses dont on l'avait décorée, mais aussi celui des fleurs laissées à l'intérieur et au-dehors par les amis et voisins qui s'étaient déplacés en masse pour nous apporter leur réconfort. La presse était là. Beaucoup de gens avaient été émus, je suppose, par la mort de Kara – par sa jeunesse et sa beauté.

Tout le monde pleurait. Des filles de son âge et leurs petits amis, les yeux rougis, s'accrochant les uns aux autres. Et les parents : les parents de ses amis, et les amis de mes parents. Ils s'approchaient de maman et de papa avec l'horreur dans les yeux.

— On n'arrive pas à réaliser.

— Une fille aussi adorable.

— Le pire cauchemar.

Mon père répondait avec son tact habituel. Quant à ma mère, je ne suis même pas sûre qu'elle les ait entendus. Debout à côté de lui, elle hochait la tête et murmurait quelques mots, le regard absent. Je savais que mes parents souffraient mais, à l'époque, toute à mon propre chagrin et sans enfants à moi, je n'avais aucune idée de la profondeur de leur douleur. Je ne suis pas sûre de l'imaginer à présent. Peut-être que je ne le désire pas.

Maman est prise d'une quinte de toux puis me demande le temps qu'il fait.

— Il fait doux. Un peu lourd, mais ça va.

Nous nous taisons toutes les deux. C'est drôle, on aurait pu penser que la mort de Kara puis celle de mon père nous auraient rapprochées, mais chaque deuil semble plutôt renforcer nos différences. Kara était la préférée de maman. Son bébé. Alors que j'étais une aînée classique, travaillant bien à l'école, assidue dans toutes les matières, m'exerçant religieusement au piano tous les soirs, Kara s'entraînait à la corde à sauter et rêvassait. Elle restait rarement immobile plus de quelques minutes, pourtant elle possédait une excellente mémoire et un pouvoir de concentration phénoménal. Elle obtenait sans le moindre effort de meilleures notes que moi en donnant l'impression de très peu travailler. C'était aussi une artiste talentueuse, qui consacrait une bonne partie de son temps libre à dessiner les acteurs et les stars de la pop qu'elle adorait.

Toutes les deux remarquablement jolies, Kara et Julia n'avaient pourtant en commun que la pâleur de leur teint. Leurs physiques et leurs personnalités s'opposaient du tout au tout. Maman avait déclaré un jour que c'était comme si un papillon et un tigre avaient décidé de devenir amis. Cependant, elle aimait beaucoup Julia. Je crois que mes parents espéraient que la sagacité de Julia protégerait la naïve, la douce Kara du grand vilain monde où elle avait pénétré en quittant la maison pour l'université.

Quant à moi, j'étais plus proche de mon père qui, à sa manière silencieuse et solide, m'a toujours semblé être le pilier de la famille, celui auprès de qui je pouvais quêter conseils et réconfort.

Après l'appel de ma mère, j'erre dans la maison, sans pouvoir m'empêcher de penser à la cérémonie et au visage furibond de l'inconnu.

Si une forte dose de barbituriques, une lettre et l'absence d'effraction se combinent pour renforcer la thèse du suicide, la colère du Démon blond me paraît un argument de poids pour en douter.

Appelle-moi. Besoin de te parler.

Admettons que le Démon blond et elle se soient querellés. Mon hypothèse selon laquelle Julia aurait découvert qu'il était marié n'est pas la seule possible. Julia se lassait vite de ses amants. Les rares que j'ai rencontrés au fil des années n'avaient pas duré plus de trois ou quatre mois. Elle m'avait parlé du Démon blond quelques semaines avant sa mort sans pour autant sembler encline à me le présenter. Peut-être ne supportait-il plus d'être tenu à distance. Nombre de ses ex s'en étaient irrités.

À supposer qu'il y ait bel et bien eu une querelle et que Julia ait projeté de passer la soirée seule, cela expliquait à la fois qu'elle m'ait envoyé ce texto et qu'elle ait bu quelques verres. Mais si le Démon blond était revenu plus tard ce soir-là ? Julia l'aurait laissé entrer – d'où l'absence de signe d'effraction – espérant peut-être une réconciliation. Julia mesurait un mètre soixante-sept et était menue. L'homme que j'avais vu à l'enterrement, un mètre quatre-vingts, bien bâti, correspondait à la description qu'elle m'avait faite du Démon blond. Je m'étais interrogée sur l'absence de signes de lutte, mais quelqu'un d'aussi fort n'aurait eu aucun mal à la contraindre d'absorber le Nembutal. À moins qu'il ne l'ait tout simplement glissé à son insu dans son verre.

Je vérifie l'heure. L'appartement de Julia se trouve à deux pas de l'école de Zack. En général, je vais le chercher à pied, mais si je prends la voiture, je devrais avoir au moins quarante-cinq minutes pour essayer de trouver un indice qui aura échappé à la police.

J'attrape mes clés et je m'en vais.

L'air me paraît humide et orageux quand je descends de ma Mini, achetée à la suggestion de Julia et contre l'avis de Will. Il la jugeait trop petite pour servir de voiture familiale – sa Rover est un véhicule de fonction confié par Harbury Media – et voulait que j'achète un break pour transporter les enfants ici et là. En refermant la portière écarlate et rutilante, je revois Julia s'extasier sur ses formes.

— C'est vraiment une icône, Livy, avait-elle dit avec admiration.

L'ai-je achetée parce que je savais qu'elle serait impressionnée? Ou parce que, d'une certaine façon, j'aspirais à son existence sans complication? Quoi qu'il en soit – et il m'en coûte de l'admettre – Will avait raison : elle est trop petite pour la vie de famille.

D'une main tremblante, j'introduis ma clé dans la serrure. La dernière fois que je me suis tenue ici, je ne soupçonnais pas que mon amie était morte. À présent, la vision de son corps affaissé sur le canapé est gravée au fer rouge dans ma mémoire. *Elle n'est plus là*, me dis-je. *Elle est partie. Elle a été incinérée.*

En ouvrant la porte, je me demande soudain ce que Joan va faire des cendres. Personne n'en a parlé jusqu'ici, du moins pas en ma présence. Maintenant que j'y pense, il n'a pas non plus été question d'un testament. Ça ne ressemblerait pas à Julia de ne pas en avoir fait. S'avouant volontiers maniaque, elle rangeait toutes ses factures dans des classeurs de couleurs distinctes, reflétant – m'avait-elle dit un jour – les dossiers plus complets qu'elle gardait sur son ordinateur.

Un silence troublant règne sur les lieux. L'appartement sent le renfermé et me semble aussi anonyme qu'une chambre d'hôtel, peut-être parce que personne n'y vit depuis quinze jours. Je jette un coup d'œil aux photos alignées sur le mur du couloir – souvenirs de vacances que Julia et moi avons passées en Afrique l'année qui a suivi la mort de Kara. J'avais rencontré Will quelques mois auparavant et j'ennuyais Julia à mourir en le mentionnant à la moindre occasion. Elle a essayé de m'encourager à flirter avec les hommes que nous avons rencontrés durant le voyage, mais j'ai refusé. Pas seulement par loyauté envers Will. J'ai toujours été nulle pour parler à des inconnus. Julia, en revanche, était une flirteuse-née. Même à l'époque, à dix-neuf ans, elle avait un don déconcertant pour repérer le mâle dominant au sein d'un groupe et attirer son regard. Bien sûr, son physique remarquable était un avantage. Certes, elle ne possédait pas la beauté fragile, élégante, de Kara. Ses traits n'étaient pas réguliers et ne ressemblaient pas à ceux d'une poupée, mais ses yeux dansaient quand elle parlait, son rire était rauque et sensuel et elle donnait l'impression qu'elle serait géniale au lit.

— Cette fille sue le sexe, avait déclaré avec admiration un de ses ex.

Rien de tout cela n'est reflété dans les photos de ce voyage que Julia a choisi d'exposer : une série de clichés des animaux que nous avons approchés – des singes, un couple de girafes, et mon préféré, un éléphanteau.

Dans le salon, je retiens mon souffle. Malgré moi, mes yeux se posent immédiatement sur le canapé où demeure une tache sombre. Le cœur battant à tout rompre, je détourne le regard vers la bibliothèque et la table et les chaises placées comme toujours devant la fenêtre.

Une minute. Où sont les tableaux ? Julia en avait quelques-uns – aucun qui eût une valeur marchande, seulement des œuvres abstraites qu'elle aimait bien. Je ne me souviens pas du nom des artistes. Les murs sont nus – et manque aussi le téléviseur à écran plat qui se trouvait dans le coin.

Je me dirige vers la chambre. Ses bijoux sont éparpillés sur la coiffeuse. Il y en a tant que je suis incapable de dire si des pièces ont disparu. En tout cas, il n'y a aucune trace de la bague sertie de diamants et d'émeraudes que lui a offerte un de ses ex-amants. Alan Rutherford était veuf et adorait Julia. La bague n'a pas été son seul cadeau coûteux. À sa mort, deux ans après leur rupture, et à la stupéfaction de Julia, il lui a laissé son cottage au bord de la mer, à Lympstone, où ils se rendaient parfois le week-end. Julia l'avait immédiatement mis en location pour arrondir ses fins de mois. Que va-t-il advenir de cet endroit?

Tout en y songeant, je m'avance vers la minuscule chambre qui servait de bureau à Julia. J'étouffe un cri. Son ordinateur a disparu, laissant un grand espace entouré de papiers. Le soleil brille sur la surface en bois, soulignant la couche de poussière qui délimite le carré vide.

Je m'agrippe au dossier de la chaise, soudain affolée. Qui a pris toutes ses affaires? La police? Pourquoi se serait-elle donné cette peine? L'enquête du coroner n'a pas encore pris fin, mais il est déjà entendu que Julia s'est suicidée.

Je tire mon téléphone de ma poche, dans l'intention d'appeler Joan. Puis je me souviens que je suis, de fait, une intruse ici et que quelques heures seulement se sont écoulées depuis qu'elle a enterré sa fille unique.

Je range mon appareil. Il n'y a aucune trace d'effraction. Et je suis venue chercher des preuves que Julia ne s'est pas tuée. C'est ma priorité.

Je retourne dans la chambre et m'assieds sur le lit où Zack, Hannah et moi nous sommes blottis les uns contre les autres, il y a tout juste deux semaines. C'est comme si un million d'années s'étaient écoulées. Sans le téléphone de Julia que, je le sais, Joan a récupéré, et sans son ordinateur, je ne sais guère où chercher. Un journal intime? Julia n'a jamais été du genre à s'épancher sur le papier, mais elle avait un agenda, c'est sûr. Elle a toujours refusé d'utiliser le calendrier de son téléphone et de son ordinateur, préférant acheter un carnet Moleskine tous les ans. *C'est un rite de passage pour un journaliste, Liv, une manière de faire ressortir l'Hemingway en nous moins les taureaux morts...*

Je farfouille dans les tiroirs de la table de chevet. J'ai l'impression d'être une voyeuse, pourtant je sais ce que je vais trouver – une lime à ongles, de la crème pour les mains, des livres de poche, des cigarettes (elle en gardait pour ses invités), des préservatifs (pareil), des stylos et des Post-it. Pas trace d'agenda. Elle le mettait toujours dans le sac à main qu'elle utilisait. *Une fille ne peut jamais avoir trop de sacs à main. Ni trop de chaussures. Ni trop d'orgasmes.* Je m'approche du grand placard intégré et fais coulisser la porte. Les robes et corsages de Julia sont accrochés à un rail. Sur une impulsion, j'attrape un chemisier Prada en soie et le porte à mon visage, espérant respirer son odeur. Je ne sens qu'une vague odeur de produits chimiques. Je soupire. C'était tout Julia d'être à jour avec son pressing. Chaussures et bottines sont alignées dans la section voisine, jupes et pantalons pendus à des cintres au-dessus. Je farfouille dans la dernière section, divisée en tiroirs, mes doigts caressant la lingerie pâle et délicate que Julia adorait. Je soulève des slips en soie noire, puis une guêpière en dentelle. Hannah avait écarquillé les yeux quand Julia lui avait montré un de ses derniers achats en date, un soutien-gorge et un slip bleus en satin soyeux, ornés d'une mince bande crème. Julia avait souri jusqu'aux oreilles en voyant combien Hannah était impressionnée. *Après l'indépendance financière et un esprit inquisiteur, le plus beau cadeau qu'on puisse s'offrir, ce sont de magnifiques dessous, ma chérie.* Hannah avait hoché la tête d'un air solennel, comme si Julia lui offrait les clés de la vie adulte.

Peut-être était-ce le cas. C'est drôle, mais je n'ai jamais éprouvé de ressentiment pour l'admiration qu'Hannah lui vouait. Je me félicitais que ma fille, qui n'avait jamais connu sa tante, ait au moins une marraine qui l'adore.

L'immense étagère inférieure déborde de sacs à main. De toutes les tailles, de grande marque ou non, ils témoignent de la quête perpétuelle de Julia du *sac parfaitement approprié à l'occasion*.

Les larmes aux yeux, je songe soudain que sa quête n'aboutira jamais.

Bon sang, Livy, reprends-toi. Les sacs à main sont vraiment ce qui compte le moins là-dedans.

Je fouine un peu. Le Kelly n'est pas là. Pas plus que son vieux Chanel ni son minuscule Versace. J'ouvre ceux que je la voyais utiliser le plus souvent. Le troisième que je prends est un achat récent effectué dans un grand magasin. Je ne lui avais rien trouvé de spécial mais Julia avait été ravie de le dégoter – *Super imitation Prada, Liv,* m'avait-elle dit aussi fièrement que si elle l'avait conçu elle-même.

L'agenda est glissé dans la pochette intérieure. La gorge nouée, je le sors. Brusquement, j'ai l'impression de toucher à sa vie, beaucoup plus qu'en effleurant ses chaussures et ses vêtements.

Je feuillette les pages jusqu'à la semaine où Julia est morte. Notre déjeuner du dimanche est noté de sa main ferme et décidée, mais, hormis quelques rendez-vous de travail, il n'y a presque rien. Le jeudi deux jours avant sa mort porte l'inscription : AH, 21 heures. Je me demande un instant qui est cet AH. Passe à la semaine qui a suivi sa disparition. Seul y figure un rendez-vous chez le dentiste.

La déception m'envahit. J'avais tellement espéré glaner un indice sur son état d'esprit, mais il n'y a rien. En fait, l'absence de rendez-vous ne fait qu'étayer la thèse du suicide.

Je tourne la page une fois de plus, arrive à cette semaine. À la date d'aujourd'hui. Rien. Comme il est étrange de penser que Julia a pu feuilleter cette page, sans soupçonner une seconde que ce serait la date de son propre enterrement. Je frissonne et continue. Une entrée apparaît pour demain soir, mardi :

Shannon, 22 h 30, Aces High.

Je fixe les mots. Le Aces High est un bar de rencontres à Torquay que Julia a un jour décrit comme *un marché à viande, plein de femmes maigres et vulgaires et de types sans aucune classe…*

Pourquoi serait-elle allée retrouver quelqu'un là-bas ? Julia détestait les bars de ce genre presque autant qu'elle détestait Torquay. Et qui est Shannon ? Je suis certaine que Julia n'avait aucune amie portant ce nom-là. Pourrait-il s'agir d'un homme ? Shannon est un prénom féminin, mais pourrait aussi être un nom de famille.

Je suis intriguée, et encouragée. Parce que cela, plus qu'un rendez-vous de travail ou chez le dentiste, suggère que Julia faisait des projets avant de mourir. Peut-être suis-je en train de m'accrocher à des chimères, mais il me semble que c'est le destin qui m'a fait trouver cet agenda. Enfin, quelque chose à quoi se cramponner.

Quelque chose pour m'aider à agir.

Il me faut le plus clair des vingt-quatre heures suivantes pour me résoudre à la conclusion qui s'impose : je dois aller au Aces High moi-même et rencontrer Shannon. Bien sûr, elle ne sera sans doute pas là. Il est probable qu'elle saura déjà que Julia est morte. Mais il faut que j'essaie.

Je remets le moment d'en parler à Will – je sais qu'il invoquera toutes sortes de raisons logiques pour me dissuader d'aller à un rendez-vous organisé entre une morte et une parfaite inconnue. Vu sous cet angle, ça semble dingue, en effet, et pourtant, ce ou cette Shannon sait peut-être de quoi Julia voulait me parler. Ou même quelque chose concernant sa mort.

J'épluche la liste des gens à qui Joan a envoyé un faire-part pour l'enterrement. Pas de Shannon. J'appelle Joan, espérant m'assurer qu'il n'y a pas d'autre ami ou membre de la famille dont j'ignore l'existence – je veux aussi l'interroger sur les objets qui ont disparu dans l'appartement – mais elle ne répond pas. Ce n'est pas une surprise. Julia s'est souvent plaint que sa mère filtrait ses appels. Joan a indubitablement des raisons de ne vouloir parler à personne en ce moment. D'ailleurs, elle est sans doute encore chez Robbie et Wendy.

Peu importe. Je vais aller à ce rendez-vous. Je vais aller au Aces High honorer le rendez-vous que Julia avait avec Shannon. Si personne ne vient, je n'aurai rien perdu sauf deux heures de mon temps.

Et l'approbation de Will, évidemment.

À mesure que la journée s'écoule, ma nervosité s'accroît – et je suis de moins en moins d'humeur à avouer à Will ce que je mijote. Je pourrais l'appeler au bureau, mais je ne le fais pas. Il ne rentre guère avant huit heures. Je pourrais – devrais, peut-être – dire quelque chose tout de suite. Pourtant j'hésite.

Il est fatigué et grognon et je décide d'attendre qu'il ait eu le temps de se détendre avec un verre de vin et une assiette de pâtes.

J'ai déjà mangé avec les enfants, alors Will engloutit le reste du plat de spaghettis à la bolognaise à même la casserole devant la télé. À part un «bonne nuit» adressé aux enfants, c'est tout juste s'il a ouvert la bouche depuis qu'il est rentré. Je lis une histoire à Zack, éteins la lumière et redescends au rez-de-chaussée. J'ai l'intention de parler à Will tout de suite. Vraiment. Cependant, il est absorbé dans un documentaire sur le Débarquement, une expression du genre «je me repose, ne pas déranger» sur le visage, si bien que, une fois de plus, je renonce à l'affronter.

Je range la cuisine, puis remonte voir Zack. Il dort déjà, respirant paisiblement sous sa couette. J'oblige Hannah à aller se brosser les dents. Elle s'insurge, comme d'habitude, contre son heure de coucher, fixée à vingt et une heures avec extinction des feux à vingt et une heure trente. Une fois sûre qu'elle est couchée et en train de lire, je vais dans ma chambre et me maquille légèrement. Je ne m'habille pas vraiment – un jean et des sandales feront l'affaire – mais je ne veux pas avoir l'air complètement déplacé, alors je choisis un corsage en soie et hésite un instant sur mon choix de boucles d'oreilles. Je retourne voir Hannah et insiste pour qu'elle éteigne la lumière. Elle prétend qu'elle n'est pas fatiguée et veut terminer son chapitre. Elle n'est pas stupide et sait quelle importance j'attache à la lecture. Je cède et attends quelques minutes. Évidemment, à dix heures moins vingt, elle n'a toujours pas fini.

Pressentant que la bataille risque d'être longue, j'appuie sur l'interrupteur alors qu'elle est toujours plongée dans son livre.

Elle m'adresse un juron. En temps ordinaire, je ne laisserais pas passer. Ou j'irais chercher Will pour qu'il me soutienne. Aujourd'hui, je l'ignore. Pour arriver à Torquay avant vingt-deux heures trente, il va falloir que je parte dans les dix minutes à venir et j'anticipe déjà une dispute avec Will. Je ne peux pas en avoir une aussi avec ma fille.

Un instant, une bouffée de rancune m'envahit à la pensée que c'est trop souvent moi qui tiens le rôle de gendarme avec Hannah – Will tend à abdiquer toute responsabilité pour l'heure du coucher à moins que je ne fasse appel à lui en cas de crise ouverte. Je m'efforce de me rappeler que c'est le marché que nous avons conclu à la naissance de Zack. Je renonçais à mon poste de conseillère juridique en droit familial, lequel d'ailleurs suffisait à peine à payer la nourrice d'Hannah, pour m'occuper des enfants pendant la semaine pendant que, de son côté, Will gagnerait beaucoup d'argent.

Être femme au foyer est un boulot aussi, avait ironisé Julia. *Seulement un boulot dépourvu de standing, de salaire et de perspectives de carrière.*

Je commence à descendre l'escalier, puis, soudain gênée à l'idée d'entrer dans une boîte de nuit en tenue de tous les jours, je retourne dans ma chambre et échange mes sandales contre mes talons compensés de chez Lanvin. Julia les a dénichés en solde et sachant qu'ils m'iraient parfaitement, me les a offerts pour mon anniversaire l'année dernière. Je jette un coup d'œil dans la chambre d'Hannah.

En dépit de toutes ses protestations, elle est déjà endormie, son livre encore à la main tel un défi. C'est dans le sommeil qu'Hannah ressemble le plus à Kara, et la vue de son corps immobile me fait frissonner. Je ne peux réprimer l'envie de lui toucher le bras pour me rassurer et sentir la chaleur de sa peau. Je retire le livre et remonte la couette sur elle, écarte les cheveux fins et soyeux qui lui cachent le visage. Au fil des années, je suis devenue moins mère poule, mais au fond, c'est seulement quand elle est endormie et en sécurité que je me sens tranquille.

Avec un soupir je me détourne et descends au rez-de-chaussée. Il faut que je parte. Maintenant.

— Will ?

J'attends de longues secondes sur le seuil du salon que Will s'arrache à je ne sais quelle émission pour me lancer un regard irrité. Il tressaille en voyant ma tenue.

— Liv ? Qu'est-ce qui se passe ?

— Il faut que je sorte.

— Quoi ?

— Avec un peu de chance, je n'en ai pas pour plus de deux heures.

Will a l'air tellement abasourdi que je suis dévorée par le remords mais son choc rend une explication encore plus difficile. Je me retourne et me dirige vers la porte.

Il me suit.

— De quoi parles-tu ? Où vas-tu, bon sang ? Il est dix heures moins le quart, enfin.

— Julia avait un… rendez-vous ce soir, à vingt-deux heures trente dans une boîte de nuit avec une certaine Shannon. J'ai trouvé ça dans son agenda. Je veux y être quand cette Shannon arrivera.

— Tu es folle ? s'écrie Will en s'avançant vers moi. Pourquoi diable veux-tu faire ça ? Cette personne ne sera pas là, de toute façon. Elle saura que Julia est morte.

— Pas nécessairement. Et si elle ne le sait pas, je pourrai le lui dire.

— Mais il est tard, Liv !

Il écarquille les yeux, indique d'un geste les enfants en haut, la maison.

— Tu ne vas pas rentrer avant une éternité. C'est insensé !

— Non. D'ailleurs, tu rentres souvent tard, toi.

— Pour le travail. C'est différent, rétorque-t-il. De toute manière, tu ne devrais pas y aller seule. Pas dans une boîte. Cette Shannon pourrait être n'importe qui. Ce n'est pas prudent.

— Je t'en prie. J'ai trente-huit ans. Et tu ne peux pas venir. Il faut que tu restes avec les enfants. Ils dorment tous les deux. Ils ne sauront même pas que je suis sortie. Tout ira bien.

Sidéré, il retrouve sa voix alors que j'atteins la porte.

— Non, Livy. C'est insensé. Tu es en train de faire une fixation sur la mort de Julia. Ça perturbe Hannah.

— Quoi ?

Je le dévisage. D'où est-ce que ça sort, ça ?

— C'est la vérité, répond-il calmement.

Autrefois, ce regard sombre, intense, me paraissait infiniment sexy. À cet instant, il m'exaspère.

106

— Je ne fais pas de fixation et Hannah passe par un âge difficile, voilà tout. En plus, elle a du chagrin, ce qui est parfaitement naturel.

— Il n'y a pas que ça.

— Je ne crois pas…

— Elle est moins ouverte qu'avant. Plus introvertie. Elle ne sourit presque plus. Elle manque d'assurance.

— Quoi ?

Je ne reconnais pas le tableau qu'il peint.

— C'est ridicule. Hannah commence tout juste à entrer dans la puberté. C'est… C'est une histoire d'hormones, surtout.

Will lève les yeux au ciel.

— Je ne vais pas discuter. Le fait est que tu ne peux pas t'en aller comme ça, sans prévenir.

— Pourquoi pas ? Tu ne te gênes pas, il me semble.

Vraiment furieuse à présent, je sors à grands pas et ouvre à la volée la portière de la Mini.

Will téléphone avant même que je sois arrivée au bout de la rue mais je ne réponds pas et il ne laisse pas de message. Je bouillonne encore de fureur. D'abord, il a tort à propos d'Hannah. Elle fait beaucoup la comédie en ce moment. La mort de Julia n'a pas changé grand-chose à ça. Et quel culot monstre de me dire que je ne peux pas sortir quand ça me chante alors qu'il fait exactement la même chose chaque fois que son travail l'exige. Comme quand il est allé à Genève l'autre soir.

Je me calme en traversant Exeter. Les rues sont quasiment vides. Ça me fait bizarre de sortir à cette heure-ci et sans Will. Fut un temps, je le faisais tout le temps. Maintenant, à vrai dire, je me sens un peu nerveuse – et pas seulement parce que je vais rencontrer une inconnue.

Est-ce le mariage ou la maternité qui m'a dépouillée de mon assurance ?

Ou est-ce tout simplement que Julia me manque ?

Je sortais beaucoup entre vingt et vingt-cinq ans, mais la plupart du temps, Julia était avec moi, me frayant un passage dans les soirées, m'entraînant sans effort dans son sillage.

Alors que j'attends le feu vert à l'intersection suivante, mes yeux se posent sur un couple de Japonais blottis sous un porche, regardant ensemble l'écran d'un téléphone. Ils semblent si jeunes, si pleins d'espoir, ils ont toute leur vie devant eux. J'appuie la tête à la vitre, je les observe à travers le rideau de pluie.

Ma vie est déjà à moitié terminée et je n'ai pas l'impression qu'elle ait vraiment commencé. À part élever mes enfants, qu'ai-je accompli, au fond ? Une licence en histoire et quelques années fastidieuses dans le cabinet d'un conseiller juridique ne représentent pas grand-chose. Autrefois, je rêvais d'être professeur d'université, de rédiger des thèses importantes, de donner des conférences prestigieuses, de diriger des étudiants vers leurs maîtrises et leurs doctorats avant de rentrer chez moi, retrouver mon beau et tendre mari, ma ribambelle de beaux bébés. Je me voyais jongler habilement avec tout ça sous le regard admiratif et envieux de mes étudiants, qui verraient en moi à la fois un modèle et une source d'inspiration.

J'arrive à Torquay et m'arrête pour laisser traverser un groupe de jeunes femmes en jupe courte, leurs jambes nues rougies par le froid. Il commence à pleuvoir légèrement mais elles ne semblent pas s'en être aperçues. Quelques instants plus tard, elles sont passées à côté de moi en gloussant, titubant sur leurs talons. Les trottoirs se vident, luisants sous les lampadaires.

La musique est assourdissante. C'est ma première pensée. La seconde, c'est le temps qui a passé depuis la dernière fois que j'ai mis les pieds dans une boîte de nuit. Le Aces High est aménagé en forme de losange, avec plusieurs pièces à thème disposées autour d'un grand comptoir à la surface en verre. Il m'a fallu moins longtemps que je l'escomptais pour venir, de sorte qu'il est à peine dix heures vingt et que l'endroit est pratiquement désert. Les videurs et la fille vêtue d'un tee-shirt Aces High m'ont tamponné la main sans m'accorder un regard, mais maintenant j'ai l'impression que tout le monde m'observe. Le groupe d'hommes au bar, en tout cas. Enfin, je suppose qu'ils jaugent tout le monde.

Affreusement mal à l'aise, j'entre dans la première pièce à thème. Le salon Carreau scintille, éclairé par de fausses bougies et meublé de minuscules tables très hautes autour desquelles les clients doivent se tenir debout. Il est vide. Je passe sous une arche pour gagner le salon Trèfle, sombre et à l'odeur de renfermé, tout en faux lambris et fauteuils en cuir noir. Comme le précédent, il est complètement désert. Je continue, entre dans le salon Cœur. Contrairement aux deux autres, celui-ci au moins a l'air confortable. Trois ou quatre canapés roses sont disposés autour d'une table basse en forme de cœur. Trois jeunes femmes, chaussées de talons aiguilles, le nombril à l'air, pouffent autour d'un téléphone portable. Deux hommes debout sur le seuil les épient. Personne ne me prête la moindre attention.

Je vérifie l'heure. Dix heures vingt-cinq. J'entre dans le salon Pique. Chaînes et masques sont accrochés un peu partout sur les murs violet sombre. Un long fouet pend du plafond dans un coin. Pas de sièges à proprement parler, seulement des blocs recouverts de tissu noir sur des bases en chrome, qui ressemblent à des tables de torture. Tout ça fait très *chambre rouge de la douleur*. Bêtement, je me sens gênée. Deux hommes sont assis dans deux coins opposés. Ils me fixent tous les deux. Je décide que ni l'un ni l'autre ne peut être Shannon et m'esquive en hâte pour retourner au bar principal, éclairé et plus animé. Il commence à se remplir – pas mal de célibataires flânent entre les groupes – mais plusieurs tabourets sont encore disponibles. Je me perche sur l'un d'eux, au bout, de manière à voir toute la salle. Au moins, ici, il y a du monde et je me sens moins exposée. Je regarde autour de moi. La description de Julia – marché à viande – me revient à l'esprit. Pas seulement parce que les femmes sont trop maquillées et trop peu vêtues, mais parce qu'il se dégage d'elles une sorte de désespoir. Les plus jeunes s'esclaffent, tandis que les autres, les plus âgées, surtout, arborent des sourires moroses. Quant aux hommes, ce sont des prédateurs aux yeux froids, tout sauf attirants. À mes yeux, en tout cas. Le barman tout en muscles s'approche et je commande un vin blanc – je conduis, mais je peux quand même boire un verre ; et j'en ai besoin pour me calmer les nerfs. Le barman me sert et le pose sur un petit rond blanc sans me regarder.

Je sirote mon vin. D'autres clients arrivent. La plupart des filles entrent par deux ou en groupe. Elles portent des décolletés plongeants et des jupes au ras des fesses, jettent des regards excités autour d'elles. Certains des hommes sont en groupe aussi – des meutes de chasseurs. D'autres rôdent, seuls, autour du bar – des loups solitaires.

Je me secoue. Je suis beaucoup trop cynique. On mate, on drague, voilà tout, de la manière la plus crue, la plus ostentatoire. Bien sûr que les gens se lorgnent avec espoir. C'est un bar de rencontres.

Il est onze heures moins vingt. Shannon doit être arrivée. Je m'en veux de ne pas m'être dit qu'un bar n'est pas un endroit idéal pour identifier une parfaite inconnue. Cela signifie-t-il que Julia avait déjà rencontré Shannon? Ce que je ne comprends pas, c'est pourquoi elle a accepté de venir ici. Elle détestait ce genre d'établissement. Du moins, c'est ce qu'elle m'a toujours dit. Je continue à siroter mon vin, avec l'impression d'être épiée. Je lève les yeux. Un homme d'âge moyen de l'autre côté du bar me dévisage. Je détourne très vite le regard. Il ne manquerait plus qu'on vienne me faire des propositions.

Cette crainte me propulse dans l'action. Il est évident que Shannon ne va pas porter un badge avec son nom autour du cou. Et je suis venue de trop loin pour renoncer si vite. J'agite mon verre en direction du barman. Une minute plus tard, il est devant moi.

— La même chose?

Il a déboutonné sa chemise et je ne peux pas m'empêcher de fixer ses abdominaux.

— Euh… non, merci.

Il faut que je crie pour me faire entendre par-dessus la musique – un truc dénué de mélodie, avec une basse vrombissante.

— Je me demandais seulement si vous connaissez une certaine Shannon, qui vient souvent ici ?

À ma stupéfaction, il hausse les épaules.

— Bien sûr.

Il indique du pouce l'autre côté du bar, où une jeune femme au visage rond et aux cheveux bouclés est assise sur un tabouret, jambes soigneusement croisées.

Je l'observe, le cœur battant. Voici donc Shannon. Elle est vêtue de manière moins provocante que la plupart des filles qui sont ici. Sa robe la moule comme une seconde peau, mais elle lui arrive aux genoux et ne met pas sa poitrine en valeur. Les hommes se succèdent pour l'aborder. Shannon tourne son regard vers eux une seconde, sourit, puis marmonne quelques mots. En l'espace de trente secondes, elle en a repoussé trois.

Eh bien, qui qu'elle soit, je suis épatée. Je me lève de mon tabouret et contourne le bar dans sa direction. Comme il n'y a pas de place libre à côté d'elle, je reste debout. De près, je vois qu'elle est vraiment jolie, dans le genre poupée de porce-laine. De grands yeux gris-bleu, de longs cheveux parsemés de mèches claires et souples.

— Shannon ? dis-je, la main crispée sur mon verre de vin.

Elle hoche la tête, l'air méfiant.

112

— Oui. Pourquoi ?

J'affecte un petit rire dégagé.

— Quel est votre secret ? Pour vous débarrasser des dragueurs ?

Elle me dévisage avec curiosité. Je suppose que c'est une drôle de question à poser dans un bar de rencontres.

— Je leur dis que le barman est mon jules. Ce n'est pas vrai, c'est juste un ami. En fait, il est gay.

Je suis son regard tourné vers le gars musclé. Une seconde passe. Je prends une profonde inspiration.

— Vous avez rendez-vous avec Julia Dryden, n'est-ce pas ?

Shannon ne dit rien mais ses yeux la trahissent. Elle a reconnu le nom.

— Je suis l'amie de Julia. J'ai vu votre nom dans son agenda. Il fallait que je vous voie, pour savoir…

Elle fronce les sourcils.

— Julia ne va pas venir ?

Je me mords la lèvre. Ainsi, elle ne sait rien. Ce qui signifie que je dois le lui dire. Et c'est toujours douloureux de prononcer les mots, d'affronter la vérité.

— Julia est morte.

La musique hurle autour de moi. Shannon reste bouche bée.

— Elle est morte il y a deux semaines. S'il vous plaît, je dois savoir… pourquoi elle avait rendez-vous avec vous ?

L'air horrifié, Shannon descend de son tabouret.

— Que lui est-il arrivé ? Qui êtes-vous ?

113

Je sens qu'on nous observe, mais je suis décidée à ne pas la laisser s'enfuir. Ne sachant que faire, je tends la main vers elle.

— Je m'appelle Livy Jackson. Je suis une amie de Julia, une très bonne amie. Je vous en prie…

— Non, coupe-t-elle en reculant d'un pas. Que faites-vous ici ?

— Je veux seulement savoir pourquoi Julia avait rendez-vous avec vous, dis-je, au bord des larmes.

La peur se lit sur les traits de Shannon.

— Comment savez-vous que je devais la rencontrer ?

— Je vous l'ai dit, je l'ai vu dans son agenda.

— Je ne peux pas vous parler.

— Pourquoi ? S'il vous plaît, je…

Déjà, Shannon a fait volte-face et se fraie un chemin parmi les clients. Compte tenu de ses talons vertigineux, elle est remarquablement rapide. Elle se précipite dans le salon Trèfle. Je me hâte de la suivre. Il y a une issue de secours dans le coin que je n'avais pas remarquée tout à l'heure. Shannon appuie sur la barre. Se rue à l'extérieur. Je m'élance derrière elle mais au moment où j'atteins la porte, un bras me retient.

Le barman.

— Excusez-moi, madame, dit-il avec une politesse feinte. Il semble que vous n'ayez pas réglé votre consommation.

Bon sang ! Je baisse les yeux. J'ai encore le verre de vin blanc à la main. Je le pose, fouille dans mon sac à la recherche de mon portefeuille et en tire un billet de dix livres que je fourre dans les mains du

114

barman. Il s'efface pour me laisser passer. Je file, et me retrouve dehors.

L'air est frais sur mon visage. La sortie donne sur une ruelle dominée par les hauts murs d'un parking à étages. Un sac en plastique vide volette au-dessus du macadam. Aucune trace de Shannon. Je me dirige vers l'extrémité éclairée de l'impasse, à l'endroit où elle rejoint l'artère principale. Il fait sombre et le lieu a tout du coupe-gorge mais je passe outre. Je ne songe qu'à trouver Shannon. Je suis à mi-hauteur de la ruelle, je cours vers la lumière et le bruit de la circulation.

Soudain une silhouette surgit et me coupe la route.

Je m'arrête net. La lueur du lampadaire dessine un halo autour de ses cheveux blonds. Il est grand, jeune et ses yeux sont rivés sur moi. Quand il s'avance, je distingue ses traits.

C'est l'homme de l'enterrement. Celui que j'ai supposé être le Démon blond de Julia.

Je regarde autour de moi, en quête d'une voie de repli… d'une porte ouverte… d'une sortie…

Mais je suis prise au piège.

5

Je suis figée sur place, terrifiée. Dans l'impasse déserte, les secondes s'étirent jusqu'à sembler des heures, les ombres étranges qui m'entourent me coupent le souffle. L'homme marche vers moi. Mon cœur cogne, je m'ordonne de courir. Mais je ne peux pas. Ce serait inutile.

Il s'arrête face à moi, le front barré d'un pli. Je me rends compte avec un choc que son expression est plus perplexe que menaçante.

—Vous êtes Livy, n'est-ce pas ? Aux obsèques… vous avez dit que vous ne croyiez pas que Julia se soit suicidée ?

Je le fixe, frappée par l'intimité soudaine créée par ses paroles.

—Oui.

Diverses questions surgissent dans ma tête, que je suis trop effrayée pour formuler clairement. Et puis les épaules de l'homme se détendent et je vois à quel point il était crispé avant. Il me tend la main.

—Je suis désolé. J'aurais dû vous parler à l'enterrement mais c'était tellement…

Il hésite.

— Je m'appelle Damian Burton. J'étais… un ami de Julia. Un ami proche…

Mon cœur cogne de plus belle.

— Vous êtes son petit ami ?

— Je n'étais pas sûr de ce qu'elle avait dit à mon sujet… à supposer qu'elle ait parlé de moi.

— Je ne connaissais qu'un sobriquet.

Il hausse les sourcils.

— Démon blond, vous voulez dire ? répond-il avec un sourire.

De près, à la lumière, il est plus séduisant que je ne l'avais pensé au crématorium. Il a un menton carré, résolu, des traits réguliers, des yeux noisette. Ma peur reflue. Cet homme était l'amant de Julia. Je ne comprends toujours pas ce qu'il fait là, mais il ne me semble plus représenter une menace. Et puis je me rappelle qu'il est impossible d'en avoir la certitude. Qu'un sourire engageant et un visage attirant peuvent dissimuler une indicible cruauté.

— C'est un jeu avec mes initiales. DB. Démon blond.

— Très Julia.

— Oui.

Une rafale de vent soudaine éparpille les détritus qui se sont échappés des sacs poubelle, emplissant l'air de la puanteur des légumes en décomposition.

— Que faites-vous ici ? Et comment saviez-vous que j'y serais ?

— Je viens tous les deux jours depuis que Julia est morte. En entrant, je vous ai vue avec cette blonde. Quelqu'un m'a adressé la parole et quand je me suis retourné, vous aviez disparu, alors je suis ressorti. La blonde remontait la rue et j'ai pensé que vous étiez peut-être passées toutes les deux par l'issue de secours.

Il marque une pause.

J'attends qu'il poursuive. Cet homme n'a visiblement aucune intention de me faire du mal – du moins pas ici et pas maintenant. Mais que fait-il dans ce bar – s'il n'est pas venu pour la même raison que les autres clients de cet établissement ?

— L'enterrement de Julia était épouvantable, n'est-ce pas ? dit-il doucement.

Une douleur sincère se lit dans ses yeux.

— Tout était faux. Il n'y avait rien d'elle, reprend-il. Ce frère abominable… je ne l'ai jamais rencontré, mais elle disait toujours « ce faux jeton ».

Julia disait souvent ça, en effet.

— Elle aurait détesté cette musique. Et tous ces gens qui essayaient de la faire passer pour une espèce de victime. Comme s'il y avait un script et que tout le monde forçait Julia à s'y conformer.

Ses propos reflètent si précisément mes pensées que j'en suis abasourdie.

— La seule partie qui a eu un sens pour moi, c'est quand vous avez pris la parole. Je veux dire, Julia m'avait parlé de vous, bien sûr, mais quand je vous ai vue, ça m'a paru évident que vous l'aimiez, que vous aviez pour elle une vraie amitié.

— Julia vous a parlé de moi ?

— Bien sûr. Elle était très fière de vous. Et d'Hannah et de Zack.

Il se tait en voyant ma surprise : il connaît le nom de mes enfants ! Puis il s'éclaircit la gorge.

— Elle a dit que vous aviez eu le courage de vous engager avec… Will, c'est ça ?… et de persister dans cette relation malgré les hauts et les bas du mariage. Et elle adorait vos enfants. Elle disait que l'idée d'être mère lui avait toujours fait trop peur.

— Trop peur ? Elle a toujours affirmé qu'elle ne voulait pas d'enfants.

Il m'est difficile d'imaginer que Julia ait pu avoir peur de quoi que ce soit.

— C'est vrai. Mais pas seulement parce qu'elle n'avait pas la fibre maternelle.

Cette conversation est surréaliste. Damian semble avoir connu Julia vraiment bien. L'avoir comprise.

— Combien de temps avez-vous… ?

— … été ensemble ? soupire-t-il. Six mois environ.

Il fait mine de vouloir ajouter quelque chose, et finit par garder le silence.

Six mois ? Mes soupçons reviennent au galop. Ça, ce n'est sûrement pas possible. Julia ne sortait jamais avec quelqu'un aussi longtemps.

Il lève la tête.

— Julia m'a avoué un jour qu'au fond, cette décision de ne pas avoir d'enfants, c'était parce qu'elle avait peur de… d'aimer quelqu'un autant, de prendre ce risque.

Une nouvelle rafale fait dériver les détritus autour de nous. Mes yeux s'arrêtent sur un emballage de burger et je suis ramenée à ma première rencontre avec Julia, quelques semaines environ après que Kara et elle s'étaient liées d'amitié. Toutes les deux en première année d'université, elles débordaient d'excitation à la perspective d'être indépendantes pour la première fois de leur vie. Moi, j'entamais ma troisième année – désabusée après une récente rupture, et revenue depuis belle lurette de la réalité d'avoir à gérer loyer, courses et lessive. Elles s'étaient déguisées pour Halloween tout en grignotant des hamburgers. Kara, vêtue d'une guêpière et d'un short minuscule, n'avait pas lésiné sur le maquillage. À mes yeux, elle semblait ridicule et dérangeante, comme une petite fille qui aurait joué à être une prostituée. Julia, en tenue similaire, était beaucoup plus convaincante – sa crinière flamboyante encadrant son visage, la légère courbe de ses yeux accentuée par le khôl, sa petite jupe en cuir sur un collant déchiré. Arrivée à l'improviste à la résidence universitaire de Kara, je m'agitais autour d'elle, m'efforçant de la convaincre de mettre au moins une chemise décente par-dessus sa guêpière. Kara, comme d'habitude, supportait mes remontrances en silence – je savais qu'elle enfilerait la chemise pour me faire taire, et qu'elle la retirerait une fois hors de ma vue – mais Julia avait vite perdu patience.

— Tu es vraiment pénible, Livy, avait-elle lâché de sa voix traînante. Marie-toi, fais des enfants et laisse Kara tranquille.

Je lui en avais voulu alors et pendant les mois qui avaient suivi, surtout quand elle avait passé toutes les vacances de Noël à Bath avec Kara et nos parents. J'avais beau m'efforcer à la grandeur d'âme – après tout, il était triste que Julia se sente si hostile à sa propre famille – je souffrais de cette intrusion dans nos traditions, en dépit de son charme. C'est seulement après la mort de Kara qu'elle et moi sommes devenues amies, toutes nos divergences subitement devenues insignifiantes. Car l'ironie a voulu que, le soir où elle a été violée et assassinée, Kara ait porté un jean et des baskets – rien de provocant du tout. Je ne sais toujours pas si ça prouve que Julia avait raison de ne pas s'inquiéter et que j'avais tort d'ébranler la confiance de Kara en essayant de changer sa manière de s'habiller.

— Livy ?

Damian m'a dit quelque chose mais je n'ai pas saisi un traître mot. Je le regarde.

— Voulez-vous boire un verre ? Pas là, ajoute-t-il en désignant le Aces High. Il y a un pub beaucoup plus sympa un peu plus haut.

— D'accord.

Nous gagnons à pied le Lamb and Flag, un pub à l'ancienne, avec un mobilier défraîchi et une grande table de billard au fond. Je suis surprise qu'il plaise davantage à Damian que le Aces High. Il n'y a rien de recherché ni de stylé ici et Damian paraît trop jeune et trop sophistiqué pour cet endroit. Ses cheveux brillent sous l'éclat dur du plafonnier : séduisant mélange de blond et de châtain. Je connais des femmes qui paient cher pour avoir des mèches pareilles, mais celles de Damian semblent tout à fait naturelles. Il achète deux bouteilles d'eau minérale – il est en voiture, lui aussi – et nous emportons nos boissons à une table tranquille dans un coin.

— Qu'est-ce que vous faites dans la vie ?

— Je suis concepteur graphique. C'est comme ça que j'ai rencontré Julia – pendant une séance photo pour un magazine. Je sortais avec le modèle. Et puis Julia est arrivée…

Je ne peux réprimer un sourire. Ainsi, Julia avait assez de sex-appeal pour rivaliser avec une femme qui vivait de son apparence.

— Donc vous n'êtes pas marié ?

Il fronce les sourcils.

— Non. Bien sûr que non. Julia n'aurait pas voulu que je l'approche si je l'avais été.

Il y a un bref silence.

— Vous ne m'avez toujours pas expliqué pourquoi vous vouliez me parler.

— Eh bien… c'est parce que… enfin, je ne crois pas non plus que Julia se soit suicidée.

Un déclic se fait en moi, j'ai soudain le sentiment de ne plus être seule. À ma grande surprise, une vague d'émotion déferle en moi et je dois serrer les lèvres pour ne pas pleurer.

— Je sais que vous êtes de mon avis, reprend-il, mais…

Il hésite.

— … avez-vous une raison précise de le penser ? Ou est-ce seulement parce que vous la connaissiez si bien que vous n'arrivez pas à le croire ?

Je pose mon verre.

— C'est surtout ça, oui. Sauf que, enfin, elle m'a envoyé un texto le soir de sa mort. Elle voulait me parler. Tout le monde a l'air de penser que c'était un appel à l'aide, pourtant…

— Elle voulait vraiment vous parler, coupe Damian. Je le sais. Nous nous sommes querellés à ce sujet, c'est pourquoi je n'étais pas avec elle ce soir-là…

Il marque une pause, les yeux pleins de douleur à ce souvenir. Il boit une gorgée d'eau.

— Julia avait quelque chose d'important à vous dire. Je lui ai demandé ce que c'était, mais elle a refusé de répondre. Elle tenait à ce que vous soyez la première informée. Elle était tellement loyale, bordel…

Il secoue la tête.

Soulagement et gratitude me submergent. Le récit de Damian confirme les terribles doutes qui me tenaillent depuis quinze jours. Jusqu'à cet instant, je n'avais pas réalisé à quel point je souffrais d'être la seule à croire que Julia ne s'est pas suicidée. Que quelqu'un l'a tuée. Et pourtant, mes soupçons persistent. Comment savoir si Julia ne voulait pas justement me parler de Damian ? Comment savoir si Damian me dit la vérité et non ce que je veux entendre ?

— Et la note expliquant son suicide ?

— J'en ai entendu parler. La mère de Julia me l'a lue. *Je ne peux pas continuer… s'il vous plaît, pas de chichi…* sans blague. Jamais de sa vie Julia n'aurait écrit un truc pareil.

— Je sais.

— Et on l'a retrouvé ouvert sur l'écran de son ordinateur, donc pas d'écriture, pas de signature. Autrement dit, celui qui l'a tuée a pu le taper alors qu'elle était mourante.

Je hoche la tête, suspendue à ses lèvres, au bord des larmes tant j'ai envie de le croire.

— Je suis désolée, mais je ne m'attendais pas à ça. Je ne m'attendais pas à vous.

Damian arque les sourcils.

— C'est drôle. Julia m'a dit exactement la même chose un jour.

Ses yeux me transpercent. Il est fort et masculin, plein de cette assurance extravertie qui attirait immanquablement Julia. Pas moi. J'ai toujours préféré les hommes silencieux et taciturnes. Je me tortille sur mon siège.

— Savez-vous à quel sujet Julia voulait me parler ?

Il soutient mon regard.

— C'était à propos de Kara.

— Ma sœur ? Que voulez-vous dire ?

Il hésite.

— Continuez. Que savez-vous ?

Il se penche en avant.

— Je sais que Kara a été assassinée il y a de ça dix-huit ans. Que Julia et vous êtes devenues amies après sa mort. Et que l'assassin n'a jamais été arrêté.

Je le dévisage, stupéfaite que Julia lui ait raconté tout cela. Hormis nos conversations au sujet de la ressemblance frappante entre Hannah et Kara, Julia et moi n'avons pas évoqué ma sœur en détail depuis des années. Nous la mentionnions, bien sûr, mais c'était vers mon père et ma mère que je me tournais au moment des dates marquantes : des Noëls et des anniversaires qui laissaient Kara éternellement jeune tandis que nous autres vieillissions. Julia parlait davantage de Kara autrefois, évoquait des souvenirs qui tournaient autour de leur vie partagée à la fac, les garçons et les soirées. Je ne reconnaissais pas vraiment cette Kara-là, la jeune femme que ma sœur essayait de devenir.

— Je suis désolé de ne pas être allé vous voir plus tôt, dit-il en se redressant. Je suis en état de choc depuis… Julia. Je ne savais pas si c'était une bonne chose de…

— Que voulait-elle me dire au sujet de Kara ?

Damian se masse le front.

— Eh bien, je ne sais pas trop comment vous annoncer ça parce que je sais que Julia ne vous en a jamais parlé…

— Continuez.

— Elle se sentait coupable de ne pas avoir protégé Kara ce soir-là. En particulier, de ne pas être rentrée avec elle. Elle se l'est toujours reproché. Toujours.

Cette affirmation me sidère. Certes, il y a dix-huit ans, Julia s'en était voulu d'être restée à la soirée au lieu de repartir avec Kara. Tout le monde lui avait répété que ce qui était arrivé n'était pas sa faute et j'avais supposé que, en fin de compte, elle l'avait admis. En fait, j'avais le sentiment d'être la vraie coupable. J'étais la grande sœur de Kara. J'aurais dû être là pour la protéger. Damian exagère, sûrement.

— C'est vrai ?

— Oui. Intensément. Elle m'a expliqué que c'était à cause d'elle que Kara était allée à cette soirée, qu'elle n'en avait pas envie, mais qu'elle avait fini par céder à son insistance. Et quand Kara a voulu rentrer, elle a demandé à Julia de l'accompagner mais Julia s'amusait. Il y avait un type qui lui plaisait…

Il prend une nouvelle gorgée d'eau, essuie de la main la tache humide que son verre a laissée sur le bois craquelé de la table.

— Elle ne s'est jamais pardonné de ne pas avoir été là et elle n'a jamais cessé d'essayer de découvrir la vérité. Chaque semaine, elle passait des heures à chercher des pistes. Parfois, elle se rendait ici ou là pour suivre des indices.

Je n'arrive pas à y croire.

— Non.

— Si, je vous assure.

Damian se penche de nouveau en avant, insistant.

— C'est pour cette raison qu'elle a tenu à rester à Exeter après l'université. Elle aurait pu trouver un emploi à Bristol ou à Londres – peut-être travailler dans une grande revue de mode, mais elle s'est contentée d'Exeter pour pouvoir mener son enquête pendant son temps libre.

Je le fixe. J'ai tellement l'habitude de considérer ma vie comme limitée et celle de Julia comme une grande aventure glamour que j'ai du mal à imaginer que son existence ait pu avoir ses propres restrictions. Et pourtant, cette révélation explique les nombreux déplacements de Julia. Elle se rendait sans arrêt à des conférences ou à des séminaires, du moins le prétendait-elle. Parfois elle me décrivait les endroits qu'elle avait visités mais d'autres jours elle était étrangement vague. Je n'ai jamais douté de sa sincérité quand elle affirmait que ces journées étaient à mourir d'ennui : « S'il te plaît, Liv, disait-elle, j'ai déjà dû les vivre une fois. »

Pouvait-elle réellement avoir enquêté sur la mort de Kara ? Que diable aurait-elle bien pu découvrir ?

— La police a classé le dossier il y a seize ans. On nous a dit qu'il n'y avait aucun élément qui permettait de poursuivre les investigations. Pas de témoins. Pas d'ADN.

Damian hausse les épaules.

— Je sais. Julia n'a pas pu lâcher prise.

Je me cale sur mon siège, essaie d'assimiler ce qu'il me dit.

— Je n'arrive pas à croire qu'elle m'ait caché tout ça.

— Elle ne voulait pas vous donner de faux espoirs. Elle gardait ça pour elle. Je suis tombé sur les dossiers par accident, mais je crois que, en fait, à ce stade elle avait envie d'en parler à quelqu'un. Le soir où elle est morte, c'était différent. C'était à vous qu'elle avait besoin de parler.

Il prend une profonde inspiration.

— Elle allait vous dire qu'elle savait… qu'elle l'avait trouvé.

Mon sang se fige dans mes veines.

— Trouvé qui ?

— L'assassin de Kara.

Kara

«Accomplir ce dont on est capable, c'est être un homme ; accomplir tout ce qu'on souhaite, c'est être un dieu. »
Napoléon Bonaparte

Mon enfance, comme je l'ai expliqué, a été normale. Ah, la nostalgie, ce « pays du contentement perdu », ces souvenirs heureux de cet autre monde où on fait les choses autrement. Du blabla, tout ça. Je n'ai jamais été du genre à idéaliser le passé. Disons simplement que j'ai traversé toutes les étapes habituelles du développement et compris très tôt que mon père et ma mère, chacun à sa manière, étaient des êtres profondément imparfaits.

Mes premières années d'adolescence ont été pénibles, mais après avoir pris un peu de poids et accepté les inévitables changements subis par mon corps, j'ai fini par trouver mon rythme à l'école. Le travail ne me paraissait pas difficile et j'avais des amis quand j'en désirais.

Je songe désormais à cette période comme à une phase d'expérimentation et de découverte. Si l'époque était différente, les hormones, elles, étaient les mêmes qu'aujourd'hui, et il m'a fallu un certain temps pour apprendre comment me conduire avec les filles. Plusieurs d'entre elles me restent en mémoire :

Kerry-Ann l'Écossaise, avec ses boutons d'acné et ses cheveux gras, la première fille avec qui j'ai eu des rapports sexuels. Elle m'a donné sa virginité – avec reconnaissance et de façon pathétique – dans un abribus au bord de la mer. Ensuite est venue Samantha la salope, et puis, un peu après, Melissa, avec qui je suis sorti quelques semaines durant – et qui a tenté de se suicider peu après. Ces filles m'ont beaucoup appris – j'ai découvert qu'être propre, ouvert et souriant suffisait en général à les conquérir et que l'attirance qu'elles m'inspiraient ne tardait pas à se dissiper. J'aimais la compagnie des filles. Je l'aime toujours. Cela dit, celles-là n'avaient rien de spécial à m'offrir. J'aimais les draguer mais elles m'ennuyaient vite.

Tout a changé avec Kara.

Nous nous sommes rencontrés dans un bar un soir d'automne. Des années avaient passé depuis les filles que j'ai nommées plus haut et ma vie d'adulte, jusque-là, s'était révélée une énorme déception. En dépit d'un flot constant d'aventures amoureuses, je n'avais jamais connu d'émotion qui s'approche du véritable amour. Ce soir-là, quand je suis entré et que j'ai vu Kara, ç'a été comme si tous les autres occupants de la salle s'étaient volatilisés, comme une brume qui se lève et dévoile une magnifique œuvre d'art.

Kara était un ange, l'image de l'innocence. Mince, de longues jambes et de petits seins, elle avait l'air jeune et timide comparée à la plupart des autres filles qui étaient présentes ce soir-là, avec leur maquillage à la louche et leurs tenues vulgaires. Sa queue-de-cheval ressemblait à un élégant fouet blond tombant à mi-hauteur de son dos.

Elle portait une robe noire courte et des chaussures noires à talons plats. Rien d'ostentatoire.

Lecteur, je l'ai désirée. J'ai planifié mon attaque. Elle était entourée d'autres étudiants, alors j'ai choisi mon moment, j'ai attendu qu'elle aille seule aux toilettes et je l'ai croisée par hasard en faisant mine d'aller au distributeur de cigarettes. Personne ne m'a vu lui demander comment ça allait à la fac, insister sur le fait qu'elle ne devait pas hésiter à faire appel à moi pour lui servir de guide dans Exeter ou si elle avait un souci… J'ai dit que je connaissais bien la ville et que je serais ravi de l'aider. Le baratin habituel. Sauf que j'étais sincère.

Kara m'a souri timidement et je lui ai posé d'autres questions : sur sa vie à la maison, ses espoirs et ses rêves. Nous n'avons pas parlé longtemps et, à vrai dire, je ne me souviens d'aucune de ses réponses, juste de la douce perfection de son visage et de la promesse de son parfum. Elle semblait plus jeune que les filles qui l'accompagnaient, et pourtant posséder une vieille âme.

Je mourais d'envie de la prendre. Mais Kara était timide, réticente, chaste. Une des raisons pour lesquelles je n'ai jamais été découvert, c'est que je ne laisse aucune « marque », aucune signature. J'adapte ma méthode au moment, à l'oiseau que je veux capturer, pour ainsi dire. (L'autre principale explication est que je suis extraordinairement prudent.) Il n'y a pas de motif à mes actions, mais il y a un but… un but qui a pris forme cette nuit-là, avec Kara et tout ce qu'elle incarnait. Je savais déjà que Vonnegut – ou celui à qui il a emprunté ces mots – ne se trompait pas en affirmant que les mots les plus tristes étaient « ç'aurait pu ».

Pourtant, malgré mes discrètes tentatives de séduction, elle ne m'a jamais considéré que comme un ami. Et le temps a passé. Le temps s'étirait devant moi, un horizon mortel. Un temps objectif. Le temps subjectif porté, selon Barnes (je paraphrase) à l'intérieur du poignet, près du pouls. Des éternités ont passé. J'attendais l'inspiration. Je m'en rends compte à présent. Bien sûr, j'apprenais, j'étudiais aussi. Mais en suspens, tel un somnambule. Pas vraiment en vie.

Jusqu'à ce fameux soir de janvier. Je l'avais espionnée maintes fois auparavant et je l'ai fait ce soir-là. J'étais seul, évidemment, tandis que Kara – mon gai oiseau, voletant toujours gaiement en compagnie d'autrui – assistait à une soirée. La musique hurlait depuis les fenêtres du premier étage sous lesquelles j'attendais. Et attendais, « comme la patience sur un monument ». Ha ! N'était-ce donc pas de l'amour, en effet ?

À ma surprise ravie, Kara est ressortie seule peu après une heure du matin. Je l'ai suivie le long de la route. Vêtue d'un jean et d'une veste, elle se dépêchait, jetant autour d'elle des regards nerveux. Dès qu'elle a eu dépassé la dernière caméra de surveillance, je me suis précipité vers elle, en m'exclamant sur la coïncidence de la trouver là et elle a souri, toute timide et confiante, en posant sur moi ses grands yeux de biche. Kara n'était pas comme la plupart des jeunes filles que je voyais en ville, qui parlaient sexe à voix haute et en termes grossiers et déplaisants. Ma pauvre Kara était sûrement embarrassée par de telles putes. Je savais, même si évidemment elle ne me l'avait jamais dit, qu'elle était vierge.

Je tenais ma chance. J'étais préparé. Les outils étaient déjà dans mon sac : mon couteau, ma combinaison en plastique, mes gants et mon masque. Il fallait que ce soit ce soir. Le destin m'avait souri pour ce qui était du lieu. Nous étions tout près du canal – un chemin plus court que celui que Kara s'apprêtait à prendre, et qui lui paraissait parfaitement sûr maintenant qu'elle était avec moi. Je l'ai conduite vers les marches qui menaient droit au chemin de halage, évitant la caméra de surveillance suivante comme j'avais évité la précédente. Le pont le plus proche n'était qu'à quelques mètres. Un frisson d'anticipation a couru en moi. Ç'allait arriver.

Nous avons longé l'eau ténébreuse, traversée de rides chatoyantes. Je restais près du mur, dans l'ombre. J'aurais pu la prendre là, mais je savais qu'il fallait que j'attende le pont. Un hurlement – et c'était ma première fois, rappelez-vous, je n'avais pas encore maîtrisé l'art d'empoigner une gorge pour qu'il n'y ait de place ni pour l'air ni pour les cris – aurait suffi à ameuter le voisinage.

Quand je revois Kara, c'est telle qu'elle était ce jour-là, en jean et baskets, contemplant le canal tout en marchant, ses cheveux blonds et soyeux soulevés par les doigts invisibles de la brise. J'avais envie de tenir ces cheveux dans mon poing. J'en mourais d'envie. Mon excitation s'accroissait à mesure que nous avancions. Avec le recul, j'éprouve de la nostalgie pour la pureté de mes intentions lors de cette première fois. Tout mon être était concentré sur elle. J'écoutais le son doux de ses pas sur la pierre humide, l'eau du canal venant laper la berge, je respirais l'odeur corrompue de ses profondeurs stagnantes. Je suis resté dissimulé dans l'ombre jusqu'au pont. Tout était sombre. J'ai jeté un coup d'œil autour de moi. Le monde était silencieux. Désert. Je me suis hâté vers elle sans bruit. Les chaussons en plastique étaient déjà sur mes chaussures, je ne laisserais aucune empreinte. Un éclair de cheveux blonds alors qu'elle se tournait vers moi. Je l'ai entendue retenir son souffle. Un cri excité. Elle savait que j'allais venir à elle.

Alors j'ai sorti mon couteau.

— Ta première fois, ai-je murmuré, tout doucement, à son oreille. Et la mienne.

J'ai vu dans les yeux de Kara qu'elle me désirait, sans savoir comment l'exprimer. C'était une déesse, une reine vierge.

Il fallait qu'elle meure, car il était tout simplement impossible de l'imaginer en vie. Pas dans notre monde, où la vie est « laide, cruelle et courte ». Mais elle continue à vivre dans ma tête. Il est vrai que, quand l'élève est prêt, le professeur apparaît. Kara a été mon professeur. Elle a tout changé. Fait de moi l'homme que je suis.

Après, j'étais sur le point de partir quand un éclat métallique a attiré mon regard. Un médaillon ancien autour de son cou. Je l'ai pris et l'ai glissé dans mon sac. Puis je m'en suis allé, ayant enfin découvert le but de mon existence. Depuis ce soir-là, jamais je n'ai connu cette « vie de désespoir silencieux » que la plupart des hommes endurent, je le sais. Car rien n'est caché qui ne deviendra manifeste et ma mission sur la terre consiste à découvrir la plus grande honte d'un être et à le forcer à l'affronter lors de ses ultimes et glorieux instants.

Avec Kara, je suis entré dans l'âge adulte. Elle a été la pierre de touche de tout ce qui a suivi. La lumière qui a guidé mon chemin.

6

Julia savait qui a tué Kara ?

Impossible. Mes soupçons reviennent au galop. Et ma colère.

Damian me dévisage avec intensité.

—Je ne vous crois pas, dis-je avec une fureur croissante. Julia ne se serait pas entêtée à mener seule une enquête absurde dix-huit ans durant. Et si elle l'avait fait, elle me l'aurait dit.

Je me lève.

—Et si elle avait… eu des sentiments pour vous, elle m'en aurait parlé aussi. Ce qui n'est pas le cas.

—Je sais.

Un pli profond se creuse sur son front.

—Je sais que tout ça est très soudain, mais…

Je recule, croise les bras.

—Comment se fait-il que je ne vous aie jamais rencontré ? Si c'était sérieux entre vous, pourquoi ne m'en a-t-elle jamais rien dit ? Vous n'êtes même pas mentionné dans son agenda.

—On ne met pas les gens qu'on voit chaque jour dans son agenda. D'ailleurs, Julia ne voulait pas admettre ses sentiments – surtout pas à elle-même.

Une seconde, ses traits se détendent, un sourire sexy se dessine sur ses lèvres. Il semble si… j'ai du mal à trouver le mot qui convient. Authentique. Sûr de lui. Il est difficile de ne pas le croire. Il se penche vers moi, l'air suppliant.

—Je connaissais Julia. Mieux que quiconque. Je lisais en elle. Toutes les peurs qu'elle cachait, toutes ses petites insécurités. Et le reste aussi – son penchant pour le pouilly-fuissé et le Jack Daniels, son endroit préféré, Bolt Head. Je sais que je vais sûrement vous donner l'impression que je me fais des idées, mais la vérité, c'est que Julia a essayé à plusieurs reprises de renoncer à moi. À chaque fois, elle m'a rappelé au bout de quelques jours. Et je savais qu'elle le ferait.

J'étudie son visage, son regard qui brille d'intelligence. Je vois ce qui a pu attirer mon amie, bien sûr. Son attitude sereine, réfléchie, complétait à merveille la vivacité d'esprit de Julia.

—D'accord… ne parlons plus de vous deux.

Il est clair que je ne peux pas prouver depuis combien de temps Julia et Damian étaient ensemble ni ce qu'elle éprouvait pour lui. En revanche, cette histoire à propos de Kara, c'est absurde, forcément.

—Si Julia avait vraiment pensé avoir découvert l'assassin de Kara, pourquoi n'a-t-elle pas averti la police ?

—Elle allait le faire – après vous avoir parlé, explique-t-il. Mais elle a été tuée et…

—Pourquoi ne l'avez-vous pas fait, vous ?

—Je l'ai fait. C'est-à-dire, la police était là quand je suis arrivé le lendemain du jour où elle… où ça s'est passé. J'étais trop en colère pour téléphoner mais… mais je voulais qu'on se réconcilie alors je suis allé chez elle.

Il ferme les yeux, une ombre sur son visage.

— L'appartement grouillait d'agents. Le corps avait été emporté, ils passaient tout au crible. C'est comme ça que j'ai su…

Il frissonne, rouvre les yeux.

— Je savais que ce n'était pas un suicide, que ça ne pouvait pas en être un, contrairement à ce qu'ils pensaient. Pour moi, c'était une évidence : Julia avait identifié l'assassin de Kara et il l'avait tuée pour la faire taire. J'ai raconté tout ce que je savais aux policiers, mais j'ai dû passer pour un fou, surtout qu'ils n'ont rien trouvé pour étayer mes dires. En fait, je pense que ça les a confortés dans la conviction qu'elle était… perturbée… qu'elle affabulait. Exactement comme ils ont vu un appel à l'aide dans le texto qu'elle vous a envoyé…

— Une minute.

Je ne peux pas croire qu'il y ait le moindre grain de vérité là-dedans. Et pourtant, pourquoi Damian irait-il inventer tout ça ?

— Si Julia a vraiment mené une enquête, elle devait avoir des dossiers… des archives. Je suis allée chez elle des milliers de fois. Je n'ai jamais rien vu de tel.

— Bien sûr qu'elle avait tout ça, rétorque-t-il en passant une main dans ses cheveux. Elle avait des cartes, des documents concernant l'autopsie de Kara, des copies de tout le dossier d'enquête – Dieu sait comment elle se les est procurés. Elle devait avoir une relation avec un flic qu'elle menait par le bout du nez, non ?

Il fait allusion à l'homme qui a offert à Julia la bague en diamant disparue et qui lui a légué son cottage à Lympstone. C'était un inspecteur principal, beaucoup plus âgé que ses amants habituels ; je ne l'avais jamais rencontré. À l'époque, tant d'années après la mort de Kara, le lien avec son meurtre ne m'était jamais venu à l'esprit, mais Alan Rutherford était originaire de la région et devait avoir accès à toutes sortes d'informations.

Lorsque j'avais entendu parler de sa dévotion envers Julia, je m'étais demandé si une relation avec un policier stable et plus âgé qu'elle n'était pas précisément ce dont elle avait besoin. L'estomac noué, je me souviens que Julia l'a plaqué quelques semaines après qu'il eut pris sa retraite, en prétextant qu'il devenait trop envahissant. Maintenant, je ne peux pas m'empêcher de m'interroger : ayant quitté la police, avait-il cessé de lui être utile ? Lorsqu'il était mort, quelques années plus tard, je suis sûre que Julia l'avait pratiquement oublié – son testament avait été une surprise totale pour elle.

—Julia s'est servie de lui pour obtenir toutes sortes d'informations, reprend Damian. Qu'elle a complétées elle-même. Elle gardait tous ses papiers cachés dans une malle au pied de son lit. Elle les recouvrait de vieux vêtements, des trucs qu'elle ne portait jamais.

Je connais le meuble en question. Je me suis assise dessus un nombre incalculable de fois. Quand Julia était étudiante, elle me montrait régulièrement certains des articles les plus osés qu'elle conservait à l'intérieur, mais c'était il y a très, très longtemps.

Voici des années que je n'ai pas vu le contenu de la malle ; j'ignore totalement si Damian dit la vérité.

— Eh bien, qu'est-il arrivé à tous ces dossiers ?

— Justement. Ils n'étaient plus là le dimanche soir, quand la police a fouillé son appartement après sa mort.

Mon estomac se noue de nouveau.

— Je crois que la personne qui l'a tuée – celle qui est venue et lui a fait prendre le Nembutal – a effacé tout ce qu'il y avait au sujet de Kara sur l'ordinateur et a pris ses carnets et ses documents. C'est pourquoi la police n'a rien trouvé.

Je le dévisage. Parle-t-il sérieusement ?

— Il y a autre chose. Cet individu devait savoir que Julia avait fait des recherches à propos du suicide sur son ordinateur. Il n'a eu qu'à laisser le dépliant sur le Nembutal en évidence sur le bureau pour renforcer ce qu'il y avait sur le Mac.

Mon sang s'est glacé.

— Mais ça signifie que Julia…

— … connaissait son meurtrier, complète Damian d'un ton sombre. Je sais. Ce qui explique l'absence de traces de lutte. Julia a dû le faire entrer.

— Comment savez-vous que toutes les informations concernant Kara ont été détruites… effacées ?

— En partie par la police, en partie par la mère de Julia. J'ai dit à l'inspecteur – Norris, il s'appelait – de regarder sur son ordinateur et dans la malle. Évidemment, j'étais sous le choc et quand Norris m'a expliqué qu'il n'y avait aucune trace des dossiers, je n'ai pas su quoi faire.

Il pousse un soupir.

— Les policiers ont été plutôt gentils – ils ont noté mes coordonnées, m'ont dit que je serais interrogé plus tard. J'ai fait une déposition, mais je ne suis même pas sûr qu'ils aient cru que j'étais un petit ami sérieux. Ça n'a pas aidé que Julia n'ait donné mon nom à personne, qu'elle n'ait parlé de moi que sous le surnom de Démon blond. Bref, je n'ai pas eu de leurs nouvelles depuis l'autopsie.

Il marque une pause, les sourcils froncés.

— Enfin, il n'est guère étonnant qu'ils n'aient pas prêté attention à moi. Pourquoi m'auraient-ils cru, de toute manière ?

— Que voulez-vous dire par là ?

— Rien.

Il hésite.

— À leurs yeux j'étais simplement son dernier amant en date, personne d'important.

Je ramène la conversation sur la mère de Julia.

— Et Joan ? Qu'a-t-elle dit ?

— Rien d'utile, répond-il avec une moue. La police lui a remis l'ordinateur de Julia après l'avoir examiné. On lui a répété mes propos concernant les documents disparus. Elle a rejeté tout ça en bloc. Après, quand je l'ai appelée, elle m'a répété qu'il n'y avait rien au sujet de la mort de Kara sur l'ordinateur ni dans les papiers de Julia, mais je ne sais pas si elle a cherché comme il faut...

— Je crois que Joan a peut-être pris certaines choses dans l'appartement de Julia. Des bijoux, des tableaux, et même des sacs à main...

— Sans doute. Elle refuse de me parler à présent. Je lui ai affirmé que Julia avait un dossier complet sur Kara, que je pouvais demander à quelqu'un de le chercher correctement – mieux que la police – dans les infos stockées sur le disque dur. Elle n'a rien voulu entendre. Elle a accepté sans sourciller l'idée que Julia était bizarre, par conséquent instable, et donc suicidaire. Comme tout le monde.

J'ouvre et referme la bouche. Je ne peux pas assimiler ce qu'il dit. C'est impossible. N'est-ce pas ? J'ai la poitrine comprimée. Je ne sais pas si c'est parce que Julia a agi toutes ces années à mon insu ou qu'elle a peut-être découvert le nom de l'assassin de ma sœur. J'observe Damian avec attention. Qu'éprouvait vraiment Julia pour lui ?

Son regard rencontre le mien. Ses lèvres brillent doucement à la lueur de la lampe.

—J'aimais Julia et elle m'aimait, murmure-t-il, comme s'il avait lu dans mes pensées. Elle se sentait vulnérable à cause de ça. C'est pourquoi elle refusait de parler de moi, mais c'est vrai, regardez.

Il sort son téléphone, fait défiler des photos, puis me montre l'écran. C'est un cliché d'eux ensemble. Damian, vêtu d'un élégant pull fin, les yeux braqués sur l'appareil qu'il tient à bout de bras. Julia assise à côté de lui, le visage tourné vers le sien. Elle est radieuse… souriante… on lit dans son regard une sorte d'adoration. Je suis fascinée. Jamais je ne l'ai vue ainsi. Damian appuie sur le point au centre de la photo et le cliché prend vie. Julia rit, contemple Damian qui continue à fixer l'objectif, sexy en diable. Pourtant, c'est Julia qui accapare mon attention. Elle semble si tendre, si amoureuse. Je me remémore soudain la rigidité froide de ses traits dans la mort. Un sanglot monte au creux de mon ventre. Je détourne la tête.

— Je suis désolé, dit Damian dans un souffle.

Sa voix se brise.

— Je sais combien il est douloureux de… la voir…

Une multitude d'émotions tourbillonnent dans mon esprit. J'ai aperçu là une Julia que je ne connaissais pas : le cœur entre les mains de Damian, rongée par la culpabilité au point de consacrer sa vie à chercher l'assassin de Kara.

— Je lui ai demandé de m'épouser une semaine précisément avant qu'elle meure. Elle a dit oui.

Ses lèvres tremblent légèrement.

— Mais…

Je ne peux pas le croire. Il invente, sûrement.

— Julia ne m'a rien dit.

— Je sais, soupire-t-il. Vous devez penser que je vous raconte des histoires, mais nous avions projeté d'acheter des alliances à la fin du mois… et à ce moment-là, elle l'aurait annoncé à tout le monde.

Je contemple la fenêtre. La rue est animée, un groupe de filles passe en hâte en poussant des cris. On voit les lumières de la boîte de nuit plus bas dans la rue.

— Pourquoi êtes-vous revenu ici ?

— Parce que Julia y était deux jours avant sa mort.

Il pose son verre fermement sur la table.

— Quand nous nous sommes retrouvés après, elle était tout… agitée. J'ai insisté pour qu'elle me dise d'où elle venait. Imaginez la réaction que j'aie eue en apprenant qu'elle sortait d'un bar de rencontres…

Je retiens une exclamation, me souvenant brusquement des initiales AH que j'ai vues dans l'agenda de Julia. Je n'avais pas fait le lien auparavant, mais AH signifiait sans doute Aces High. Je fixe

Damian. C'est le premier indice suggérant qu'il dit la vérité.

— Continuez.

— J'ai laissé courir mais le lendemain, un vendredi, Julia est sortie de nouveau et n'a pas voulu me dire où elle était allée. Je l'ai vue ce soir-là. J'étais vraiment agacé qu'elle me cache ce qu'elle faisait. Car enfin, elle avait accepté de m'épouser moins d'une semaine avant, et c'était comme si elle faisait machine arrière. Finalement, je suis parti fâché. Le samedi, je lui ai téléphoné en début de soirée, et c'est là qu'elle m'a révélé qu'elle avait trouvé le tueur de Kara.

— Et vous vous êtes querellés de nouveau ?

Il acquiesce, penaud.

— Je ne comprenais pas qu'elle refuse de me dire son nom. Je me rends compte maintenant que j'ai eu tort de m'emballer, mais c'était tellement frustrant… Julia se contentait de répéter qu'elle devait vous en parler en premier. Je pensais qu'elle essayait de me repousser.

Il hausse les épaules, accablé.

— J'ai été idiot. Mais j'en avais assez qu'elle dresse des obstacles entre nous. Elle insistait déjà pour qu'on repousse l'annonce de notre mariage… je lui ai dit qu'elle devait me faire confiance car sinon, les engagements que nous avions pris l'un envers l'autre – y compris notre promesse de fiançailles – ne signifiaient rien.

— A-t-elle mentionné une certaine Shannon ?

— Pas que je m'en souvienne. Non, je suis sûr que non. Pourquoi ?

— Shannon est la fille avec qui vous m'avez vue tout à l'heure.

Je parle à Damian des entrées que j'ai remarquées dans l'agenda de Julia, quand un soudain frisson me traverse. Julia avait-elle trouvé un lien entre Shannon, le Aces High et la mort de Kara ? Je ne peux imaginer lequel, mais si Julia est venue au Aces High deux jours avant sa mort, et que son comportement a changé à partir de ce moment-là, alors il devait bien y avoir un rapport ?

— Peut-être que le lien est l'endroit, pas Shannon. Après tout, Shannon n'était sûrement qu'une enfant quand Kara est morte.

— Hmm. Les enfants ont des yeux et des oreilles aussi, commente Damian, les sourcils froncés. Shannon a pu être témoin de quelque chose concernant le meurtre. Quoi qu'il en soit, nous devons la retrouver.

Il termine son verre.

— Le barman du Aces High la connaît, dis-je. Peut-être qu'il pourrait nous donner son nom ou un numéro de téléphone ?

Nous regagnons la boîte de nuit, où le barman refuse de nous livrer la moindre information. Après toutes les révélations de ce soir, c'est une impasse frustrante. En ressortant, je vérifie l'heure sur mon téléphone. Il est près de minuit, beaucoup plus tard que je ne le croyais, et l'appareil, que j'ai mis sur silencieux, affiche un appel manqué de Will. Je mâchonne ma lèvre, me sentant coupable.

Nous retournons à ma voiture. J'ai le vertige tant mon crâne déborde d'informations, mais je suis aussi tout excitée, pleine de détermination. Avant de nous séparer, Damian et moi échangeons nos numéros. Nous nous appellerons demain pour aviser.

La maison est plongée dans l'obscurité, hormis une lumière à la fenêtre de la chambre de devant. Notre chambre, où le pauvre Will doit m'attendre.

Il est assis au lit, son ordinateur portable en équilibre sur les genoux.

— Tu t'es bien amusée ? me demande-t-il, sarcastique.

Je grimace, partagée entre l'irritation et le remords.

— Ne sois pas comme ça, je t'en prie.

Je m'assieds à côté de lui et entreprends de raconter ma rencontre avec Shannon, puis avec Damian.

— C'est le Démon blond de Julia. Je crois qu'elle l'aimait plus qu'elle ne le laissait paraître.

— Ça ne ressemble guère à Julia, commente-t-il.

Comme j'ai l'impression de lui devoir une explication, je lui répète notre conversation, bien que je n'en aie guère envie. Contrairement à ce que j'escomptais, c'est le scepticisme, et non le choc, que je lis sur son visage.

— Qu'y a-t-il ?

Il hausse les épaules.

— Tu ne crois pas que Julia avait identifié l'assassin de Kara ?

— Je crois qu'elle voulait le faire, répond-il avec une moue, mais je vois mal comment elle aurait réussi là où toutes les forces de police du Devon et des Cornouailles ont échoué il y a dix-huit ans.

— Et les documents qui ont disparu sur son ordinateur, d'après Damian ? Tous les papiers sur Kara ?

Will garde le silence.

Je vais dans la salle de bains et me brosse les dents. Il faut que je voie Joan. Que je l'interroge à propos des objets manquants dans l'appartement de Julia – et que je jette un coup d'œil à l'ordinateur de Julia. Si Joan a emporté les objets de valeur, elle a peut-être pris les documents avec. Je veux les examiner. Je connaissais Julia et Kara mieux que quiconque. Je devrais pouvoir repérer des références… des notes ou des indices qui ne signifieraient peut-être rien pour quelqu'un d'autre que moi.

Je rentre dans la chambre. Will a posé son ordinateur portable sur la commode. Adossé à son oreiller, les bras derrière la tête, il me suit des yeux alors que je traverse la pièce pour gagner mon côté du lit.

— La police n'a rien trouvé de suspect ?

— Non. L'assassin a volé les papiers et tout effacé sur l'ordinateur.

Je me couche. Il me regarde, le visage grave.

— Quoi ?

Il prend une profonde inspiration.

— Livy, je ne suis pas en train d'essayer de te rabaisser. Je comprends que tout ça soit important pour toi. Mais je crois que tu négliges une chose.

— Laquelle ?

— Damian est le seul à affirmer que Julia avait identifié l'assassin ou qu'il y avait des papiers et des dossiers dans l'ordinateur. Les policiers ne l'ont pas pris au sérieux. Pourquoi le fais-tu ?

Je me remémore les paroles de Damian à ce sujet. Qu'a-t-il voulu dire par là? Pourquoi aurait-on refusé de le croire?

Je sais que Will a raison d'être soupçonneux. Pourtant, je ne veux pas entendre ses arguments. Je me détourne ostensiblement et remonte la couette sur moi. Will éteint la lumière en soupirant.

Je ferme les yeux, mais je mets longtemps à trouver le sommeil.

7

— Maman, Zack a mangé toutes les céréales. Comme d'habitude!

Les jérémiades d'Hannah m'arrachent à mes réflexions. Will a rejeté les théories de Damian sans l'ombre d'une hésitation, mais je dois en avoir le cœur net. Je suis toujours décidée à demander à Joan l'autorisation de consulter les papiers et l'ordinateur de Julia. Cependant, après notre rencontre aux obsèques, je ne suis guère optimiste. Va-t-elle seulement écouter mes soupçons, sans parler de me donner sa permission?

— Il y a un autre paquet dans le placard.

Je jette un coup d'œil distrait à mes enfants qui, chacun à une extrémité de la table de cuisine, savourent chacun à sa façon le petit déjeuner.

Will, bien sûr, est parti au bureau, longtemps avant qu'ils se lèvent.

Zack, un énorme bol bleu devant lui, engloutit ses céréales en renversant du lait à chaque cuillerée, pressé de finir et de passer à la suite. Hannah, en revanche, est alanguie sur deux chaises, comme une dame victorienne sur une méridienne. Son maquillage et divers miroirs sont placés autour de son bol encore vide, et elle les effleure tour à tour de ses doigts longs et délicats.

— Pourquoi est-ce que ce serait à moi d'y aller ?

Elle lève les yeux vers moi, boudeuse.

— Ce n'est pas juste. Tu me demandes de tout faire.

— Oh ! Je t'en prie.

Je ne suis pas d'humeur à me disputer avec elle. Nous avons déjà eu des mots ce matin à propos du désordre dans sa chambre. Je passe à grands pas à côté d'elle, sors le paquet neuf et glisse le doigt sous le rebord sans faire attention. Le carton me griffe la peau. Ça brûle, un mince filet de sang s'échappe de la coupure. Je grimace, agacée par ma maladresse.

Zack termine ses céréales en deux énormes bouchées. Il va mettre son bol dans l'évier, le tenant des deux mains comme je le lui ai appris. Je dépose le paquet à côté d'Hannah, qui s'en empare d'un geste irrité. Zack tourne les talons et grimpe les marches quatre à quatre. Je sais qu'il va se brosser les dents et redescendre dans une minute pour me les montrer, en exhalant profondément pour me prouver leur « fraîcheur mentholée. » Ensuite il mettra ses chaussures et me fera un gros câlin. Parfois j'ai l'impression que mon fils s'adapte sans effort à la routine de la maison, tandis que ma fille s'évertue à me mettre des bâtons dans les roues. À cet égard, elle ne ressemble pas du tout à ma sœur, qui s'était spécialisée dans un type de résistance plus passive.

À cet instant précis, Hannah me jette des regards noirs en versant des céréales dans son bol. Un œil est maquillé – elle sait faire ça superbement, avec de l'ombre à paupières couleur pêche et un soupçon de mascara. Cela me déplaît qu'elle porte du maquillage à l'école alors qu'elle n'a que douze ans, mais le règlement les y autorise à condition qu'il soit léger et que le look soit naturel et je sais très bien que si je lui interdis de l'appliquer à la maison, elle le fera à l'école de toute façon. Comme Kara avant elle, Hannah a le sens de l'esthétique. Ce qui m'inquiète davantage, c'est que, comme Kara, elle soit maladivement obsédée par son apparence et que, souvent – bien qu'elle essaie de s'en cacher –, elle tente de sauter des repas.

— C'est vraiment dégoûtant, dit-elle avec mépris.

— Il y a cinq minutes, tu en voulais. Et c'est du bio.

Hannah me lance un regard dur. Je suis bien placée pour savoir qu'elle est capable de transformer une différence d'opinion sur des céréales en troisième guerre mondiale, alors je me hâte de changer de sujet.

— Tu préfères du porridge ?

J'essaie de garder mon sang-froid en me concentrant sur ses longs doigts minces qui hésitent anxieusement entre diverses crèmes contre les points noirs. Elle est encore une enfant, qu'elle le sache ou non.

— Je déteste le porridge, grogne-t-elle.

Je secoue la tête et quitte la pièce.

J'ai les paumes moites quand la mère de Julia répond à mon appel avec le ton brusque qui la caractérise. Prétextant que j'ai rendez-vous avec une vieille amie dans la région de Bridport, je suggère de lui rendre une petite visite au passage. Joan accepte, mais je comprends à sa voix qu'elle n'est pas exactement ravie à la perspective de me voir.

Le trajet est agréable à travers la campagne du Devon et du Dorset. C'est à cette époque de l'année, lorsque le soleil brille sur les champs d'un vert luxuriant, que la région est la plus belle. À l'approche de Lyme Regis, prise dans un ralentissement, je me souviens d'avoir autrefois assisté à une conférence dans un hôtel tout près de là. Je ne le savais pas à l'époque, mais c'était en fait l'apogée de ma vie professionnelle. Je venais de remporter un concours d'écriture et mon employeur, qui avait une haute opinion de moi, voulait me faire grimper rapidement dans la hiérarchie. Pourtant j'étais déchirée entre la carrière juridique qui s'offrait à moi et ma vieille ambition de retourner dans le monde universitaire. J'irradiais la confiance en moi – d'ailleurs, trois hommes tentèrent tour à tour de me draguer ce week-end-là. Je déclinai chaque offre avec un sourire. Will venait de me demander en mariage et nous projetions d'acheter une maison à Exeter. L'avenir semblait regorger de possibilités, mon couple et ma carrière progressaient en parfaite harmonie.

Je quitte l'A35, frappée par l'idée que mon existence s'est rétrécie depuis. Ironique, me semble-t-il, qu'en troquant mon nom de jeune fille, Small, je me sois engagée sur un chemin qui a mené à une vie plus étroite, plus étriquée.

Je me gare devant chez Joan. J'ai toujours été stupéfaite que Julia ait grandi ici. Il n'y a rien de sa personnalité urbaine, flamboyante, dans cette demeure des années trente, pas plus que dans la rue calme et résidentielle où elle se trouve. C'est une grande maison pour Joan toute seule, mais elle refuse de déménager, bien que le père de Julia ait succombé à un cancer voilà deux ans et que les factures aient commencé à s'accumuler. Julia, fidèle à elle-même, jugeait avec dédain la réticence de sa mère à aller de l'avant, l'accusant d'être trop attachée à son train-train. Je m'étais demandé à l'époque si les choses étaient vraiment aussi simples. Julia affirmait que Joan était née avec « le gène du martyr » et mourrait en se plaignant que le monde entier lui en voulait, mais qu'en savait-elle, au fond ? Depuis son départ pour l'université, elle ne retournait que très rarement chez ses parents.

Je lisse ma jupe en m'approchant de la pelouse manucurée. Une brise tiède m'ébouriffe les cheveux. Deux poubelles noires flanquent le portail, telles deux sentinelles en plastique. Le cœur battant, je sonne à la porte. Joan ouvre très vite.

Je lui adresse un sourire qu'elle ne me rend pas.

— Bonjour.

— Bonjour.

Sa voix est froide et, l'espace d'un moment, je me demande si elle va m'inviter à entrer. Elle porte un haut en coton et un pantalon ample. Aucun signe de racines grisonnantes dans sa coiffure impeccable. Sa peau est remarquablement lisse, sa silhouette encore mince. Je la dévisage. Pas la moindre ressemblance avec Julia, sauf, peut-être dans la forme des yeux et du nez.

— Entre, dit-elle enfin.

— Merci. C'est gentil de me recevoir.

Je souris de nouveau, dans l'espoir de m'attirer ses bonnes grâces. Joan pince les lèvres. Il y a des rides autour de sa bouche, souvenir du temps où elle fumait deux paquets de cigarettes par jour.

— Je sors tout à l'heure, pour le déjeuner, reprend-elle. Mais je peux t'offrir un thé.

Je m'apprête à la rassurer, à lui dire que je ne vais pas rester longtemps, quand Robbie apparaît. Je suis tellement sidérée de le voir que je retiens une exclamation.

Joan lâche un « tss » exaspéré, encore qu'il soit difficile de dire s'il m'est destiné parce que j'ai été surprise par la présence de Robbie ou s'il s'adresse à son fils, excité comme un chiot qui a grandi trop vite.

— Salut, Livy, c'est génial de te voir !

— Hmm, toi aussi, dis-je, cramoisie.

— Quel bon vent t'amène à Bridport ? continue-t-il, en dépassant sa mère pour planter deux énormes baisers sur mes joues. Si j'avais su que tu comptais venir, je t'aurais proposé de t'amener. J'ai pris quelques jours de congé.

Il me pousse devant Joan et me fait entrer dans le salon pendant que je répète mon histoire de « vieille copine dans les environs ». Un regard rapide au décor, austère et guindé, me rappelle que Joan est beaucoup plus âgée que ma mère. Elle appartient presque à une autre génération. De l'autre côté de la porte-fenêtre, la pelouse a été tondue en bandes régulières. Un endroit brûlé dans le coin – sans doute le résultat d'un feu de joie, drôle d'époque pour en faire un – offre un contraste frappant avec les parterres de roses soignés. À la différence de notre jardin, il n'y a pas une mauvaise herbe en vue.

— Voudrais-tu un thé ? Un café ? demande Robbie, aux petits soins.

Je m'assieds à un bout du canapé, Joan se perche sur un fauteuil. De près, je perçois la tension dans son regard.

— Non, merci.

Robbie hoche la tête et s'installe à côté de moi. Trop près. Je m'écarte. *Éloigne-toi, faux jeton*. Voilà ce que Julia aurait dit.

Mais je ne suis pas Julia.

— Comment va Wendy ?

— Très bien, répond Robbie, lissant les cheveux qui descendent sur sa nuque et le col de sa chemise.

Ne se rend-il pas compte que leur longueur ne fait qu'attirer l'attention sur son crâne dégarni ?

— Elle est à la maison avec les enfants en ce moment. J'aide maman à trier les affaires de Julia.

— Ça ne doit pas être facile. Peut-être que je pourrais vous donner un coup de main ?

— C'est inutile, réplique Joan. À vrai dire, nous sommes plutôt occupés, ajoute-t-elle d'un ton lourd de sous-entendus.

— Oui, bien sûr.

Je ravale ma salive. Il va falloir que je sois plus directe, mais Joan ne me facilite pas la tâche.

— Je suis désolée de débarquer comme ça. Je… Je suis tellement bouleversée par ce qui est arrivé à Julia. Je…

— Nous le sommes tous, coupe-t-elle avec conviction.

— Naturellement.

Je marque une pause.

153

— Le fait est qu'il y a certaines choses… des questions restées sans réponse, au fond… qui me laissent perplexe.

Joan hausse les sourcils. Je sens la présence de Robbie, trop proche. Il me dévisage avec intensité. Je suis brusquement ramenée dans le passé, au jour où je l'ai rencontré. Il venait régulièrement à Exeter, surtout, me semble-t-il, pour s'imposer dans la vie sociale de Julia. J'ai fait sa connaissance un soir qu'il était sorti avec elle et Kara. Il ne m'avait guère plu alors, il paraissait nerveux en présence de sa sœur – qui le taquinait sans merci – et étrangement intimidé par la mienne. En tout cas, il n'avait pas su comment s'adresser à moi, oscillant entre la timidité et la fanfaronnade. Un moment, je m'étais demandé s'il était secrètement gay – tant il avait l'air mal à l'aise en compagnie des femmes. À la réflexion, avec une mère comme Joan, il aurait été étonnant qu'il se comporte autrement.

— Des questions restées sans réponse ? répète celle-ci d'une voix aussi coupante que l'acier. Cela est-il lié à… la scène que tu as faite à la cérémonie ?

— En quelque sorte.

Je me lance dans l'histoire que j'ai préparée, expliquant que Shannon m'a fuie quand je l'ai rencontrée au Aces High. Comme je ne veux pas révéler que j'ai découvert l'existence de ce rendez-vous dans l'agenda de Julia, je me contente de dire vaguement que Julia l'avait mentionné et que c'était important pour une raison ou pour une autre.

— Shannon attendait au bar. Elle ignorait que Julia était morte et quand je le lui ai dit, elle a paru terrifiée.

— Ç'a dû être affreux pour toi, commente Robbie d'une voix débordante de compassion.

J'acquiesce, en évitant son regard. Un chat noir entre par la porte ouverte tandis que Joan me fixe. Je lui flatte le dos, puis il va se frotter contre les jambes de Joan.

Elle lui donne une caresse et je me souviens que Julia disait que Joan *montrait beaucoup plus de tendresse à ses fichues bêtes qu'à nous quand on était petits… elle avait toujours un chat, jamais de chien, eux, ils ont besoin de véritable affection.*

— Si je comprends bien, Julia t'a dit qu'elle avait rendez-vous avec cette fille, mais pas pourquoi ?

Elle a arqué un sourcil, et une seconde, j'entrevois Julia : froidement sardonique, refusant d'être prise pour une idiote.

À côté de moi, Robbie se laisse aller contre le dossier du canapé. Il continue à me dévisager avec une insistance qui me trouble. Son intérêt évident et le mépris palpable de Joan menacent de me faire perdre le fil de la conversation.

— Comme je le disais, il y a des questions qui demeurent sans réponse. Je sais que Damian – l'ami de Julia – vous a contactée et qu'il est aussi… euh… préoccupé. Il pense que Julia enquêtait sur…

— Arrête.

Joan lève une main.

— Livy, j'ai toujours eu de la sympathie pour toi. Je sais que Julia et toi étiez de bonnes amies. Mais tu prends trop de libertés.

Elle hésite, baisse sa main.

— En fait, je suis navrée, mais il faut que je te pose une question.

155

Robbie se penche en avant, brusquement anxieux.

— Non, maman.

— Qu'y a-t-il ?

Je serre les lèvres. Je suis en proie à tant d'émotions en ce moment que je pourrais aussi facilement crier que pleurer – voire les deux.

— Il faut que je te demande si tu es entrée chez Julia depuis... depuis cette terrible journée.

J'ai les joues en feu. Qu'est-ce qui a pu trahir ma visite illicite ? Face au regard accusateur de Joan, un frisson me traverse. Je ne vois là ni chaleur ni sollicitude, seulement de l'hostilité. Pas étonnant que Julia ait décrit sa mère comme un vampire émotionnel.

— Livy ?

Je m'éclaircis la gorge.

— J'y suis retournée, oui, une seule fois. J'avais les clés, vous savez, Julia et moi avions chacune les clés de l'autre.

Joan hoche la tête.

— Ah, je pensais bien que c'était le cas. Ce qui veut dire que ceci doit t'appartenir.

Elle fouille dans son sac et me tend mon trousseau, sans doute récupéré sur le porte-clés Tiffany de Julia.

— Oui... euh... merci.

— J'aimerais que tu me rendes celui de Julia, maintenant, s'il te plaît.

Les doigts tremblants, je les retire de mon porte-clés. Exactement comme à l'enterrement, j'ai l'impression de la perdre d'une manière infime et pourtant significative.

— Et qu'est-ce que tu as pris ?

La question brutale de Joan me coupe le souffle.

— Quoi ? *Rien !*

Joan pince les lèvres. Il est clair qu'elle ne me croit pas. Puis je me souviens que l'ordinateur et la télévision avaient disparu, ainsi que quelques tableaux, sacs et bijoux.

— Je n'ai rien pris. La télé, le Mac et certains objets dans sa chambre… n'étaient plus là. Je… J'ai pensé que c'était vous qui les aviez emportés.

— C'est exact, intervient Robbie avec un sourire, essayant visiblement d'apaiser la tension. Maman et moi avons emporté certains objets de valeur dès que la police nous y a autorisés.

Joan paraît irritée.

— Nous l'avons fait pour des raisons de sécurité, évidemment. Julia n'a pas laissé de testament, vois-tu, mais les bijoux de valeur étaient cités sur son attestation d'assurance.

— Oh! Je vois.

Un instant, je suis stupéfaite. Julia était si organisée, si efficace, qu'il semble étonnant qu'elle n'ait pas réglé sa succession. Cela dit, elle n'avait ni enfants ni personne à charge, par conséquent elle se disait sans doute que rien ne pressait.

— Nous avons vérifié, reprend Joan. Tout est là à l'exception d'un seul bijou : une bague sertie d'émeraudes et de diamants estimée à un peu plus de huit mille livres.

Elle fixe sur moi son regard froid.

— Je n'aurais pas vu d'inconvénient à ce que tu prennes un ou deux souvenirs, mais ça, c'est vraiment inacceptable.

Je reste bouche bée. Joan m'accuse d'avoir volé cette bague ?

Je lance un coup d'œil vers Robbie. Il détourne la tête, trop gêné pour me faire face. *Mon frère le faux*

157

jeton est tellement lâche, dit la voix de Julia dans ma tête. Même si Robbie a encore un faible pour moi, cela ne suffit pas pour l'inciter à prendre ma défense.

— Je n'ai pas... Je n'aurais pas...

Silence.

Un souvenir me transperce, aussi violent, aussi douloureux que la pointe d'une lance. Quand Kara est morte, un bijou aussi a disparu, un joli médaillon en argent que Julia avait déniché sur un marché et lui avait offert pour Noël. Il valait beaucoup plus que ce que Julia l'avait payé, et un K tarabiscoté était gravé dessus. Kara l'adorait et le montrait à tout le monde. Elle avait glissé une photo de Julia et d'elle à l'intérieur – deux têtes souriantes dans un Photomaton. Elle l'avait constamment autour du cou. Après sa mort, on s'est aperçu qu'il n'était plus là. Julia avait affirmé que Kara le portait le soir où elle est morte. Si c'est vrai, soit l'assassin l'a dérobé parce qu'il avait de la valeur, soit, ce qui est plus probable, la chaîne s'est cassée et est tombée dans le canal quand il a tiré Kara sous le pont. Quoi qu'il en soit, ce médaillon n'a jamais été retrouvé. Et maintenant, la bague de Julia manque à l'appel. S'agit-il d'une coïncidence ? Ou faut-il voir là quelque chose de plus sinistre ?

Joan continue à m'observer de ses yeux méfiants, glacés et distants. Robbie aussi m'observe. Il articule silencieusement le mot : « Désolé. » Au moins, lui ne pense pas que je suis une voleuse.

— Je n'ai pas pris la bague de Julia.

Joan paraît sceptique.

— Je sais que Julia comptait beaucoup pour toi, Livy. Comme je le disais, si tu m'avais demandé franchement un souvenir, je n'aurais pas hésité à te donner...

158

— Je ne l'ai pas prise ! Je n'ai rien emporté et je ne veux rien.

Un nœud s'est formé dans ma gorge. En plus de cette accusation injuste, toutes sortes de pensées se bousculent dans ma tête.

— Et si cette bague avait été volée par celui qui l'a tuée ?

— Oh, je t'en prie.

— Livy, non, ajoute Robbie.

— Je cherche seulement à savoir la vérité sur sa mort.

— La vérité ? lâche Joan d'un ton mordant. La vérité, c'est que Julia était têtue et égoïste. Elle a suivi une thérapie par le passé – comme tu le sais – mais elle était toujours instable.

— Non.

Il est exact que Julia a vu un psy après avoir quitté l'université, et ce, pendant un an ou deux. Elle n'a guère évoqué cette expérience, sauf pour me dire qu'elle l'avait aidée à accepter la mort de Kara.

— Je suis désolé, Livy, c'est vrai, renchérit Robbie.

— Tout à fait.

Joan se cale sur son siège, les mains crispées sur les accoudoirs du fauteuil. Ses jointures sont toutes blanches, sa mâchoire est crispée.

— Non, répété-je.

— Ça suffit, Livy, insiste Joan. Je sais que tu as du chagrin et Damian aussi. Vous vous sentez coupables de ne pas avoir pu empêcher Julia de se suicider. Dieu sait que moi aussi. Mais nous devons tous être forts et accepter la réalité au lieu de nous prêter à des conjectures absurdes.

— Je crois qu'il n'y a pas que…

— Assez ! te dis-je.

Joan a élevé la voix. Elle se met debout, traverse la pièce à grands pas et s'arrête devant la porte-fenêtre.

— C'est assez dur comme ça, Livy. Je suis vraiment déçue que tu nies avoir dérobé cette bague.

Je me tourne vers Robbie, impuissante.

— Nous ne t'accusons pas, dit-il.

— Si, vous m'accusez.

— Si, en effet, réplique Joan. Pour autant que je le sache, personne d'autre n'avait la clé de son appartement. Ni Damian ni aucun de ses autres amis. Et il n'y a pas eu d'effraction, alors…

Je ne sais pas quoi dire pour la convaincre de mon innocence.

— Si vous me laissez regarder l'ordinateur ou les papiers de Julia, je trouverai peut-être une preuve de ce que je dis.

Joan pivote vers moi, me lance un regard glacé. Elle désigne le carré de terre brûlée dans le jardin.

— Nous avons détruit les papiers. L'ordinateur aussi. Ça ne valait pas la peine de le revendre et Robbie était d'avis que l'avoir à la maison ne ferait qu'ajouter à ma peine.

Je les fixe tour à tour, atterrée et sans voix. Robbie hoche la tête, confirmant les dires de sa mère. Il a l'air embarrassé.

— Vous avez tout brûlé ?

Joan acquiesce.

— Oui, enfin, le disque dur. De toute manière, il n'y avait rien d'important dessus, quelques articles pour son travail, de vieilles factures, ce genre de choses. Ça semblait plus sûr que de le jeter. Pareil avec les documents.

— Mais…

Je me suis levée et lui fais face.

160

— Il y avait peut-être des choses qui avaient de l'importance pour Julia là-dedans…

Telles que des informations sur son rendez-vous avec Shannon et l'identité de l'assassin de Kara. Je garde pour moi cette dernière pensée.

Joan secoue la tête.

— Je crois que nous avons assez discuté de tout cela, Livy. Merci pour les clés. Je les remettrai à l'agent immobilier dès que les formalités légales seront réglées. Je ne crois pas que…

— L'agent immobilier ?

— Oui, nous allons vendre l'appartement dès que possible. Et son cottage à Lympstone. Ça ne devrait pas prendre très longtemps. Comme je disais, je pense qu'il vaut sans doute mieux que tu partes.

Une sensation de vide se loge en moi, qui n'a rien à voir avec la mort de Kara il y a toutes ces années ni avec l'idée que Julia a peut-être elle aussi connu une mort violente. Non seulement l'histoire de Julia a été réécrite pour faire d'elle une victime, mais voilà que son passé entier est effacé. Bientôt, il ne me restera pas une seule trace tangible de ma meilleure amie. Et je ne peux rien y faire.

— Vous mettez l'appartement en vente ?

Ma voix n'est qu'un murmure. Joan acquiesce brièvement et se dirige vers le couloir. Elle porte des chaussures de ville, à talons, même dans la maison. Je me laisse raccompagner dans une sorte de brouillard. Robbie, qui n'a pas ouvert la bouche depuis que Joan a dit qu'ils avaient brûlé les affaires de Julia, m'étreint avec effusion pendant que sa mère ouvre la porte.

— À bientôt, me chuchote-t-il à l'oreille, trop bas pour qu'elle l'entende.

Une seconde, j'ai envie de m'en prendre à lui, à la manière de Julia, de lui reprocher de ne pas m'avoir défendue contre sa mère, mais bien sûr je n'en fais rien. Au lieu de quoi, je me tourne vers Joan, comme engourdie. Elle me donne un baiser sur la joue – ses lèvres sont froides et dures – et je descends en titubant l'allée qui mène à ma voiture.

Je fais volte-face en atteignant le trottoir, Joan a déjà refermé la porte. Les larmes aux yeux, j'inspire un bon coup. Les poubelles me fixent d'un air accusateur. Les affaires brûlées doivent se trouver dedans. Mon pouls s'accélère brusquement. J'observe la maison. Aucun signe de Joan ni de Robbie.

Sans prendre le temps de réfléchir, j'ouvre le premier conteneur. La puanteur de l'urine de chat, provenant sans doute d'une litière, me saisit à la gorge, en même temps qu'une odeur de papier brûlé. Je plonge la main à l'intérieur et en sors deux sacs en plastique blanc. Je les dépose par terre et inspecte la seconde poubelle. Celle-ci ne contient qu'un seul grand sac noir. Dont s'échappe une indéniable odeur de brûlé. Je le sors en hâte, emporte les trois jusqu'à ma voiture, et les fourre sur la banquette arrière avant de monter en vitesse. Un dernier regard à la maison. Personne aux fenêtres.

Je démarre. En m'éloignant, j'imagine l'expression choquée de Julia si elle me voyait : « Livy Small, tous les talents, dirait-elle, les yeux écarquillés de surprise. Femme au foyer. Mère de famille. Voleuse. »

8

Il est presque l'heure d'aller chercher Zack à l'école et Damian et moi sommes encore en train de passer au crible les détritus de Joan dans le jardin.

J'ai téléphoné à Damian sur le chemin du retour. Il était le seul à qui je puisse m'adresser, et comme je m'en doutais, il ne demandait pas mieux que de m'aider. S'il a été choqué d'apprendre que j'avais fouillé les poubelles de Joan, il n'en a rien laissé paraître. Il s'est aussitôt mis à examiner leur contenu, cherchant tout ce qui pourrait être lié à l'enquête de Julia sur l'assassin de Kara. C'est une tâche fastidieuse. Au bout d'une heure et demie, nous n'avons rien trouvé.

Après une matinée ensoleillée, le ciel s'est couvert et il fait affreusement lourd. Nous sommes l'un et l'autre sales et suants. Damian fait une pause pour fumer une cigarette, sa deuxième depuis qu'il est là. Je suis stupéfaite. Depuis qu'elle a arrêté, Julia était une anti-tabac véhémente. Aucun de ses précédents petits amis n'aurait osé allumer une cigarette en sa présence. J'en fais la remarque à Damian. Il sourit et me dit qu'ils se sont disputés à ce propos. J'ai l'impression que Damian a gagné, et que Julia

163

a adoré qu'il lui tienne tête. Une brise bienvenue se lève alors que nous bavardons, partageant nos souvenirs. Damian rit – un énorme rire sonore et chaleureux – quand je lui raconte qu'un Noël, Julia avait offert à mes enfants un jeu de société qu'ils convoitaient, mais qu'elle avait oublié qu'il fallait des piles. En voyant la mine déçue de Zack, Julia avait tenté une recherche rapide mais infructueuse dans les tiroirs de la cuisine avant d'avoir une inspiration soudaine.

— Elle a filé dans sa chambre. Je l'ai suivie et je l'ai surprise à les retirer de son vibromasseur.

— Il n'y avait que Julia pour faire ça.

Damian secoue la tête, souriant malgré le chagrin qui perce dans sa voix.

Je lui rends son sourire. J'éprouve de plus en plus de sympathie à son égard. Il parle de Julia avec tellement d'affection, et, une fois de plus, je me sens réconfortée. Je ne suis plus tout à fait seule avec ma peine.

Mon regard se pose sur le contenu des trois sacs poubelle, désormais éparpillé sur l'herbe trop haute de notre pelouse. Pour l'essentiel, ce sont des cendres. J'observe les tortillons calcinés en pensant à Julia. C'est morbide, je sais, mais j'ai complètement oublié de demander à Joan ce qu'elle compte faire de ses cendres. Serai-je seulement invitée à participer à leur dispersion ?

Mes pensées se portent sur la seule autre cérémonie comparable à laquelle j'aie participé. Julia n'était pas là quand nous avons répandu les cendres de Kara l'automne suivant sa mort. Papa et maman avaient préféré qu'il n'y ait que nous trois.

Il ne m'était pas venu à l'esprit à l'époque que Julia ait pu se sentir exclue par cette décision. Et cela me fait mal de penser que, à présent, je ne peux ni le savoir ni me rattraper.

Nous avions choisi le jardin botanique, près de chez nous, à Bath. Bras dessus bras dessous avec mes parents, nous évoquions de précédentes visites, plus heureuses. Nous y étions souvent allés lorsque Kara et moi étions enfants. J'adorais explorer les coins et recoins de la rocaille tandis que Kara – qui avait toujours eu de la vie une approche plus gaie que moi – gambadait dans l'herbe et s'extasiait de la beauté flamboyante des érables du Japon.

Nous avons dispersé les cendres de Kara dans le vallon. Maman n'arrêtait pas de regarder autour de nous, inquiète, parce que, officiellement, ce que nous faisions n'était pas autorisé. Papa était irrité par sa nervosité, son besoin d'obéir aux règles. Il avait lui-même été un homme respectueux des conventions, mais cela n'avait pas sauvé sa fille bien-aimée, sa magnifique enfant, et la tragédie avait brisé sa conception du monde en même temps que son cœur, le laissant partir à la dérive. Je le revois encore, le visage défait, refusant de s'autoriser les larmes que maman et moi versions sans retenue.

Je me secoue. Ce n'est pas le moment de s'abandonner à de telles réminiscences. Pour commencer, je vais devoir aller chercher Zack d'un moment à l'autre. Ensuite, il faudra que je trouve une explication plausible à ce chantier sur la pelouse.

Damian a écrasé sa cigarette et scrute la petite pile d'objets qui a survécu au feu. Jusqu'ici, nous n'avons trouvé que quelques fragments calcinés de métal, de plastique et de carton.

— J'ai l'impression d'être une sorte de paparazzi, dis-je avec un soupir.

Il lève la tête. Il a une tache sombre sur sa joue et de la cendre dans les cheveux. Il est absurdement séduisant.

— Vous avez vu quelque chose?

— Ça ne vous paraît pas bizarre que Joan et Robbie aient tout brûlé? demande-t-il en s'agenouillant de nouveau dans l'herbe. C'est tellement… définitif.

Je hausse les épaules.

— Si, je suppose. Mais Joan prétend que ça lui aurait fait trop de peine de garder les affaires de Julia.

— Et vous, qu'en pensez-vous? Ça vous ferait de la peine d'avoir les affaires de Julia autour de vous? Et même si c'était le cas, vous ne les mettriez pas plutôt dans un coin au lieu de tout détruire deux semaines après sa mort?

Une rafale de vent balaie les débris.

— Qu'est-ce que vous voulez dire? De toute façon, il n'y avait rien au sujet de Kara sur l'ordinateur, la police l'a examiné avant d'autoriser Joan et Robbie à l'emporter.

— Je dis juste que c'est bizarre.

Il se redresse, un fragment de disque dur à la main.

— Peut-être qu'on devrait faire analyser ça, voir s'il reste quelque chose dessus qui aurait échappé à la police.

J'acquiesce, et vérifie l'heure. Dans cinq minutes, il va vraiment falloir que j'aille chercher Zack. Je m'accroupis à côté de Damian et palpe le bord d'un des carnets Moleskine de Julia. Son contenu a été complètement détruit, il ne reste qu'un petit bout de reliure en cuir. En le prenant, je remarque dessous le coin d'une carte de visite bordée de minuscules cœurs rouges. Je la ramasse. Chacun des cœurs est légèrement différent. Le premier est entier, le deuxième percé d'une flèche, le troisième traversé par un zigzag : un cœur brisé. Puis le motif recommence. On dirait un logo.

La partie supérieure de la carte a été carbonisée, il ne subsiste qu'un nom et une partie de prénom :

-nnon Walker.

Mon cœur manque un battement. Est-ce la carte de visite de Shannon ? Je la mets sous le nez de Damian.

— Qu'en dites-vous ?

Il me regarde.

— Shannon Walker ? La Shannon que Julia devait retrouver au Aces High hier soir ?

— Forcément. Ce qui veut dire que Julia l'avait déjà rencontrée, sinon elle n'aurait pas eu sa carte de visite.

— Elle est allée au Aces High deux jours avant de mourir. Ç'a pu se passer ce jour-là.

— C'est peut-être Shannon qui lui a révélé le nom de l'assassin de Kara.

Nous nous fixons.

— On pourrait googliser Shannon Walker tout de suite, propose-t-il.

— Pas moi. Il faut que j'aille chercher Zack.

— Bon, je m'en charge.

Une mèche de cheveux tombe sur son front. Il la repousse, hésite avant de reprendre la parole.

— J'attends ici ? Ou préférez-vous que je m'en aille ?

Un instant, je ne sais pas quoi dire. Est-il prudent de laisser Damian seul à la maison ? Indépendamment du reste, que se passerait-il si Will rentrait à l'improviste ? D'un autre côté, il semble avoir été sincèrement amoureux de Julia et je ne peux pas croire qu'il aurait voulu lui faire du mal – et à moi non plus, par conséquent. La douleur que je vois dans ses yeux ne pourrait sûrement pas être feinte.

— Je sais que Julia ne vous a pas présenté à ses amis, mais a-t-elle rencontré les vôtres ?

Il fait non de la tête.

En dépit de mes réticences, j'éprouve un élan de compassion pour lui. C'est affreux de n'avoir personne avec qui partager son deuil.

— Si vous restiez ici ? Vous pouvez emprunter mon ordinateur portable.

Je le laisse devant la table de la cuisine, après lui avoir dit de se préparer du thé ou du café s'il en veut.

Perdue dans mes pensées, je manque de peu griller un feu rouge. Quelques mères bavardent devant l'école. Le trimestre se termine la semaine prochaine et la traditionnelle fête de fin d'année a lieu samedi. Megan Matthews, membre du bureau de l'association de parents d'élèves, s'évertue à recruter des volontaires de dernière minute pour apporter plats et gâteaux et tenir les divers stands.

J'accepte distraitement de préparer une fournée de brownies et me tiens à l'écart pendant qu'elle circule de l'une à l'autre, un stylo coincé derrière l'oreille. Elle n'a pas de porte-bloc mais c'est limite. Tout comme moi, Megan travaillait dans un cabinet juridique, cependant la similarité s'arrête là. J'ai quitté mon poste il y a douze ans, alors que j'avais encore très peu d'expérience, quand j'étais enceinte d'Hannah. Megan, avocate de haute volée en droit commercial, n'a cessé de travailler que l'année dernière, à la naissance de son troisième enfant. À en juger par les apparences, sa carrière lui manque.

Zack apparaît à la porte de la salle de classe. Il me cherche des yeux, et son visage se fend d'un grand sourire lorsqu'il me voit. Il traverse la cour comme une fusée et se jette sur moi, me serre de toutes ses forces.

— J'ai marqué un super but à la récré aujourd'hui. J'ai dribblé six joueurs, et puis j'ai fait un une-deux et une reprise de volée et j'ai envoyé le ballon dans les filets.

— Hé, c'est génial, dis-je en lui rendant son étreinte.

Je n'ai qu'une vague idée de ce qu'il raconte. Je suis toujours stupéfaite par l'éloquence de Zack lorsqu'il parle football – il a un mal fou à relater tout autre type d'anecdote.

Dix minutes plus tard, je glisse ma clé dans la serrure de la porte d'entrée, envahie d'un terrible pressentiment : vais-je découvrir la maison vide, cambriolée, nos ordinateurs envolés ? Que sais-je vraiment de Damian ?

169

En réalité, il est toujours là, penché sur l'écran dans la cuisine. Il se lève pour dire bonjour à Zack qui fait à peine attention à lui. J'installe mon fils devant la télé et reviens.

— Alors ?

— J'ai trouvé plusieurs Shannon Walker mais aucune qui corresponde de manière évidente à la fille du bar. C'est difficile à dire en regardant Facebook ou Tumblr, il y a tellement de gens qui portent le même nom.

Il marque une pause.

— Vous avez un scanner ? Si on copie le logo et qu'on met ça en ligne, on tombera peut-être sur une correspondance.

— D'accord, mais comment on fait ?

— Facile, répond-il en m'adressant un clin d'œil.

Après avoir donné son jus de fruits à Zack en lui promettant de lui préparer un goûter dans une minute, j'emmène Damian au premier, dans le bureau de Will.

Cinq minutes passent. Damian scanne le logo et manipule la photo en expert, la postant sur un moteur de recherches d'images dont j'ignorais jusqu'à l'existence. Une image similaire s'affiche presque aussitôt.

Honey Hearts.

— Qu'est-ce que c'est que ça ?

— Aucune idée.

Il clique sur le lien. Un site internet apparaît. Texte gris sur fond rose, avec une rangée de cœurs tout en haut, juste au-dessus du menu. Je lis par-dessus l'épaule de Damian :

Vous soupçonnez votre partenaire d'être infidèle. Que faire ? Ici, à Honey Hearts, nous savons qu'il est difficile de vivre dans l'angoisse – notre mission vise donc à vous faire connaître la vérité afin que vous puissiez aller de l'avant, fort d'une confiance renouvelée en votre partenaire ou de la certitude dont vous aviez besoin. Nous vous aidons à prendre des décisions cruciales qui vous permettront de vivre pleinement votre vie.

Notre service est ouvert à tous, sans distinction de sexe ou d'orientation sexuelle. Notre équipe de professionnels se tient à votre disposition pour mettre votre partenaire à l'épreuve et vous faire un rapport, le tout dans la plus grande discrétion. Avez-vous affaire à un être digne de confiance ou à un briseur de cœurs ?

Avec Honey Hearts, vous serez délivré du doute.

— C'est une agence qui piège les maris infidèles ! J'ai entendu parler de ces sociétés-là, mais…

Damian se tourne vers moi, perplexe.

— Pourquoi Julia aurait-elle… ?

Je secoue la tête.

— Voyons si Shannon est sur le site.

Le menu de la page d'accueil propose des liens vers Tarifs, Notre agence, Contact et Collaborateurs/Collaboratrices. L'adresse citée est à Exmouth, à environ une demi-heure de route d'ici.

Damian clique sur la page du personnel. On y explique les paramètres du service proposé : les clients choisissent « un profil » susceptible d'attirer leurs partenaires. Il est souligné à plusieurs reprises que le personnel ne va jamais au-delà d'une conversation et se comporte d'une manière «discrète et professionnelle» du début à la fin.

Je suis fascinée. Il ne m'était jamais venu à l'esprit, voilà six ans, que je pouvais engager quelqu'un pour enquêter sur Will. Une mesure aussi spectaculaire aurait fait un peu Hollywood. En revanche, j'avais pensé à le suivre moi-même. Je baisse les yeux sur la photo posée à côté de l'ordinateur. Les enfants étaient tout jeunes à l'époque, inconscients du fait que notre famille était à deux doigts de se déchirer.

Mes soupçons étaient apparus un matin que Will était rentré à la maison en affirmant avoir passé la nuit au bureau. Lorsqu'il m'avait téléphoné la veille au soir, je n'y avais pas attaché d'importance : il travaillait souvent tard. Mais le lendemain matin, son attitude avait quelque chose de furtif et j'avais senti sur lui une odeur différente, comme s'il s'était lavé avec un nouveau savon, plus parfumé que celui qu'il utilisait d'habitude.

J'avais lâché quelques allusions au cours de la journée, jusqu'au moment où, Will s'irritant de mon insistance, j'avais fini par lui demander tout de go s'il avait couché avec quelqu'un. Il avait nié avec indignation. De fait, il avait continué à nier pendant deux semaines. Il affirmait que j'étais parano et j'avais commencé à le croire. Qu'il m'ait laissée penser cela est peut-être ce qui m'a fait le plus mal. Après la nuit où il avait découché, il s'était arrangé pour rentrer à la maison à l'heure habituelle, mais je n'étais pas tranquille, et par deux fois je n'avais pu le joindre ni au bureau ni sur son portable. Treize jours durant j'avais cru devenir folle, débitant des soupçons qu'il rejetait et ridiculisait.

Le jeudi de la deuxième semaine, il avait reçu un texto qu'il était allé lire dans la pièce voisine. Plus tard, pendant qu'il prenait sa douche, j'avais jeté un coup d'œil à son portable. Les doigts tremblants, j'avais trouvé le message de Catrina – *Je voudrais te sentir en moi à cet instant* – et toute une conversation entre eux remontant à près de deux mois : explicite et passionnée, elle m'avait fait l'effet d'un coup de couteau en plein cœur.

Damian clique sur le lien de la galerie photos et le son me ramène au présent. Il y a là une vingtaine de clichés : des femmes pour la plupart, mais quelques hommes aussi. Je les parcours rapidement des yeux, en cherchant Shannon. Les hôtesses sont disponibles en toutes sortes de silhouettes et de tailles : depuis des blondes au décolleté impressionnant jusqu'à des brunes minces et athlétiques. Toutes très jolies chacune à leur façon, et à une ou deux exceptions près, âgées de moins de trente ans.

— Là.

Damian désigne une blonde au milieu de la sélection.

Je scrute la photo avec plus d'attention. C'est Shannon, aucun doute, les mêmes grands yeux bleus et cheveux ondulants, traversés de mèches.

— Lamentable, marmonne Damian.

Je regarde Shannon de nouveau. Elle est habillée plus discrètement que la plupart de ses collègues : son tee-shirt et son jean soulignent ses formes, mais sans révéler beaucoup de chair. Exactement comme au Aces High.

— Elle ne fait pas tellement vulgaire, je trouve.

— Je ne parlais pas d'elle, rétorque Damian d'un ton sec. Je parle de tout ce truc. Engager des filles pour tendre des pièges aux hommes. C'est immoral. Envoyer une jolie fille draguer un type lambda, c'est aller au-devant des ennuis. Et qu'est-ce que ça prouve, de toute façon ?

Je le fixe, choquée par sa réaction. Et puis, je crois comprendre.

— Vous croyez que Julia l'a engagée pour… euh… pour vous draguer ?

— Non, riposte-t-il. Du moins, cette fille – il désigne Shannon – n'a pas essayé. Il devait y avoir une autre raison à son rendez-vous avec Julia. Sauf que je ne vois pas encore laquelle…

— Peut-être voulait-elle que Shannon piège celui qu'elle soupçonnait d'avoir tué Kara ?

Damian hoche la tête.

— C'est possible, je suppose, mais pourquoi aurait-elle fait ça au lieu d'alerter la police ? Et quel intérêt y avait-il à mêler à cette histoire une fille qui n'avait rien à y voir ? Qu'est-ce qu'elle était censée découvrir ?

— Je ne sais pas.

— Moi non plus.

Damian pointe le doigt vers l'écran.

— Comme je disais, je ne comprends rien à tout ça de toute manière.

Je hausse les épaules.

— Moi, si. Je comprends parfaitement qu'une épouse trompée veuille s'assurer que son mari ne va pas recommencer.

— Où est la confiance là-dedans ?

— Eh bien, peut-être qu'il a détruit la confiance le premier.

Mes paroles jaillissent avec plus de véhémence que je n'en avais l'intention. J'ai les joues en feu.

Damian sent qu'il a touché un point sensible. Je me rappelle brusquement tous les détails que Julia lui a confiés. Il est fort probable qu'elle lui a parlé de la liaison de Will aussi. Je rougis de plus belle. Il m'effleure le bras.

— Je suis désolé, ça me paraît mal à moi, c'est tout.

Il s'éclaircit la gorge.

— Du moins, on a trouvé Shannon Walker. Qu'est-ce qu'on va faire maintenant ? Comment est-ce qu'on va pouvoir lui parler ?

Je reporte mon regard sur l'écran. La solution me semble évidente.

— Je vais contacter Honey Hearts et faire semblant d'engager Shannon – je ne vois pas d'autre moyen de découvrir ce que Julia attendait d'elle.

J'appelle le lendemain en fin de matinée, dès que la maison est vide. Au bout de trois sonneries, une femme répond.

— Honey Hearts, Tallulah à l'appareil. Que puis-je pour vous ?

— J'aimerais prendre rendez-vous. Je suis intéressée par votre…

J'hésite, ne sachant comment m'exprimer.

— Notre service ? achève Tallulah simplement. Très bien. Permettez-moi de noter quelques informations.

175

Je lui donne mon nom de jeune fille, Small, afin d'éviter qu'on puisse faire un lien avec celui de Jackson, que j'utilise depuis mon mariage.

— Et vous soupçonnez votre partenaire d'une possible infidélité ?

— Euh… oui.

— Je suis navrée, répond Tallulah, efficace, mais gentille. Je vais vous fixer un rendez-vous avec Alexa Carling, notre directrice.

— Entendu.

Tallulah et moi échangeons encore quelques mots, après quoi je raccroche et me laisse tomber sur une chaise. La veste que Will portait hier est posée sur la table du salon. Il ignore totalement que je projette de me rendre chez Honey Hearts. Vu sa réaction à ma sortie au Aces High – et son scepticisme face aux révélations de Damian –, je ne suis guère encline à lui confier quoi que ce soit. De toute façon, après avoir effacé le document scanné par Damian, il m'avait paru inutile de lui expliquer que ce dernier était venu à la maison. Zack avait à peine remarqué sa présence et il était parti avant le retour d'Hannah. Si j'avais parlé à Will de sa visite, il aurait fallu que je mentionne le reste : ma rencontre avec Joan, le « vol » des sacs poubelle et la découverte que Shannon Walker travaillait pour Honey Hearts. J'ai raconté aux enfants que des détritus avaient été renversés dans le jardin et j'ai présenté le nettoyage comme un jeu. Hannah a d'abord traité ça de haut, et puis, poussée par l'esprit de compétition, elle a entassé ses cendres avec enthousiasme. Quand Will est rentré, vers huit heures et demie, il a été facile de ne rien lui dire. Fatigué et maussade, il a tout juste

176

fait l'effort de m'interroger sur ma journée, sans vraiment écouter ma réponse évasive.

Mon rendez-vous chez Honey Hearts est prévu pour lundi matin. J'appelle Damian, qui semble aussi troublé qu'hier. Il doit se demander, bien qu'il l'ait nié, si Julia avait engagé une hôtesse de chez Honey Hearts pour le piéger, lui. Quel rapport cela pourrait bien avoir avec l'assassin de Kara, je ne peux l'imaginer. D'ailleurs, ce genre de conduite serait en contradiction totale avec le caractère de Julia. Si elle avait soupçonné Damian d'être infidèle, elle l'aurait sûrement mis au pied du mur, comme elle m'avait encouragée à le faire avec Will quand je lui avais révélé qu'il avait une liaison.

J'ai du mal à croire qu'en l'espace de quelques jours, toute ma vie a été bouleversée, que je ne songe plus à la lessive et au transport des enfants à l'école, mais à de sombres histoires de séduction et de meurtre. Malgré tout, le week-end passe lentement. Will emmène Zack à son match de foot du samedi matin. Avant, c'était un moment qu'Hannah et moi passions à faire des activités ensemble – des dessins ou du travail manuel quand elle était petite, plus récemment des gâteaux ou du shopping en ville. Maintenant, Hannah ne veut plus faire aucune de ces choses-là avec moi. Comment a-t-elle pu grandir aussi vite ? Elle n'est même pas encore adolescente. Je me doutais qu'elle s'éloignerait de moi, mais pas si vite ni si tôt. Nous nous querellons une fois de plus sur l'état de sa chambre, qui semble avoir été dévastée par un ouragan. Hannah déteste que j'y entre, mais j'affirme qu'il le faut bien pour récupérer ses tasses et ses assiettes et qu'elle doit ranger ses vêtements faute de quoi je refuse d'en laver d'autres. Alors que je fourre une pile de pulls propres dans un tiroir, mon regard est attiré par un motif imitation léopard. C'est un soutien-gorge rembourré, en nylon bon marché. Le souffle coupé, je découvre un string assorti dessous. Tous deux portent encore leurs étiquettes. Je suis horrifiée. Quand a-t-elle acheté ces articles ? Et quand avait-elle l'intention de les porter ? Se rend-elle compte du genre de signal que transmettent des sous-vêtements aussi vulgaires ? J'ai beau essayer de rester calme, je ne tarde pas à crier, frustrée au-delà du supportable par le refus boudeur et larmoyant d'Hannah d'admettre qu'elle est trop jeune pour s'habiller de cette façon.

Je finis par quitter sa chambre, tremblant de crainte et de fureur. Instinctivement, j'ai envie d'appeler Will mais son accusation résonne encore à mes oreilles : il pense déjà que c'est à cause de ma « fixation » sur la mort de Julia qu'Hannah se replie sur elle-même et manque d'assurance ; cet incident serait la goutte d'eau qui fait déborder le vase.

À la place, je téléphone à ma mère et me lamente à l'appareil.

— Je comprendrais qu'elle veuille avoir de jolis sous-vêtements, elle adorait regarder la lingerie de Julia. Mais ces choses-là…

— Tu ne crois pas qu'elle grandit, voilà tout ? demande ma mère avec douceur. À son âge, tu voulais aussi un soutien-gorge alors que tu n'en avais pas vraiment besoin.

— Ce n'est pas le fait qu'elle veuille grandir qui m'énerve, c'est qu'elle choisisse des affaires complètement inappropriées.

178

Ma mère me fait remarquer en soupirant qu'avec son argent de poche, Hannah n'a sûrement pas les moyens de s'offrir mieux qu'un bout de nylon et déclare, certes à raison, que les vrais coupables sont les fabricants et les magasins qui vendent de la lingerie vulgaire aux petites filles.

Au bout d'un moment, je me calme et pars à la recherche d'Hannah, résolue à exprimer mon point de vue un peu plus posément. Je la trouve recroquevillée sur le canapé, en train de regarder une chaîne de musique pop quelconque où des jeunes femmes se trémoussent en bikini. C'est comme si la scène des sous-vêtements se répétait. Ça m'exaspère de voir des jeunes femmes représentées comme des objets sexuels à l'écran, et je m'efforce d'expliquer pourquoi. Hannah me toise avec dédain.

— Tais-toi, maman, lance-t-elle, mordante. On fait ces trucs-là en cours d'éducation sexuelle.

De nouveau au bord des larmes, je me fâche parce qu'elle m'a dit de me taire, puis éteins la télévision. Elle proteste et c'est reparti. Apparemment, je suis complètement à côté de la plaque et j'ai une attitude fasciste. Toutes les autres filles ont des mères cool. Et un iPhone. Elle me déteste. Elle a hâte de quitter la maison.

Vaincue et meurtrie, ne sachant comment la prendre, je me réfugie dans la cuisine pour confectionner les brownies de la fête d'école de Zack cet après-midi et je jette rageusement le beurre et le chocolat dans une jatte. La porte claque au premier étage. J'ai envie de monter et de retrouver la petite fille, la douce et adorable fillette qui, je le sais, se cache en elle, mais j'ai peur. Peur d'être blessée si

179

elle me rejette, et peur de la violence de mes propres émotions. Personne n'a jamais su me mettre en rage autant qu'Hannah.

Will a peut-être raison de dire que je suis responsable de la conduite récente d'Hannah. Ma voix tremble lorsque je lui montre ma trouvaille.

— Elle s'est acheté ça parce que j'ai été trop protectrice, à ton avis ? Ou… parce qu'elle me sent préoccupée par la mort de Julia ces derniers temps, comme tu l'as dit ?

Visiblement choqué, Will déclare – une fois de plus – qu'Hannah a besoin que je lui consacre du temps et de l'attention.

— Je crois qu'il faut juste que tu sois là pour elle, Livy, et que tu ne prennes pas les choses à cœur quand elle pique une colère.

Je secoue la tête. Il ne comprend pas. Hannah ne veut plus de mon temps ni de mon attention. Et comment pourrais-je ne pas prendre son hostilité à cœur ? Hannah et lui s'entendent toujours bien. Sans doute – c'est ironique – parce que, durant la semaine, du moins, ils ne se voient guère. Quand Will rentre du bureau, il est las, préoccupé : c'est seulement le week-end qu'il a du temps à consacrer aux enfants. Zack est heureux, à sa manière simple, que son père joue au football avec lui et assiste à ses matchs. Hannah lui demande régulièrement de l'aide pour ses devoirs, une aide dont je soupçonne qu'elle n'a pas vraiment besoin et qu'il s'empresse de lui apporter. Après, ils sont souvent blottis l'un contre l'autre sur le canapé, occupés à regarder des documentaires auxquels je suis certaine elle ne s'intéresse pas le moins du monde.

L'après-midi, nous allons tous les quatre à la fête d'école de Zack – Hannah boude du début à la fin, ce retour dans son ancienne école est une humiliation à ses yeux. Elle se montre absolument charmante avec ses anciennes institutrices, et ignoble avec moi dès que nous nous retrouvons seules. Ensuite, Will nous conduit à Shaldon, mais le soleil brille et la plage est bondée. Vivre à une demi-heure de la mer a ses inconvénients : nous sommes si habitués à avoir la côte rien qu'à nous pendant une moitié de l'année que nous supportons mal de la partager durant les mois d'été.

En fin de compte, je suis soulagée de rentrer à la maison. Lors de week-ends comme celui-ci, Julia me manque cruellement. Elle venait toujours prendre un café et bavarder un peu. Si je me plaignais qu'Hannah était difficile, elle éclatait de son rire sardonique et disait quelque chose du genre : *Oooh, et ça t'étonne qu'une préado considère que tu fais partie des meubles ?*

Je téléphone à ma mère et à Martha pendant que les enfants regardent la télé. Plus tard, Will et moi allons prendre un verre avec Paul. Il s'est installé dans une maison de location qui appartient à sa mère, travaille dur et communique chaque soir avec Becky sur Skype. J'envie la lueur qui brille dans ses yeux quand il mentionne sa femme. C'est touchant de le sentir si désemparé sans elle. Nous commandons une bouteille de vin et Will et Paul se lancent dans une grande conversation à propos de la Ducati flambant neuve de Paul et des avantages et inconvénients de je ne sais plus quelle Harley-Davidson.

Je songe avec tristesse que Will et moi ne parlons presque plus désormais hormis au sujet des enfants et de la routine du foyer. Plus jeunes, avant d'être parents, nous partagions des centres d'intérêt – la musique, le cinéma, chiner dans les brocantes. À présent, il n'en reste rien.

Mon mari est encore très séduisant, surtout lors de moments comme celui-ci, quand son visage est animé, sa voix débordante d'enthousiasme. Je note avec un léger choc que c'est Paul qui fait ressortir ce côté de lui – que je n'ai pas vu Will ainsi lorsque nous sommes en tête à tête depuis des années.

Quelques minutes plus tard, je reçois un texto de Damian. Il veut vérifier que je n'ai pas changé d'avis pour Honey Hearts – et que notre plan tient toujours. Je m'éclipse aux toilettes pour répondre, lui assure que je suis prête à faire ce qu'il faudra, et puis je replonge dans mes réflexions. En son absence, je m'interroge de nouveau à son sujet. Je ne sais presque rien de lui. Je fais apparaître le navigateur de mon téléphone et cherche son nom.

Rien. Son nom, Damian Burton, est mentionné sur Facebook, Twitter et Tumblr, mais je ne trouve aucun profil qui corresponde de près ou de loin à la personne que j'ai rencontrée. J'essaie de nouveau, précise ma recherche pour me concentrer sur Exeter et son poste de concepteur graphique. Toujours rien. Curieux, non ? J'essaie mon propre nom. Il me faut faire défiler quatre pages de résultats avant de tomber sur une référence sur Facebook mais bon, je ne travaille pas, je n'ai pas d'identité professionnelle. Je cherche Will, Julia et Paul. Chacun d'eux, tour à tour, peut être trouvé en ligne par le biais de son travail en l'espace de quelques secondes.

Pourquoi n'y a-t-il aucune information sur Damian Burton?

Hayley

«Ce à quoi tu attaches ton cœur et tu te fies est, proprement, ton Dieu.»
Martin Luther

Le temps a passé. Désormais, après Kara, je sentais que j'étais capable d'aller beaucoup plus loin que je ne l'avais jamais supposé. Une sensation enivrante que celle d'entrevoir son potentiel ! J'imagine que j'ai existé dans un état liminal pendant un temps, me laissant imprégner par cette nouvelle prise de conscience.

Longtemps, Kara est restée au premier plan de mes pensées. Bien sûr, j'avais avec elle des liens personnels – et j'ai à maintes occasions été témoin du chagrin de Livy et de Julia. Mais ce qui m'inquiétait davantage, c'était que ma vie – professionnelle comme privée – avait atteint une sorte d'impasse. Je me sentais coincé… rien n'allait particulièrement de travers, c'était plutôt que rien, encore, ne semblait tout à fait à sa place. Après le triomphe de Kara, c'était décevant.

Et donc le rythme mesquin du quotidien s'est poursuivi. Et ainsi de suite. Au fil des années, je me suis mis à aimer les gâteaux secs, le thé noir fort et le whisky single malt – tourbé. Surtout, j'ai découvert les limites, l'aveuglement des autorités. Incroyablement, l'enquête sur le meurtre de Kara, si frénétique et si passionnée au cours des premiers mois, avait ensuite été reléguée au second plan, abandonnée dans un coin comme un vieux chien qui se meurt dans une cuisine froide. La police, il m'en a coûté de l'admettre, n'était pas digne de moi. Quelle déconvenue!

Alors… j'ai vécu, travaillé, joué. Je me suis autorisé de brèves liaisons, des aventures sans lendemain. J'ai connu des triomphes sans gloire, de petits succès. Il a été facile de dissimuler mes véritables intérêts, même à ma femme. Trop facile. Et très, très ennuyeux; « abject, plat, fatigant et improfitable[1] » en effet. Enfin, avant peu, l'envie m'a démangé de nouveau. Bientôt est apparue Hayley. Je l'ai rencontrée lors d'un voyage d'affaires à l'étranger, dans le bar d'un hôtel. Elle avait entendu mon accent et pensé qu'un compatriote lui offrirait une protection temporaire face aux attentions de deux hommes assis à une table voisine. Son mari, occupé à la réception, l'avait chargée d'acheter leurs consommations, mais le bar, comme la réception, était bondé, et le personnel débordé. Hayley, qui n'était pas très dégourdie, était intimidée par les clients imbibés qui parlaient fort. Du moins, c'est ce que je me suis dit en voyant l'expression de panique sur son visage. Plus tard, j'ai compris que son anxiété était due davantage à la crainte de déplaire à son petit mari qu'à celle d'être importunée par des ivrognes. Comme je l'ai dit, le bar était pris d'assaut et il était quasi impossible de se faire servir. Pour ma part, je terminais mon Laphroaig et songeais à retourner à mon hôtel, mais quelque chose m'a attiré chez

---

1. William Shakespeare, *Hamlet*, acte I, scène II, traduction André Gide, Gallimard, coll. « La Pléiade », 1959. (*N.d.T.*)

Hayley. Elle avait l'aspect défait d'une femme qui a passé depuis longtemps la fleur de l'âge. Ça se voyait à sa chair molle, à son dos voûté, aux trois petites taches brunes sur le dos de sa main droite. Elle portait une robe en soie grise avec des chaussures assorties – classieux même pour l'hôtel où nous étions, avec ses lustres tarabiscotés et son mobilier en acajou. Je me suis surpris à fixer la bretelle délicate qui avait glissé sur son épaule hâlée, et s'était nichée contre le châle en cachemire dont elle s'était drapée.

— Attendez, ai-je dit en souriant. Permettez-moi de vous aider.

J'ai tendu la main et gardé les yeux sur Hayley tout en faisant remonter la bretelle sur sa peau. Hayley a réagi par un minuscule mouvement, entre un frisson et un tressaillement. J'ai retiré mon doigt, remarquant au passage le bleu qu'elle avait sur le haut du bras et le désespoir qui se lisait dans ses yeux. Et alors, j'ai su que je devais l'avoir.

Nous avons échangé quelques mots. Je me tenais trop près d'elle, je savais que je l'intéressais. Dans les deux minutes qui ont suivi, j'ai appris que le mari d'Hayley la brutalisait et qu'elle avait soif d'amour comme un chiot maltraité. Non qu'elle m'ait fait ces confidences mais elles étaient là, dans ses épaules tassées et dans son regard suppliant. J'en ai eu la confirmation quand son ignoble mari l'a enfin rejointe. Il était laid, court sur pattes, le crâne dégarni et l'estomac bedonnant. Il m'a lancé un regard dédaigneux en s'approchant d'une démarche de coq, demandant où était son verre.

Je me suis éclipsé pendant qu'Hayley bégayait une explication. J'ai continué à l'observer un moment depuis l'autre bout de la salle avant de me laisser engloutir par la foule. Le lendemain matin, je l'attendais devant l'hôtel. À 8 h 36, le mari est parti, en complet, un attaché-case à la main. Tout juste une heure plus tard, Hayley a fait son apparition et a jeté un coup d'œil timide dans la rue. Bien habillée, élégante dans son jean foncé et un chemisier en coton rouge, elle s'est dirigée d'un pas incertain vers les boutiques de marque du quartier. Je l'ai suivie, j'ai attendu qu'elle sorte de l'une d'elles et j'ai fait semblant de la rencontrer par hasard. Son visage s'est illuminé quand elle m'a vu. Trop facile. Je l'ai invitée à boire un café. En moins d'une demi-heure, elle m'avait ouvert son cœur. Son mari aimait l'amour brutal. Elle n'est pas entrée dans les détails, évidemment, mais mon imagination a fourni ceux que ses explications embarrassées évitaient d'énoncer. Elle m'a avoué qu'il se mettait en colère si elle essayait de lui résister et qu'elle souffrait qu'il semble indifférent à ses désirs. Je me suis penché et j'ai effleuré sa joue d'un baiser.

— Si tu étais à moi, ai-je murmuré, ma seule ambition dans la vie serait de te satisfaire.

Elle s'est tortillée sur son siège, gênée, en rougissant de plaisir.

Facile. Facile. Facile.

Nous sommes convenus de nous retrouver plus tard pour aller à la campagne en tram. Hayley a cillé en voyant la casquette de base-ball que je portais, bien enfoncée sur mon crâne. Je lui ai expliqué que ma fille me l'avait offerte avant de succomber à la leucémie. Qu'elle ne faisait pas très classe, mais que je la mettais pour des raisons sentimentales. Hayley a écouté bouche bée mon récit mélodramatique. Je ne lui ai épargné aucun détail : la compassion des infirmières, la souffrance causée par la chimiothérapie, la douleur indicible de voir mourir son enfant. Hayley était suspendue à mes lèvres. À la fin, je croyais presque à ma propre histoire. Ha !

Nous sommes descendus du tram et nous sommes promenés. La conversation allait bon train. Je lui ai raconté que la mort de ma fille avait conduit à l'effondrement de mon mariage. Que, depuis, il n'y avait eu personne… pas de compagnie… pas de sexe. J'ai souri timidement en disant cela, puis hasardé : « Mais ce qui me manque vraiment, c'est de tenir quelqu'un dans mes bras… cette intimité-là… » Nous n'avions pas encore atteint les bois qu'Hayley était déjà pendue à mon cou. Mais je me suis retenu jusqu'à ce que nous soyons dans les profondeurs du bosquet, où la terre était encore humide. Hayley m'a tendu ses lèvres, s'est offerte ; alors je l'ai prise et goûtée, et j'ai fait glisser la ceinture de son pantalon et déboutonné son chemisier. Comme elle sortait une bouteille de vin de son panier en osier, j'ai enfilé mes gants et mon masque, j'ai pris sa ceinture et j'en ai enroulé les deux bouts autour de mes poignets.

Elle s'est retournée, m'a vu et son ultime son a été un gémissement vaincu, exaspérant. Après, j'ai nettoyé la lame dentelée de mon couteau, puis j'ai rassemblé les vêtements d'Hayley et mis toutes ses affaires dans mon sac. Son imbécile de mari a fini par être condamné pour son meurtre. Les marques de coups retrouvées sur les bras et le dos d'Hayley, combinées à la faiblesse de son alibi, ont suffi pour établir sa culpabilité.

J'ai suivi l'affaire de loin. L'absence d'indices sur la scène du crime mystifiait la police. Comme toujours, je n'avais laissé aucune trace d'ADN et j'avais jeté tout ce qu'Hayley et moi avions apporté – nos habits, les couverts du pique-nique, tout – dans la décharge près de l'arrêt du tram, les enfouissant profondément sous d'autres détritus. Si la police avait fait son travail correctement, elle les aurait trouvés, bien sûr. J'ai appris au fil du temps que je peux semer toutes sortes d'indices sans vraiment avoir à m'inquiéter qu'on retrouve ma trace. Je ne m'attends pas à ce que vous compreniez, mais les risques de ce genre rendent toute l'entreprise plus excitante.

Je n'ai conservé qu'une seule chose, la boucle du ceinturon d'Hayley. Elle m'intriguait : un motif de serpent tissé à l'intérieur d'un cercle, la longue langue cruelle servant de tige. Compagne parfaite au médaillon de Kara.

Je parle d'Hayley, plutôt que d'autres à l'époque, parce qu'elle m'a montré que, bien que la vie soit encore possible après Kara, dans mon cœur, je cherchais toujours un défi plus important, plus profond pour mon « vaisseau lugubre et audacieux[1] ».

Et l'occasion n'a pas tardé à se présenter.

---

1. Walt Whitman, *Ô Capitaine ! Mon Capitaine !*, traduction de Léon Bazalgette, Mercure de France, 1922. (*N.d.T.*)

9

L'agence Honey Hearts occupe le deuxième étage d'un immeuble en béton hideux au centre d'Exmouth. Damian me retrouve dans un café de la rue pour passer une dernière fois notre plan en revue. Je veux lui demander pourquoi son nom n'apparaît pas sur Internet mais je suis trop nerveuse à la perspective de ce rendez-vous imminent pour affronter cette conversation maintenant. Je pourrais bien avoir besoin de l'aide de Damian dans la demi-heure à venir ; mieux vaut ne pas prendre le risque de le fâcher pour m'être renseignée dans son dos. Je me promets de lui parler dès que j'en aurai terminé à Honey Hearts, puis me dirige vers les bureaux de l'agence. Le cœur battant à tout rompre, j'appuie sur l'interphone et on me fait entrer à l'accueil, une petite salle sans prétention. Le logo de la société court le long du comptoir et autour des murs. Un énorme bouquet de gerberas jaunes et orange est disposé sur la table. À part ça, la pièce est d'un beige administratif, agrémentée de tableaux modernes, abstraits et fades. La réceptionniste serait jolie si son visage n'était pas enfoui sous des tonnes de maquillage. En revanche, elle est très gentille, me tapote l'épaule en prenant mon manteau et m'offre un thé.

Je remplis un formulaire, une version écrite des questions auxquelles j'ai déjà répondu au téléphone, et là encore j'utilise mon prénom entier, Olivia, et mon nom de jeune fille, Small. Au bout de quelques minutes, une femme mince et d'aspect soigné apparaît. Âgée d'une soixantaine d'années, elle est vêtue d'un tailleur de femme d'affaires, et porte des escarpins à bouts pointus. L'absence de rides sur son visage est suspecte, d'autant que la peau de son cou paraît froissée et un peu flasque. Je vois bien Julia commenter qu'*elle sent la vidéo Madonna à plein nez*.

— Olivia ?

Elle me tend une main que je serre.

— Je suis Alexa Carling. Si vous voulez me suivre…

Elle me conduit dans une autre pièce beige et fade. La fenêtre donne sur une cour pleine de pots de fleurs. Des roses roses ornent le bureau. Je pourrais être dans une banque, ou dans le cabinet d'un avocat.

— Appelez-moi Alexa, je vous en prie, dit la femme avec un sourire poli.

Ce n'est pas du tout ce à quoi je m'attendais. J'avais imaginé quelque chose de nettement plus vulgaire ou de nettement plus glamour.

Alexa m'offre un verre d'eau et me fait signe de prendre place sur le canapé. Nous nous asseyons chacune à une extrémité et elle examine le formulaire que je viens de compléter. Elle lève les yeux et sourit de nouveau.

— Que ressentez-vous ?

Je bégaie, prise au dépourvu.

— Euh… ça va.

— Bien. La plupart de nos clients ont tendance à se sentir coupables. Ils commencent à s'inquiéter, parce que le pas incroyablement courageux qu'ils ont accompli a cessé d'être une vague idée pour devenir une réalité.

Je hoche la tête.

— Je suis là pour vous dire de cesser de vous inquiéter. Vous n'êtes pas seule et vous n'êtes pas en train de devenir folle. Vous avez des soupçons. Nous sommes là pour découvrir si oui ou non ils sont fondés.

Je change de position, gênée. Les paroles d'Alexa me touchent de trop près. Je me souviens que c'est justement pour ça que je suis là. Je devrais être convaincante précisément parce que je sais ce qu'il en est de redouter une infidélité – et ce qui pourrait pousser quelqu'un à tendre un piège à son partenaire.

— Et donc… comment… comment est-ce que ce… service fonctionne, au juste ?

Alexa s'éclaircit la voix.

— Eh bien, dans un premier temps vous allez me parler de votre relation. Vous me donnerez quelques détails sur votre partenaire, vous-même, votre situation, votre travail, votre vie conjugale. Cela me permet d'établir un profil de vous deux. Ensuite, nous discuterons de ce que vous désirez savoir au juste. Quels sont vos soupçons. Après, nous chercherons l'hôtesse qui pourrait tenter la cible. J'ai un catalogue de photos…

Elle indique une étagère remplie de classeurs sur sa droite. Au-dessous est alignée une série de dossiers intitulée *Clients*, classée en ordre alphabétique. Mes yeux s'arrêtent un instant sur celui où figurent les lettres A-D. D pour Julia Dryden. Serait-ce là que figurent les détails du contrat passé avec Shannon ?

Je reporte mon attention sur Alexa.

— Et ensuite ?

— Ensuite, vous nous direz où trouver l'homme en question et notre hôtesse flirtera un peu avec lui. Nos employées sont équipées d'un micro, de sorte que vous pourrez entendre toute la conversation après. Elle sera aussi accompagnée d'une amie, par mesure de précaution. Nous sommes une agence responsable, Olivia. Tout notre personnel est très bien formé. La discrétion est une priorité. Le but de l'hôtesse consiste à découvrir si l'homme a déjà été infidèle et s'il demande un numéro de téléphone en vue d'un rendez-vous. Avant de remettre notre rapport complet, nous attendons de voir si cette rencontre a lieu, autrement dit si l'homme passe à l'acte. Vous aurez deux entretiens avec l'hôtesse choisie : avant sa première rencontre avec votre mari et après la seconde. Suis-je claire ?

J'acquiesce. Si Julia avait eu recours aux services de Shannon, cela explique les deux rendez-vous notés dans son agenda. Le premier pour mettre en place le piège et le second, que Julia a manqué, pour obtenir le rapport de Shannon. À supposer que Julia ait effectivement eu recours à Shannon pour cette raison.

Il faut que j'en aie le cœur net.

193

— Bien.

Alexa se redresse, croise ses mains manucurées sur ses genoux.

— Dans ce cas, je crois qu'il est temps que vous me parliez de votre partenaire, si cela ne vous ennuie pas ?

Je me lance dans mon récit à propos de mon mari que je soupçonne d'avoir une seconde liaison. L'ironie me transperce alors que je parle. Je ne donne pas le nom de Will mais c'est bien notre histoire que je relate… celle d'il y a six ans, quand il est revenu au petit jour, en sentant un savon différent. Les larmes me montent aux yeux et j'en oublie presque la raison de ma présence ici. Mon désarroi n'est pas feint ; j'ai été profondément meurtrie de découvrir que Will m'avait, en toute connaissance de cause, abandonnée aux affres du doute.

— Tout était vrai et maintenant j'ai l'impression que ça recommence.

Je me tamponne les yeux.

— Je suis sûre qu'il ment, mais je n'en ai aucune preuve.

Alexa me dévisage un instant.

— Il se sent probablement acculé. Il sait que ses actions vont faire souffrir quelqu'un et il essaie de l'éviter.

Elle soupire.

— Il est comme un animal pris au piège.

J'inspire à fond, résolue à me ressaisir. L'histoire que je livre à Alexa n'a aucune importance. Ce qui compte, c'est qu'elle soit suffisamment convaincante pour mener à une rencontre avec Shannon Walker.

Alexa prend des notes sur un bloc. J'avais imaginé une opération sophistiquée mais en fait Honey Hearts n'est pas très high-tech, l'essentiel semble reposer sur un système papier. C'est d'une banalité déprimante.

Alexa m'écoute avec compassion, en posant quelques questions sur la profession de mon mari, son passé sentimental. Là encore, je reste aussi proche de la vérité que possible.

— Nous avions une vingtaine d'années quand nous nous sommes connus. Il n'a pas eu de relation vraiment sérieuse avant.

— Et pour ce qui est des sorties ? Va-t-il souvent au pub ?

Il est utile de le savoir, pour que l'hôtesse l'aborde de manière appropriée.

Je réfléchis. De nouveau, le plus simple est d'opter pour la vérité.

— Il ne boit pas beaucoup, à vrai dire. Un verre de vin rouge ou un whisky, et c'est tout ; en général il va prendre un verre avec ses collègues le vendredi soir.

— Il a des passe-temps ?

— Il aime la moto, mais il n'en fait plus depuis des années.

Je laisse ma phrase en suspens, songeant à la montagne de magazines rangés dans le garage, et à la longue conversation de Will avec Paul l'autre jour. J'aimais la photo comme lui la moto, autrefois. Avant d'avoir les enfants, Will et moi faisions de longues promenades au bord de la mer pour que je puisse photographier les landes et les falaises. Je possédais un Hasselblad. Maintenant, c'est tout juste si je prends des photos des enfants sur mon iPhone.

— Il travaille beaucoup. Il n'a guère le loisir de se consacrer à autre chose.

Alexa hoche la tête, écoute avec attention. Elle me fait remarquer, quand je déclare ne pas avoir de photo de Will sur moi, que j'aurai besoin d'en apporter une pour ma première rencontre avec l'hôtesse que j'aurai choisie. Enfin, elle attrape deux grands classeurs sur l'étagère et pose le premier sur ses genoux.

— Vous diriez que votre mari a une préférence en matière de type féminin ?

— Les blondes, dis-je avec conviction.

— Ah !

Alexa arque les sourcils, l'air de dire : «Comme c'était prévisible !»

— Mais pas les blondes du genre vulgaire. Plutôt quelqu'un au visage de poupée, vous savez, de grands yeux bleus, un sourire candide, ce genre de choses. Jeune, mais pas trop. Peut-être autour de vingt-cinq ans.

Alexa feuillette un des classeurs, sélectionne une dizaine de pages.

— Voici les blondes de moins de trente ans qui travaillent régulièrement pour nous.

La bouche sèche, je parcours les clichés du regard. Les filles se ressemblent toutes : jolies sans être intimidantes, bien faites, des sourires engageants. Aucune d'elles n'est Shannon.

Les paumes moites, je referme le classeur.

— Certaines feraient peut-être l'affaire. Mais aucune n'est aussi bien que la fille que j'ai vue sur votre site avant de prendre rendez-vous. Elle ressemble de manière frappante à son ex, et je sais qu'elle lui plaît toujours.

—Bien.

Les yeux d'Alexa s'attardent sur les miens une seconde de plus que nécessaire. M'a-t-elle percée à jour ? Un nœud se forme dans mon estomac.

—Montrez-la-moi, demande-t-elle en se levant pour s'approcher de l'ordinateur.

Elle se penche, clique rapidement sur la galerie de photos. Je fais courir mon doigt sur les clichés, feignant d'abord de ne pas trouver la fille que je cherche avant de désigner Shannon.

—C'est elle, dis-je. Elle serait parfaite. Vous savez, il prétend qu'il regarde mais qu'il ne touche pas, mais…

—Mais nous savons toutes que de fil en aiguille…, soupire Alexa. Malheureusement, cette photo n'est pas très récente. Cette jeune femme ne travaille plus chez nous.

Je la dévisage. Comment est-ce possible ? Elle est venue retrouver Julia au Aces High il y a moins d'une semaine…

—Elle ne travaille plus pour vous ? dis-je avec un petit rire. Elle est partie dans une autre agence ?

—Non, pas du tout, répond vivement Alexa. Non, elle ne s'est pas présentée à un rendez-vous mercredi dernier et nous avons une politique de tolérance zéro en matière de ponctualité.

Mon cœur manque un battement. J'ai vu Shannon mardi soir. Est-ce notre rencontre – et la nouvelle de la mort de Julia – qui l'a dissuadée de venir travailler ?

— Vous l'avez renvoyée ?

— Pas tout de suite. J'ai essayé de l'appeler par deux fois mais elle n'a pas répondu à son téléphone. Puis je lui ai laissé un message lui disant qu'elle était congédiée. Je n'ai pas eu de nouvelles depuis.

Alexa hausse les épaules.

— Je suppose qu'elle a décidé de partir sans crier gare. Cela arrive parfois, les filles sont jeunes.

Je fixe la photo sur l'écran, une autre possibilité s'insinuant dans mon esprit : et si Shannon n'était pas partie de son plein gré ?

Si quelqu'un l'avait tuée, elle aussi ?

— Olivia ?

Je lève la tête. Alexa m'observe étrangement.

— Je vous proposais une autre hôtesse, Brooke, dit-elle en désignant une photo sur la même rangée que Shannon.

Elle l'agrandit pour que je la voie mieux. C'est une fille d'une vingtaine d'années, aux yeux brillants, mais qui n'a pas l'expression à la fois taquine et timide de Shannon.

Je réfléchis à toute allure, encore désarçonnée par la disparition subite de la jeune femme. Tous mes efforts ont-ils donc abouti à une impasse ? Je me secoue. Je ne peux l'accepter. Pas encore.

— Pourrais-je aller aux toilettes ? J'aimerais m'accorder un instant de réflexion.

Alexa se redresse.

— Certainement. Prenez tout le temps qu'il vous faudra.

Elle a froncé les sourcils. À l'évidence, elle craint que je ne me sois ravisée, que je ne reparte en emportant mon argent.

198

— C'est une décision si importante, dis-je en me dirigeant vers la porte.

— Je sais bien, déclare Alexa avec chaleur. Je suis passée par là, Olivia. Je suis célibataire et heureuse, à présent, mais mes deux maris m'ont trompée. Ç'a été épouvantable. Le premier, je n'ai rien soupçonné avant qu'il nous quitte. Et pour le second, ç'a été pire – il nous a laissés dans le dénuement le plus complet, les enfants et moi.

Elle soupire.

— La connaissance, c'est le pouvoir, Olivia. Il est très, très rare qu'un de nos clients regrette d'avoir fait appel à nous, quoi qu'il ou elle ait découvert. Vous voyez, si votre partenaire ne réagit pas, vous aurez la confirmation de ce que vous espérez. S'il est intéressé, vous aurez la preuve que vos soupçons étaient fondés.

Je hoche la tête, puis file aux toilettes. Dès que je suis enfermée dans une cabine, j'envoie un texto à Damian comme convenu.

Je m'attarde encore un instant, me préparant mentalement à la suite. Je suis tout juste de retour dans le bureau quand la scène éclate à l'accueil. Alexa rougit tandis que la voix de Damian – outrée, furieuse – emplit le silence.

— Comment osez-vous envoyer une de vos traînées pour m'inciter à coucher avec elle ? Comment osez-vous monter la tête de ma femme, lui faire croire que je la trompe ? Vous devriez toutes être fichues en prison.

— Je vous en prie, monsieur, calmez-vous, supplie la réceptionniste. Je suis sûre qu'il s'agit d'un malentendu.

Alexa écoute la conversation avec attention.

—J'exige de voir la personne qui a reçu ma femme. Alexa Carling. Où est-elle? Faites-la venir ici, tout de suite! crie Damian.

—Je suis désolée, mais Mme Carling est en rendez-vous, monsieur. Si vous me donnez votre nom, peut-être pourrai-je…?

—Je ne vous donnerai rien du tout! hurle Damian. Faites-la venir immédiatement!

Le regard d'Alexa rencontre le mien, à la fois inquiet et contrit.

—Je suis navrée, Olivia. C'est la première fois qu'il arrive une chose pareille.

—Ce n'est rien, dis-je, le cœur battant; allez-y. Je vous attends.

Alexa se hâte de sortir et je fonce vers les étagères. Je prends le classeur marqué A-D. Si Julia a bel et bien engagé Shannon, il est probable qu'elle n'aura pas utilisé son vrai nom mais on ne sait jamais. Les dossiers sont séparés par des intercalaires en plastique coloré qui portent le nom du client et contiennent une copie de son formulaire ainsi que les feuillets complétés par Alexa durant l'entretien en tête à tête. Il y a aussi des photos et des notes recueillies par le personnel, puis, à la fin, des rapports écrits sur les rendez-vous et, dans certains cas, des références numérotées d'enregistrements qui, je suppose, sont conservés ailleurs.

Je feuillette le classeur en commençant par la fin, les D. Une série d'hôtesses défile devant mes yeux: de jolies filles aux yeux pétillants. Je passe de Dursley à Denham. Retourne la page. Pas de Dryden. La déception me submerge – Julia n'a donc pas utilisé son vrai nom. Cela n'est guère surprenant, mais me laisse impuissante. À l'accueil, Damian crie toujours, et la voix calme et froide d'Alexa essaie en vain de l'apaiser. Il est très convaincant.

Je regarde de nouveau le classeur que j'ai à la main. Comme je ne sais pas quoi faire d'autre, je continue à tourner les pages. Derby, Dawson, Davis. Certaines, pas toutes, sont tamponnées de la lettre P. Qu'est-ce que cela signifie ?

Soudain, mon regard s'arrête sur la photo de Shannon. Je regarde le haut de la page. Le nom de la cliente est Julia D'Arc ; je ne peux m'empêcher de sourire. Julia s'est donc servie du sobriquet qu'elle donnait à sa mère. Je parcours rapidement la feuille, remarquant au passage qu'elle n'a pas été tamponnée d'un P.

Damian continue sa scène. Alexa menace d'appeler la police s'il ne s'en va pas. Je n'ai pas beaucoup de temps. Mes doigts collent au papier, mon cerveau trébuche sur les notes. Julia évoque des inquiétudes à propos d'une relation qui dure depuis longtemps, un homme avec qui elle a une liaison et qu'elle soupçonne de la tromper. C'est forcément une couverture. Ce qui signifie que cette requête est sûrement liée d'une manière ou d'une autre à l'assassin de Kara.

Tout en bas figure le nom de l'homme qui fait l'objet de l'enquête. Le lire me fait l'effet d'un coup de poing. Je prends une brève inspiration, sans voix.

Celui que Julia voulait piéger, c'est mon mari.

10

J'ai un mouvement de recul. Pendant quelques secondes, la pièce semble tournoyer autour de moi. Au-dehors, Damian fait toujours un vacarme assourdissant. Alexa Carling a élevé la voix à son tour pour essayer de le calmer.

Je hasarde un nouveau coup d'œil au dossier. Le nom est là, noir sur blanc.

Objet de l'investigation : Will Jackson.

C'est lui. Sans l'ombre d'un doute. Je parcours le haut de la page suivante, mais je ne dépasse pas la première ligne :

Sujet décrit comme ouvert et sûr de lui, cadre supérieur, réputé…

Une porte claque. Je me rends compte brusquement que les cris ont cessé. Des talons résonnent dans le couloir. Alexa Carling revient. Je referme le classeur, le remets sur l'étagère et me rue vers le canapé. Je me rassieds juste au moment où Alexa entre.

— Je suis désolée pour cet incident, dit-elle posément. Eh bien, allons-nous choisir Brooke ?

Je secoue la tête.

— Je suis désolée, balbutié-je. Il me faut vraiment plus de temps pour réfléchir.

— Bien sûr, mais…

— C'est une décision trop grave.

Je me lève. Mes jambes flageolantes me portent vers la sortie. C'est tout juste si je songe à me retourner pour remercier Alexa de m'avoir reçue. Elle a l'air perplexe, légèrement frustrée. L'instant d'après, j'enfile le couloir, passe devant l'accueil, descends les marches et me retrouve dehors. Je jette un coup d'œil dans la rue. Damian m'attend dans un café un peu plus bas mais je suis trop désemparée pour l'affronter tout de suite. Je prends la direction opposée.

Il commence à pleuvoir. Des gouttes d'eau pianotent sur ma tête et dégoulinent dans mon cou. Autour de moi, les gens courent s'abriter. Moi, je continue à marcher, en essayant de trouver un sens à ce que je viens de voir. Julia a engagé une femme pour séduire mon mari. Pourquoi aurait-elle fait une chose pareille ? Les notes ne disaient pas qu'il était marié, mais qu'elle avait avec lui une relation de longue date.

Ça ne peut pas être vrai, si ? Julia sortait avec Damian. Elle n'aurait pas pu avoir une liaison avec Will. Elle ne m'aurait jamais fait ça. Will non plus. N'est-ce pas ? Mon mari et ma meilleure amie. Des images surgissent dans mon cerveau. J'ai la nausée. La panique m'envahit. Si Julia et Will m'ont trahie, plus rien n'est sûr. Plus rien n'est certain. J'accélère l'allure, des pensées effrayantes se télescopent dans mon esprit.

Au coin de la rue, je m'immobilise et me force à prendre une profonde inspiration. Il faut que je réfléchisse calmement, de manière rationnelle. Je me blottis dans l'embrasure d'une porte, essuie les gouttes de pluie sur mon visage et passe en revue les possibilités.

Je ne peux pas croire que Julia ait été la maîtresse de Will. Elle n'aurait jamais trahi notre amitié de cette façon et, en dépit des doutes qui m'assaillent parfois, je suis certaine, quand j'y pense lucidement, que Will m'a été fidèle depuis sa liaison avec Catrina. De plus, j'ai vu Will et Julia ensemble un million de fois et jamais je n'ai senti entre eux le moindre frisson de complicité.

Connaissant la loyauté farouche de Julia, j'ai plutôt tendance à conclure qu'elle soupçonnait Will de me tromper et qu'elle voulait en avoir le cœur net avant de le mettre au pied du mur ou de m'en parler. Je soupire. C'est peut-être plus probable, mais ça ne me paraît pas convaincant. Si elle avait cru que Will avait une liaison, pourquoi ne pas le suivre, tout simplement? Ou même engager un détective privé? Ç'aurait sûrement eu plus de sens que de recourir à cette farce compliquée avec une fille de Honey Hearts.

Ce qui m'amène à la troisième possibilité, et, en fin de compte, la pire: Julia redoutait-elle que Will n'ait été impliqué dans la mort de Kara? Elle était à l'évidence convaincue que Shannon savait la vérité, et tenait dur comme fer à me parler avant de contacter la police. Pourquoi? Parce que je suis la sœur de Kara, ou parce qu'elle voulait me mettre en garde? Je pense à Hannah, à Zack, et mon sang se glace. Ce sont les enfants de Will autant que les miens.

Non, il est absolument impossible que Will ait été mêlé au meurtre de ma sœur ; et Julia n'a pas pu le penser.

Je me reporte des années en arrière. Ma rencontre avec Will est presque indissociable de mon amitié avec Julia, et cette époque est si lointaine que les événements se confondent dans ma mémoire, ponctués par quelques souvenirs déchirants.

Kara est morte en février. J'ai terminé le deuxième trimestre de mon année de licence dans une sorte de brouillard. Avec le recul, je suis incapable de dire ce que j'ai fait durant ce temps-là, en tout cas je n'étais ni occupée à rédiger des dissertations ni à réviser pour mes examens. J'ai une image de moi pelotonnée sur le canapé, les yeux dans le vide, mes colocs passant sur la pointe des pieds. C'était comme s'il y avait un mur entre moi et le reste du monde, tous ces gens qui ne devaient pas vivre avec la réalité d'une sœur assassinée. Je mangeais à peine, ignorant les assiettes que des gens dont j'ai oublié le nom déposaient devant moi. Je remarquais à peine qu'on avait allumé ou éteint la télé. Je me traînais du canapé à mon lit et vice versa, laissant la vie couler autour de moi. Je suis restée comme ça un mois durant, trouvant seulement assez d'énergie pour aller voir mes parents. Lors d'une de ces visites, j'avais appris qu'ils avaient invité Julia à passer les vacances de Pâques avec nous. D'abord irritée de cette intrusion, je m'étais ensuite résignée à son arrivée. Quelle importance, au fond ? Qu'est-ce qui avait de l'importance, désormais ? Kara était partie, sa vie, sa beauté et son innocence détruites, et je n'avais pas su la protéger.

Julia a réinsufflé la vie en moi, en nous tous. Elle avait pour mes parents de petites attentions délicates, déposant le journal de mon père à côté de son fauteuil, aidant ma mère à émincer des légumes dans la cuisine. Son côté abrupt avait été émoussé par le chagrin, et je crois qu'elle essayait simplement de nous apporter une aide pratique. En fin de compte, elle nous a donné infiniment plus. Comme si elle nous avait ouvert la porte d'une nouvelle vie, une vie sans Kara, et que nous devions l'empoigner d'une manière ou d'une autre. Le lendemain de son arrivée, elle est venue dans ma chambre et m'a dit gentiment mais fermement que je devais aider davantage mes parents. Au début, je suis restée silencieuse, la tête tournée contre le mur. Julia a persisté, et, pour finir, je m'en suis prise à elle, je lui ai hurlé d'aller se faire voir et de se mêler de ce qui la regardait. Julia est restée là, et a supporté ma rage aussi longtemps qu'elle l'a pu et puis elle a riposté. Je ne me rappelle pas ce que nous nous sommes dit, sauf à la fin, quand, la voix enrouée à force de crier, j'ai avoué ma colère, ma haine du monde qui m'avait arraché Kara. Mes jambes ont cédé et je me suis effondrée sur le sol, en larmes. Il y a eu un silence et j'ai vu que Julia était assise par terre aussi, adossée au mur, et qu'elle m'observait, mon chagrin se reflétait dans son regard.

J'ai toujours pensé que Julia m'avait sauvée après la mort de Kara, mais peut-être en ai-je fait autant pour elle. En tout cas, nous avons passé la fin de mon année de licence presque exclusivement ensemble. Après ces vacances de Pâques, je suis parvenue à me remettre à mes études et je ne sais trop comment, à réussir mes examens. Grâce aux notes que j'avais obtenues au début de l'année, et à une lettre de dispense de mon professeur principal, j'ai fini par décrocher ma licence d'histoire avec un résultat respectable.

Au mois d'août de la même année, Julia et moi sommes parties en vacances à Ibiza. Cette semaine-là, j'ai pris conscience de l'attraction quasi magnétique que Julia exerçait sur les hommes. Elle a eu plusieurs aventures pendant les vacances – avec des types qu'elle rencontrait dans des boîtes, et avec qui elle couchait sur la plage, dans un parking, sous un arbre. Ça me semblait choquant, pourtant je me suis habituée à ses brusques disparitions, ne doutant jamais qu'elle serait de retour avant l'aube, prête à rentrer avec moi. Ça n'a jamais été dit, mais je savais qu'elle ne m'aurait jamais laissée regagner seule notre appartement. Pas après Kara.

À mon retour, j'avais, pour la première fois de ma vie, une idée claire de mon avenir. Je me suis démenée pour m'inscrire dans une formation juridique à Exeter. J'avais plus ou moins le même âge que les autres étudiants, pourtant ils me paraissaient tous très jeunes. Julia est entrée en deuxième année à la fac. On avait beau vivre chacune à un bout de la ville, on se téléphonait tout le temps et on se voyait aussi souvent que possible.

J'ai rencontré Will deux mois plus tard, par l'intermédiaire de Paul. Lui et moi ne nous étions pas beaucoup vus depuis la fin de l'université, mais nous étions convenus de nous retrouver boire un verre juste avant Noël. Il venait d'accepter un poste chez Harbury Media, la société de son père. Naturellement, plusieurs de ses collègues étaient aussi au pub, dont Will qui travaillait chez Harbury depuis un peu plus d'un an.

Will avait vingt-quatre ans à l'époque, deux ans et demi de plus que moi et il émanait de lui une assurance tranquille, détendue. Lorsqu'il m'a offert un verre, j'ai été impressionnée par son complet élégant et ses yeux bleus perçants. Il bavardait à bâtons rompus avec les autres employés de Harbury mais chaque fois que je levais les yeux, je croisais son regard. Je me souviens – et ça me fait sourire maintenant, après toutes ces années de mariage pépère – qu'il me paraissait dangereux et sexy alors, débordant de charisme, avec ses cheveux peignés en arrière et son air vaguement taciturne.

Ce premier soir, quand il m'a invitée à sortir avec lui, j'ai refusé. D'autres hommes, humiliés, auraient renoncé. Will s'est contenté d'incliner la tête d'un côté et m'a demandé de quoi je me cachais.

— De rien.

Il a secoué la tête, m'a dit que j'avais un regard triste et qu'il n'allait pas se laisser décourager par mes craintes. C'était peut-être juste une façon de draguer, mais je me sentais seule et ça m'a fait du bien que quelqu'un regarde au-delà de mon sourire de façade. J'ai accepté de le retrouver le week-end suivant. Autour d'un plateau de fruits de mer et d'une bouteille de vin blanc, il m'a interrogée sur ma famille et lentement, douloureusement, je lui ai parlé de Kara.

Je repense à ce moment, fouillant ma mémoire. Will avait entendu parler du meurtre, mais ne se souvenait pas du nom de Kara. Il a exprimé son horreur, sa compassion, et j'en ai eu les larmes aux yeux. Comme j'essayais de les refouler, il a pris ma main dans la sienne.

— Pleure, a-t-il dit. Je ne crois pas que tu aies complètement fait ton deuil.

Je savais ce qu'il voulait dire. J'avais pleuré avec maman et avec Julia, et toute seule aussi. En revanche, même après tous ces mois, je n'avais parlé de Kara à personne qui ne fût déjà au courant de ce qu'il lui était arrivé. Je n'avais pas raconté son histoire, mon histoire, à un inconnu ; je n'avais pas encore éprouvé ce deuil-là.

— J'aurais dû veiller sur elle, ai-je sangloté. Ce n'était qu'une enfant.

Will a pressé ma main.

— Hé. Ce n'était pas ta faute.

Et puis il a souri doucement.

— Et qui veille sur toi ?

J'ai pleuré encore un peu, et puis je suis allée aux toilettes. J'ai vu mes joues rougies et mes yeux gonflés, et mon cœur a fait un drôle de petit bond. Après tout, si ce type cool et élégant s'intéressait à moi, en dépit de mes larmes et de mon visage défait, j'étais peut-être plus attirante que je ne le pensais.

Quand je suis retournée à notre table, Will ne s'est pas étendu sur le sujet. Il n'a témoigné aucune curiosité morbide ; seulement de la sollicitude à mon égard. Il m'a dit par la suite qu'il était tombé amoureux de moi ce soir-là, en comprenant à quel point j'avais aimé ma sœur et ce que j'avais été capable d'endurer. Et pourtant, jamais, j'en suis sûre, il ne m'a définie par la mort de Kara, contrairement à tant de mes amis à l'université.

Si Julia m'a sauvée en partageant mon chagrin, Will m'a sauvée en allant au-delà.

Il est tout à fait impossible qu'il soit l'assassin de ma sœur. Ou que Julia – qui l'aimait et le respectait – ait pu le penser.

Je fais demi-tour et reviens sur mes pas, me dirigeant vers le salon de thé. Il pleut toujours et je suis trempée. Ma veste est plaquée à mon dos, mes cheveux mouillés pendent autour de mes joues. Assis à côté de la fenêtre, Damian scrute la rue. Il se lève à mon entrée, les traits altérés par l'anxiété.

— Ça va ?

— Non.

Il me regarde et attend. J'hésite un instant, puis m'assieds en face de lui et lui révèle tout ce que j'ai découvert à l'agence.

Il m'écoute, visiblement choqué, aussi dérouté que moi d'apprendre que Will est l'homme que Julia voulait piéger.

— Julia ne m'a jamais laissé entendre qu'elle le croyait infidèle envers toi – en fait, c'est tout le contraire. Elle était toujours tellement impressionnée par les efforts que vous faisiez pour reconstruire votre mariage après… après cette histoire…

Je hausse les sourcils, rouge d'humiliation. Il sait donc.

— Julia t'en a parlé ?

Il hoche la tête, embarrassé.

— Elle a dit que ça s'était passé il y a longtemps et que Will semblait différent depuis, plus adulte.

Il hésite.

—Pour elle, Will était un ami. Elle pensait que c'était un bon père, que vous alliez bien ensemble.

Pour une étrange raison, entendre l'opinion que Julia avait de mon mariage m'apaise plus que tous mes raisonnements jusqu'ici. Elle a été furieuse contre Will quand je lui ai révélé sa liaison, pourtant elle ne m'a pas suggéré une seule fois de le quitter. *Il a fait une erreur et il le regrette, Liv*, a-t-elle affirmé. *Il mérite une seconde chance. Comme nous tous.* Je souris au souvenir de la pause qu'elle avait marquée, une lueur amusée dans les yeux, avant d'ajouter : *Cela dit, je le ferais payer. Diamants et vacances aux Caraïbes, au minimum.*

Il pleut toujours et le salon de thé est sombre et déprimant. Damian me dévisage, le front barré d'un pli.

—Alors… si Julia ne voulait pas piéger Will, pourquoi a-t-elle engagé Shannon ?

Damian détourne les yeux. Mon cœur se serre. Je ne veux pas me demander de quoi il soupçonne mon mari.

—Il faut que je lui parle, dis-je fermement. Que je sache si Shannon lui a fait des avances.

Damian lève les yeux.

—Nous devrions essayer de la retrouver, pour savoir ce que Julia voulait. Ses coordonnées figuraient-elles sur le formulaire ?

—Non, du moins je ne les ai pas remarquées.

—Et la date à laquelle Julia s'est rendue chez Honey Hearts ? Elle était indiquée ?

—Je ne crois pas.

J'en suis moins sûre. Le fait est que je n'ai pas cherché de date.

— Je n'ai pas eu beaucoup de temps et…

— Ce n'est pas grave. C'était forcément avant qu'elle retrouve Shannon au Aces High. La date précise n'a pas d'importance.

Il réfléchit.

— Attends une minute. Tu n'as pas dit que les hôtesses étaient accompagnées lors de leurs rendez-vous ? Par mesure de sécurité ?

Je secoue la tête.

— Non, ça c'est quand elles rencontrent la cible. En gros, il y a quatre étapes : d'abord, la cliente va à l'agence et met tout en branle. Deuxièmement, elle choisit une hôtesse et la rencontre – ça, c'était le rendez-vous de Julia avec Shannon deux jours avant sa mort. Troisièmement, l'hôtesse cherche à rencontrer le type, et quatrièmement, le cas échéant, ils « sortent » ensemble. Enfin, la fille fait un rapport à la cliente – ce que Shannon devait faire le soir où je suis allée au Aces High, le rendez-vous qui était indiqué dans l'agenda de Julia.

— Par conséquent, rien ne prouve que Shannon ait bel et bien essayé de piéger ton mari.

— Si elle ne l'avait pas fait, pourquoi serait-elle allée à ce second rendez-vous ? Elle était là pour faire son rapport à Julia.

Je prends conscience de ce que je viens de dire et ma gorge se noue subitement. Shannon Walker a dû aborder Will. Qu'a-t-il dit ? Comment a-t-il réagi ?

— Nous ne pouvons pas en être absolument sûrs. Et nous ne savons pas où trouver Shannon.

Je soupire.

— Raison de plus pour que je parle à Will.

— Ça va être coton, marmonne Damian.

Il a raison. Pour la première fois depuis que j'ai vu Shannon au Aces High, je regrette de ne pas m'être confiée davantage à Will. Si je lui avais dit que j'allais à Honey Hearts dès le départ, cette dernière révélation n'aurait peut-être pas été un tel choc. Tandis que là…

Damian et moi nous séparons, en nous promettant de nous rappeler le lendemain. Je rentre dans une sorte de brouillard, et me rends compte que j'ai complètement oublié de demander à Damian pourquoi son nom n'apparaît pas sur Internet. Je suis distraite tout le reste de l'après-midi : c'est tout juste si j'écoute Zack me raconter le match de foot qu'il a disputé à la récréation. Je me sens coupable d'être aussi préoccupée – d'autant que je sais parfaitement qu'il viendra un moment où Zack n'aura plus envie de me raconter sa journée.

Comme pour me le confirmer, Hannah file droit à sa chambre en rentrant, sans prendre la peine de dire un mot. M'efforçant de me contenir, je lui emboîte le pas. Je passe la tête par l'entrebâillement de la porte en souriant, mais elle explose avant même que j'aie prononcé un mot.

— Qu'est-ce que tu veux encore ? Pourquoi est-ce que tu es toujours en train de me harceler ?

— Je ne te harcèle pas.

Mes doigts se crispent sur l'encadrement, j'essaie de ne pas perdre mon sang-froid.

— Je voulais juste…

213

— Je rangerai ma chambre ce week-end, hurle-t-elle. Bon sang, maman, l'école est trop stressante et là tu es vraiment mesquine.

— Enfin, Hannah! Je voulais juste te proposer quelque chose à boire ou à manger, dis-je d'un ton cassant.

— Non.

— Ce n'est pas la peine d'être aussi impolie.

— C'est toi qui es impolie. Tu es dans ma chambre. Je ne veux pas de toi ici.

— Tu sais quoi, Hannah? Je ne veux pas être là non plus.

Je redescends à grands pas et m'assieds à la table de la cuisine, la tête entre les mains, tremblante de rage et d'humiliation.

Une larme roule sur ma joue. Je l'essuie. Will a raison, je prends les crises d'Hannah trop à cœur, mais c'est difficile d'avoir perdu ma petite fille en même temps que ma meilleure amie. Si Julia était là, elle me remonterait le moral par un éclat de rire espiègle et une remarque spirituelle. Le fait qu'elle n'est pas là, qu'elle ne sera plus jamais là, décuple ma tristesse.

Zack m'offre son réconfort à sa manière, niche sa tête contre mon ventre et m'entoure la taille de ses bras. Je le laisse jouer à *Angry Birds* pendant que je prépare le dîner. Hannah se traîne dans la cuisine un bon quart d'heure après que je l'ai appelée, puis a le culot de se plaindre que son hachis Parmentier est froid. Les deux enfants s'animent quand Will rentre, plus tôt que d'habitude, vers dix-huit heures trente. Il étreint Zack, donne un baiser à Hannah sur le front et en dépose un sur mes lèvres.

— Tu es de bonne humeur.

Je m'efforce de sourire mais je ne pense qu'à son nom sur le formulaire de Honey Hearts.

— On a enfin trouvé une solution à l'affaire Henri, répond-il avec un grand sourire.

— Ç'a duré un moment.

Il lâche un soupir.

— Je sais. Une éternité, bordel.

Il marque une pause et quand il reprend la parole, la fierté s'entend dans sa voix.

— Le client a dit des trucs sympas à mon sujet, en fait. Et Leo m'a félicité devant toute l'équipe, pour ce que ça vaut.

Il lâche un petit rire, mais je sais combien les compliments de Leo comptent à ses yeux.

— Bravo.

Je me hausse sur la pointe des pieds et l'embrasse sur la joue. Zack le tire déjà par la manche, impatient de lui montrer son score à *Angry Birds*. Will et moi pourrons parler plus tard, quand les enfants seront couchés. Je murmure que je vais m'occuper du dîner, puis l'étreins, respirant l'odeur familière de sa veste : une odeur de bureau, de laine et d'après-rasage.

Tu vois ? Pas de parfum bizarre. Tout ira bien.

Et de fait, nous passons une bonne soirée – du moins, au début. Comme d'habitude, Hannah se montre charmante en présence de son père et, ce soir, Will semble particulièrement détendu. Son humeur joue sur l'atmosphère de la maison. S'il rentre maussade et las, cela pèse sur nous tous.

L'occasion de parler se présente vers neuf heures, une fois qu'Hannah est montée dans sa chambre. Will s'évertue toujours à égaler le score de Zack sur son téléphone, tout en parcourant un rapport sur son ordinateur portable, un whisky à portée de main. Quand je le rejoins au salon, il écarte les deux gadgets avec un soupir.

— Tu imagines combien c'est humiliant d'être battu par son fils de sept ans ?

Je ris, puis referme la porte doucement.

— Je peux te parler ?

Jusque-là allongé sur le canapé, Will repose les pieds par terre, se redresse et me regarde tendrement.

— Bien sûr. Qu'est-ce qu'il y a ?

Je m'assieds en face de lui. Le cœur battant, je me jette à l'eau et lui révèle que Damian et moi avons décidé de retrouver la trace de Shannon Walker. Will se rembrunit.

— Tu ne m'avais pas dit ça.

— Je savais que tu prendrais ça pour de l'obsession ou je ne sais quoi, mais, sérieusement, Will, je crois qu'il se passe quelque chose de suspect.

Je continue, les mots s'échappent de mes lèvres. J'explique que nous avons remonté la piste de Shannon jusqu'à l'agence, et que j'y suis allée ce matin.

— Tu as fait quoi ?

— J'ai jeté un coup d'œil au dossier de Julia.

— Je n'arrive pas à croire que tu aies fait une chose pareille.

— Eh bien, si. Et j'ai découvert quelque chose. Julia avait engagé Shannon Walker, c'était ça le lien entre elles.

— Allons, Liv, dit-il en secouant la tête. Ça ne ressemble pas à Julia. Ce n'est pas son genre.

— Je sais.

Je ravale ma salive.

—Justement… je ne crois pas qu'elle voulait mettre Damian, son copain, à l'épreuve. Il affirme ne pas avoir reconnu Shannon et…, de toute façon, ce n'est pas son nom qui était indiqué dans le dossier.

Will fronce les sourcils. Je l'observe intensément. Il ne manifeste aucun signe de culpabilité, ne semble pas deviner où je veux en venir.

—Et alors, Liv ? Je ne comprends pas.

Je prends une profonde inspiration.

—Moi non plus, mais il faut que je te pose la question. Parce que l'homme que Julia voulait piéger, celui dont elle a noté le nom sur son formulaire, c'était toi.

—Moi ? Tu penses que Julia me soupçonnait d'être infidèle ?

Will me fixe, abasourdi.

—Quoi… de t'être infidèle, à toi ? Ou de lui être infidèle ?

Son visage est dur et froid.

—Eh bien ?

Je me recroqueville sur mon siège.

—Elle a peut-être pensé quelque chose de ce genre, je suppose, mais non, je ne crois pas sérieusement…

—Ah ! Bon, lâche-t-il d'un ton dégoulinant de sarcasme. Tant que tu me fais confiance.

—S'il te plaît, Will, ne te mets pas en colère. Je n'y suis pour rien si ton nom était dans ce dossier.

—Va te faire foutre, Livy.

J'en reste sans voix. Will ne jure presque jamais – et certainement jamais à mon intention. Il serre les poings, une veine palpite dans son cou.

— Que t'attendais-tu à ce que je dise ?

— Cette Shannon...

Je frissonne, il a l'air si furieux.

— Elle est blonde, les yeux bleus. Jolie. Vingt-cinq ans environ, je dirais.

Will arque les sourcils.

— Tu veux savoir si elle m'a dragué, c'est ça ? Tu crois que j'ai couché avec une pute sortie d'une agence louche ?

— Non.

Il y a tellement de mépris dans sa voix que les larmes me montent aux yeux.

— Non, bien sûr que non. J'essaie seulement de comprendre ce que Julia faisait. Je crois qu'elle cherchait à identifier l'assassin de Kara. Et il y a tant de détails qui ne collent pas ! La mère de Julia est persuadée qu'une de ses bagues a disparu. En fait, elle pense que je l'ai prise. Et puis, la police a eu beau fouiller l'appartement et l'ordinateur de Julia, elle n'a trouvé aucun dossier au sujet de Kara. Je crois que Shannon sait quelque chose.

Will écarte les bras d'un geste incrédule.

— Ce Damian est le seul à prétendre que ces dossiers existent. Bon Dieu ! s'énerve-t-il. Et c'est lamentable de suggérer que j'ai couché avec...

— Je ne t'accuse pas de ça ! Je ne suggère même pas que tu aies réagi d'une manière ou d'une autre. Je voudrais juste savoir pourquoi Julia l'a engagée. Tu comprends que je doive te poser la question, non ?

Will se lève, puis se retourne et me foudroie du regard.

— J'ignore complètement pourquoi Julia a mis mon nom sur ce formulaire, mais ce qui me rend dingue, c'est que tu tires des conclusions sans savoir. C'était peut-être une mauvaise plaisanterie. Ou quelqu'un d'autre que Julia. Ou un autre Will Jackson. Tu ne vois pas ? Si tu vas à la recherche de problèmes, tu vas en trouver.

— Mais…

— Comment peux-tu t'imaginer que je t'aie trompée ? Bon sang, les six dernières années depuis… elles n'ont compté pour rien ?

— Je n'ai pas dit ça. C'est…

— Eh bien, la réponse, c'est que je n'ai pas vu cette Shannon ni aucune autre. Quant à cette histoire au sujet de Kara, ça devient ridicule. Quoi que tu en dises, tu es obsédée par l'idée que Julia a été assassinée. Pendant ce temps-là, tu ne remarques pas ce qui se passe autour de toi.

— De quoi parles-tu ?

— Eh bien, sans parler de l'effet que ton attitude a sur Hannah, il y a nous. Nous n'avons pas fait l'amour depuis des semaines. Depuis la mort de Julia.

Je reste bouche bée. Will a raison, pourtant cela ne m'était pas venu à l'esprit. Je ne sais pas quoi lui dire. Je repense à la première fois où nous avons fait l'amour pour de bon. Pas notre première tentative. Celle-là a été un désastre, parce que j'étais si gênée et si tendue que je l'ai arrêté à mi-chemin et que je me suis enfuie. Non, je pense au lendemain. Ce jour-là, Will, à ma grande stupéfaction, s'était montré plus déterminé encore que la veille. Il a passé des heures à me persuader, puis m'a caressée jusqu'à ce que,

219

pour la première fois de ma vie, je me laisse aller assez longtemps pour avoir un orgasme.

— Je… Je n'ai pas…

Je pense si peu au sexe en ce moment, et ça ne date pas de la mort de Julia : je me rends compte avec un choc que je ne me souviens pas de la dernière fois que Will et moi avons fait l'amour – ni de la dernière fois que j'en ai eu envie. Je voudrais qu'on en parle, mais j'ai du mal à trouver les mots, et Will balaie la question d'un geste.

— Laisse tomber.

Je le fixe. C'est comme ça qu'on fonctionne, lui et moi : nous tournons autour d'un problème en échangeant des piques et des sous-entendus sans jamais l'affronter de face. J'ouvre la bouche, sur le point d'insister. Will me devance.

— La question, c'est que tu dois me faire confiance. Et accepter ce qui est arrivé à Julia. Il faut que tu ailles de l'avant. Julia s'est suicidée. Sous toute sa gouaille et son assurance, elle était triste et malheureuse.

Il baisse la voix, et les mots jaillissent de sa bouche comme autant de flèches.

— Tu sais, Livy, la vérité, c'est que tu n'as pas suffi à la sauver. Pas plus que ce démon blond qui t'encourage dans cette voie.

— Il ne m'encourage pas, bon sang.

La colère bouillonne en moi, j'ai complètement oublié notre vie sexuelle.

— Et c'est injuste de ta part de dire que je n'ai pas confiance en toi. Je…

220

— Alors pourquoi as-tu supposé que cette Shannon avait essayé de me séduire et que je ne t'en avais pas parlé? siffle-t-il.

La veine à sa tempe se gonfle. Il serre encore les poings; jamais je ne l'ai vu aussi en colère.

— Je ne l'ai pas fait. Enfin, je ne voulais pas. J'ai confiance en toi, c'est seulement…

— Ah oui? ricane-t-il. J'ai pourtant tout fait pour te prouver que je suis fidèle. Ça fait des années que je vis avec tes soupçons sans jamais me plaindre parce que je sais que j'en suis responsable.

Je prends une inspiration, ébranlée par la violence de ses paroles.

— Sainte Livy, hein, mais tu sais quoi? Toutes tes bonnes actions n'ont pas suffi à empêcher Julia de se tuer parce qu'elle n'était pas la personne que tu la croyais être. Je crois que c'est ça qui te ronge, au fond. C'est pour ça que tu ne peux pas accepter qu'elle se soit tuée. Tu ne supportes pas que ça te donne l'impression d'être imparfaite.

Il sort de la pièce à grands pas.

Je me tasse sur le siège, blessée jusqu'au plus profond de moi-même. Pourquoi est-il si cruel? Avais-je vraiment tort de l'interroger sur une question qui me trouble autant que lui? Sa réaction est excessive, non?

Une indignation outragée est l'un des trois signes infaillibles de culpabilité, a déclaré Julia un jour, une étincelle d'humour dans le regard. *Avec un excès de gentillesse et une tendance à supplier.*

Je reste là, ma douleur à vif. J'entends Will grimper bruyamment les marches. J'attends dix minutes… un quart d'heure… je me lève, espérant lui parler de nouveau et nous réconcilier. Will s'est installé dans la chambre de Zack et est allongé sur la couchette supérieure, les yeux obstinément clos. Je chuchote son nom mais il ne répond pas. Je bats en retraite, puis jette un coup d'œil dans la chambre d'Hannah. Elle s'est endormie avec ses écouteurs sur les oreilles. Je les retire et remonte les couvertures sur elle avant de me faufiler dans ma chambre. Je suis complètement épuisée, et en même temps trop énervée pour dormir. Recroquevillée sur le lit, je regarde les secondes s'égrener. À chaque battement de l'horloge, les paroles de Will me transpercent de nouveau. Des heures passent alors que je suis étendue là, malheureuse et humiliée. Je voudrais tellement appeler Julia et lui raconter ce qui s'est passé. Elle n'a jamais été prompte à juger, toujours capable au contraire de me faire rire même quand j'étais plongée dans le désespoir.

Savoir que c'est impossible me déchire. Jamais je ne me suis sentie aussi seule. Je finis par m'endormir, sans doute vers deux heures. Quand je me réveille, Zack fait des bonds sur le lit à côté de moi, il ne me faut que deux secondes pour comprendre que Will est déjà parti et que c'est le chaos. Les enfants ne sont pas prêts et nous devons quitter la maison dans cinq minutes si je veux pouvoir les déposer tous les deux à l'heure à l'école.

Je crie à Hannah de se préparer tout en aidant Zack à boutonner sa chemise. Je leur fourre des croissants dans les mains et les pousse dans la voiture. Hannah se laisse bousculer, tout en se plaignant amèrement que son croissant est rassis, qu'elle voulait se laver les cheveux et que je suis une mauvaise mère pour ne pas l'avoir réveillée en temps voulu. Je tâche de l'ignorer. Je sais qu'elle déteste être en retard, une infraction aux règles du collège qui aboutit inévitablement à une retenue. Je me concentre pour arriver avant les huit heures et demie fatidiques. Nous y parvenons à une minute près. Ensuite c'est le tour de Zack. Il me tient la main tandis que nous nous rendons à sa salle de classe. L'an prochain – qui arrive bien trop vite – les parents seront priés de laisser les enfants dans la cour plutôt que de les emmener en classe. J'ai la gorge nouée à cette pensée. La fureur de Will pèse comme un boulet autour de mon cou. Après sa colère et le dédain d'Hannah, la perspective de perdre le besoin affectueux que Zack a de moi me désole.

Je retiens mes larmes sur le chemin du retour, mais, une fois à l'abri derrière la porte close, je m'abandonne à mes sanglots. Puis je me prépare un café et je me mouche. Il faut que je me ressaisisse. Hannah va sortir de cette phase, Will va se calmer.

Le tintement de la sonnette m'arrache à mes réflexions. Je passe mes doigts sur mes joues, vérifie mon reflet dans la glace de l'entrée en passant. Je n'ai pas trop mauvaise mine, malgré mes yeux un peu rougis. De toute façon, ce n'est que le facteur. J'ouvre la porte. À ma totale stupéfaction, Martha est debout sur le seuil.

— Bonjour.

Je la dévisage. Son regard tendu dément le sourire chaleureux qu'elle arbore habituellement. Je lui souris en retour.

— Martha, qu'est-ce que tu… ? Entre, voyons.

Elle secoue la tête, désignant la voiture garée sur le trottoir. Le soleil se reflète sur les vitres, mais je distingue Paul assis au volant. Il me voit et baisse sa vitre.

— Salut, Livy ! Ça va ?

— Oui, merci.

Je lui fais un signe avant de me retourner vers Martha.

— Que se passe-t-il ?

— Paul m'emmène chez Apple à Princesshay pour que j'achète un nouvel ordinateur, explique Martha. Ensuite nous retrouvons Leo pour le déjeuner et après je vais directement prendre le train pour l'Écosse. Je vais passer quelques jours chez ma mère…

Elle me dit tout cela d'un trait, tandis que je fixe son visage anxieux, de plus en plus perplexe.

— Je ne…

— Il fallait que je te voie avant de partir, reprend-elle. J'ai promis à Leo de ne rien dire, mais ce ne serait pas bien de te laisser dans l'ignorance. Je crois que si c'était moi, je voudrais qu'on m'en parle. Et… Et, de toute façon, tu sais quelle affection j'ai pour toi, Livy.

Elle se balance d'un pied sur l'autre, gênée.

Je pose la main sur son bras. Jamais je n'ai vu Martha ainsi, l'air déchiré, désolé.

— Martha, je ne comprends pas. Qu'y a-t-il ? Me laisser dans l'ignorance à quel propos ? Écoute, si tu entrais pour que nous…

— Non.

Martha fouille dans son sac et en tire un foulard en soie qu'elle me met entre les mains.

— Prends ça. J'ai raconté à Paul que c'était le tien pour qu'il m'arrête ici en route. Je lui ai dit que je n'en avais que pour une minute…

Elle jette un coup d'œil vers la voiture.

Je suis stupéfaite.

— Tu as inventé un prétexte pour venir ?

Martha prend une profonde inspiration.

— C'est Will, dit-elle, d'une voix étouffée, presque craintive. Leo et moi nous nous faisons des reproches à cause de cette maudite soirée – et de ce stupide voyage d'affaires à Genève.

Ma poitrine se comprime. Je sais ce qu'elle va dire et toutes mes vieilles angoisses refont surface, comme de l'acide dans mes poumons.

— Je suis désolée d'être celle qui t'en parle, mais Leo l'a laissé échapper hier soir et je me torture depuis pour décider si je te dois t'en faire part.

Elle hésite.

— Continue.

— Will a passé une nuit avec cette épouvantable femme quand Leo l'a envoyé à Genève. Mon Dieu, Livy, je suis tellement désolée.

De profonds sillons creusent son front, ses yeux sont rivés aux miens.

Je me laisse aller contre le chambranle, les doigts crispés sur le foulard en soie, gagnée par la nausée. Ainsi, Will l'a fait malgré tout. Malgré ses protestations, ses affirmations, toute son indignation… il a recommencé à coucher avec Catrina.

J'ai le vertige. Non. *Non. Ça ne peut pas être vrai.* Leo a dû se méprendre sur la scène qu'il a vue. Ou alors il a confondu Will avec un autre.

— Qu'est-ce que Leo a dit exactement ?

Martha se balance d'un pied sur l'autre.

— Pas grand-chose de plus que ce que je viens de te dire. Qu'il… il avait vu Will l'embrasser en se faufilant hors de sa chambre, vers cinq heures du matin.

L'image se grave au fer rouge dans mon esprit. Je ne peux pas la supporter. Martha jette un coup d'œil à Paul par-dessus son épaule. Il nous observe.

— Ça va, Livy ?

Martha tend la main vers moi. Je me dérobe. C'est irrationnel, mais je la déteste de m'avoir révélé cela. Mon mari m'a trompée et je suis la dernière à le savoir. Pire encore, c'était avec la même femme qu'avant. On ne peut plus qualifier ça d'erreur de jugement temporaire. Et il m'a menti. S'il a menti à propos de cette liaison, y en a-t-il eu d'autres ?

— Oh ! Livy, soupire Martha, la voix lourde de remords et de compassion. J'ai bien fait de te le dire, n'est-ce pas ?

Il me faut un effort monumental pour affronter son regard. C'est injuste de lui en vouloir. Martha n'a fait qu'obéir à sa conscience.

— Oui, bien sûr. Je t'en suis reconnaissante.

Les mots sortent enroués, j'ai la gorge sèche.

Martha lâche un bruit entre un soupir et un gémissement.

— Écoute, je vais rester. Tant pis pour Leo. Je dirai à Paul que j'ai changé d'avis et…

— Non. Ça va.

Je songe soudain au dossier de Julia à l'agence, au nom de Will sur son formulaire. Elle devait savoir qu'il était infidèle, avec Catrina ou une autre. C'est pour cette raison qu'elle voulait me parler. Cela n'avait rien à voir avec la mort de Kara. Cette pensée m'emplit d'un étrange sentiment, où le désespoir se mêle au soulagement.

— Tu es sûre ? demande Martha, anxieuse.

Elle veut l'absolution. Elle veut m'entendre dire que ça ne fait rien qu'elle m'ait fait cette affreuse révélation.

— Je vais très bien, je t'assure, dis-je en lui pressant la main. J'apprécie que tu sois venue, ça n'a pas dû être facile pour toi.

Martha presse ma main en retour, mais je le remarque à peine. Will a couché avec Catrina le jour où les enfants et moi avons trouvé Julia morte dans son appartement. Le jour où j'ai pleuré au téléphone et qu'il m'a dit qu'il ne pouvait pas revenir avant le lendemain. Le salaud. L'égoïste. La bile monte dans ma gorge. Une fureur terrible, aveuglante.

— Oui, vraiment, dis-je en lui lâchant la main. Vas-y, sinon Leo sera contrarié.

Martha me regarde longuement, d'un air malheureux.

— Tu es sûre que tu ne veux pas que je reste ?

J'inspire à fond pour refouler ma colère.

— Oui, certaine. Vas-y. Et merci.

Martha recule. Je la suis des yeux jusqu'à la barrière. Elle se retourne et m'adresse un signe, que je lui rends. Puis elle monte dans la voiture et je referme la porte.

Je traverse l'entrée dans une sorte de brouillard. Toutes mes certitudes s'effondrent. La mort de Julia, les affirmations de Damian et la disparition de Shannon Walker ne sont plus que des détails à l'arrière-plan. Je ne songe qu'à Will et à ses mensonges, avec une rage croissante. Il m'a ridiculisée. Je l'ai repris parce que ses regrets et son amour semblaient tellement sincères. En fait, j'ai été idiote. Ça n'a été qu'une tromperie. Il a probablement baisé tout le monde et n'importe qui ces six dernières années.

Je cesse de faire les cent pas, laisse les pensées dégringoler dans ma tête. Julia a tout découvert. Ce qui signifie qu'il doit y avoir des preuves que je peux trouver, moi aussi. Parce que, à présent, je suis sûre qu'il n'y a pas eu que Catrina.

Et il faut que je sache : qui, quoi, quand. Tout. Je refuse de vivre dans le doute comme la dernière fois. Hier, même après avoir découvert que Julia avait noté le nom de Will sur son formulaire, il ne me serait pas venu à l'esprit de fouiller dans ses affaires, mais je n'ai plus le choix désormais. Je dois savoir ce qu'il me cache.

Je commence par le placard d'en bas. Avec ce temps clément, il y a des semaines que Will n'a pas mis de veste. Ses poches ne contiennent qu'un papier de chewing-gum. Au premier étage, j'inspecte tous ses costumes. Je reconnais celui qu'il portait le soir où il est allé à Genève, m'attendant à demi à trouver un numéro de téléphone gribouillé au rouge à lèvres sur une serviette en papier, mais non, il n'y a pas de cliché de ce genre, en fait il n'y a rien. Bien sûr que non. Will aurait noté un numéro sur son téléphone ou sur son ordinateur.

J'allume l'ordinateur familial. Will et Hannah ont chacun un portable, donc je n'ai pas grand espoir, mais je n'ai accès à rien d'autre, Will ayant emmené son téléphone et son ordinateur portable au bureau.

Je vérifie l'historique – c'est surtout un jeu de Lego que Zack aime bien – puis fouine sur les étagères. Je ne trouve rien hormis de vieux classeurs de travail de Will. Avec un soupir, je me laisse aller contre le dossier de la chaise. Ça ne sert à rien. Si Will a une liaison, la preuve sera sur son téléphone, ou dans ses vêtements.

Je me lève et me rends dans la salle de bains. Nous l'avons fait rénover l'an dernier après avoir renoncé à aménager une seconde salle de bains adjacente à notre chambre, une option que je préférais mais qui s'était révélée trop coûteuse. C'est une pièce spacieuse, pleine de lumière en dépit des flacons de produits cosmétiques qu'Hannah accumule sur le rebord de la fenêtre. Au moins, les jouets et balles en plastique dont Zack s'est presque lassé mais qui sont encore régulièrement déversés dans la baignoire, sont rangés dans leur filet. Je me dirige vers la panière de linge sale et commence à la vider. Deux chemisiers d'école appartenant à Hannah se trouvent en haut de la pile, immédiatement suivis par un de ses jeans et une série de slips en coton tout simples – bien différents de la culotte en faux léopard qu'elle s'est offerte. L'idée me vient que je devrais peut-être lui acheter un soutien-gorge en coton blanc assorti. Elle n'en a pas besoin, mais il est clair qu'elle en a envie. Peu importe qu'elle veuille imiter ses camarades ou qu'elle ait hâte d'avoir des seins. Je ne devrais pas négliger ses angoisses. Ma mère avait raison – à son âge, j'étais obsédée par la même chose.

J'examine le jean – elle l'a à peine mis, tout comme les trois tops que je ramasse ensuite. Je secoue la tête. Comment peut-elle avoir sali toutes ces affaires depuis la dernière lessive, voici deux jours ? Elle a dû garder chaque tenue à peu près trois heures durant.

Je plonge plus avant, ignore le pyjama de Zack et mes propres sous-vêtements pour parvenir au pantalon que Will portait dimanche. Je palpe les poches avec soin, puis examine la chemise qui se trouve tout au fond de la panière.

Rien.

Frustrée, je me tourne vers les serviettes qui gisent sur le sol de la salle de bains. J'avais supposé qu'elles étaient tombées dans la précipitation de ce matin, mais toutes quatre sont froissées et mouillées. Compte tenu du fait qu'Hannah a passé moins de dix minutes ici, c'est un record. Je les renifle – deux au moins sentent trop aigre pour être laissées ; serrant les dents, je les fourre dans la panière, entasse le reste du linge sale par-dessus et descends le tout au rez-de-chaussée.

Sur pilote automatique, je remplis la machine à laver. Mon téléphone portable sonne. C'est le frère de Julia, Robbie. Je ne peux pas gérer une conversation avec lui maintenant, alors j'éteins le téléphone sans répondre. Damian ne va pas tarder à appeler aussi, pour discuter de la manière dont nous nous y prendrons pour retrouver la trace de Shannon Walker. Tout ça me semble sans importance tout à coup. Quoique Shannon ait à me dire, je ne me sentirai pas plus mal que maintenant. Une partie de moi veut quitter la maison – quitter Will. Mais les enfants ? Puis-je leur faire une chose pareille ? De toute façon, il faut que j'aie une confrontation avec Will, que je le force à avouer, avant de décider quoi faire.

Les paroles furieuses qu'il m'a adressées hier soir passent en boucle dans ma tête. Comment ose-t-il me dire que je me fais des idées concernant Julia quand il me trompe, moi, depuis je ne sais combien d'années ? Comment ose-t-il me culpabiliser parce que je l'ai interrogé sur ce formulaire de chez Honey Hearts ?

Comment ose-t-il me mettre dans cette situation ? Une fois de plus ?

Le paquet de lessive est vide. Tout en marmonnant, je traverse la buanderie pour aller en chercher un neuf sur l'étagère qui se trouve juste à côté de la porte du garage, le seul autre endroit où Will aurait pu cacher des informations confidentielles. Il n'y a que lui qui entre là, pour laver la voiture ou ajouter à sa collection de revues de motos, que je refuse de voir s'entasser à la maison.

Après avoir mis le lave-linge en marche, je file au garage sans savoir au juste ce que je cherche – peut-être une chemise imprégnée de parfum ou un cadeau dissimulé sous les produits d'entretien, qu'il veut offrir à Catrina. Des images d'eux ensemble défilent devant mes yeux. Je ne vois que son visage renversé dans l'extase, et Will, penché sur elle, débordant de désir. La jalousie et la haine courent dans mes veines, aussi puissantes que le sang qui me maintient en vie.

Je tire méthodiquement vers moi les magazines qui occupent les rayonnages placés contre le mur, section par section. Rien n'est caché derrière ou entre les piles. Je me demande vaguement si mon vieil Hasselblad, autrefois tant aimé, est quelque part par là. Qu'est-ce que je raconte ? Même si je pouvais mettre la main dessus, je ne sais pas ce que je voudrais photographier, hormis les enfants, évidemment. Encore quelque chose qui me rappelle combien ma vie s'est appauvrie depuis mon mariage.

Je serre les dents. J'ai sacrifié tant de choses pour Will, pour notre famille.

Je reporte mon attention sur les étagères d'en face, où Will met les produits de nettoyage destinés à la voiture et diverses brochures de bricolage jamais consultées qu'il a téléchargées à l'époque où il envisageait de construire un abri de jardin. Will est nul pour tout ce qui est pratique. C'est tout juste s'il sait changer une prise ou un fusible. Il est toujours enthousiaste pour commencer un projet, et s'en lasse bien avant la fin. L'idée me vient que c'est là une parfaite métaphore de son attitude envers notre mariage.

J'examine le tout avec soin, sans rien trouver de compromettant. Je m'agenouille et scrute le dessous du banc voisin. Il n'y a rien, hormis quelques bottes, dont une paire – en plastique bleu, ornée d'un motif de Thomas la Locomotive – trop petite pour Zack depuis des années. Derrière, je reconnais la caisse à outils que Will a demandée pour Noël voici deux ans : comme les brochures d'abri de jardin, elle a l'air aussi flambant neuve que le jour où il l'a déballée. Je l'ouvre. Des clous, des vis, scellés dans leurs sachets en plastique ; je sors le marteau et le tournevis, palpe le rouleau de cuivre à côté du mètre. Quelque chose scintille.

L'estomac noué, j'attrape ce qui se cache sous la bobine.

Là, au creux de ma paume, repose la bague disparue de Julia.

11

Assise sur le sol poussiéreux, je fixe le bijou. Il n'y a aucun doute. Julia la portait presque chaque jour. Je connais ces minuscules amas de diamants disposés autour de l'émeraude ovale presque aussi bien que le détail de ma propre bague de fiançailles.

La bague que Joan m'a accusée d'avoir volée. Que diable fait-elle cachée dans la boîte à outils de Will, dans notre garage ? Mon cerveau fonctionne à toute allure, essayant de lier tous les éléments les uns aux autres :

Julia a engagé une hôtesse de Honey Hearts pour piéger Will.

Will a couché avec Catrina, et sans doute avec d'autres.

Will a en sa possession la bague de Julia. Mais comment ? Pourquoi ? L'a-t-il volée ?

Pourquoi aurait-il fait cela ? Quand aurait-il pu le faire ? Je repense au soir où Julia est morte. D'après le rapport d'autopsie, le décès a eu lieu entre vingt-deux heures et minuit, et Julia aurait succombé à une insuffisance respiratoire environ vingt minutes après avoir absorbé le Nembutal. Nous étions chez les Harbury jusqu'à près de dix heures. Will est rentré à la maison avec moi, puis est reparti pour l'aéroport. Je ne sais pas exactement quand il est arrivé là-bas, mais son vol partait juste avant minuit. Aurait-il eu le temps de s'arrêter chez Julia et de glisser une dose fatale de barbituriques dans son bourbon?

C'est ridicule. Inconcevable. Insensé. Pourtant la bague, dure et brillante au creux de ma main, me crie que tout est possible.

Je retourne péniblement à la cuisine et me laisse tomber sur une chaise. Et si Will et Julia avaient une liaison? Et qu'elle ait découvert qu'il la trompait?

Peut-être a-t-il appris qu'elle savait.

Peut-être l'a-t-elle accusé.

Peut-être a-t-elle menacé de me révéler son infidélité.

Will aurait-il pu la tuer pour la réduire au silence?

Aurait-il pu tuer Kara aussi?

Non.

Will est incapable de meurtre. Il est totalement non violent. Jamais il n'a été agressif envers moi ni même donné une fessée aux enfants. Il capture les araignées sous un verre et les lâche sur le rebord extérieur des fenêtres plutôt que de leur faire du mal, bon sang.

Et pourtant, la bague est ici. Qui d'autre aurait pu la cacher dans la boîte à outils de Will? Qui aurait pu la dérober dans l'appartement de Julia? À part moi, seuls Joan et Robbie y avaient accès. Et, à part Will, personne n'entre jamais dans le garage.

Mon téléphone sonne. C'est Damian. Mon «bonjour» est mécanique, mais il ne semble pas s'en

234

apercevoir, et me demande impatiemment ce que Will a dit à propos de Shannon Walker.

Je me reprends un peu. Avant de parler à Damian de quoi que ce soit, il faut que j'en sache davantage à son sujet. Ma méfiance est à son comble de toute façon, et il faut que je sache ce qui se cache derrière son anonymat informatique.

— Je voulais te demander… J'ai googlisé ton nom et je n'ai pas pu trouver une seule référence à propos de toi ni sur les réseaux sociaux, et pas en tant que concepteur graphique non plus. Si tu as un emploi, ça devrait apparaître quelque part.

À l'autre bout du fil, Damian garde le silence pendant de longues secondes.

— Il y a une explication à ça, Livy.

— Je t'écoute.

— C'est compliqué, dit-il lentement. Je préfère te le dire en face. J'admets que c'est étrange. Disons que j'ai mes raisons.

— Je suis désolée, mais si tu veux que je te fasse confiance, j'ai besoin de les connaître. Maintenant.

— Bon.

Un autre silence.

— J'exerce sous le nom de Damian Chambers, admet-il enfin. La société s'appelle Gramercy Conceptions. Tu n'as qu'à vérifier.

— Bon…

Je ne sais pas trop comment réagir. Pourquoi ne m'a-t-il pas parlé de cela plus tôt?

— Julia était au courant?

— Oui. Elle savait tout ce qu'il y a à savoir à mon sujet. Franchement, Livy, je t'expliquerai. Il y a de bonnes raisons, je t'assure.

Sa voix est si sincère que ma colère se dissipe.

— Peut-être que Shannon aussi avait de bonnes raisons de quitter Honey Hearts, dis-je, radoucie.

— Oui, mais j'en doute.

Il ajoute qu'il va essayer de retrouver l'adresse et le numéro de téléphone de Shannon. Tandis qu'il parle, je pense à Will. Il n'y a pas de bonne raison à ses mensonges.

— Un de mes copains, Gaz, va jeter un coup d'œil au fragment de disque dur que nous avons récupéré sur l'ordi de Julia, reprend-il.

— C'est bien, dis-je, songeant toujours à Will. Parfait.

— Livy ? demande soudain Damian, anxieux. Tu as une drôle de voix. Écoute, je te promets de te dire pourquoi j'ai changé de nom quand je te verrai. Il n'y a rien de louche, ça n'a rien à voir avec l'assassin de Julia.

— Ce n'est pas toi.

L'humiliation monte en moi de nouveau, j'ai un goût amer à la bouche.

— Ce n'est rien.

— Allons, objecte-t-il doucement. Quelque chose ne va pas. Qu'est-ce qu'il y a ? Tu as parlé à Will ?

J'hésite.

— C'est difficile…

Je n'achève pas, incapable d'avouer ma honte à voix haute.

— OK, attends, dit-il fermement. J'arrive.

J'essaie, faiblement, de protester, mais Damian refuse de m'écouter. Il raccroche et je reste là, le regard rivé à la table de cuisine, incapable de former une pensée cohérente. Un tas embrouillé d'images et d'idées fuse dans mon crâne. *Catrina avec Will. Julia avec Will. Shannon avec Will.*

C'est trop pour moi.

Je me reprends suffisamment pour faire une recherche sur Damian Chambers et, bien sûr, je le trouve... responsable graphiste chez Gramercy Conceptions, exactement comme il l'a dit. Le temps passe. Je ne sais pas depuis combien de temps je suis assise là. Enfin j'entends la sonnette et je me traîne sans savoir comment jusqu'à la porte. Damian entre sans hésiter.

— Qu'y a-t-il, Livy ? Que s'est-il passé ?

Une sollicitude sincère se lit sur son visage.

Je me détourne. Je ne veux pas admettre tout haut ce que Will a fait, le rendre réel.

Damian m'attire à lui, m'entoure de ses bras et me caresse le dos. Je me soumets à son étreinte, trop engourdie pour être surprise par l'intimité de ce geste.

Puis il se recule et me regarde dans les yeux.

— Parle-moi.

Un sanglot monte dans ma gorge.

— C'est Will.

Je n'avais pas l'intention de tout dire à Damian, mais une fois que j'ai commencé, je ne peux plus m'arrêter. Tout jaillit hors de moi : que Will a repris sa liaison avec Catrina, qu'il l'a nié, que j'ai découvert la bague de Julia – et que je ne sais pas quoi faire des angoisses et des soupçons qui tournoient dans ma tête.

Damian paraît tour à tour choqué et perplexe. Il me réaffirme sa certitude que Julia n'avait pas de liaison avec Will, mais qu'est-ce que ça prouve ?

Il me semble de plus en plus probable que Julia a découvert que Will me trompait avec Catrina et qu'elle a engagé Shannon pour en obtenir la preuve.

Damian acquiesce, l'air songeur.

— Ça expliquerait que Julia ait engagé Shannon. Will s'est probablement aperçu qu'elle enquêtait sur lui, il est allé chez elle pour l'accuser et...

Il hésite.

— Non, dis-je fermement, devinant où il veut en venir. Impossible.

— Allons, Livy, soupire Damian. C'est logique, puisque tu as trouvé cette bague. J'imagine que Will n'avait pas l'intention de la tuer de sang-froid. Qu'il voulait juste lui faire peur, histoire qu'elle se taise.

— Et comme par hasard, il aurait eu une dose de Nembutal dans sa poche ?

— Je ne sais pas.

Damian me dévisage.

— Mais quand on y réfléchit... Will se rend parfois à l'étranger pour affaires, n'est-ce pas ? Tu disais qu'il est allé à Genève le soir où Julia est morte.

— Oui, mais...

— Eh bien, il est possible que la liaison dure depuis plus longtemps que tu le penses. Et que Will se soit procuré les barbituriques pendant un précédent voyage. Après la mort de Julia, je me suis renseigné. Ce n'est pas tellement difficile d'en trouver en ligne ou à l'étranger.

— Non. Tu tiens désespérément à croire que Julia ne s'est pas suicidée, voilà tout. Tu déformes les faits pour qu'ils confirment cette théorie parce que tu te sens coupable et...

— Je ne déforme rien du tout, rétorque Damian en élevant la voix. C'est toi qui as vu le nom de Will dans le dossier. Toi qui as trouvé la bague de Julia dans sa boîte à outils.

Nous nous foudroyons du regard. Je me souviens que j'ignore presque tout de lui, qu'il m'a caché toutes sortes de choses.

— Pourquoi as-tu changé de nom ? Tu as promis de me le dire de vive voix.

Damian contemple la bouteille de vin à moitié pleine, rebouchée, sur le plan de travail.

— Je ne pourrais pas faire ça, commente-t-il.

— Faire quoi ?

— Laisser une bouteille entamée.

Il prend une profonde inspiration.

— Je suis alcoolique. Il y a cinq ans et trois mois que je n'ai pas bu.

Je le fixe. La honte et la fierté brillent à parts égales dans ses yeux.

— Alors… Alors… Burton, explique-t-il. J'ai commencé à me faire appeler comme ça quand j'étais en cure de désintoxication, d'après Richard Burton, tu sais, l'acteur ?

Je hoche la tête.

— C'était une blague. Je gardais quand même mon vrai nom au boulot, pour les impôts et tous ces trucs-là. Mon psy affirme que c'était une manière de mettre une certaine distance entre moi et les autres. Je ne sais pas. Je m'en servais quand je rencontrais des gens que je ne connaissais pas.

— Tu t'en es servi avec Julia aussi ?

— Et comment ! J'étais tellement nerveux quand je l'ai rencontrée… mais je lui ai tout avoué au bout de

239

deux rendez-vous. Écoute, je suis désolé de ne pas te l'avoir dit dès le début, mais je savais que, si elle avait parlé de moi, c'était sous le nom de Damian Burton, DB – Démon blond, tu te souviens ? Et je n'avais pas envie de raconter cette histoire en plus du reste, bordel !

— Je vois.

Je l'observe avec attention. Son explication paraît plausible, mais comment être absolument certaine qu'il me dit la vérité ? Et s'il ment à ce propos, il ment peut-être sur d'autres choses.

Nous continuons à parler, notre conversation tourne en rond. La scène semble irréelle.

— La seule chose qui ne colle pas dans tout ça, c'est que Julia pensait avoir identifié l'assassin de Kara, murmure enfin Damian. Soit il n'y a aucun lien entre les deux, soit…

Il se tait, mais j'entends la pensée qu'il se retient de formuler : *soit Julia croyait Will coupable et espérait se servir de Shannon pour lui soutirer des aveux.*

Un frisson me parcourt. Damian se lève et va remplir la bouilloire.

— Je suis tellement désolé pour tout ça, Livy, me dit-il avec un sourire empreint de tristesse.

Je bois à petites gorgées le thé qu'il prépare – légèrement infusé, avec un soupçon de lait, comme je l'aime – et nous restons silencieux, chacun perdu dans ses pensées. Au bout d'un moment, je me résous à franchir le pas suivant, le seul possible.

— Je parlerai à Will dès qu'il rentrera.

Je vérifie l'heure. Deux heures et demie passées. J'ai du mal à croire qu'une bonne partie de la journée s'est écoulée.

—Dans ce cas, je reste, dit Damian fermement. Tu ne sais pas comment il va réagir quand tu vas lui révéler que tu as découvert la bague.

Je ravale ma salive au souvenir de la raison qui m'a poussée à entrer dans le garage.

—Le problème, c'est que tout est lié au fait qu'il a recommencé avec Catrina et que je ne peux pas lui dire que Martha me l'a rapporté. Elle aurait des ennuis avec son propre mari.

—Il avouera sans doute la liaison, commente Damian en se rasseyant. La plupart des gens ne demandent qu'à soulager leur conscience. Comme moi, la seule fois où j'ai trompé quelqu'un. Ma copine à la fac. Elle a appris par un ami que j'avais passé une nuit avec une autre. Ç'a été une délivrance de l'admettre.

Je suis sceptique. Je vois mal Will avouer ou se sentir le moins du monde délivré. Il va sans doute tout nier en bloc, au contraire. D'ailleurs, en dépit de la bague, du formulaire, et du témoignage de Martha, je n'ai aucune preuve concrète que Will ait eu un lien secret avec Julia, ou qu'il ait repris sa liaison avec Catrina.

—Qu'est-ce qu'elle a fait, ta copine ?

—Elle m'a plaqué, soupire-t-il.

Nous parlons encore un peu. J'ai beau lui dire qu'il n'a pas besoin de rester, il insiste. C'est gentil de sa part de vouloir s'assurer que je ne risque rien, mais plus le temps passe, plus j'ai du mal à soutenir la conversation.

En proie au désarroi le plus complet, je suis sincèrement stupéfaite de voir Zack sortir de l'école avec un tas de dessins sous le bras. Il m'explique avec un grand sourire qu'il a le droit d'emporter tous ses chefs-d'œuvre à la maison puisque les grandes vacances commencent demain.

Mon cœur se serre soudain. J'aime trop mes enfants pour désirer qu'ils assistent aux premières loges à l'effondrement du mariage de leurs parents. Hannah rentre, boudeuse comme à l'habitude, et file droit dans sa chambre après m'avoir saluée du bout des lèvres. Au moins a-t-elle adressé un sourire agréable à Damian, que j'ai présenté comme un ami de Julia.

Une heure plus tard environ, je monte au premier, laissant Damian en bas. Les nerfs à vif, au bord des larmes, je regarde le lit où Zack a été conçu, le jean de Will qui traîne sur la moquette, nos photos de mariage sur le rebord de la fenêtre. Mon téléphone sonne. Encore Robbie. J'ignore l'appel. Cette fois, il laisse un message sur ma boîte vocale – une requête plaintive pour « qu'on bavarde » quand j'aurai un moment. Il pourrait difficilement tomber plus mal. De nouvelles larmes débordent de mes yeux.

Un instant plus tard, des voix s'élèvent au rez-de-chaussée.

— Pardon, mais qui êtes-vous ? Où est Livy ?

Will est rentré plus tôt que d'habitude. Sa voix semble lasse, irritée – et méfiante.

Damian lui répond depuis le salon. Je n'entends pas ce qu'il dit. Un bruit de pas dans l'escalier. L'instant d'après, Will apparaît sur le seuil, les sourcils froncés.

— Qu'est-ce qui se passe ?

Damian l'a suivi, Zack aussi. Les deux hommes se fixent. Ou plutôt s'affrontent du regard. L'expression de Damian est ouvertement hostile.

— Will, je te présente Damian, l'ami de Julia, dis-je en hâte. Damian, mon mari, Will. Pourrais-tu attendre en bas avec Zack, s'il te plaît ?

Damian bat en retraite, ramenant un Zack bougon au rez-de-chaussée.

— Qu'est-ce qui se passe ? répète Will. Qu'est-ce que ce type fabrique ici ? Je veux prendre une douche et…

— Je suis au courant pour Catrina.

Les mots sortent de ma bouche sans crier gare.

— C'est pour ça que tu veux prendre une douche ?

— Quoi ?

Will me fixe. Ses traits se durcissent.

— Bon sang, Liv, de quoi parles-tu ?

Je me lève et traverse la pièce pour m'approcher de la fenêtre. Le ciel est orageux, couvert, assombrissant anormalement la pièce en ce début de soirée.

— Il faut qu'on parle.

— Sans blague, bordel, rétorque-t-il d'un ton cassant.

Il s'assied sur le lit.

— Tu vas m'expliquer ce qu'il y a, oui ?

Je m'avance vers lui, la bague de Julia brûlante dans ma paume moite. J'ouvre le poing et la lui montre.

— J'ai trouvé ça dans le garage.

Will me dévisage comme si j'étais devenue folle.

— Qu'est-ce que c'est ?

— La bague de Julia, dis-je, mes yeux rivés aux siens. Je t'en ai déjà parlé. Sa mère croit que je l'ai volée.

— Qu'est-ce qu'elle fait chez nous ?

Il a l'air sincèrement abasourdi. Une seconde, je faiblis, puis je me souviens du formulaire de l'agence à son nom – et de l'expression torturée de Martha quand elle m'a parlé de Catrina. Je prends une profonde inspiration.

— J'espérais que tu allais me le dire.

— Moi ?

Il se redresse, d'abord perplexe, puis horrifié.

— Tu penses que c'est moi qui l'ai prise ?

Je m'assieds à côté de lui et dépose la bague sur le lit entre nous.

— Je ne sais pas quoi penser. D'abord, je découvre que Julia a engagé une hôtesse pour essayer de te séduire.

— Tu remets ça ?

— Deuxièmement, je trouve la bague disparue de Julia dans notre garage, que tu es le seul à utiliser.

Will croise les bras, indigné, sur la défensive.

— Et troisièmement…

Ma voix se brise.

— Troisièmement, j'ai appris de source sûre que Catrina et toi étiez… ensemble pendant ce voyage à Genève.

— Tu as appris ça ? Et comment ? Qu'est-ce que tu racontes ? Comment peux-tu avoir appris quelque chose qui n'a jamais eu lieu ?

— Je ne peux pas te le dire, mais peu importe.

Mon cœur cogne douloureusement contre mes côtes.

—Tu le nies, alors ?

—Je ne m'abaisserai pas à répondre à cette question.

Il étrécit les yeux.

—Rien de tout ça n'a aucun sens, Livy. Aucun. Sens. On dirait que tu veux forcer les pointillés à se rejoindre mais ils ne forment pas d'image.

Il marque une pause.

—Tu es parano. Comme lorsque tu couvais Hannah quand elle était petite. Tu fais une fixation et ça te rend complètement irrationnelle.

Quoi ? Il plaisante ? Je recule, indignée.

—Ne nie pas pour Catrina. Tu l'as fait la dernière fois et…

—Je n'ai pas couché avec elle, bordel !

Il a élevé la voix. Crié. Je le fixe, tremblant comme une feuille.

—Je ne te crois pas.

Une seconde s'écoule alors que nous nous faisons face.

—Bien.

Will prend la bague.

—Tu es sûre que ce n'est pas toi qui l'as volée, comme le prétend Joan ? demande-t-il méchamment.

—Bien sûr que n…

—Si cette bague est celle de Julia, elle appartient à sa mère à présent.

Il se dirige vers la porte d'un pas rapide.

—Je la ferai envoyer par coursier à Robbie depuis le bureau demain.

—Will, je t'en prie…

D'un geste, il m'impose silence.

—Je ne peux pas gérer ça, Livy. Le boulot est stressant. Je n'ai pas besoin de ces conneries quand je rentre à la maison. Je comprends que tu aies de la peine pour Julia, mais là, c'en est trop. M'accuser d'avoir couché avec Catrina et... volé ça. Dans cinq minutes, tu m'accuseras d'avoir tué Julia.

Il remarque mon expression et écarquille les yeux.

—Oh! Bon Dieu, lâche-t-il, écœuré. Je n'y crois pas.

Il fait un pas hors de la pièce.

—Je vais à l'hôtel. Ça te donnera le temps de réfléchir à ce que tu fais.

Il agite le pouce vers l'escalier.

—Et de te demander pourquoi ce connard est là.

—Bien.

Mes paroles fusent dans un sifflement, pleines de haine et de colère.

—Peut-être que toi aussi tu prendras le temps de réfléchir à tout ce que tu as détruit pour une minable séance de baise.

Will dévale les marches, furieux. Je me rue à sa suite et aperçois Hannah, bouche bée à la porte de sa chambre.

Zack a disparu. En revanche, Damian s'est posté dans le couloir, les poings serrés.

—Il est hors de question qu'il reste ici, Liv, lance Will sèchement.

Damian se redresse. En un éclair, je comprends qu'en ce qui le concerne, tout désigne Will comme l'assassin de Julia.

—Ça ira, dis-je en hâte. Tu peux partir en même temps que Will.

Déjà Will ressort de la cuisine à grands pas et traverse l'entrée, sa veste et son attaché-case à la main.

—Papa?

C'est la voix tremblante d'Hannah, venant du premier étage.

Will et moi levons les yeux en même temps.

—Tout va bien, Hanabana. Il faut juste que je m'absente pour le travail.

Zack surgit de nulle part et se jette aux genoux de Will qui le soulève et le serre contre lui, les yeux encore sur Hannah. Elle hoche la tête, mais il est évident qu'elle fait seulement semblant de le croire. Un profond sentiment de honte m'envahit.

Will repose Zack, dit au revoir, puis toise Damian, qui m'interroge du regard.

—Ça va. Tu peux rentrer chez toi.

Il emboîte le pas à Will et tous deux sortent de la maison qui devient soudain silencieuse. Zack s'éloigne, retourne dans le salon. Il est habitué aux départs imprévus de son père, et soit il n'a pas perçu la tension, soit il ne sait pas comment l'interpréter. Je me tourne vers Hannah. Elle me regarde avec dégoût.

J'ouvre la bouche pour me défendre, pour lui dire la vérité sur son précieux père, mais je la referme aussitôt. Elle n'a que douze ans. Ce ne serait pas juste.

—Papa reviendra bientôt, dis-je d'un ton rassurant, bien que je ne sache pas si c'est vrai.

Ni même si je veux qu'il revienne.

Hannah me fixe une seconde avant de regagner sa chambre, claquant la porte derrière elle. J'entre dans la cuisine et commence distraitement à préparer le repas. En plongeant les pâtes dans l'eau bouillante, je décide d'emmener les enfants chez ma mère quelques jours. Ça nous donnera à tous un peu de répit – et je pourrai faire le point sur mon mariage.

Damian m'envoie un texto pour vérifier que je vais bien. On dirait qu'il croit vraiment que Will aurait pu faire demi-tour et revenir me tuer. Je le rassure, les dents serrées, en disant que mon mari est peut-être un menteur et un salaud, mais pas un assassin.

Damian se contente de m'envoyer un nouveau texto expliquant qu'il essaie toujours de retrouver la trace de Shannon et qu'il me tiendra au courant.

Ça ne suffit pas. J'ai besoin de réponses tout de suite. Où est Shannon ? Que lui est-il arrivé ? Le tueur de Julia est-il à sa recherche ? Je me dis que j'exagère, qu'il pourrait y avoir un million d'explications à son départ de l'agence. Et pourtant, je ne peux m'empêcher de m'inquiéter. Dès le repas des enfants terminé, je me connecte sur Internet et cherche des avis de personnes disparues, des morts mystérieuses.

C'est une tâche déprimante – une triste litanie de fugues et de vies gâchées. Je ne trouve que deux décès inexpliqués datant de la semaine passée. Une fille a été poignardée à Bristol voici quelques jours, mais elle était plus jeune que Shannon ; la seconde, qui a succombé après être tombée de son balcon, avait près de quarante ans. Il ne peut s'agir de Shannon.

Histoire de me changer les idées, j'appelle ma mère. Elle est complètement rétablie et ravie à la perspective d'avoir les enfants pour un long week-end. Je promets de les emmener dès qu'Hannah sortira du collège jeudi. Zack est aux anges. Il adore la maison de ma mère, avec son grand jardin, son énorme télé et sa réserve inépuisable de petits gâteaux au chocolat. Hannah fulmine, comme prévu, mais à mon grand soulagement, elle ne fait pas allusion à la querelle qu'elle a entendue tout à l'heure ; j'espère qu'elle n'a pas saisi les détails.

— Mais le dernier jour, je sors avec mes copines après les cours, se plaint-elle. C'est une tradition.

— Comment est-ce que ça peut être une tradition ? C'est ta première année au collège !

— Génial.

Hannah file dans le coin et s'assied, la mine boudeuse.

Je réprime l'envie de lui dire que l'idée de passer quelques jours en sa compagnie ne me remplit pas exactement de joie non plus. Je sais que c'est moi l'adulte dans cette relation, qu'Hannah est prodigieusement douée pour m'agacer et la situation ne fera qu'empirer si je réagis.

Le lendemain passe dans une solitude affligeante. Martha me téléphone de vacances pour vérifier que ça va. Damian aussi. Will appelle les enfants. J'essaie de lui parler, mais il pique une colère quand je lui demande s'il voit toujours Catrina.

Pourquoi refuse-t-il de l'admettre ? Il doit bien savoir que la vérité finira par éclater, comme la dernière fois.

En fin de compte, je téléphone à Paul. Il partage un bureau avec Will, et a sans doute senti que sa liaison avec Catrina avait recommencé. Il est même

249

possible que Leo – ou Will lui-même – le lui ait dit. Cependant, je ne peux pas me résoudre à lui demander directement ce qu'il sait, et me contente de marmonner une vague question plus ou moins cohérente quant à savoir si Will lui a paru « changé » récemment.

Paul a trop de tact pour exiger des précisions.

— Il est un peu stressé par le boulot, admet-il, songeur. Maintenant que tu en parles, je suppose qu'il a l'air préoccupé depuis quelque temps, depuis ce voyage à Genève.

Il marque une pause.

— Livy, vous avez des problèmes, tous les deux ? Je peux faire quelque chose ?

Par conséquent, ni Will ni Leo ne lui ont rien dit. Cela ne me surprend pas vraiment, mais je ne suis guère rassurée d'apprendre que Will est « préoccupé » depuis le voyage où il a revu Catrina. Trop humiliée pour avouer la vérité, je prétends que tout va bien et je raccroche. Je passe le reste de la soirée vautrée sur le canapé, à essayer d'engourdir la douleur avec un cocktail de vin rouge et d'émissions idiotes.

Le jeudi matin, contrastant avec ma morosité, le jour se lève, clair et ensoleillé. Zack, en vacances depuis hier, est déjà debout, tout excité à la perspective d'accompagner Hannah à l'école en pyjama. De retour à la maison, je prépare un sac pour nous trois. Nous n'avons pas besoin de grand-chose. Je garde quelques affaires dans l'armoire de la chambre d'amis de ma mère, et Hannah a déjà soigneusement rangé dans une valise séparée les tenues qu'elle a choisies.

Zack et moi confectionnons des cookies pour le week-end, puis nous allons chercher Hannah et partons pour Bath. La circulation est épouvantable et il nous faut plus de deux heures pour y arriver. Après avoir dîné à la table de cuisine, nous passons la soirée à regarder la télé. Ma mère, qui sent bien que quelque chose ne va pas, s'abstient de poser des questions et je ne lui offre aucune information.

Je lui parlais beaucoup autrefois, avant la mort de Kara. On se disputait, mais on échangeait aussi nos sentiments, nos inquiétudes. Maintenant, toutes nos conversations sont superficielles. Je lui parle à l'occasion de problèmes avec les enfants – comme cette histoire de lingerie en faux léopard d'Hannah – en revanche, je n'évoque jamais rien de personnel… encore moins ma relation avec Will.

Une fois les enfants couchés, je me réinstalle sur le canapé et regarde ma mère qui s'assoupit dans son fauteuil. Quand avons-nous cessé de nous faire des confidences ? Après la mort de mon père ? Peut-être avons-nous senti que trop d'intimité était dangereux pour notre relation, qu'il fallait à tout prix éviter une dispute entre nous. Je ne sais pas. Je n'arrive pas vraiment à comprendre. Peut-être que je ne veux pas. J'aime que les choses soient faciles et stables avec elle. Malgré les souvenirs que renferme cette maison, je trouve toujours réconfortant de revenir ici. Ma mère n'a rien changé au décor depuis notre enfance, pas même sa porcelaine à motifs de branches de saule. Les coussins des canapés mous datent des années quatre-vingt : elle les a confectionnés d'après des patrons trouvés dans *Good Housekeeping*.

Will appelle vers huit heures pour parler aux enfants. Je prends le téléphone pour la forme, mais il est froid et distant.

— Tu as des projets pour ce soir ? demandé-je d'un ton léger.

— Comme d'hab, rétorque-t-il. Je vais me saouler et voir des filles.

Et c'est tout.

Damian m'appelle de bonne heure le lendemain matin.

— Je crois que j'ai retrouvé Shannon, ajoute-t-il. J'ai demandé à une copine d'appeler la réception-niste à Honey Hearts en se faisant passer pour une copine de Shannon qui a perdu le contact avec elle. La fille lui a donné son numéro de portable et son adresse. Le portable ne marche plus, mais au moins on sait où elle habite.

— Où est-ce ?

— À Torquay, pas très loin du Aces High. J'y vais ce matin.

Il ne me faut qu'un instant pour accepter de l'accompagner. Je laisse un mot pour ma mère – toute la maisonnée dort encore – disant que je viens de me rappeler que j'ai rendez-vous chez le dentiste et que je serai de retour en fin d'après-midi. C'est une excuse pitoyable, mais le temps me manque pour en trouver une autre.

En partant, je suis la route que Kara et moi empruntions pour aller à l'école. Je ressens la pointe familière de remords au souvenir des efforts que je faisais pour me débarrasser de ma rêveuse petite sœur, trop âgée pour être mignonne et trop jeune pour être cool – du moins, aux yeux des camarades que je voulais impressionner.

Je regagne Exeter à toute allure, mettant presque une demi-heure de moins qu'hier à faire le trajet. Arrivée à la maison, je me gare et repère aussitôt Damian debout à côté d'une décapotable bleu ardoise le long du trottoir. C'est une Mercedes de collection – qui date de la fin des années quatre-vingt, je dirais – au coffre large et carré. Le soleil se reflète sur la carrosserie et Damian, adossé à la portière en jean et chemise noire, ressemble à s'y méprendre à un mannequin avec ses lunettes Aviator. Malgré moi, mon regard s'attarde sur sa silhouette séduisante, les mèches blondes qui tombent sur son front tandis qu'il tire une cigarette de son paquet. Plusieurs femmes l'observent à la dérobée en passant. Occupé à allumer sa cigarette, il ne les remarque pas plus qu'il ne me voit arriver.

— Belle voiture.

Il lève la tête. Le sourire qui éclaire son visage le rend encore plus attirant. Sans crier gare, mon corps réagit. Je rougis, choquée par le désir soudain qui me traverse. Qu'est-ce qui me prend, bon sang ?

— Oui, dit-il avec une moue. Mais c'est de l'entretien.

Il m'ouvre la portière et je me glisse à l'intérieur, troublée. Pour me ressaisir, je contemple l'habitacle, avec ses sièges en cuir, son tableau de bord en noyer étincelant. Je n'ai jamais roulé dans une voiture pareille. Depuis que Will a renoncé à sa dernière moto, il n'a acheté que des véhicules modernes, raisonnables, des Ford ou des Toyota. Je boucle la ceinture et me tourne vers Damian.

— Où allons-nous au juste ?

— Au centre de Torquay.

Il cale ses lunettes de soleil sur son crâne et démarre. L'automobile – et Damian au volant, évidemment – attire des regards admiratifs.

— Je parie que Julia adorait ça, dis-je, songeuse.

— Quoi ? Ma voiture ?

Damian m'offre un sourire mélancolique.

— Oui. Elle aimait les belles choses.

Toi y compris. Je ne prononce pas ces mots-là, mais je ne peux pas m'empêcher de les penser.

La journée est chaude et, après mon long trajet sur l'autoroute, je prends plaisir à rouler dans une décapotable, et à sentir le vent dans mes cheveux. À Torquay, Damian s'arrête devant un immeuble modeste près du front de mer. En brique, de construction récente, il ne se distingue des autres que par ses balcons peints en vert.

— L'appartement est au premier, m'informe Damian en jetant un coup d'œil vers moi. Prête ?

J'acquiesce, bien qu'en réalité je n'en mène pas large ; dans une minute, je saurai peut-être pourquoi Julia a envoyé Shannon piéger Will.

Anxieuse, je suis Damian dans l'escalier. Une fois devant la porte de Shannon, il appuie sur la sonnette. Nous attendons, dans un silence que seul vient troubler le bruit de la circulation. Pas de réponse.

— On dirait qu'elle n'est pas là.

Damian hésite un instant, puis sort de sa poche une longue épingle en laiton à bout plat et l'introduit dans la serrure.

— Tu vas entrer par effraction ?

— Comment faire autrement ?

Il prend une paire de gants en latex dans sa poche et les enfile. Il me tend une autre paire en haussant les sourcils.

— Tu veux que j'arrête ?

C'est mon tour d'hésiter, une seconde seulement. Après tout, il a pu arriver n'importe quoi à Shannon. Et j'ai besoin de réponses.

— Non.

J'accepte les gants et recule pour lui faire de la place.

Damian ferme les yeux, guidant l'épingle d'un côté et de l'autre. Où diable a-t-il appris à crocheter une serrure ? Il a beau m'avoir confessé son passé d'alcoolique, il est clair qu'il ne m'a pas tout dit. Sa remarque à propos de la police qui ne l'aurait pas cru me revient en tête.

Un bruit au rez-de-chaussée, au-dessous de nous, chasse cette pensée. J'avance sur la pointe des pieds et scrute la cage d'escalier, le cœur battant. Un jeune couple s'apprête à monter. Je me précipite vers Damian. La sueur perle sur son front.

— J'y suis presque, souffle-t-il.

— Dépêche-toi.

Au moment où je parle, la serrure cède et la porte s'ouvre avec un bruit sec.

Avec un sourire triomphant, Damian pousse la poignée, révélant une entrée étroite, aux murs beiges.

— Viens.

Il entre.

Je prends soudain conscience de la portée de ce que nous sommes en train de faire. Je tergiverse, incapable de franchir le seuil, quand j'entends les rires du jeune couple, leurs pas qui s'approchent du palier. Mon cœur bondit dans ma poitrine ; il ne faut pas qu'ils me surprennent là, devant la porte ouverte.

Et donc la peur d'être surprise l'emporte sur celle d'enfreindre la loi et, mes gants en latex encore à la main, je pénètre dans l'appartement de Shannon.

Annalise

« Dieu m'a fait don de la vitesse. Et quand je cours, je sens Son plaisir. »
Eric Liddell

Ah ! Annalise. Une femme à part. Pas en elle-même, évidemment. Contrairement à Kara, elle ne possédait ni beauté ni innocence. En revanche, Annalise occupe une place à part au sens où elle a représenté pour moi un défi particulier. Elle m'a mis sur la voie que je continue à suivre, qui m'emporte vers ce que je suis destiné à être.

Après mon aventure avec Hayley, j'ai eu une série de liaisons. Le plus clair de mon temps était consacré à les tenir secrètes. Ma femme n'est pas une sotte et je veillais à lui accorder de l'attention. En dépit de ce que vous pensez peut-être, j'aime les femmes. J'aime les contempler, les toucher.

Surtout, j'aime les voir se rendre. Mais ça, c'est une autre histoire.

Revenons donc à Annalise. J'ai cru un temps qu'elle serait peut-être le vrai « grand défi » que j'attendais depuis Kara. Indéniablement intelligente, titulaire d'une licence de l'université d'Oxford, elle occupait un poste haut placé. Cependant, sa virtuosité intellectuelle et son talent de

femme d'affaires dissimulaient une insécurité patholo-
gique dont je n'aurais jamais soupçonné l'ampleur lors
de notre première rencontre, au cours d'une réunion qui
se déroulait à son cabinet. Annalise envisageait d'avoir
recours à nos services. Je m'ennuyais ferme, comme
souvent au travail, mais sa réaction enthousiaste à ma
présentation avait brusquement attiré mon attention.
Elle s'exprimait avec aisance, logique, et pertinence, et,
en la voyant rejeter sa crinière lisse et blonde en arrière
au moment de conclure, j'avais éprouvé un pincement
familier au creux du ventre... un picotement dans les
doigts. Certes, l'entreprise était délicieusement risquée.
Nos rapports professionnels établissaient entre nous
un lien que je ne pourrais pas dissimuler, encore moins
nier. Néanmoins, cette pensée ne faisait qu'accroître mon
excitation. Après la réunion, j'avais parlé brièvement à
Annalise, lui faisant part de ma gratitude pour son soutien
et mon admiration pour son discours. Comme je m'y
attendais, Annalise, loin de succomber à mes flatteries,
s'était contentée de hocher la tête et de s'éloigner.

Mon intérêt étant éveillé pour de bon, je me renseignai
et appris, par une série de questions discrètes, qu'Annalise
était connue pour refuser les attentions masculines. Tant
mieux, décidai-je. Il était assez facile de la contacter par
mail... il y avait là aussi le risque de laisser une piste,
mais, après Hayley, j'avais une suprême confiance en ma
capacité à résoudre n'importe quel problème. Mes trois
premiers messages – charmants, spirituels, rédigés d'un
ton léger – me valurent des réponses polies mais néanmoins
négatives. Par conséquent, je redoublai d'efforts. Je savais
où Annalise travaillait, bien sûr, si bien qu'un jour j'allai
l'attendre devant son bureau. Je prétendis avec gêne être
là pour des raisons professionnelles, et me déclarai ravi de

l'avoir rencontrée. Naturellement, Annalise me lança un regard sceptique, ce que j'avais escompté, et j'avouai que, en réalité, (et ç'a été un coup de génie de ma part) je faisais la cour à une de ses collègues, une jeune écervelée qui était l'assistante du directeur. C'était, bien sûr, une tactique à haut risque, mais j'étais sûr que c'était la bonne avec une femme comme elle. Tant qu'elle me jugeait facile à séduire, je n'avais aucune valeur à ses yeux. En revanche, si elle me croyait indifférent, j'étais sûr qu'elle changerait de point de vue. Et j'avais raison. « L'espoir, s'épanouissant dans mon cœur », je fus récompensé tout d'abord par son intérêt, puis son adoration.

Je suis néanmoins resté prudent, veillant à ce qu'aucun de mes collègues ne soit au courant de notre liaison. Même une fois certain qu'elle avait mordu à l'hameçon, je ne me suis pas précipité pour ramener ma prise. Enfin, deux mois après notre rencontre, au bout de notre troisième rendez-vous, nous avons fait l'amour pour la première fois.

Ensuite, tout a changé. Au cours des trois mois suivants, Annalise a peu à peu perdu la passion dont elle avait fait preuve ce jour-là et s'est montrée sous son vrai jour, celui d'une insupportable pipelette. Elle n'arrêtait pas de parler, de ce qu'elle ressentait, de ce que je ressentais, de ce que nous pensions l'un et l'autre, de ce que nous avions fait et devrions faire. Il m'a fallu recourir à toute ma discipline pour ne pas la tuer plus tôt.

La dernière goutte d'eau, ç'a été sa menace de révéler notre liaison à ma femme – d'après elle, nous étions faits l'un pour l'autre. Son assurance de façade a fondu, révélant une chiffe au teint blême et aux yeux larmoyants. Beurk.

Évidemment, je ne pouvais pas la tuer tout de suite, si tentant que cela fût. Il m'a fallu patienter trois semaines après notre rupture pour faire le ménage et m'assurer qu'il ne restait aucune trace de nos contacts. Ç'a été un moment excitant parce que je courais le risque qu'elle me dénonce à ma femme ou à quelqu'un d'autre. Elle connaissait – de près ou de loin – une foule de gens que je connaissais aussi. Mon seul atout, c'était la certitude qu'elle se sentirait humiliée si notre liaison était rendue publique. J'ai mis deux semaines à planifier notre ultime rendez-vous, mon heure de gloire. J'avais tout prévu : depuis mon alibi jusqu'à la manière dont je me suis débrouillé pour éviter ou effacer tout enregistrement de notre dernière rencontre, que ce soit sur téléphone portable ou caméra de vidéosurveillance.

J'ai employé de l'acide. Une méthode toute nouvelle, qui, si j'ose dire, a été extrêmement satisfaisante. Après avoir tout nettoyé, j'ai quitté son appartement en emportant une broche minuscule en guise de souvenir. Je savais qu'on m'interrogerait : les policiers ont découvert notre relation d'après les relevés des communications téléphoniques d'Annalise et les dépositions de témoins. Cependant, mon alibi était solide : j'ai pu les persuader que nos rapports n'avaient pas dépassé le stade de l'amitié et que, d'ailleurs, nous n'avions eu aucun contact au cours du mois précédant sa mort. On m'a rapidement éliminé de la liste des suspects, mais jamais je n'ai été si proche d'être démasqué. Malgré tout, j'étais sûr de moi. Et j'ai réussi.

Comme j'ai toujours réussi.

Et je réussirai toujours.

12

L'appartement de Shannon est très différent de ce
à quoi je m'attendais. Compte tenu de notre brève
rencontre au Aces High et des préjugés que j'ai
envers Torquay, je lui prêtais des goûts douteux, et
j'ai honte d'avoir été aussi snob. Le logement est
petit mais superbe. Les meubles, sobres et élégants,
ne viennent pas de grands magasins : ce sont des
pièces uniques, coûteuses – du moins, je le suppose.
Damian qui, à l'évidence, s'y connaît plus que moi
en la matière, parcourt le salon bouche bée.

—Oh, mon Dieu, un canapé Flap Diamond,
s'écrie-t-il d'un ton étouffé. Et un fauteuil Eames.

Debout au milieu de la pièce, je bataille pour
enfiler les gants en latex. Damian a mis les siens
d'un geste sec en deux secondes. Il n'y a sûrement
qu'un médecin ou un cambrioleur pour faire ça si
facilement ? Les sourcils froncés, je me dirige vers
une bibliothèque aux étagères agrémentées de
quelques ornements en verre très simples.

—Comment peut-elle s'offrir tout ça ?

—Elle avait peut-être une autre activité, répond
Damian en se penchant sur la table du salon.

—Ou un papa gâteau.

À l'intérieur du premier placard, je découvre une série de vases et une pile bien nette de magazines *Vogue* et *Harpers & Queen*. Je vérifie le second, quasi vide, puis sors sur le balcon, qui donne sur les jardins de l'immeuble. Un petit coin de mer bleue scintille au loin, au-dessus des toits.

— Continuons nos recherches, suggère Damian.

Nous passons les lieux au crible. Il n'y a pas grand-chose. La cuisine ne révèle qu'une collection impressionnante d'appareils électroménagers haut de gamme, dont la plupart n'ont apparemment jamais servi, et un stock d'épicerie fine, style champignons wasabi et ocras aux condiments. Dans le frigo, un morceau de parmesan et trois bouteilles de vodka aromatisée. Damian inspecte à toute allure le tiroir à couverts, farfouille parmi fourchettes et couteaux en faisant très peu de bruit.

— Tu es entré ici comme un pro, dis-je en jetant un coup d'œil dans un placard plein de verres.

Il hausse les épaules, referme le tiroir.

— Comment se fait-il que tu saches crocheter une serrure ? Je veux dire, où est-ce que tu as appris à faire ça ?

— À la fac, répond-il, sans chercher mon regard.

— Mais…

— Livy, ce n'est pas le moment… on ne devrait pas s'attarder ici plus longtemps que nécessaire.

— D'accord, dis-je à regret.

Une partie de moi voudrait insister, mais il a raison. Plus vite nous sortirons d'ici, mieux cela vaudra.

Nous entrons dans la chambre de Shannon, où Damian examine sa garde-robe, laissant courir ses doigts gantés sur la longue série de cintres.

— Elle a de tout, observe-t-il avec admiration. Prada, Westwood, Versace…

Trois longues rangées de chaussures sont alignées en bas de l'énorme penderie. Je repère au moins cinq paires d'escarpins qui ont les semelles écarlates des Louboutin, reconnaissables au premier coup d'œil.

— Ouah. Il doit y en avoir pour des milliers de livres.

— Peut-être qu'elle faisait chanter quelqu'un ? Qu'elle essayait de soutirer du fric à ton mari ?

Je le fixe. Il a les yeux brillants, les joues un peu rouges.

— Non.

Ça m'énerve qu'il persiste à penser que Will est l'assassin et qu'il s'acharne à tout faire cadrer avec sa théorie. Après tout, que pense-t-il de moi qui ai choisi Will pour mari ?

— De toute façon, Will et moi… nous n'avons pas autant d'argent.

— Bon, dit-il, l'air déconfit.

Je me mords la lèvre, me rappelant que l'obstination de Damian est entretenue par son besoin de découvrir qui a tué Julia.

Qui est en soi une conséquence du chagrin qu'il éprouve.

— Peut-être que Shannon a le sens des affaires, voilà tout. Qui sait, elle est peut-être une trader ? Viens, cherchons un ordinateur portable ou un téléphone, quelque chose qui puisse indiquer où elle se trouve.

— On dirait que personne n'est venu ici depuis plusieurs jours, murmure Damian en fouillant la table de chevet, vide à part quelques vieux numéros de *Heat*.

Je songe à l'appartement de Julia qui, même après que Joan avait retiré les pièces de valeur, regorgeait d'objets personnels.

— Ou qu'elle n'a jamais vécu ici.

Damian repousse le dessus-de-lit en tissu satiné. Les draps sont froissés. Il enfouit le visage dans un des oreillers.

— Ça sent le parfum, constate-t-il en levant les yeux. Je crois qu'elle vivait ici.

— Dans ce cas, où est-elle allée?

Je baisse les yeux sur la coiffeuse. Quelques lotions pour le corps à moitié vides côtoient des bougies et une série de flacons de parfum. Il y a aussi une espèce de coffret à bijoux, qui ne contient qu'une seule boucle d'oreille créole.

J'ouvre le tiroir du haut: deux tubes de crème pour les mains, un jeu de tarots, un briquet et quelques pièces de monnaie. Tout au fond, un paquet de bougies. Damian tient une chemise de nuit en soie à la main. Longue, noire et faite pour quelqu'un de beaucoup plus mince que moi. En dépit de la dentelle qui recouvre la poitrine et de la finesse des bretelles, elle est plus sexy que vulgaire.

— Superbe.

— Stella McCartney, commente-t-il respectueusement.

Il remet la chemise entre les draps et entreprend de refaire le lit.

— Tu es bien élevé, dis-je en souriant.

— J'ai une mère redoutable et deux sœurs aînées, répond-il en me rendant mon sourire.

Je m'approche de la fenêtre, qui donne sur la rue devant l'immeuble. La vue ne présente guère d'intérêt.

— Bon. Qu'est-ce qu'on a appris? demande-t-il.

Je réfléchis.

— Nous savons qu'elle est soigneuse, ordonnée. Il n'y a pratiquement pas de poussière, donc elle ne peut pas être partie depuis très longtemps, mais elle a vidé le frigo avant de s'en aller.

— Ou laissé des instructions à quelqu'un pour qu'il le fasse.

— Tu veux dire qu'elle pourrait avoir un complice?

— Plutôt une femme de ménage, rétorque-t-il avec un sourire ironique.

Il parcourt la chambre du regard.

— Qu'est-ce qui manque? Qu'est-ce qu'on s'attendrait à trouver chez quelqu'un, chez une fille en particulier?

— Il n'y a pas de photos, pas de bijoux, rien de personnel.

— Exactement. C'est comme si elle avait pris le plus important et qu'elle s'était enfuie.

Mes yeux s'arrêtent sur la table de chevet en merisier, assortie à celle placée de l'autre côté du lit. Dessus se trouvent une lampe en verre et un bloc-notes à côté duquel repose un gros stylo noir.

J'attrape le bloc et allume la lampe. Les contours d'un mot sont visibles à la lumière.

— Regarde.

— Qu'est-ce que ça dit? demande Damian.

— Magalan.

Il fait la moue.

— Qu'est-ce que ça veut dire ? C'est un nom ?

Le mot me semble familier, mais je ne sais plus où je l'ai entendu. Je ferme les yeux, fouillant ma mémoire. C'est Julia qui en a parlé un jour, j'en suis sûre.

À l'autre bout de l'appartement, des pas résonnent sur le carrelage de l'entrée.

Je me relève d'un bond. Damian écarquille les yeux alors que les pas se rapprochent. Le bloc m'échappe et tombe sur le sol. Nous n'avons pas le temps de courir, nulle part où nous cacher.

Une seconde plus tard, la porte de la chambre s'ouvre.

Un jeune homme à lunettes, vêtu d'un pull sale, se tient debout sur le seuil, une grande enveloppe entre les mains.

— Euh, Livy Jackson ?

Je le fixe, abasourdie.

— Comment savez-vous mon nom ? parviens-je à bégayer.

Il hausse les épaules gauchement.

— Un type m'a demandé de vous donner ça, dit-il en montrant l'enveloppe.

Damian s'avance et l'attrape par le bras.

— Quel type ? Comment savait-il que Livy serait ici ?

Alarmé, le jeune recule.

— Je ne l'ai pas vu, se hâte-t-il d'expliquer. Il m'a appelé, il a dit qu'il était le copain d'un copain.

— Quel copain ?

266

Il hausse les épaules de nouveau, puis me tend l'enveloppe. Je la prends. Il y a quelque chose de solide et en relief dedans. Mon nom est inscrit devant, en gros caractères noirs.

— Que vous a-t-il dit au juste ?

— Il m'a dit d'aller regarder dans la poubelle devant cet appartement, de ramasser une enveloppe, de venir vous la remettre, et que, quand je redescendrai, il y aura cinquante livres qui m'attendront sous la même poubelle.

Il se détourne.

— Attendez.

Au moment où Damian parle, je déchire l'enveloppe. J'en sors une feuille blanche sur laquelle on a collé quatre grosses lettres en bois peint qui épellent un seul mot :

STOP

Qu'est-ce que cela signifie ?

Je rencontre le regard de Damian, atterrée. L'auteur de ce message sait que je suis ici. Par conséquent, il doit aussi savoir pourquoi. Autrement dit, cette menace émane de l'assassin de Julia, qui me donne l'ordre de cesser d'enquêter sur sa mort.

Les jambes flageolantes, je me laisse tomber sur le lit. Ces lettres colorées me rappellent quelque chose. Le S représente un serpent, le O est une orange, traversée par une marque au feutre rouge.

Je tressaille soudain alors que la lumière se fait en moi. Ces pièces proviennent d'un puzzle appartenant à mes enfants.

— Hé ! Revenez !

Damian sort de la chambre au pas de course, à la suite du jeune qui vient de disparaître. À son tour, il s'engouffre dans le couloir.

Je reste assise là, les yeux rivés sur les lettres. Celui qui m'a envoyé ce message est entré chez moi. Il sait qui je suis, où je vis, où sont rangés les jeux de mes enfants. J'ai le cœur qui cogne, j'ai mal à la poitrine.

Des cris s'élèvent au-dehors. Je reconnais la voix de Damian qui lâche des jurons. Je me précipite à la fenêtre. Il est dans la rue. Il n'y a aucun signe du jeune homme. La cour en contrebas semble se précipiter vers moi. Après un épouvantable moment de vertige, je bats en retraite dans la chambre, traverse le couloir et sors de l'appartement.

L'assassin sait qui je suis. Il sait où je vis. Il s'est approché de mes enfants.

Terrifiée, je dévale les marches quatre à quatre et retrouve Damian au rez-de-chaussée.

— Il y avait cinquante livres sous la poubelle, exactement comme le type l'a dit, m'explique-t-il, d'une voix sourde. Je lui ai redemandé qui était l'homme qui l'a engagé... d'où il le connaissait, s'il avait un accent. Mais il a pris la fuite.

Je hoche la tête. J'ai les jambes en coton, je ne peux pas me concentrer comme il faut. J'ai tellement peur que je suis à peine capable de respirer. Je lui montre la feuille.

— Ces lettres... font partie d'un vieux puzzle qui appartient à Zack.

— Seigneur !

Il me prend par le bras et m'entraîne vers sa voiture.

— Écoute, Livy. Le billet de cinquante livres a forcément été mis sous la poubelle après que le messager était parti avec l'enveloppe.

Je le dévisage, glacée.

— Tu veux dire que le type qui a laissé le message et l'argent était là? Qu'il est peut-être encore là, à nous épier?

— Oui, répond-il d'un ton sec. Viens.

Il a déjà actionné le déverrouillage automatique de sa voiture. J'ouvre nerveusement ma portière, la claque, regarde des deux côtés de la rue. Personne en vue, à part deux enfants qui jouent devant une barrière. Leurs cris joyeux ne font qu'accroître mon sentiment d'horreur.

Damian démarre. L'instant d'après, nous filons à toute allure. Les mains de Damian sont crispées sur le volant, il est penché en avant. Je regarde le compteur. Il marque presque quatre-vingt-dix à l'heure.

Il s'engage dans la première bretelle de sortie sans avoir mis son clignotant. Un coup de klaxon retentit.

— Va moins vite.

Je me retourne. La route est déserte.

— Va moins vite, personne ne nous suit.

Je pose une main sur son bras. Il ralentit enfin. À l'intersection suivante, il met son clignotant, rétrograde pour négocier le virage. Je me laisse aller contre le dossier, me rends compte que je retiens mon souffle et inspire à fond. Je tremble de tout mon corps. Ni Damian ni moi ne parlons pendant plusieurs minutes. Enfin, il se gare, sort un paquet de cigarettes de sa poche et en allume une.

— Bon Dieu, soupire-t-il en tirant longuement sur sa cigarette. Qui diable a envoyé ce type?

— Quelqu'un qui me connaît, dis-je, anéantie. Il a tué Julia, il veut que j'arrête de fouiner et sinon, il s'en prendra à moi et… et…

Je désigne la feuille et les lettres en bois, incapable de formuler tout haut la crainte que cet homme ne se contente pas de me faire mal, mais en fasse aussi à mes enfants.

— Bon. Réfléchissons. As-tu la moindre idée de qui ça peut être ?

— Non, évidemment.

Il rencontre mon regard.

— Tu crois… qu'il y a la moindre possibilité pour que ce soit Will ?

Je le fixe.

— Non. Aucune.

— Comment peux-tu en être aussi sûre ? Il a plus accès que n'importe qui aux affaires de tes enfants.

J'essaie de trouver les mots pour m'expliquer.

— Will a peut-être eu une aventure – et même une série d'aventures –, ajouté-je lentement, mais il n'aurait pas pu tuer Julia. Ni personne. Et il ne me ferait jamais de mal.

Damian me dévisage. Je vois défiler dans sa tête les interrogations que ma dénégation laisse sans réponse : et la bague de Julia retrouvée dans la boîte à outils ? Et le fait que Shannon Walker a été engagée par Julia pour le piéger ? Et les mensonges de Will ?

Un long silence tombe sur l'habitacle. L'air devient soudain étouffant.

— Ce n'était pas lui, répété-je, obstinée.

Damian a toujours l'air sceptique.

— Je t'assure que non.

— Admettons, alors qu'est-ce qu'on fait maintenant ?

Je regarde autour de moi, encore effrayée. Sommes-nous en danger en ce moment précis ? Sur cette route tranquille, bordée d'arbres, cela paraît improbable. Dieu merci, les enfants sont chez ma mère.

Je montre la feuille.

— Si on nous menace, c'est qu'on doit s'approcher de la vérité, non ?

— Oui. Alors, comme je disais, qu'est-ce que tu veux faire ?

— On pourrait avertir les flics.

Il fronce les sourcils.

— Pour leur dire quoi ? Qu'on t'a envoyé quelques morceaux d'un vieux puzzle ?

— Un puzzle qui vient de chez moi.

— Qu'est-ce que ça prouve ?

Il marque une pause.

— Le mieux, ce serait de trouver Shannon. Elle est la clé de tout ça… elle peut nous dire ce que Julia a découvert… pourquoi le nom de Will était sur le formulaire de l'agence… nous donner des informations concrètes.

— Nous n'avons qu'un seul indice, lui fais-je remarquer. Le mot qu'elle a écrit sur son bloc-notes. Magalan.

— Tu ne te rappelles pas où tu l'as entendu avant ?

— C'est quelque chose que Julia a dit. Je ne me souviens pas exactement à quoi ça correspond.

J'hésite, incertaine.

— C'est peut-être un nom de famille. Celui d'un ex-amant ? Ou… bon sang, tu crois que ça pourrait être le nom de celui qui l'a tuée ?

Son regard est tendu, anxieux.

— Je ne sais pas.

271

Je passe en revue les noms que je connais dans le passé de Julia : les deux ex qui assistaient à l'enterrement – Charlie Framley et Tom Harrison – puis les autres amants dont j'ai entendu parler. Il y a eu un Simon, un Marty, deux Sam et un Jonny, plus Alan Rutherford, le policier… Alan.

Je ferme les yeux, sentant le soleil brûlant sur mes paupières. J'ai l'impression que je vais m'évanouir. La voix de Julia résonne dans ma tête.

Alors il m'a laissé ce truc dans son testament, avait-elle dit.

Mes yeux s'ouvrent et l'espace d'une seconde, la lumière m'aveugle.

— Magalan ! C'est le nom du cottage de Julia à Lympstone. Celui qu'Alan Rutherford lui a légué.

— Magalan est une maison ?

— Oui. C'est un amalgame de son nom et de celui de sa femme : Maggie et Alan.

Damian fait une grimace.

— Vraiment ?

— Oui. Julia trouvait ça bizarre aussi.

Je souris. Julia était sidérée que deux adultes aient pu baptiser leur maison de cette manière. Moi, j'avais trouvé ça touchant, mais c'était avant la liaison de Will, quand j'étais enceinte de Zack jusqu'aux yeux et que je nageais dans le bonheur, entourée de mon tendre et séduisant mari et de ma douce et affectueuse petite fille.

— Livy ?

— Quoi ?

— Je te demandais si tu y étais déjà allée, à ce Magalan ?

— Une fois ou deux, il y a des années. Ensuite, Julia a décidé de la mettre en location.

— Pourquoi Shannon aurait-elle écrit le nom de la maison ?

— Julia a dû lui en parler. Tu connais le chemin ?

— Oui.

Je jette un coup d'œil à ma montre. Il est tout juste onze heures. Nous avons facilement le temps d'aller à Lympstone avant de retourner chez ma mère.

Nous ne parlons guère pendant les minutes qui suivent. Damian roule vite, et un air de dance assourdissant sort des haut-parleurs. Il me demande si je préfère le silence ou si je veux choisir une autre musique sur son Mp3. Je lui réponds que son choix me va très bien.

Et c'est vrai.

C'est insensé, mais là, avec le soleil sur mon visage et la basse furieuse de la musique qui vibre à travers mon corps, je me sens comme en suspens, loin du monde réel : le coursier dans l'appartement de Shannon, la liaison de Will, mes craintes au sujet de Julia.

Ce sentiment s'évanouit à l'approche de Lympstone. Damian éteint la musique pour que je lui indique la direction du cottage, situé à quelques centaines de mètres à l'écart du village. C'est une belle et chaude journée de juillet, mais je frissonne quand nous nous garons sur la route à côté de la petite maison mitoyenne qui fait face à la mer. Shannon sera-t-elle là ? Ou poursuivons-nous un fantôme ? Je descends de voiture et m'étire. Le coupé sport de Damian est superbe à regarder, mais il n'est pas très confortable.

Damian s'engage sur le trottoir baigné de soleil qui mène au cottage. Le nom, *Magalan*, est peint en bleu fané sur la porte d'entrée. Le jardin, qui déborde de fleurs éclatantes, est à l'évidence entretenu avec soin. Il faut beaucoup d'efforts pour obtenir d'aussi beaux parterres de fleurs sauvages sans qu'elles envahissent tout. Julia devait employer un jardinier pour s'en occuper – elle n'avait pas la main verte.

Je tue toutes les plantes, Liv, disait-elle. *Je suis l'Ange de la mort du feuillage.*

—Joli, commente Damian.

Je scrute l'intérieur à travers la petite fenêtre à côté de la porte. L'endroit est plus exigu que dans mon souvenir – c'est une maison mitoyenne classique, deux pièces en haut, deux en bas, avec une petite cour à l'arrière qui donne directement sur la plage. Je vois le salon – sombre et frais, aménagé avec les meubles rustiques que Julia affectionnait, plus quelques coussins fleuris en hommage au côté mièvre de la maison. La cuisine est au fond. Il n'y a personne en vue.

J'appuie sur la sonnette. Sa musique résonne dans le cottage. Personne ne vient ouvrir.

Je soupire.

—On dirait que c'est inhabité.

Damian lâche un juron. Il est aussi abattu que moi.

Un claquement s'élève derrière nous. Je fais volte-face.

Elle est là, à la porte du jardin. Shannon Walker. Elle a deux sacs de provisions de Marks & Spencer à la main et une expression de stupeur absolue sur ses traits.

—Qu'est-ce que vous faites ici ? demande-t-elle en reculant d'un pas.

—Attendez.

—S'il vous plaît.

Damian et moi avons parlé en même temps.

Shannon nous toise d'un air méfiant. Elle porte un jean et un tee-shirt moulant, des boucles d'oreilles Chanel en argent. Ses cheveux blonds sont rassemblés en queue-de-cheval.

— Vous étiez au Aces High l'autre soir, observe-t-elle. Tous les deux.

— C'est vrai, dis-je en hâte. J'étais venue parce que vous aviez rendez-vous avec Julia. C'était mon amie.

Je jette un coup d'œil vers Damian.

— Notre amie.

— Comment m'avez-vous trouvée ?

J'hésite, peu désireuse d'avouer que nous nous sommes introduits dans son appartement et que nous avons fouiné partout pour trouver des indices.

— Je vous l'ai dit, j'étais l'amie de Julia. Je connaissais aussi Alan Rutherford...

Je désigne le panneau *Magalan* au-dessus de la porte.

— ... c'est lui qui lui a légué cet endroit.

Shannon garde les yeux rivés sur moi. Je sens qu'elle jauge la situation, qu'elle essaie de décider si elle peut nous faire confiance.

— C'est Julia qui vous a dit de venir ici ?

— Vous savez qui l'a tuée ? lâche Damian brusquement.

Il est tendu, plein d'énergie et de force contenues. Shannon lui jette un regard soupçonneux et s'adresse de nouveau à moi.

— Vous êtes Livy Jackson, c'est ça ?

J'acquiesce.

— Julia vous a parlé de moi ?

Je pense au nom de Will sur le formulaire.

275

— Elle vous a demandé d'aborder mon… Will Jackson, c'est l'homme à qui elle vous a dit de… parler, non ?

Shannon fronce les sourcils, puis entre dans le jardin et s'avance vers nous. Ses sandales à talons tapotent doucement les briques de l'allée.

— Ce type, votre mari, Will Jackson… il n'était qu'une couverture. Toute cette histoire d'agence n'était qu'une couverture.

Je n'y comprends rien.

— Que voulez-vous dire ?

— Exactement ce que je vous dis.

Shannon atteint la porte et je m'efface pour la laisser passer.

— Julia a fait semblant de m'engager.

— Pourquoi ? intervient Damian.

Elle hausse les épaules, tire un trousseau de clés de son sac Vuitton.

— Comment se fait-il que vous soyez ici ? demandé-je à mon tour.

— Julia faisait repeindre la maison entre deux locations et m'a expliqué où était la clé. Elle a dit que s'il lui arrivait quoi que ce soit, qu'elle manquait notre deuxième rendez-vous, je devais venir ici et n'en parler à personne. C'est ce que j'ai fait, aussitôt après vous avoir vue au Aces High.

— Pourquoi pensait-elle qu'il pourrait lui arriver quelque chose ?

Shannon toise Damian. Elle porte un regard approbateur sur ses traits décidés, sur sa chemise noire.

— À cause de moi. De ce que je lui ai raconté.

13

— Vous feriez mieux d'entrer, dit-elle.

Comme engourdie, je les suis dans l'entrée, puis
le salon. Elle a laissé entendre que le nom de Will
et le recours à l'agence n'étaient qu'une ruse. Mais
à quelles fins ?

— Donnez-moi juste une minute.

Shannon met ses clés sur la table, puis emporte
ses courses dans la cuisine ; elle dépose les sacs sur
le sol, à côté d'une paire de baskets.

Damian lui emboîte le pas. Je regarde autour de
nous. Les étagères d'un des murs ont été vidées
et poncées. Un pot de peinture et deux grandes
bouteilles de white-spirit attendent par terre ; celles
d'en face brillent de peinture crème toute neuve.
Comme le vaisselier que je reconnais dans le coin,
sorti droit de la maison de mon enfance. Maman
voulait se débarrasser de vieux meubles – il y a de
cela des années – et Julia les avait emportés. J'avais
oublié que ce meuble était là. Je m'approche et fais
courir mes doigts sur le bois. La photo sans cadre
posée à plat sur l'étagère du milieu me prend par
surprise. Julia et Kara, enlacées, rieuses. Kara porte
le médaillon que Julia lui a offert, celui qui a disparu

quand elle est morte. Seigneur, elles sont si jeunes ! Et si belles.

— C'est votre sœur, n'est-ce pas ? demande Shannon.

Je me retourne, la gorge nouée. Damian et elle sont debout derrière moi.

Je hoche la tête, trop émue pour parler.

Damian regarde le cliché.

— C'est Julia adolescente ? Elle ne m'a jamais montré de photos, avoue-t-il d'une voix étouffée.

— Celle-ci a dû être prise juste avant la mort de Kara, dis-je, essayant de me ressaisir.

— Julia m'a donné cette photo quand elle m'a rencontrée, explique Shannon. Elle voulait que je voie Kara. Et… le médaillon.

— Pourquoi ? Je ne comprends pas, dis-je, balbutiante.

J'ai encore le vertige. Quel rapport l'agence de Honey Hearts a-t-elle avec cette histoire ? Pourquoi Julia a-t-elle feint d'engager Shannon ? Quelle sorte de « couverture » Will offrait-il ?

Shannon fronce les sourcils.

— C'est grâce à ce bijou qu'elle m'a trouvée.

Je m'éclaircis la voix, perplexe.

— Pardon, mais je ne comprends toujours pas.

— Je vous en prie, intervient Damian, visiblement tendu. Répétez-nous ce que Julia vous a confié.

— Elle m'a expliqué qu'il avait été volé quand Kara a été assassinée. Elle m'a remis cette photo… en guise de preuve.

— Mais pourquoi ? C'était la preuve de quoi ?

Avec un soupir, Shannon abaisse le col de son tee-shirt pour révéler la chaîne qu'elle porte autour du cou. Elle s'avance vers moi en la retirant et me tend le médaillon qui pend à l'extrémité.

Je l'ouvre avec précaution. Julia et Kara, souriantes, joue contre joue à dix-huit ans, me rendent mon regard. Je le serre étroitement entre mes doigts, un minuscule fragment de Kara après toutes ces années.

À peine capable de respirer, je le retourne et reconnais la légère éraflure, juste à gauche du fermoir, faite au moment où la chaîne s'est cassée dans le parking d'un pub, par une froide journée de janvier, le mois précédant son assassinat. Mes parents étaient venus à Exeter fêter l'anniversaire de mon père avec nous. C'est la dernière fois que nous avons été tous ensemble.

Je lève la tête, rencontre le regard compatissant de Shannon. Elle me reprend la chaîne avec un soupir.

— Où avez-vous eu cela ?

Son visage s'assombrit. Il est clair qu'elle pense en avoir assez dit.

— Je vous en prie.

Je me rends compte que je retiens mon souffle et aspire une bouffée d'air. Des pensées insensées courent dans ma tête. Shannon ne pouvait pas avoir plus de six ou sept ans quand Kara a été tuée.

— Qu'est-ce que vous savez ? Vous étiez là ? Vous avez vu ma sœur ? Et Julia ?

— Où avez-vous obtenu ce médaillon ? insiste Damian.

Il laisse tomber son paquet de cigarettes sur la table. Sa voix est crispée.

— On me l'a donné, dit Shannon en reculant.

Derrière elle, le mur est fraîchement repeint, comme les meubles.

—Quelqu'un qui me devait de l'argent. J'ai demandé à deux types du Aces High de faire pression…

Elle saisit mon expression et fronce les sourcils.

—Ne vous méprenez pas, ces types ne feraient pas de mal à une mouche, mais ils ont l'air d'être des durs. Bref, ça a marché. L'espèce de nullité qui me devait de l'argent a fini par cracher un peu de liquide et quelques objets à vendre, dont celui-ci.

Je lui coupe la parole.

—Qui était-ce ?

Shannon m'ignore.

—Je l'ai mis sur eBay. C'est là que Julia l'a vu. Elle m'a contactée… mais son message m'a paru bizarre. Elle offrait beaucoup plus que le bijou ne vaut et elle voulait me rencontrer. J'ai pensé que c'était un piège, que ce truc avait peut-être été volé… alors je lui ai donné rendez-vous au Aces High, où je connais des gens, par mesure de précaution. Et je n'avais pas le médaillon sur moi, alors…

—Une minute. Moins vite.

Je suis toujours complètement perdue.

—Et Honey Hearts ? Quel rapport avec tout ça ? Vous avez dit que Julia vous avait engagée en guise de couverture. Qu'est-ce que vous vouliez dire ? Une couverture pour quoi ?

—Qui vous a donné le médaillon ? interrompt Damian, avant de pivoter vers moi. Tu ne vois donc pas ? C'est ça que Julia avait découvert. Elle a compris que celui qui avait donné le bijou à Shannon était l'assassin de Kara.

Il se retourne vers Shannon.

— C'est bien ça, non ?

— Plus ou moins, admet-elle. Julia savait qu'il y avait un lien entre le médaillon et le tueur, c'est pourquoi elle m'a dit de venir ici s'il lui arrivait quelque chose – ou si on me menaçait.

Les lettres STOP, collées sur la feuille, surgissent dans mon esprit.

— Nous aussi avons été menacés tout à l'heure, dis-je.

— Vous ? s'écrie Shannon, devenue livide. Où ? Quand ?

Je baisse les yeux, toujours réticente à lui avouer que nous sommes entrés chez elle.

— Ce matin. Quelqu'un a envoyé un type nous dire de laisser tomber.

— On vous a suivis ? insiste-t-elle, haussant le ton. Il a vu où vous alliez ?

La panique s'entend dans sa voix.

— Nous sommes venus dans la voiture de Damian. Je ne crois pas…

— Elle est ici ? demande-t-elle en se tournant vers lui. Votre voiture est ici ?

C'est moi qui réponds.

— Oui. Écoutez, Shannon…

— Oh ! Mon Dieu. Il faut que je parte. Tout de suite. Mon Dieu, je n'arrive pas à croire que vous avez pris le risque de…

Elle fait volte-face et s'engouffre dans l'escalier.

— Attendez !

Damian se rue derrière elle. Je le suis.

Au premier étage, le cottage semble encore plus petit qu'au rez-de-chaussée. Il n'y a que deux chambres exiguës et une salle de bains qui l'est encore davantage. La peinture est en nettement moins bon état qu'en bas, mais deux pots sont prêts à être utilisés. Shannon se jette dans la pièce de droite, attrape une valise Louis Vuitton sous le lit et me bouscule pour se rendre à la commode.

— Shannon, vous devez nous parler. Qui peut nous avoir suivis, d'après vous ? Qui me menace ? Celui qui vous a donné le médaillon ?

— Parlez-nous, ordonne Damian.

Elle nous ignore, se contente simplement de continuer à fourrer des vêtements dans sa valise.

— Je vous en prie.

Je suis presque en larmes.

— Ça suffit.

Damian s'avance et referme la valise d'un geste sec.

— Je vous emmènerai où vous voudrez, mais vous devez nous dire où vous avez trouvé ce médaillon.

Il y a un silence. Assourdissant à mes oreilles.

— Très bien, dit-elle enfin. Mais il faut d'abord qu'on parte d'ici.

Elle désigne la valise.

— Je suis prête.

— Bon.

Damian la boucle et s'en saisit.

— Allons-y.

Nous redescendons. La photo de Julia et de Kara est sur le canapé, là où Damian l'a laissée tomber tout à l'heure. Je la glisse avec soin dans mon sac avant de sortir de la maison.

Shannon ferme la porte, tourne la clé d'une main tremblante. Damian est déjà à mi-chemin de la voiture. Je le suis, j'ai hâte de m'en aller.

— Oh, zut, marmonne Shannon. J'ai oublié un truc. J'en ai pour une seconde.

Elle rouvre la porte. J'attends, à mi-chemin du trottoir, tapant impatiemment du pied. Damian met la valise dans le coffre. Quelque chose le gêne : une bouteille. Sous mon regard ébahi, il l'écarte et l'étiquette apparaît : c'est du whisky, du Talisker.

J'en reste bouche bée. Qu'est-ce qu'un désintoxiqué fabrique avec une bouteille pleine de whisky dans son coffre ? Damian se redresse, me voit et s'approche.

— Où est Shannon ?

Je désigne le cottage, songeant au whisky.

— Elle a oublié quelque chose.

Il fronce les sourcils.

Il faut que je lui pose la question.

— Pourquoi as-tu du whisky dans ta voiture si tu ne bois pas ?

Il rougit.

— Ça m'aide de savoir qu'il est là et que je n'y touche pas.

Je le fixe, incrédule.

— C'est vrai, insiste-t-il. Si la bouteille est là, j'ai le choix entre boire et ne pas boire. Je la garde dans la voiture, parce que comme ça, je ne la vois pas constamment, mais je sais qu'elle est là.

— Bien.

Je ne sais ni quoi dire ni si je dois le croire, alors je me tais. Nous observons la porte d'entrée, attendant que Shannon ressorte. Et nous attendons.

Une minute s'écoule. Deux.

—Il s'est passé quelque chose.

Damian s'avance et tambourine sur le battant.

—Shannon!

Pas de réponse. Nous échangeons un regard inquiet. J'appuie sur la sonnette, laisse le doigt dessus. À l'intérieur, le tintement s'éternise, perçant.

—Bordel!

Damian pousse la porte. Elle est fermée à clé.

—Bordel!

Il donne un coup d'épaule dedans. Un autre. Plus fort. Recommence. La serrure cède et s'ouvre brusquement. Je pénètre à l'intérieur, avec une sensation de *déjà-vu*. Une autre entrée par effraction. Ça semble irréel.

Rien ne bouge. Le cottage est silencieux.

—Shannon! hurle Damian en se ruant dans l'escalier.

Restée au rez-de-chaussée, je l'entends qui traverse le palier et entre dans la chambre de Shannon. La porte de la cuisine est fermée. Je vais l'ouvrir. Un berlingot de lait est tombé d'un des sacs de provisions. Les sandales de Shannon sont posées à côté. Les baskets qui étaient là tout à l'heure ont disparu. La porte de derrière, entrebâillée, cogne contre l'encadrement. Je me précipite pour regarder dehors. La plage de galets est déserte. Je regarde d'un côté et de l'autre, au-delà des paravents. Je ne vois qu'un couple âgé au loin, marchant lentement, avec des cannes.

Aucune trace de Shannon.

Un instant plus tard, Damian surgit. Il dérape et s'immobilise, scrute le rivage, exactement comme je l'ai fait.

Le cœur lourd, je lui montre les sandales.

—Elle a changé de chaussures pour pouvoir courir. Elle a filé.

—Non !

Damian s'élance sur le sentier qui sépare la cour de l'étendue de plage. Il court vite, avec détermination. Au bout de quelques secondes, il vire à gauche et disparaît dans un espace entre les maisons. Je ne le vois plus. Un groupe de mères descend vers la grève, poussant des voitures d'enfant et riant d'une plaisanterie partagée.

Je retourne à la maison. Shannon est partie. Notre seule piste s'est volatilisée. Une bouffée de désespoir m'envahit.

Au moins, Shannon a affirmé que Will n'avait rien à voir avec tout ça. Puis je me souviens des révélations de Martha. La visite de Julia à l'agence n'était peut-être qu'une diversion, mais il a quand même couché avec Catrina. Je pose mon sac sur le canapé et m'assieds, la tête entre les mains. Sa trahison me déchire.

Une minute plus tard, Damian est de retour, hors d'haleine, une pellicule de sueur sur le front.

—Je ne… l'ai pas vue, halète-t-il.

Il s'écroule sur le canapé, renversant au passage une des bouteilles de white-spirit que je remets debout machinalement.

—Pourquoi s'est-elle enfuie ? On a sa valise, toutes ses affaires sont ici…

Damian lève les yeux vers moi, sort une cigarette et la roule entre ses paumes.

— Elle devait être vraiment terrifiée, dis-je. Tu l'as entendue. Elle pense que nous avons été suivis.

— Par l'assassin de Julia.

— Qui est peut-être aussi l'assassin de Kara.

Nous restons un instant silencieux. Supposons que ce soit vrai ? Supposons qu'il nous ait suivis ?

— Tu crois qu'on devrait s'en aller ? Il va bien falloir qu'elle revienne chercher ses affaires tôt ou tard.

— Je ne sais pas. Je ne vois pas son sac à main, elle l'a probablement emporté, ce qui veut dire qu'elle a de l'argent.

Je soupire, vaincue.

— Je ne vois pas pourquoi elle reviendrait. Pas dans l'immédiat, de toute façon.

Damian se lève.

— Dans ce cas, il faut qu'on fouille la maison.

— D'accord.

J'hésite.

— Mais si quelqu'un nous a vraiment suivis ?

Il passe une main dans ses cheveux, fronce les sourcils.

— Donnons-nous dix minutes, un quart d'heure max, histoire de voir si quelque chose pourrait nous aider à deviner comment le médaillon a pu atterrir dans les mains de Shannon. On peut emporter ce qu'on trouve et l'examiner de plus près plus tard.

Nous nous mettons à l'œuvre, fouillant systématiquement les tiroirs et placards de la cuisine. Il n'y a strictement rien qui nous intéresse. Je vide les provisions de Shannon et nous prenons chacun un sac plastique. Damian se précipite en haut pendant que j'attrape tout ce qui semble mériter un coup d'œil dans le salon. Pas grand-chose hormis une petite pile de reçus sur la commode et une boîte à chaussures pleine de photos sous la table.

Deux minutes plus tard, je monte l'escalier à mon tour. Damian est en train de vider la commode de la chambre de Shannon, son sac déborde déjà. Là encore, je suis submergée par une sensation de *déjà-vu*.

— Des choses utiles ?

Il hausse les épaules.

— Pas vraiment.

Son téléphone se met à sonner. C'est Gaz, son ami, celui qui a examiné le disque dur de l'ordinateur de Julia. Il annonce à Damian qu'il a sauvé ce qu'il a pu, et qu'il va le lui envoyer par mail.

J'entre dans la pièce voisine. C'est une chambre d'amis : un lit, deux tables de chevet, une armoire et une rangée d'étagères remplie de livres.

— Deux minutes et c'est bon, lancé-je à Damian.

L'armoire est pleine de vêtements de marque. Je me dirige vers la bibliothèque, sans doute celle de Julia. Elle a étudié la psychologie à la fac, comme Kara, et, autrefois, elle était très impressionnée par ma licence d'histoire – et toutes les lectures qu'elle imaginait aller avec.

À côté de ce que je lis, les romans de gare passeraient pour des trucs intellos, m'a-t-elle dit un jour. *Quand je bouquine, c'est pour m'évader, pas pour réfléchir.*

Je promène les doigts sur les tranches poussiéreuses. Je ne connais aucun des auteurs, mais les couvertures sont toutes en rose et en or voyant.

Le claquement sec d'une porte qui se ferme en bas me fait sursauter.

— Damian?

Je m'approche du couloir.

Il est toujours dans la chambre de Shannon, à quatre pattes, en train de regarder sous le lit.

Une odeur de fumée de cigarette assaille mes narines, accompagnée d'une forte odeur de white-spirit.

En me tournant vers l'escalier, j'entends crépiter des flammes. Déjà, d'épaisses volutes de fumée noire montent jusqu'au palier. L'estomac noué, je fais un pas en avant. Le temps ralentit. J'ouvre la bouche et je m'entends crier.

— Au feu! Damian! Au feu!

14

—Damian !

En un éclair, il est à côté de moi.

—Merde !

Il jette un coup d'œil paniqué autour de lui.

Moi, je reste clouée sur place, paralysée à la vue des flammes qui grésillent et se tordent dans l'escalier. L'odeur est âcre, suffocante. Impossible de passer par là pour retourner au rez-de-chaussée.

Je me retourne vers la chambre d'amis. Il y a une fenêtre en face de moi.

—Viens.

Je me précipite à l'intérieur, une seule idée en tête : sortir d'ici.

Je tire sur le panneau. En vain : la fenêtre est fermée à clé. Mes doigts bataillent avec le loquet. Damian écarte ma main et le soulève d'une chiquenaude, puis remonte la vitre. Jette un coup d'œil dehors.

—Merde. Merde. Merde.

Je gémis de peur.

—Il va falloir monter sur le toit, déclare-t-il. On ne peut pas sauter.

Je le bouscule pour regarder à mon tour. Il y a un large rebord, puis ça tombe droit jusqu'aux pavés dessous. Une bouffée de nausée m'envahit. Damian a raison. C'est trop haut pour sauter. Il est déjà en train de se faufiler au-dehors. La plage paraît s'être vidée subitement. Où sont-ils tous passés ? Les mères et leurs poussettes ne sont plus que des points au loin. Un homme promène son chien dans la direction opposée. Je crie, mais il ne m'entend pas.

— Viens.

Il se redresse sur l'appui, juste assez large pour lui.

— Oh ! Mon Dieu.

Derrière moi, la fumée s'engouffre dans la pièce.

Damian grimpe sur le toit. Dès que ses jambes sont hors de vue, je me hasarde à le suivre. Je tremble de tous mes membres, mon cœur bat furieusement.

— Je vous en prie, aidez-nous, je vous en prie.

Je ne sais pas à qui cette prière s'adresse. Quand Kara est morte, mes parents ont perdu la foi. Moi, je ne l'ai jamais eue.

Je m'avance un peu plus, une jambe encore à l'intérieur. Je lève la tête. Le ciel d'un bleu éclatant fait contraste avec les tuiles rouges. Les pieds de Damian reposent dans la gouttière. Il est étendu à plat ventre sur le toit, le visage rougi par l'effort. Il me tend la main.

— Livy, viens.

Je ne distingue plus la porte de la chambre. Une épaisse fumée emplit l'air et me brûle la gorge. Encore une minute et je serai asphyxiée. Il faut que je bouge.

J'agrippe l'encadrement et me redresse. Une fois debout sur le rebord, je me force à ne pas regarder en bas. Ma paume moite est crispée sur la gouttière. J'ai l'étrange impression d'être détachée de mon propre corps, de m'observer en train de monter sur le toit.

Fais gaffe, Livy, ne va pas te casser un ongle. La voix ironique de Julia est tellement nette dans ma tête que je suis à deux doigts de me retourner pour voir où elle est.

— Livy.

La voix de Damian interrompt ma conversation imaginaire.

— Prends ma main. Allonge-toi sur les tuiles. La gouttière ne soutiendra pas ton poids.

Il me faut une seconde pour assimiler ses paroles.

— Merci, marmonné-je, revenant brusquement à la réalité.

Damian lâche un rire amer.

— Tu me rappelles Julia, là.

Je prends une profonde inspiration et tends la main vers le bord du toit. Damian saisit mon autre poignet.

— Je te tiens. Maintenant, monte.

Cramponnée aux tuiles, je fléchis les jambes et me hisse. Damian me serre le poignet avec tant de force qu'il me fait mal. J'entends mon pantalon qui se déchire, et sens le tissu flotter autour de ma cheville alors que je rampe sur la toiture. Je tâtonne à la recherche d'une meilleure prise. Damian me tire plus haut. Un autre craquement de tissu, ma chemise cette fois. Je m'égratigne la joue sur une tuile. Le soleil est brûlant, le sang bat à mes tempes.

Avec un grognement, Damian me tire de nouveau. Mes pieds heurtent la gouttière et je pousse contre le métal. M'agrippe aux tuiles de plus belle. Un dernier effort. Et je suis en haut, allongée juste au-dessous de Damian.

Je suis hors d'haleine. Damian lâche ma main.

— Ça va ?

— Oui.

Je tremble toujours, mon corps est meurtri et douloureux, mais je suis sur le toit. La fumée qui s'échappe par la fenêtre forme des volutes autour de nous. Nous sommes côté plage. On aperçoit des gens au loin. Impossible de savoir si l'un d'entre eux a remarqué l'incendie, mais ça ne va sûrement pas tarder. Quelqu'un va appeler les pompiers. Instinctivement, je tends la main vers mon propre téléphone, perds l'équilibre et me sens glisser, dangereusement, le long des tuiles, au moment même où une série de petites déflagrations s'élèvent dans la maison. Je lève les yeux, terrifiée. Damian ne m'a pas vue glisser. Il continue à se hisser sur le toit, centimètre par centimètre, comme un commando d'élite. Il a raison. Rester ici est trop dangereux. Refoulant l'idée de composer le 999, je m'applique à l'imiter, les muscles bandés par l'effort. La pente est raide et le soleil cogne sur mon front, les arêtes rugueuses des tuiles m'éraflent les coudes et les genoux.

J'avance très lentement. Damian gagne du terrain sur moi à chaque seconde. J'essaie d'accélérer. La fumée se déverse hors des fenêtres du cottage, tourbillonne dans les airs. Je songe au vaisselier – puis à mon sac à main, toujours à l'intérieur, et aux deux sacs en plastique que nous avions remplis des affaires de Shannon, nos indices – tout s'en va en fumée. Damian continue à avancer. Il atteint l'extrémité du toit. Je le rejoins, épuisée. Une échelle en fer descend le long du mur latéral, débouchant dans une allée étroite qui sépare cette rangée de cottages de la suivante et va de la plage à la rue principale. Ce doit être par là que Shannon s'est sauvée.

C'est un autre mouvement périlleux que de passer mes jambes par-dessus le toit. Je descends derrière Damian, alors que le hurlement d'une sirène s'élève au loin. Moins de cinq minutes se sont écoulées depuis que j'ai vu la fumée dans l'escalier. On dirait une éternité. En mettant pied à terre, je baisse les yeux sur mon chemisier sale, ma poche en lambeaux. Une longue déchirure s'étend du côté droit de mon pantalon. J'ai les joues et les bras irrités, écorchés. Damian s'en est mieux tiré que moi. Ses vêtements semblent intacts, sa chemise noire est seulement un peu poussiéreuse.

— Retournons à la voiture, dit-il.

— Tu crois que ça ne risque rien ?

J'ai encore les mains qui tremblent.

— Le type de tout à l'heure a dû nous suivre.

— Je sais, mais il faut qu'on fiche le camp d'ici.

Il passe un bras autour de mes épaules et me guide vers la route.

Sa voiture est garée à quelques mètres. Un attroupement s'est formé devant le cottage. Tous ont les yeux rivés sur les flammes, et notre présence passe inaperçue. Le camion de pompiers se rapproche, le hurlement de la sirène déchire l'air. Damian m'ouvre la portière. Comme véhicule d'évasion, la décapotable laisse un tantinet à désirer, étant à la fois du genre à attirer l'attention et relativement lente comparée aux automobiles modernes. Je m'abstiens de signaler ces inconvénients à Damian, qui a l'air déjà assez angoissé comme ça. Il démarre. J'abaisse le miroir côté passager. Les dégâts – à mon visage au moins – ne sont pas aussi sérieux que je le craignais, j'ai surtout une coupure à la joue gauche. Mais je me sens perdue sans mon sac.

— Là, me dit Damian en désignant la boîte à gants.

Je trouve un paquet de mouchoirs. J'en sors un, crache dedans et me nettoie le visage tant bien que mal.

Mes mains continuent à trembler.

Je jette un coup d'œil par-dessus mon épaule. Le cottage de Julia ne sera plus qu'une ruine, un amas de cendres. Tout ce qui se trouvait à l'intérieur, depuis les vêtements de marque de Shannon jusqu'à la photo de Julia et de Kara, s'est évanoui. À jamais.

Une larme roule sur ma joue. Je me détourne, pour que Damian ne me voie pas.

— Ne te retiens pas pour moi, dit-il, et j'entends une grimace dans sa voix. Je n'ai jamais eu une frousse pareille.

— Qu'est-ce qu'on va faire ? demandé-je dans un souffle. S'il a suivi ta voiture jusqu'ici, il va voir qu'elle n'est plus là.

— Il va falloir qu'on la laisse quelque part. C'est juste que… bon Dieu… je ne sais pas…

— Il faut qu'on avertisse la police. Qu'on leur dise tout.

Damian hausse les épaules.

— Qu'on leur dise quoi ? Qu'on vient d'échapper à un incendie ?

— Que quelqu'un a délibérément tenté de nous tuer, dis-je, élevant la voix.

Ne se rend-il pas compte qu'alerter la police est une évidence ?

— Cet homme a dû nous suivre depuis Torquay.

— Mais rien ne prouve qu'il ait mis le feu délibérément. D'ailleurs, si ça se trouve, c'étaient mes cigarettes qui étaient là. J'ai même renversé du white-spirit par terre. En plus, on a enfoncé la porte pour entrer.

— Tu veux dire que la police pourrait nous accuser de vouloir faire porter le chapeau à quelqu'un d'autre ?

— Exactement.

Il secoue la tête d'un air découragé.

— D'abord, il faudrait qu'on explique notre présence dans la maison, et on aurait du mal à faire ça sans mentionner qu'on est aussi entrés par effraction chez Shannon à Torquay.

— Mais on peut tout expliquer si…

— Non, rétorque-t-il, avec une colère qui me prend par surprise. Pas question, merde.

Déconcertée, je me cale sur mon siège. Il a les mains crispées sur le volant, une expression furieuse sur les traits.

Il me cache quelque chose. Et ce, depuis le début. Ça concerne la police et son talent pour crocheter les serrures – il a fait quelque chose d'illégal, j'en suis sûre. Je sors mon téléphone de ma poche, tape son vrai nom, Damian Chambers, dans le moteur

295

de recherche. Puis j'ajoute tour à tour les termes «arrêté», «inculpé» et «condamné».

Quelques secondes plus tard, je fixe, bouche bée, le résultat. Je me tourne vers lui.

—Tu as été condamné avec sursis pour cambriolage.

Il garde le silence.

—Damian?

—OK.

Il hésite.

—Je ne t'ai pas menti, Livy.

—Et ça arrange tout?

Je le foudroie du regard.

—Et cette histoire comme quoi tu aurais appris à crocheter les serrures quand tu étais à la fac?

—C'est vrai, murmure-t-il. Une copine junkie m'a montré comment faire. On était complètement défoncés la plupart du temps, on se croyait sortis du film *Tueurs-nés*.

Il saisit mon regard horrifié.

—On n'a jamais fait de mal à personne, se hâte-t-il d'ajouter. On volait des trucs pour les revendre.

—Pour vous acheter de la drogue?

Il acquiesce. Il y a un long silence.

—J'ai l'impression que c'est arrivé à quelqu'un d'autre à présent.

—Raconte-moi. S'il te plaît.

—OK. C'était il y a des années, quand j'étais aux beaux-arts. Avant ça, j'avais seulement fumé quelques joints et pris un peu d'ecsta.

Il hésite.

—Et puis j'ai commencé à prendre de la coke pour me réveiller le matin. Je faisais la fête le soir et… je buvais… enfin… à un moment donné, une bouteille de whisky par jour. Très vite, ç'a été au-dessus de mes moyens, alors avec une fille, on s'est mis à faire des cambriolages. On embarquait ce qu'on pouvait porter : des bijoux, des ordinateurs portables, des appareils photo.

Il jette un coup d'œil vers moi, l'air honteux.

— Avec le recul, j'ai du mal à croire qu'on n'ait pas été arrêtés plus tôt. En fin de compte, j'ai écopé d'une condamnation avec sursis, j'ai fait une cure de désintoxication. Ça n'a pas vraiment marché, alors, après quelques récidives, mes parents m'ont envoyé dans une clinique privée. Ils ont vendu leur maison pour payer les frais. Et cette fois-là, ç'a été différent. J'ai arrêté la drogue. Repris mes études. Tourné la page. Comme je te l'ai dit, il y a plus de cinq ans que je n'ai touché à rien. J'assiste toujours aux réunions, tout le truc des AA.

J'essaie de digérer tout ça.

— Bon. Tu as été condamné pour cambriolage. C'est pour ça que tu ne veux pas avertir la police, que tu as dit l'autre jour qu'on ne te croirait pas ?

— Oui.

Ses yeux sont rivés à la route devant nous, une étendue déserte à deux voies bordées d'arbres de part et d'autre.

— Julia était au courant ?

— Bien sûr. Elle a été géniale, elle a dit que tout le monde méritait une seconde chance. Parfois, elle se tournait vers moi au beau milieu d'une dispute et elle disait : « Et où en est cet inventaire moral approfondi de toi-même, petit criminel ? »

Il esquisse un sourire empreint de tristesse.

— Elle disait que je pouvais me rattraper auprès de mes parents pour ce que je leur avais fait subir tandis qu'elle ne pourrait jamais ramener Kara à la vie. Elle disait que je devais me donner du mal pour « réparer mes torts directement ».

Je baisse les yeux.

— Écoute, Livy, il n'y a pas que mon passé qui m'empêche d'alerter la police, soupire Damian. Songe à ce que nous venons de faire.

— Au cottage ? Pourquoi quelqu'un irait-il s'imaginer que nous voulions le vandaliser ?

— La famille de Julia t'accuse déjà d'avoir volé sa bague, non ? Peut-être qu'elle te soupçonnera d'avoir incendié le cottage pour te venger d'elle.

Il a raison. Je me sens désorientée, comme si le monde avait basculé sur son axe et que, maintenant, tout semble différent d'hier.

J'essaie de mettre de l'ordre dans mes pensées.

— Il faut quand même qu'on laisse la voiture quelque part. Mieux vaut ne pas rentrer à Exeter ce soir, au cas où nous serions encore suivis. Si on allait à Honiton ? Il y a un parking à la gare. Ta voiture y sera en sécurité. Et nous pourrons prendre un train pour… là où on voudra aller. Je n'ai pas d'argent sur moi, mais…

— Bon sang, ton sac à main !

Damian paraît subitement consterné.

— Je pensais qu'on avait seulement perdu les affaires de Shannon.

Il quitte la route à deux voies et ralentit à l'approche des feux.

Je baisse la tête, luttant contre les larmes.

— Hé, dit-il doucement.

Ses doigts se posent sur ma joue, et je me tourne vers lui. Nos regards se soudent. L'espace d'un moment terrifiant, je crois qu'il va m'embrasser. Puis il s'éclaircit la gorge et laisse retomber sa main.

— Je paierai les billets et tout ce qu'il te faudra pour rentrer à la maison.

— Merci.

Les feux passent au vert. Damian enclenche une vitesse et nous roulons en silence. Mes pensées se bousculent. Je ne peux pas me concentrer. Dès que je ferme les yeux, je vois les flammes et puis le coursier, et puis Damian qui me fixe, son doigt sur ma joue.

J'ai besoin de Will. Un nœud se forme dans ma gorge. J'ai tellement envie de l'appeler, de quêter son aide et son réconfort. Et pourtant, comment puis-je lui faire confiance? Shannon a eu beau dire que Julia n'avait utilisé son nom que comme « couverture », il m'a menti. Il m'a été infidèle.

La voiture s'immobilise. Nous sommes à la gare d'Honiton. Après une brève discussion, Damian et moi décidons d'acheter des billets pour Londres mais de descendre à Salisbury, bien avant, et d'y passer la nuit. J'avais prévu de retourner à Bath, à ma mère et à mes enfants. Cela semble trop risqué désormais. Qui sait si je ne les mettrais pas en danger? En dépit de toutes les précautions que nous prenons, nous pourrions tout de même être suivis. De toute façon, Salisbury n'est qu'à une heure de Bath. Je pourrai prendre un taxi là-bas en cas de besoin.

Damian sort son ordinateur portable et la valise de Shannon du coffre et se rend au guichet. L'employé fronce les sourcils à la vue de mon chemisier en piteux état.

En fouillant dans la valise de Shannon, je déniche un tee-shirt bleu qui paraît un peu plus grand que les autres. Je me réfugie aux toilettes des femmes pour faire un brin de toilette et me changer. J'arrive tout juste à enfiler le haut de Shannon, mais ses jeans sont nettement trop petits. En fin de compte, je déchire les deux jambes de mon pantalon au-dessous du genou et les replie. Ça donne mieux que je ne m'y attendais. Le style décontracté va bien avec mes sandales et mes jambes bronzées, résultat de quelques week-ends ensoleillés. En fait, en me regardant dans la glace, je remarque que le pantalon est plus lâche qu'il y a quelques semaines, signe que j'ai perdu du poids depuis la mort de Julia.

Je l'entends glousser d'ici.

Contente qu'il y ait du bon, mon chou.

Je m'observe avec plus d'attention. À part les rides d'anxiété autour de mes yeux, j'ai meilleure mine que depuis longtemps. Mes cheveux auraient besoin d'un coup de brosse, mais mon visage est plus mince, mon teint plus éclatant. Cette constatation m'apaise. Je m'asperge les joues et me fais une queue-de-cheval à l'aide d'un bandeau de Shannon.

Damian hausse les sourcils quand je ressors.

— Tu es superbe.

Je rougis. À quand remonte la dernière fois que Will m'a complimentée sur mon apparence ? À part cette tentative de flatterie – motivée par le remords – lors de la soirée de Leo et de Martha le soir où Julia est morte, je ne m'en souviens pas. Enfin, peut-être que j'ai l'air changé pour une raison ou pour une autre. Je baisse les yeux. Le tee-shirt de Shannon me moule autant qu'elle, même si j'ai moins de poitrine.

Il souligne toutes mes courbes. Gênée, je pose une main sur mon ventre.

Dix minutes plus tard, nous sommes à bord du train. Je sors mon téléphone de ma poche – il a miraculeusement survécu intact à notre fuite – et j'appelle ma mère. Elle semble distraite. J'entends des bruits de fête foraine en arrière-fond – de la musique, des claquements de métal, des voix excitées. J'explique en hâte que je suis tombée sur mon amie Mandy et que nous allons nous faire une petite soirée, alors si ça ne l'ennuie pas, je ne reviendrai que demain. Bien que surprise, elle prend la nouvelle sans s'émouvoir. Elle a l'habitude de garder les enfants, après tout. L'été dernier, ils ont passé un long week-end chez elle pendant que Will et moi allions faire un saut à Madrid.

Je demande à leur parler. Zack ne se fait pas prier, enthousiasmé par le tour de manège qu'il vient de faire. «Ça montait et descendait, et puis ça montait et redescendait vraiment vite, maman.» Je souris et lui dis qu'il me manque. Il accepte mon absence avec l'aisance détendue qui le caractérise.

Ensuite, ma mère propose le téléphone à Hannah. Je l'entends qui l'exhorte à me parler, mais Hannah ne dit rien.

Ma mère reprend la parole.

— Excuse-moi, ma chérie. Elle est en train de manger de la barbe à papa.

Je la coupe. J'en ai assez de me battre avec ma fille. À cet instant précis, j'ai l'impression d'avoir des soucis autrement plus importants.

— C'est bon. Je rappellerai ce soir.

Je range mon téléphone. Damian me regarde, l'air curieux.

— Ça doit tout changer, d'avoir des enfants.

— Oui.

Il hésite une seconde, puis commence à me poser des questions sur Zack et Hannah : des banalités, leur âge, leurs matières préférées à l'école. Je suis amusée – et touchée – qu'il s'y intéresse.

— Tu t'imagines devenir père un jour ?

— Je suppose que oui. Avec Julia, on en avait parlé... on en avait envie tous les deux.

J'en reste bouche bée. Il plaisante ou quoi ?

— Je... Je ne... Julia ?

— Je sais, répond-il avec un sourire. Elle prétendait ne pas vouloir être mère, mais comme je te l'ai déjà dit, elle avait peur. Je l'ai compris tout de suite.

Il marque une pause, regardant défiler les champs et les arbres flous sous le ciel voilé.

— La semaine d'avant sa mort, quand nous nous sommes fiancés, elle a dit qu'elle voulait avoir des enfants dans les deux ans à venir.

Une fois de plus, je suis sans voix. Je croyais connaître Julia mieux que personne. Comment peut-elle continuer à me surprendre ainsi, même après sa mort ?

À Salisbury, nous nous installons dans un pub qui fait hôtel. J'ai beau préciser, non sans gêne, que nous voulons des chambres séparées, il y a dans toute cette entreprise un côté illicite, excitant. Je me demande, avec un pincement de tristesse, si Will ressent la même chose quand il couche avec Catrina. Damian règle à l'avance, en liquide, expliquant que nous partirons demain, et nous montons au premier étage.

Ma chambre est simple mais propre, avec des meubles en pin et des draps en coton blanc sur le lit. Damian annonce qu'il va regarder sur sa boîte mail ce que son copain a découvert à propos du disque dur de l'ordinateur de Julia. Dans l'affolement de ces dernières heures, j'avais presque oublié que Gaz l'avait appelé, que nous avions cette piste supplémentaire.

Je prends une douche, puis enfile le couloir jusqu'à sa chambre. Damian me fait entrer, l'air soucieux.

— Qu'y a-t-il ?

Il désigne l'écran d'un geste.

— C'est un mail. Il y avait des centaines de fragments sur l'ordinateur de Julia. Gaz les a triés par mots clés. J'y ai jeté un coup d'œil et celui-ci est le seul qui me paraisse avoir de l'importance. À vrai dire, ce ne sont que des bribes, mais… viens voir.

Je m'approche. La date, trois jours avant sa mort, et le nom de l'expéditeur – Julia Dryden – sont là, mais pas le nom ni l'adresse mail du destinataire, et seule subsiste une partie du message lui-même, quelques mots.

… comment oses-tu me menacer ? C'est mon…

Je me fige.

— À qui écrivait-elle, à ton avis ? demande Damian. Elle ne m'a jamais dit qu'on l'avait menacée.

— Je ne sais pas et je ne vois pas comment on peut le deviner à partir de ça.

Je regarde la date de nouveau.

— Crois-tu que ça puisse avoir un rapport avec ce qu'elle a découvert concernant Kara ?

— Il y a une autre partie du mail ici. Je n'ai fait que le parcourir avant que tu arrives. Tu vois ?

Damian descend sur la page. Les autres extraits semblent moins furieux que le premier, mais le mot « argent » revient à plusieurs reprises.

— Peut-être une histoire de chantage ? suggère Damian, songeur.

C'est tellement frustrant, ce mail décousu, tout en sous-entendus et en possibilités. Soudain, je vois les derniers mots. Je retiens un cri, pointe le doigt vers l'écran. Damian suit mon regard et lit la ligne à voix haute.

… classique de ta part, faux jeton…

Il se tourne vers moi, une lueur de compréhension dans les yeux.

— Faux jeton, dis-je lentement. C'est le frère de Julia, Robbie. Elle l'appelait toujours comme ça. Je ne l'ai jamais entendue prononcer ce mot-là à propos de quelqu'un d'autre.

Damian hoche la tête. Je le dévisage, atterrée.

— Crois-tu vraiment qu'il aurait pu lui faire du mal ?

— Je ne sais pas, avoue-t-il.

Il me vient soudain à l'esprit que nous sommes en train de tirer des conclusions énormes de ce message. La « menace » dont parle Julia pourrait se rapporter à n'importe quoi. Et à part le mot « faux jeton », rien n'indique que Julia ait envoyé ce message à Robbie. Elle aurait tout aussi bien pu l'envoyer à Damian.

Je m'abstiens de le lui faire remarquer.

— Robbie pourrait-il avoir été impliqué dans la mort de Kara ? reprend Damian, les sourcils froncés. Julia et lui étaient jumeaux. Il est allé à la même université ? Elle ne m'en a jamais parlé.

— Non. Il n'a pas fait de licence. Il vivait chez Joan à Bridport, la ville où ils ont grandi. Mais il venait souvent à Exeter pour sortir avec nous. À vrai dire, il avait un faible pour moi. Will est persuadé que c'est toujours le cas. Julia trouvait ça hilarant.

Mes idées s'embrouillent. Brusquement épuisée, je me laisse tomber sur le lit. Le frère de Julia aurait-il pu la tuer ? Aurait-il pu tuer Kara ? Il a été déplaisant au sujet de Julia aux obsèques, c'est un fait, mais ça ne signifie pas qu'il soit capable de tuer quelqu'un.

— Un suspect de plus, dis-je sèchement. Et toujours aucune preuve de quoi que ce soit.

Damian s'assied à côté de moi, absorbé dans ses réflexions. Je saisis l'occasion pour l'observer à la dérobée. Son profil est particulièrement beau. Il a le nez large, un menton carré et volontaire. Un soupçon d'arrogance autour des lèvres et des yeux. Je comprends que Julia ait été séduite. Fort et viril, il a aussi quelque chose de doux et d'inachevé. D'inoffensif et, en fin de compte, de contrôlable. Il sent que je le regarde et se tourne vers moi, le chagrin gravé sur son visage. Une vague de compassion déferle en moi. Damian souffre pour Julia comme j'ai souffert pour Kara : il ne l'a pas protégée. Il ne sait pas s'il aurait pu la protéger. Il ne sait pas ce qui s'est passé. Et à cause de ces doutes, il ne peut pas faire son deuil.

Je ne discerne en lui aucune culpabilité, aucune arrière-pensée. Il l'aimait sincèrement et sa peine le consume. Il m'est presque insupportable de voir ma propre douleur reflétée sur son visage, et, à cet instant, je suis ramenée en arrière, à ce jour où, voici des années, j'ai reconnu l'écho de ma détresse sur les traits de Julia.

— Elle me manque tant.

Sa voix se brise. Ses yeux brillent.

Les miens s'emplissent de larmes, je prends sa main et la presse dans la mienne.

Damian tend un bras vers moi et nous nous étreignons. Son corps est chaud, ses bras puissants me serrent contre lui. Le désir m'envahit et je dois lutter contre l'envie d'incliner la tête vers la sienne, de chercher sa bouche. Je me domine, évidemment. Je me dis que ce n'est pas du désir sexuel. Pas vraiment. C'est juste le besoin profond d'être tenue par quelqu'un, de se sentir en sécurité. Parce que je ne me souviens pas de la dernière fois que Will et moi nous sommes étreints vraiment.

En pensant à Will, je suis traversée par un violent pincement de jalousie. Où est-il ? Pourrait-il être avec une autre femme en ce moment ?

Damian se dégage et s'essuie furieusement les yeux.

— Pardon… bon Dieu, je ne voulais pas… désolé.

— Ne t'excuse pas.

Je me racle la gorge, troublée par la vision dérangeante de Will en train d'embrasser Catrina.

— Bon, alors… jusqu'ici nous avons des bribes d'éléments, mais rien qui tienne la route. On dirait que quelqu'un – peut-être Robbie – menaçait Julia.

Je marque une pause.

— Et il y a le médaillon de Kara, que quelqu'un a donné à Shannon pour rembourser une dette.

— Et Honey Hearts, ajoute Damian en se redressant.

Je me lève et m'approche de la fenêtre. Le soleil encore haut se détache sur le bleu du ciel.

— Julia a dû parler à Alexa Carling, comme moi, et puis elle a choisi Shannon – mais pourquoi, alors qu'elle l'avait déjà contactée sur eBay ? Et d'après Shannon, Will servait de couverture. À quoi donc ? Je ne comprends pas.

Damian fronce les sourcils.

— Attends une minute. Jusqu'à présent, nous avons supposé que Julia était allée à l'agence *avant* d'avoir retrouvé Shannon au Aces High, mais imagine qu'elle y soit allée *après* ? Que son rendez-vous avec Shannon soit justement ce qui l'a menée à l'agence ?

Je le dévisage, déroutée.

— Mais elle a vu Shannon pour la première fois le jeudi soir, deux jours avant de mourir. Comment aurait-elle eu le temps d'aller à l'agence avant le samedi ? Il faut prendre rendez-vous et Julia n'aurait pas pu appeler avant le vendredi matin au plus tôt.

— Ça ne l'aurait pas arrêtée.

Damian est debout, les joues rosies par l'excitation.

L'adrénaline court déjà dans mes veines. Nous avons mis le doigt sur quelque chose, je le sens. Je fouille dans ma mémoire, essayant de me remémorer les mots de Shannon.

— OK. Julia a contacté Shannon sur eBay, en prétendant vouloir acheter le médaillon de Kara.

— Bon.

Damian va jusqu'à la fenêtre, puis arpente la chambre un instant avant de se rasseoir, un pli sur le front.

— Bon, dis-je lentement. Supposons que Julia ait rencontré Shannon et appris le nom de la personne qui lui avait donné le médaillon. Elle a dû essayer de remonter plus haut, non?

— Tu penses que cette personne travaillait à l'agence?

— Ce serait logique. Le jeudi, Julia découvre son nom. Le vendredi, elle va à l'agence. Le samedi soir, elle te dit qu'elle sait qui est le tueur, et aussitôt après, elle essaie de m'appeler.

Damian cille rapidement.

— Oui. Ce qui signifie que Julia a fait exactement la même démarche que toi. Elle a fait semblant d'engager Shannon pour avoir une couverture qui lui permettrait de rassembler des informations, résume-t-il d'une voix excitée.

Je hoche la tête.

— Des informations sur le tueur de Kara.

— Oui.

Nous approchons de la vérité, j'en suis sûre.

— Il faut qu'on découvre où Shannon est allée. Qu'on l'oblige à s'expliquer.

— Et vite, ajoute Damian d'un ton sombre. Avant que le type qui a mis le feu la trouve – ou nous trouve.

Nous continuons à parler, essayant de déduire où Shannon a pu se réfugier. Elle a déclaré avoir des amis au Aces High. Peut-être cela vaudrait-il la peine d'y retourner pour nous renseigner?

Au bout d'un moment, je suis tellement fatiguée que j'ai du mal à réfléchir clairement. Damian bâille et je l'imite.

— Écoute, nous sommes tous les deux exténués, dis-je en étouffant un nouveau bâillement. Dormons un peu et puis allons grignoter quelque chose. Nous reprendrons cette conversation plus tard.

De retour dans ma chambre, je m'étends sur le lit et tire la courtepointe sur moi. Par la fenêtre entrouverte, j'entends le bruissement apaisant des feuilles des arbres. J'ai du mal à croire que je suis là, dans cette chambre inconnue, avec Damian, que je viens tout juste de rencontrer, de l'autre côté de la cloison. Je me tourne sur le côté, face à la porte. Mon cœur cogne dans ma poitrine : malgré ma peur et mon anxiété, je me sens vivante. J'ai un but, une motivation. Je me rends compte à présent que je n'en avais plus depuis des années.

Et que cela me manque.

J'ai l'intention de rester éveillée et de songer à la prochaine étape. Mais à peine ai-je fermé les yeux que je m'endors.

Quand je me réveille, il fait presque nuit. La température a fraîchi, mais je suis au chaud sous la couverture. Je me redresse en cillant et regarde ma montre. Neuf heures moins le quart. Flûte, j'ai dû dormir pendant des heures. J'ai des courbatures partout et la joue me brûle. Un frisson me traverse au souvenir de l'incendie.

On frappe à la porte. Encore ensommeillée, je vais ouvrir. C'est Damian. Il a les cheveux humides après la douche et sa chemise noire a été époussetée et repassée. Il sourit en me voyant réprimer un bâillement.

— Toi aussi ?

— Je viens de me réveiller.

— Il n'est pas trop tard pour dîner, assure-t-il. On y va ? Je meurs de faim.

— Bien sûr.

Je pivote instinctivement pour attraper ma trousse de maquillage, avant de me rappeler qu'elle était dans mon sac à main. Je frissonne de nouveau.

— Je n'ai rien sur moi.

Ma voix semble fragile, perdue, bien trop pathétique à mon goût.

— Hé, murmure Damian en me pressant le bras.

Son contact éveille en moi une autre sorte de frisson.

— On s'occupera de tout ça demain, d'accord ?

— Merci.

Je lui emboîte le pas. Je pensais ne pas avoir d'appétit, et pourtant, dès qu'on nous apporte le pain, je m'aperçois que je meurs de faim.

Nous dînons rapidement de cabillaud poêlé suivi d'une tarte à la mélasse, accompagnés d'eau pour Damian et d'un verre de vin pour moi. J'allais commander du vin en carafe, mais Damian s'est emparé du menu et, en connaisseur, a choisi pour moi un rioja délicieux.

— Je pensais que tu buvais du whisky ?

— Quand je buvais, je buvais tout ce que je trouvais, répond-il avec un sourire ironique.

— Je ne t'aurais pas pris pour un expert en vin.

Il se met à rire.

—C'est mon père qui m'a fait découvrir tout ça. Il disait que ce genre de chose impressionne les femmes. Un peu démodé, mais quand même.

—Est-il aussi redoutable que ta mère ? En tout cas, c'est génial qu'ils t'aient soutenu autant.

—Oui, ils sont fantastiques. Mais mon père est beaucoup plus doux que ma mère. Elle le mène par le bout du nez, et je crois qu'il aime lui obéir. Ça le change du rôle de capitaine d'industrie qu'il joue toute la journée.

Je pense à mes parents. Adolescente, je m'ennuyais à mourir à Bath. C'est drôle de penser qu'Exeter me paraissait excitant – voire dangereux – en comparaison et que j'avais hâte de quitter la maison pour la fac. Le jour où j'avais appris, deux ans plus tard, que Kara avait décidé de marcher sur mes traces, j'avais été agacée, comme si elle essayait de me voler ma liberté… de s'imposer dans mes choix. Il ne m'est pas venu une seconde à l'esprit qu'elle ait pu redouter l'idée de quitter la maison, et que choisir la même université que moi rendait peut-être l'expérience moins intimidante à ses yeux, parce que je serais là pour m'occuper d'elle. Pour tout lui montrer. Pour la protéger.

Mon vieux sentiment de culpabilité resurgit. J'essaie de l'ignorer, de me concentrer sur la suggestion de Damian – retourner à Exeter demain matin pour une nouvelle visite au Aces High.

—Tu pourrais aussi parler à Robbie, non ? Essayer d'en savoir plus sur ce message que Julia lui a envoyé.

J'acquiesce et vérifie les horaires des trains sur mon téléphone. Après dîner, Damian me propose de faire une promenade sur la route, histoire de prendre l'air. Le ciel nocturne s'est couvert et l'air est lourd, immobile, annonciateur d'orage.

En jetant un coup d'œil à ma montre, je constate avec un choc qu'il est presque onze heures. Beaucoup trop tard pour appeler les enfants ; ma mère doit être en train de se coucher. Puis l'idée me vient que Will n'a pas téléphoné de la journée. Je me demande s'il a appelé ma mère et appris que je n'étais pas là.

Pourquoi ne m'a-t-il pas contactée ?

Est-il avec Catrina ?

Damian me désigne un petit parc privé à l'arrière d'une rangée de villas. Encore tout à mes pensées, je suis stupéfaite de le voir escalader le portail.

— On ne devrait pas, dis-je.

Il sourit.

— Allez, Livy, lâche-toi un peu.

Sa phrase me rappelle Julia et me fait sourire, si bien que je m'empresse de l'imiter.

Damian me tend la main pour m'aider à sauter à terre. Il la garde dans la sienne alors que nous avançons sur l'herbe. Je rougis, contente qu'il fasse nuit. Mon cœur bat plus vite – et pas parce que nous n'avons pas le droit d'être là. Je me dis que Damian ne peut pas réellement s'intéresser à moi. Il est amical, c'est tout.

Une fois sous les arbres, il lâche ma main. On entend de la musique provenant d'un des appartements en face. L'air est chaud, humide. Je repense à Will qui n'a pas téléphoné pour prendre de mes nouvelles. Certes, je ne l'ai pas appelé non plus. Je suis trop bouleversée pour appeler : blessée, jalouse, en colère. Surtout en colère. Will m'a menti, et m'a humiliée. *Une fois de plus*. Et je l'ai laissé faire.

La voix de Damian rompt le silence.

— Tu n'es pas comme je t'imaginais, tu sais.

Je le regarde, curieuse.

— Que veux-tu dire ?

— D'après Julia, tu étais la plus raisonnable de vous deux : une maman classique, les pieds sur terre et la tête sur les épaules, ce genre de choses.

Il hésite.

— Je suppose qu'avant de te rencontrer, je pensais que tu serais un peu… je ne sais pas… un peu terne, peut-être. Que tu vivais ta petite vie.

Je lâche un petit rire sec.

— Tout à fait moi, comparée à Julia.

— Non.

Damian fronce les sourcils.

— Pas du tout, Livy. Je vois pourquoi vous vous entendiez si bien, Julia et toi. Elle faisait tous ces trucs glamour, tu en faisais l'expérience à travers elle, et de ton côté, tu l'ancrais à la réalité. Mais ça ne veut pas dire… que ton existence est étriquée.

— Ah non ?

Les arbres s'épaississent à mesure que nous approchons des maisons. La musique est plus forte.

— Elle ne l'est pas. Tu t'es seulement habituée à rester en marge.

Je le dévisage. Un DJ présente le morceau suivant mais je n'écoute pas vraiment. Je pense à ce que Damian vient de dire, je sens instinctivement qu'il a raison.

— Julia adorait cet air-là ! s'exclame soudain Damian.

313

Je reviens au présent. Une voix d'homme s'élève au-dessus des accents mélancoliques d'une guitare. Elle m'est vaguement familière, mais je n'arrive pas à l'identifier. C'est encore un domaine où ma vie s'est rapetissée. Je ne sais pas quand j'ai cessé d'écouter de la musique : peu après la naissance des enfants, je suppose.

— Qu'est-ce que c'est ?

— Dire Straits : *Why Worry*, répond Damian. Un des plaisirs coupables de Julia.

Je le fixe.

— Julia détestait la musique des années quatre-vingt.

— En société, oui, rétorque-t-il en souriant. Allez, viens.

Il m'attire à lui et je me laisse guider. Nous dansons, sa main puissante au creux de mon dos. La nuit est noire, calme, la ballade envoûtante. Je me laisse bercer et ferme les yeux tandis que le désir me submerge de nouveau. Ma joue repose contre celle de Damian. Mon cœur bat la chamade, une excitation absurde m'habite. Je n'ai pas la moindre idée de ce que je fais – le reste du monde et de ma vie semble à des années-lumière d'ici.

La chanson prend fin et un nouvel air lui succède, plus rapide, plus entraînant. Là encore, je sais que je l'ai déjà entendu, mais je ne me rappelle pas son titre.

— Oh ! Oui.

Les doigts de Damian se resserrent autour des miens. Il m'enlace plus fermement, et me fait tourner plus vite.

J'ouvre la bouche pour lui demander qui est l'artiste quand la voix inoubliable d'Elvis Presley rugit autour de nous. Je reconnais ce morceau, son refrain célèbre et endiablé. Je n'ai pas le temps de me sentir embarrassée.

Je m'amuse. J'avais oublié à quel point danser était un plaisir. Il y a des années que je n'en ai pas eu l'occasion.

Nous tournoyons entre les arbres. Damian est un danseur extraordinaire. Ses mouvements sont souples, fluides. Je suis hors d'haleine, je ris, toutes les terreurs de la journée oubliées alors que nous glissons sur l'herbe tendre.

Soudain la musique se tait, remplacée par des publicités. Et le monde revient avec fracas. Une voiture passe dans la rue en contrebas. Un coup d'avertisseur résonne un peu plus loin. Deux hommes crient. Damian et moi arrêtons de danser et restons immobiles, encore dans les bras l'un de l'autre. Des secondes s'écoulent. La radio hurle toujours. Après la page de publicité s'élève le générique de la station, suivi d'une voix masculine qui annonce le bulletin d'information de onze heures.

Je fais un pas en arrière, m'écarte de Damian. Il me lâche sans pour autant me quitter des yeux. Son visage est indéchiffrable, entre désir et tristesse. Il bouge, se penche presque imperceptiblement : une invitation au baiser, à peine exprimée, mais aussi claire que la voix en arrière-fond.

Je recule encore, brusquement terrifiée. Je baisse la tête, évitant son regard. Et puis je me concentre sur la radio et les paroles du présentateur :

« ... près d'Exmouth a été identifiée. Il s'agit de Shannon Walker, âgée de vingt-cinq ans. Son corps avait été découvert sur la plage en début de soirée. Un porte-parole de la police a lancé un appel demandant à toute personne ayant des informations de contacter le... »

— Oh ! Mon Dieu !

Je me retourne vers Damian. Il écoute aussi, horrifié.

— Il l'a trouvée, dit-il d'une voix étranglée, alors que la peur me submerge. Il l'a trouvée.

Sandra

« Il m'arrive de penser que Dieu, en créant l'homme, a quelque peu surestimé ses capacités. »
Oscar Wilde

Et donc nous en arrivons à Sandra. Je l'ai attendue longtemps. Il y eut d'autres distractions dans l'intervalle : de simples liaisons, des déconvenues professionnelles, l'assaut du temps qui passe, comme dit Amis, avec «ses cordes de vapeur» et «son rugissement rauque de terreur». Mais rien de tout cela ne m'a vraiment affecté au plus profond de moi. Je dormais, patient, me fiant à mon instinct et à ma conviction que, lorsque le tueur est prêt, la victime se présentera, pour paraphraser une précédente entrée dans ce journal.

Le début ne fut guère prometteur. Contrairement à Annalise, Sandra n'avait pas l'apparence de l'intelligence ou de la compétence professionnelle. En fait, elle ne possédait aucune qualité évidente. Et pourtant... hormis Kara, bien sûr, je n'ai jamais éprouvé autant de désir de prendre une personne. C'était plus fort que moi. Peut-être mon plus grand défi. Voyez-vous, j'aurais pu tuer Sandra au bout de quelques minutes. Et pourtant, j'ai patienté. J'ai patienté pour me mettre à l'épreuve. Pour voir jusqu'à

317

quel point je pouvais triompher de ma propre impatience. C'est alors que j'ai compris que j'étais, moi-même, le rival que j'attendais. À cet instant, tout s'est évanoui. En me dissolvant, j'ai ressuscité. Sandra n'était rien en elle-même, mais elle représente mon second avènement.

Nous nous sommes rencontrés sur les landes du Dartmoor par une chaude journée d'été, voici quelques années. Je rentrais à la maison après avoir vu un client, en songeant que je devais acheter des fleurs pour ma femme, et peut-être aussi du lait tant que j'y étais, quand j'ai croisé Sandra sur une route déserte. Elle était avec ses deux enfants (des filles, de pères différents) et sa démarche avachie m'a tout révélé. Je ne sais pas vraiment pourquoi je me suis arrêté. J'ai soudain eu la certitude qu'elle serait la suivante. Mon destin. Je suis descendu de voiture et j'ai attendu qu'elles arrivent à ma hauteur.

— Bonjour, ai-je lancé.

Sandra m'a toisé d'un air soupçonneux. Elle était mal fagotée, et ses cheveux, un fatras de mèches ignobles, avaient outrancièrement besoin d'une coupe. Les deux petites filles avaient les bras et les jambes sales. Elle en portait une ; l'autre pleurnichait dans ses jupes. Toutes les trois paraissaient épuisées.

— Puis-je vous déposer quelque part ?

Je lui ai adressé un sourire désarmant, en indiquant l'habitacle climatisé de ma voiture.

Sandra a froncé les sourcils.

J'ai jeté un coup d'œil à la photo que j'avais mise sur le tableau de bord, en espérant que son regard suivrait le mien.

— C'est votre famille ?

— Oui. Ça occupe.

318

Sandra hésitait. L'aînée des enfants s'est mise à geindre.

— S'il te plaît, maman.

Sandra hésitait toujours.

— Ce n'est pas grave. Je songeais seulement à vous rendre service parce que vous aviez l'air d'avoir chaud et d'être fatiguée, ai-je dit avec un haussement d'épaules. Mais je comprends parfaitement. De nos jours, on n'est jamais trop prudent.

Je me suis dirigé vers la voiture. Je suis monté. J'avais la main sur la poignée, prêt à la fermer.

— Bon, euh… merci, a dit Sandra en rougissant.

Et elles sont montées. Un jeu d'enfant.

Je me suis présenté sous mon meilleur jour en les ramenant à leur petite maison sur la lande. Sandra était à l'évidence seule et malheureuse. Je l'ai apprivoisée petit à petit, en lui faisant des compliments sur ses enfants et en m'apitoyant sur les difficultés de les élever sans mari. J'ai utilisé mon histoire favorite, celle de ma fille morte de leucémie. Je pensais que ce serait l'appât idéal et je ne me trompais pas. Quand je l'ai déposée, elle était tout à fait disposée à me revoir. Nous n'avons même pas échangé nos numéros, je lui ai simplement donné rendez-vous le samedi suivant, lorsque les filles seraient chez sa mère.

Nous nous sommes promenés sur la lande, jusqu'à la rivière Dart. Nous avons été vus par plusieurs couples, ce qui m'a conforté dans ma résolution de ne pas me précipiter. Sandra, j'en bâille encore, avait hâte de me raconter son histoire où, c'était prévisible, figurait une succession d'ex aussi violents les uns que les autres. Elle m'a raconté avec satisfaction que quitter le dernier tyran qui l'avait humiliée avait été un grand pas pour elle, qu'elle reconstruisait sa vie… blabla… Je lui ai dit, d'une voix émue, que ma femme ne me comprenait pas, que notre mariage n'en était pas un. Et puis je l'ai embrassée – très tendrement – près d'un endroit où la rivière formait un petit lac entouré de rochers. Alors que je contemplais ses profondeurs sombres, un plan a pris forme dans mon esprit.

J'ai donc attendu. Je me dominai le vendredi suivant, quand Sandra et moi avons passé deux heures ensemble. Et le week-end d'après, puisqu'elle avait amené ses filles pour me les présenter comme il fallait, avait-elle dit avec un sourire timide et idiot. Les deux fois, j'aurais pu la tuer. Dieu sait que je m'ennuyais assez pour être tenté. Mon opinion de Sandra ne s'était en rien améliorée depuis notre première rencontre. Je pensais souvent à Kara en la regardant. Comme tant d'autres qui m'ont attiré, Sandra possédait un minuscule écho de mon ange : des cheveux blonds et fins. Sauf que ceux de Sandra sortaient d'un flacon. Les différences étaient gigantesques. Kara avait été un sanctuaire. Sandra était un affreux terrain vague : souillé et jonché d'immondices. Néanmoins, c'était une douce souffrance que de retarder le plaisir, de me résister.

C'est le vendredi suivant que j'ai senti que le moment était venu, même si je n'avais que quelques heures devant moi. J'étais résolu à passer à l'acte, et je n'ai pas changé d'avis même quand Sandra s'est présentée avec des mèches neuves dans les cheveux et la plus jeune de ses filles qui avait été malade et n'avait pas voulu passer la journée chez sa grand-mère. Je devrais expliquer que Sandra, sachant que j'étais marié, n'avait pas avoué à sa mère qu'elle me fréquentait. D'où l'avantage de nos sorties à la campagne : peu de témoins. Pas d'explications. Des risques limités.

C'était une journée chaude et lourde, la troisième de suite où la température atteignait plus de trente degrés. Sandra, fébrile, quémandait des compliments sur sa nouvelle coiffure – elle avait ramené en arrière ses mèches blondes à l'aide d'une exécrable épingle en forme de papillon. Je sentais qu'elle s'attendait à être séduite. Je l'ai embrassée pendant que sa petite fille jouait derrière un rocher.

— Attends, a-t-elle gloussé d'un ton geignard, exaspérant.

— Je ne peux pas attendre, ai-je gémi à mon tour, feignant d'être fou de désir pour elle. Je te veux, j'ai besoin de toi.

Ou quelque chose du même ordre. N'importe. Mes paroles ont fait effet. Sandra s'est laissé dévêtir, et puis je l'ai conduite dans l'eau, un peu plus chaude que d'habitude après ces belles journées ensoleillées.

— Pour qu'on soit discrets, ai-je chuchoté.

Elle a rougi et murmuré son appréciation face à ma délicatesse. Peu après, nous étions nus tous les deux, de l'eau jusqu'au cou. Nos vêtements gisaient sur l'herbe, à l'orée du bois. La petite fille, hors de vue, s'amusait avec sa poupée ou son album de coloriage. J'ai dit à Sandra qu'on allait nager sous l'eau ensemble. Comme elle hésitait, je l'ai entraînée là où l'eau était plus profonde. Le soleil scintillait à la surface. Les pierres que j'avais préparées n'avaient pas bougé. Nous avons continué à nager. Sandra, à bout de souffle, tirait sur mes doigts pour que je la ramène à la surface.

J'ai désigné le rocher que j'avais déjà repéré. Et l'idiote a fait ce qu'on lui disait de faire. Je lui ai attrapé la jambe, et, d'un mouvement précis, je l'ai coincée dans un trou entre les rochers à l'aide de la pierre que j'avais mise de côté. Tout en maintenant celle-ci fermement en position, j'ai pivoté pour observer Sandra. Ces exercices m'avaient laissé hors d'haleine, mais j'ai regardé, fasciné, son corps se tordre, puis s'apaiser et enfin, s'affaisser. J'ai lâché la pierre. Elle est restée en place. Incapable de rester plus longtemps sans respirer, je suis remonté comme une flèche à la surface.

J'ai émergé, triomphant, dans l'air frais et tiède. Ouvrant les yeux, j'ai cillé pour en chasser l'eau. Je me suis retourné. Et j'ai vu des pieds dans de petites baskets roses.

La fille de Sandra était debout sur les rochers, à côté de notre pile de vêtements, sa bouche dessinant un « O » choqué. J'ai suivi son regard. Sandra était clairement visible sous l'eau, son corps dénudé, flou et rose, flottant vers la surface depuis sa prison. La petite fille a pivoté vers moi. J'ai compris avec un frisson ravi qu'elle était la première personne à être témoin d'un de mes meurtres. J'ai ressenti une palpitation de fierté. Soudain elle a lâché un cri fluet, perçant. Aussitôt, je l'ai prise dans mes bras, j'ai plaqué une main sur sa bouche. J'ai sauté dans l'eau de nouveau, plongé sous la surface. Cela n'était pas prévu, évidemment, mais toute ma vie de tueur m'avait conduit là, à cette capacité à surmonter la pression, cette sûreté dans la prise de décision. La fillette s'est affaissée dans mes bras. Niamh, c'était son nom, n'avait pas encore trois ans. Je l'ai laissée flotter sur le ventre, juste au-dessus de sa mère, et puis je suis sorti de l'eau.

Avec calme et sang-froid j'ai enfilé mes vêtements et effacé toute trace de mes empreintes. Ce n'était pas difficile, l'herbe sur la rive, tendre et fournie, avait déjà été considérablement aplatie par de précédents promeneurs. J'ai inspecté les environs une dernière fois. J'étais pratiquement sûr des conclusions que la police tirerait de la scène. Sandra était allée se baigner nue, s'était coincé le pied, affolée, et noyée. Un accident imprévisible. Sa petite fille était tombée à l'eau – ou avait sauté pour aller chercher sa mère – et était morte aussi. Je n'avais laissé aucune marque sur les corps et aucune trace sur les lieux. J'ai examiné les affaires de Sandra avec soin pour m'en assurer. Tout était propre : pas de cheveux, pas de fibres, pas d'empreintes. J'ai empoché son épingle en forme de papillon et je suis retourné à la voiture. Ensuite, je me suis changé – on n'est jamais trop prudent – et je suis parti, abandonnant ma première tenue dans une poubelle à l'autre bout du parc de Dartmoor.

J'étais de retour chez moi dans l'heure, des tas d'anecdotes à raconter sur mon travail. J'ai fait semblant de m'intéresser à la journée que ma femme avait passée, mais, intérieurement, je débordais de fierté. J'avais retardé le moment de prendre mon plaisir. J'avais improvisé pour gérer les dommages collatéraux. Et j'avais triomphé. Une fois de plus.

15

Le soleil se reflète sur un immeuble de bureaux en verre alors que notre train passe devant. Des champs et des arbres apparaissent sur la droite. Encore une magnifique journée mais Damian et moi voyageons dans un silence tendu, anxieux.

Après avoir appris la nouvelle de la mort de Shannon, nous sommes retournés à l'hôtel, comme assommés. Nous avons passé un moment au bar pour essayer de calmer nos nerfs. Puis nous sommes allés nous coucher.

Séparément.

Le meurtre de Shannon – car je suis aussi sûre que Damian qu'elle a été assassinée – m'a tenue éveillée une bonne partie de la nuit. Malade de peur, j'avais calé une chaise sous la poignée de ma porte, et je me suis levée plusieurs fois pour vérifier que celle-ci était bien fermée à clé.

Encore maintenant, des heures plus tard, je suis à cran. Damian aussi, c'est évident. Ses mains triturent nerveusement une cigarette, qu'il se retient de fumer parce que c'est interdit à bord du train. Il y a une gêne nouvelle entre nous depuis hier soir, à laquelle je refuse de penser.

J'ai désespérément envie d'appeler Will. Pourtant, je suis toujours trop blessée et trop en colère pour m'y résoudre. Peu importe qu'il ait couché une fois ou des centaines de fois avec Catrina ; peu importe qu'il n'y ait eu qu'elle, ou des tas d'autres femmes au fil des années. Ça change tout quand même. Je ne peux plus refouler mes sentiments. Il y a là des choses auxquelles je dois faire face. La plus importante, c'est que notre vie ensemble est fichue. La première liaison de Will a brisé le cœur de notre mariage. Mais au moins, à l'époque, je croyais qu'il y avait un cœur, quelque chose que nous pourrions, ensemble, soigner ou réparer. Tandis qu'à présent, tout est en ruine, irréparable. Will a détruit notre union et je ne vois pas comment nous pourrions revenir en arrière. Je pense à cela, et je pense à Hannah, qui se débat avec les premiers émois de l'adolescence, et à mon adorable et affectueux Zack. J'imagine la douleur que notre séparation va leur causer.

Et cela me déchire.

Damian et moi parlons à peine. Je ne sais pas quoi conclure de la manière dont il m'a regardée hier soir, du baiser que nous avons failli échanger, de ce qui aurait si facilement pu s'ensuivre. Dans l'état où je me trouve, j'ai du mal à réfléchir clairement. La paranoïa m'embrouille le cerveau. Je soupçonne tout le monde du meurtre de Julia. Peut-être Damian a-t-il monté ce scénario de toutes pièces – depuis le coursier chez Shannon jusqu'à l'incendie du cottage – peut-être est-ce une sorte de double bluff compliqué. Peut-être Robbie est-il un psychopathe dont la vie ordinaire, limitée, masque toute une série de désirs pervers et d'actes cruels.

À l'approche d'Exeter, je m'arrache à mes épouvantables songeries pour téléphoner à ma mère. Elle m'apprend que Zack est debout depuis des heures, mais qu'Hannah est toujours au lit. Je jette un coup d'œil à ma montre. Presque dix heures. Je lui dis de la réveiller dans une demi-heure si elle ne se lève pas d'elle-même, et que je les rejoindrai plus tard – mais que je ne sais pas encore quand. Puis je bavarde avec Zack, enthousiasmé par le « paradis des insectes » qu'il a créé dans le jardin de sa grand-mère, « avec un abri pour les abeilles sous une pierre et des fleurs pour les attirer, et de la terre pour les vers ».

Nous entrons en gare au moment où la conversation se termine. Hors du compartiment climatisé, l'air paraît chaud et lourd. Comme nous franchissons la barrière, Damian s'éclaircit la gorge.

— Tu veux toujours qu'on aille au Aces High ?

Je tressaille, brusquement ramenée au plan que nous avons échafaudé hier soir, avant d'apprendre que Shannon était morte.

— À quoi bon ? On voulait seulement essayer de retrouver Shannon. Et maintenant…

Damian se tasse légèrement.

— Je sais, mais je ne peux pas renoncer. Il faut que je sache qui a tué Julia.

Il marque une pause.

— C'est sans doute lui qui a tué Shannon aussi. Et ta sœur.

Il a raison. Pour Kara, pour Julia, il nous faut le découvrir.

— Si on y allait quand même ? soupire-t-il alors que nous sortons au soleil. Quelqu'un sait peut-être comment Shannon a eu ce médaillon. D'après elle, un des types de là-bas avait fait pression sur la personne qui lui devait de l'argent.

Je réfléchis.

— Peut-être que toi, tu devrais aller au Aces High, et moi, je pourrais voir si Robbie accepte de me retrouver quelque part. Plus j'y pense, plus je crois qu'il est impliqué. Il a encouragé Joan à détruire l'ordinateur de Julia…

— Je suis d'accord. Mais ça ne me plaît pas que tu le rencontres seule.

— Tout ira bien. Je ferai en sorte qu'on se donne rendez-vous dans un endroit public.

— Très bien, mais sois prudente.

Nous nous dirigeons vers une file de taxis et Damian me prête de l'argent. Il va falloir que je remplace pratiquement tout le contenu de mon sac, depuis mes clés de maison jusqu'à mes cartes bancaires. Je suis épuisée rien que d'y penser.

— Tu promets de faire attention ? insiste Damian, avec une sollicitude sincère.

— Bien sûr.

— Bon.

Il hésite.

— N'oublie pas d'utiliser le béguin qu'il a eu pour toi par le passé, et qu'il est peut-être encore amoureux de toi.

Je le suis des yeux, ses paroles résonnant à mes oreilles. Puis je respire à fond et je téléphone à Robbie. Il répond tout de suite, apparemment ravi.

— J'espérais tellement que tu allais rappeler.

— Rappeler ?

Une seconde, je suis décontenancée. Soudain, je me souviens de l'appel qu'il a passé il y a quelques jours, juste avant que je trouve la bague de Julia. Je m'apprête à lui suggérer qu'on déjeune ensemble, mais il me prend de vitesse, et m'invite à boire un café.

— Il faut que je sois à l'hôtel dans une heure, mais je pourrais m'éclipser maintenant si ça te dit ? On pourrait se retrouver dans dix minutes ? Wendy ne s'apercevra de rien.

Il parle si vite, avec tant d'excitation, que j'arrive à peine à suivre ce qu'il dit, mais cette référence à sa femme me donne l'impression inquiétante qu'il me propose un rendez-vous clandestin.

— Tu veux que je vienne à l'hôtel ? dis-je, résolue à lui faire comprendre que mes intentions sont purement amicales.

— Sûrement pas, répond Robbie avec conviction. Je ne tiens pas à y aller avant d'y être obligé. Il y aura forcément un problème à régler. On va me mettre le grappin dessus tout de suite. Si on se retrouvait au Top Tiffin ?

— Qu'est-ce que c'est ?

— Un nouveau salon de thé à cinq minutes de la cathédrale. Ça te va ?

J'accepte avec réticence. J'aurais préféré rentrer chez moi à Heavitree pour me changer – de plus, l'idée que Robbie agit dans le dos de sa femme me déplaît énormément. Cependant, je ne veux pas reporter cette rencontre à plus tard. Il est déjà là quand j'arrive, le nez plongé dans un livre, ses doigts pianotant nerveusement sur la table. Je jette un coup d'œil à la couverture – Julian Barnes, *Une fille, qui danse*. Je reste debout un instant à l'observer. Au bout de quelques secondes, Robbie lève les yeux et jette un regard anxieux vers la porte. En me voyant, il sourit jusqu'aux oreilles.

Je m'avance, mal à l'aise. Robbie éteint ostensiblement son téléphone avant de me demander ce que je veux prendre. J'opte pour un cappuccino et éteins mon propre portable pendant qu'il va commander au comptoir. Il me sourit de nouveau en revenant et s'assied.

— Ça me fait tellement plaisir de te voir, Livy. Tu es superbe. Je ne peux pas te dire à quel point je suis content que tu aies appelé. Quand ma mère t'a accusée d'avoir volé cette bague, j'ai eu peur...

Je rougis brusquement en songeant à l'endroit où je l'ai retrouvée. Je fixe le visage candide de Robbie. Sait-il ? S'agit-il d'un piège ? Jusqu'à cet instant, j'avais complètement oublié que Will avait parlé de la lui renvoyer le lendemain. L'a-t-il fait ?

— Qu'est-ce qu'il y a ? demande Robbie.

Il lisse gauchement les cheveux qui bouclent sur sa nuque.

— Pardon, je ne voulais pas te faire de la peine...

— Non, pas du tout, tu n'y es pour rien, dis-je en lui effleurant le bras.

Il rougit. Je jette un coup d'œil au-dehors. En dépit de la chaleur, le ciel est couvert. Un nuage sombre au loin paraît menaçant.

— Je suis désolée d'avoir... euh... dérangé tes projets pour ce matin.

— Il n'y a pas de quoi, répond-il sans cesser de sourire. Moi, je ne le suis pas.

L'atmosphère change, se charge de tension. Je prends soudain conscience de la lueur de désir qui brille dans le regard de Robbie. Je m'écarte, gênée. Mieux vaut aller droit au but.

—En fait, je voulais te poser une question. Je… Je suis tombée sur un mail que Julia a écrit. Je crois qu'elle te l'a adressé juste avant de mourir. Elle était en colère. Il s'agit de… enfin, je n'en suis pas sûre, mais…

Je m'interromps, réticente à dire tout de go que le message laisse entendre qu'il menaçait sa sœur.

Son visage se crispe, un tressaillement infime, involontaire, des muscles.

—Excuse-moi, Livy, mais je n'ai pas reçu de mail de Julia depuis des années.

Et c'est à la manière dont sa voix s'élève légèrement à la fin de sa phrase, que je devine qu'il ment.

Je continue à le fixer. Comment puis-je l'inciter à se confier à moi ?

—Eh bien, elle en a envoyé un et elle semblait furieuse.

Robbie paraît embarrassé.

—Livy, je ne sais pas quelles absurdités Julia a pu écrire, mais à ta place, je n'y accorderais guère d'attention.

Il fronce les sourcils.

—Comment se fait-il que tu l'aies vu, d'ailleurs ?

Je me cale sur ma chaise, ne sachant que répondre. Le serveur apporte nos boissons. Il les pose sur la table. Deux cafés noirs accompagnés d'un pichet de lait chaud. Je m'apprête à lui faire remarquer que j'ai demandé un cappuccino mais Robbie se penche par-dessus la table et prend ma main dans la sienne.

— J'ai commandé des americanos avec du lait chaud. C'est ce que nous avons bu pendant notre premier et seul rendez-vous, tu te rappelles ? demande-t-il avec un sourire.

Je le dévisage. Parle-t-il sérieusement ?

— Robbie, c'était il y a dix-huit ans.

— Je sais, mais je m'en souviens comme si c'était hier.

Sa main est toujours sur la mienne, sa paume lourde et moite sur mes doigts. J'ai toutes les peines du monde à ne pas me dégager, Dieu sait comment je parviens à me dominer. Je me concentre sur la vapeur qui s'échappe de nos tasses, le bourdonnement des conversations autour de nous. Les paroles cassantes prononcées par Julia autrefois résonnent dans ma tête : *Mon faux jeton de frère t'adore, Liv. Tu ne pourrais pas lui parler ? Le persuader d'échanger sa chambre contre la mienne à la maison ? Ma mère l'a laissé prendre la grande et je suis coincée dans cette saloperie de placard à balais. Allez, il ferait n'importe quoi pour toi.*

Je m'interroge. La suggestion de Damian tout à l'heure me traverse l'esprit. Robbie me contemple d'un air quasiment adorateur. Je déglutis, puis lui rends son regard, en essayant d'adoucir le mien.

— En fait, je m'en souviens aussi. C'est juste que je ne peux pas croire que tu…

Je m'interromps. D'une légère pression sur mes doigts, Robbie m'encourage à poursuivre.

— Je n'arrive pas à croire que tu ressentes la même chose que moi, enfin… si c'est vrai ?

331

J'ai les joues brûlantes. Je suis nulle pour ce genre de chose. Je me conduis comme une des filles de Honey Hearts, et je me sens coupable, mal à l'aise. Je me demande tout à coup si elles éprouvent parfois la même chose que moi. Ou si elles s'acquittent de chaque mission sans état d'âme ?

Robbie serre ma main plus fort et je me force à relever la tête, à le regarder dans les yeux.

— Je songe souvent à cette époque-là, dit-il avec ferveur.

Je presse sa main en retour. Je joue avec le feu, mais je ne peux pas m'arrêter. Il faut que je le persuade de me faire confiance, de s'ouvrir à moi, de me dire ce qu'il sait.

— Par moments, je me demande si nous ne tenions pas pour acquises les choses que nous avions à l'époque, reprend-il à voix basse. J'ai l'impression de… d'avoir renoncé à toi trop facilement. Quelquefois on n'apprécie pas ce qu'on a avant qu'il soit trop tard. Tu comprends ce que je veux dire ?

Je me détourne.

— Oui, dis-je dans un souffle.

Oh ! Mon Dieu.

— Quelquefois, je voudrais qu'on puisse revenir en arrière… avant Wendy, avant Will, ajoute Robbie.

Je sens qu'il m'observe, qu'il guette ma réaction. Je prends une profonde inspiration.

— Je sais, dis-je doucement. Bien sûr, si loin qu'on remonte dans le temps, Julia était là.

Robbie pousse un soupir.

— Oui, Julia. Tout le monde l'adorait, mais franchement, Liv, si tu l'avais connue aussi bien que moi… c'était une vraie garce.

J'en reste bouche bée. Évidemment, je n'ai pas oublié son discours aux obsèques, mais je ne m'attendais pas à ça.

— Une garce ?

— La plupart du temps, elle disait n'importe quoi pour se faire remarquer. Il n'y avait rien de sincère chez elle, explique Robbie avec amertume. Elle aimait me narguer. Elle a toujours été horrible avec ma mère et moi, tellement manipulatrice.

Je le dévisage. Il est vrai que Julia a toujours parlé de sa famille avec mépris, dès notre première rencontre. Elle ne rentrait presque jamais chez elle, même après la mort de son père et bien que Joan n'habite qu'à une heure de route. Cependant, elle n'était quand même pas aussi méchante que Robbie l'affirme. D'accord elle traitait sa mère de « vampire émotionnel » et son frère de « faux jeton », mais elle était souvent impitoyable dans sa façon de parler. D'ailleurs, ni Robbie ni Joan n'étaient des anges. Julia racontait des tas d'anecdotes où ils l'avaient ridiculisée. *Pour tout, Livy*, avait-elle affirmé un jour, *mon apparence, mes vêtements, mon travail, ma vie sentimentale. Ils se conduisent comme si j'étais une ratée totale.* Je dégage enfin ma main et bois une gorgée de café.

— Je ne savais pas que tu avais cette opinion d'elle.

— Eh bien, c'est la vérité.

Il me considère avec anxiété.

— Je sais que c'était ton amie et je sais qu'elle savait s'y prendre pour donner l'impression d'être gentille et normale, mais c'était tout le contraire. Elle était méchante et cruelle et elle ne laissait jamais personne s'approcher d'elle. Au fond, elle n'aimait personne.

Je secoue la tête. Ce n'est pas vrai. Moi, j'étais proche d'elle. Elle me confiait tout ce qui était important à ses yeux.

Une petite voix proteste dans ma tête. Oui, sauf qu'elle cherchait depuis des années l'assassin de Kara, qu'elle avait engagé une fille pour piéger Will dans le cadre d'une espèce de couverture et qu'elle était tombée amoureuse de Damian, bien qu'elle ait affirmé le contraire.

— Julia était une amie.

— Vraiment ? Dans ce cas-là, pourquoi ne t'a-t-elle pas dit qu'elle avait l'intention de léguer tout son argent à son copain, ce Damian Machinchose ?

— Quoi ? Comment le sais-tu ?

Mon pouls s'est emballé.

La voix de Robbie est sévère.

— Écoute, je vais te dire la vérité, Livy, parce que je ne veux pas commencer quoi que ce soit entre nous en étant malhonnête. J'ai effectivement reçu un mail de Julia quelques jours avant sa mort, et c'est vrai qu'elle était en colère contre moi.

— Pourquoi… de quoi s'agissait-il ?

Robbie lève les yeux au ciel.

— Je lui avais dit qu'elle se conduisait comme une garce.

Je fronce les sourcils.

— Je ne…

— Ma mère a besoin d'argent, explique Robbie. Sa retraite n'est pas suffisante pour couvrir les frais d'entretien de sa maison. Je l'aide de mon mieux, mais avec l'emprunt immobilier et les enfants, Wendy et moi avons du mal à joindre les deux bouts… maman a des difficultés depuis que papa est mort, et l'année dernière, avec la baisse des taux d'intérêt, la situation s'est aggravée. Elle veut désespérément rester dans cette maison, mais elle n'a pas d'argent. Alors, il y a un mois environ, j'ai suggéré à Julia de vendre son cottage à Lympstone et d'utiliser l'argent pour acheter une partie de la maison de ma mère.

Je revois brusquement le cottage. L'incendie. Robbie se penche vers moi, concentré sur son récit.

—Ce n'était pas déraisonnable. Julia aurait récupéré son argent à la mort de ma mère, alors ce n'était pas comme si on lui demandait l'aumône. Mais elle a pété un plomb.

—Ah bon?

Mon cœur se serre. Julia ne m'a pas dit un mot de tout cela.

—Elle s'est mise à hurler. Elle m'a dit que j'étais un tyran. M'a traité de tous les noms. Des noms abominables. Franchement, Livy, elle était comme folle; et après, elle m'a envoyé un mail au vitriol, où elle m'accusait de l'avoir menacée, et où elle disait que non seulement elle n'aiderait pas ma mère mais qu'elle allait rédiger un testament et tout laisser à son maudit petit ami. Elle a même dit qu'elle espérait que maman perdrait la maison. Et qu'elle allait veiller à ce que ni ma mère ni moi ni mes enfants… ses *neveux*, Livy… n'ayons jamais le moindre sou.

Mon sang cogne à mes tempes. Je ne sais pas quoi penser. Quoi dire.

—Julia disait souvent… des choses qu'elle ne pensait pas…

— Ne la défends pas.

Robbie boit une gorgée de café puis repose la tasse dans la soucoupe d'un geste brusque.

— Elle ne voyait ce Damian que depuis quelques mois. Elle ne serait jamais restée avec lui. Elle était incapable d'aimer quelqu'un comme il faut. Elle était cinglée, Livy. Complètement cinglée.

Je m'éloigne légèrement, la gorge nouée.

— Alors vous avez brûlé son ordinateur et ses papiers au cas où elle aurait rédigé un testament?

— Oh, elle en a fait un! J'ai trouvé le dossier sans difficulté. Il était prêt mais elle ne l'avait pas encore fait enregistrer officiellement, donc il était encore temps. J'essayais seulement d'aider ma mère. Pourquoi est-ce qu'un gigolo qu'elle connaissait à peine aurait dû avoir cet argent? Mes parents ont trimé toute leur vie pour nous, et, à entendre Julia, on croirait qu'elle a été une enfant maltraitée.

— Elle n'a jamais rien prétendu de tel.

Je réfléchis à toute allure.

Damian savait-il que Julia avait décidé de lui léguer ses biens? Si oui, cela jette une lumière nouvelle sur son désir de fouiller les dossiers, sans parler du fait que cela lui donne un mobile pour son meurtre.

— À moi, si. Écoute, il faut que tu comprennes. J'aimais ma sœur, malgré les sottises qu'elle racontait.

Robbie reprend ma main. Son regard fouille le mien, suppliant.

— Je ne dis pas ça par rancune. Comme je disais, je ne veux pas te mentir. Je veux… Je voudrais te revoir. Sortir avec toi. Aller dîner peut-être?

Je retire ma main.

— Et Wendy ?

— Wendy et moi… c'est seulement pour les apparences. On a un arrangement, on reste ensemble pour les enfants et tout ça. Mais il y a longtemps que ce n'est plus un vrai mariage.

Les mots glissent si aisément sur sa langue. En fait, il émane de lui une sincérité mêlée de détermination. Il me désire. Il l'exprime clairement. Est-ce ainsi que Will s'y prend quand il essaie de séduire une femme ? A-t-il prononcé les mêmes paroles quand il a commencé à flirter avec Catrina ?

Robbie avale bruyamment son café. Je prends une gorgée du mien. Il est froid.

— Et puis, il y a Will, dis-je.

Robbie incline la tête de côté.

— Tu ne lui fais pas confiance, observe-t-il. Et à juste titre.

Je reste sans voix.

— Julia m'a parlé de sa liaison il y a quelques années. Je suis navré de te dire ça, mais c'était durant une de ses diatribes.

Je suis comme engourdie.

— Que veux-tu dire ?

— Elle m'a lancé ça pour me narguer. Tu sais… « Ta femme est une vraie salope. Tu restes avec parce que tu es un pauvre lâche et que tu ne trouveras jamais personne d'autre pour coucher avec un faux jeton comme toi. » Ce genre de choses.

Il soupire.

— Elle a ajouté : « Au moins, Will est prêt à prendre ce qu'il veut. »

— Non.

J'ai la nausée. Robbie invente tout cela. Julia a toujours eu de l'affection pour Will – mais elle a toujours été de mon côté pour ce qui était de cette liaison.

— Elle ne le pensait pas vraiment.

— Qui sait ce qu'elle pensait ? Voilà exactement où je veux en venir. Tu sais, quand on était plus jeunes, elle avait pris l'habitude de raconter aux gens que j'étais homosexuel. Je veux dire, il n'y a pas de mal à l'être, mais je ne l'étais pas, alors ça me blessait.

Il passe une main dans ses cheveux.

— Elle a bien dû te le dire, non ?

Je me redresse, tandis qu'un souvenir oublié depuis longtemps refait surface. Avant que je rencontre Robbie, Julia m'a en effet avertie qu'il était gay. J'avais cru être parvenue moi-même à cette conclusion, mais maintenant je me souviens que c'est Julia qui me l'avait dit. Et elle l'a répété quelques semaines plus tard, après avoir constaté que je lui plaisais, en ajoutant que l'attirance qu'il éprouvait envers moi était une sorte de transfert. *Il t'adore mais pour lui tu es comme une déesse… intouchable. Au fond, il est complètement gay. Sérieusement, Liv, j'ai vu ce qu'il regarde sur Internet.*

— *Tu veux dire qu'il est dans le placard ?*

J'avais fait la moue, me demandant pourquoi quiconque à notre époque éprouvait le besoin de dissimuler son orientation sexuelle.

Mon chou, Robbie est tellement au fond du placard qu'il a pratiquement atteint Narnia.

Il ne m'était pas venu à l'esprit qu'elle puisse mentir. Je me demande soudain si ses propos ont eu un effet sur moi ? Le fait que je croyais Robbie gay m'a-t-il influencée quand il m'a invitée à sortir avec lui ? Je ne m'en souviens plus.

— Elle te l'a dit, hein ? insiste Robbie, amer. Réfléchis, Livy. C'est Julia qui nous a séparés.

— Non.

Je termine mon café froid. Il est temps de mettre fin à cette litanie d'accusations.

— Julia a eu tort de dire certaines choses, c'est vrai, mais je ne pense pas qu'elle ait eu l'intention d'être cruelle. Et, de toute façon, je ne crois pas que je serais sortie avec toi à l'époque.

Je retiens mon souffle, redoutant d'avoir paru méchante.

Robbie me lance un petit regard attristé.

— Mais… ce que tu as dit tout à l'heure… à l'instant ?

Je ravale ma salive.

— Ce n'était pas toi le problème, dis-je, sachant que ce n'est qu'à moitié vrai. Je n'étais pas en état de sortir avec quiconque à ce moment-là, juste après la mort de Kara.

— Bien sûr.

Il se tait.

Nous avons tous les deux fini notre café. J'ai mal à la tête. Je veux sortir d'ici et réfléchir à cette conversation. Me suis-je réellement trompée à ce point au sujet de Julia ? Et si Robbie a raison à propos de son testament, dois-je considérer sous un angle nouveau l'intérêt de Damian pour découvrir ce qu'il lui est arrivé ? Puis-je lui faire confiance ? Il a déjà reconnu être un ancien cambrioleur. Bien sûr, s'il avait voulu tuer Julia, il aurait attendu qu'elle ait officialisé son testament. Pourtant, mes doutes continuent à me tourmenter.

— Il faut que je parte.

Robbie se lève en même temps que moi.

— Quand vais-je te revoir, Livy ?

Il y a un grand sourire sur ses lèvres, mais sa voix est sourde, presque menaçante à mes oreilles. Je frissonne en dépit de la chaleur.

— Je ne sais pas.

Gênée, j'essaie de penser à un événement normal auquel nous pourrions assister tous les deux sans qu'il y ait d'ambiguïté sur notre relation.

— Peut-être quand ta mère aura décidé où disperser les cendres de Julia ?

— Oh ! Livy, je suis désolé, dit-il, le visage défait. Elle s'en est déjà occupée. Enfin, à vrai dire, elle les a laissées dans une urne au crématorium.

Il se penche vers moi avec sollicitude.

— Je pourrais t'accompagner là-bas, si tu veux, mais ce n'est pas très romantique, ajoute-t-il avec un petit rire.

Je déglutis, choquée que les restes de Julia aient été traités avec autant de désinvolture.

— Heu… non, merci. Enfin, je suis sûre que nous nous reverrons bientôt, de toute façon.

— Absolument.

Il sourit, l'air soulagé.

— Ne t'en fais pas pour l'addition, je vais régler.

— Merci.

Je lève la main en guise de salut, mais avant que j'aie pu l'en empêcher, Robbie s'est jeté en avant et a planté un baiser maladroit sur ma joue.

— Au revoir.

Rouge d'embarras, je tourne les talons et sors du salon de thé.

J'allume mon téléphone en marchant. Des nuages sombres et bas alourdissent le ciel, et le centre d'Exeter grouille de touristes et de gens venus faire du shopping. Mes vêtements semblent me coller à la peau. J'ai reçu un texto pète-sec de Will – *appelle-moi, c'est urgent* – et un message vocal de Damian, qui n'a rien appris au Aces High et qui m'attend à la cathédrale, tout près d'ici. Je lui envoie un texto rapide pour lui dire que j'arrive. Damian pourra peut-être donner un sens aux révélations de Robbie. Je ne sais toujours pas si je peux vraiment lui faire confiance, mais il a été une victime de l'incendie autant que moi. Cela doit jouer en sa faveur, quel que soit son passé.

La rue qui mène à la cathédrale est bondée. Je me fraie un chemin à travers un groupe d'adolescents italiens qui rient et se crient dessus. J'essaie de rassembler le courage d'appeler Will quand il me prend de vitesse. J'hésite à répondre, redoutant de lui parler.

D'un autre côté, l'éviter ne résoudrait rien.

J'essuie d'un revers de manche une goutte de sueur sur mon front et presse le téléphone contre mon oreille.

— Will ?

— Livy. Tu es où, bordel ?

Je retiens un cri, choquée par la colère qui s'entend dans sa voix.

— À Exeter. Pourquoi ?

Il y a un silence à l'autre bout du fil. J'arrive à la cathédrale. Le parc communal s'étend devant moi.

—Will?

—Mandy est avec toi? demande-t-il, sarcastique.

Le cœur me manque. Il sait que j'ai dit à ma mère que j'étais avec Mandy. Et, d'une manière ou d'une autre, il sait que ce n'est pas vrai.

—Euh… non, dis-je en bégayant. Pas en ce moment. Je…

—Arrête tes conneries, coupe-t-il d'un ton sec. Tu ne l'as pas vue. Tu as menti à ta mère. À nos enfants.

Il se tait, sa respiration hachée.

—Alors, où es-tu, Liv? Qu'est-ce que tu fais?

Il y a foule sur la pelouse du parc communal : des touristes qui prennent des photos, des employés qui bavardent, profitant de leur pause, des amants enlacés.

—Je ne suis pas la seule à avoir menti.

Je cherche Damian des yeux. Il est à une vingtaine de mètres, adossé à la cathédrale, en train de fumer. Il sent mon regard et lève la tête. Un groupe de filles le détaille en passant. Il ne les remarque pas, il a les yeux rivés sur moi.

Will lâche un bruit méprisant.

—Ne recommence pas. De toute façon, ajoute-t-il d'un ton sombre, ce n'est pas pour ça que je t'appelle toutes les deux minutes.

Un frisson me parcourt l'échine. Sa voix est si menaçante.

—Que veux-tu dire?

Un long silence.

Damian articule *ça va?* alors que j'approche.

—Will? Que veux-tu dire? Que se passe-t-il?

—C'est notre fille. Elle a disparu.

16

—Comment ça, Hannah a disparu?

Mon cœur s'est mis à cogner violemment. À côté de moi, à l'ombre de la cathédrale, Damian me dévisage avec intensité.

—Je veux dire qu'elle a fugué de chez ta mère et qu'elle a pris le train pour Exeter, rétorque-t-il sèchement. Et que je n'arrive pas à la joindre sur son portable.

J'étouffe un cri.

—Mais j'ai parlé à ma mère tout à l'heure! Elle m'a dit qu'Hannah était encore au lit.

—C'est ce qu'elle croyait jusqu'à il y a vingt minutes. Et puis elle est montée la réveiller, comme tu le lui avais suggéré, et elle a découvert qu'elle était partie.

—Non.

Je ne parviens pas à y croire.

—Si, Liv. Ta mère a essayé de t'avertir mais ton téléphone était éteint. Je suis au bureau. Leo m'a fait venir pour une putain de réunion avec Werner Heine et les clients de Düsseldorf. Je sors toutes les deux minutes pour t'appeler mais ton téléphone... était éteint, répète-t-il, en haussant la voix.

Je gémis, songeant à la demi-heure que j'ai passée au salon de thé avec Robbie.

— Attends. Tu as dit qu'Hannah était allée à Exeter. Comment…

— Elle a envoyé un texto à ta mère qui ne l'a pas remarqué avant de s'apercevoir qu'elle était partie. Il a été envoyé il y a environ une heure. Tu veux que je te le lise ? *Partie à Exeter faire du shopping. Si maman peut, pourquoi pas moi ?*

Il a presque craché les derniers mots.

— Oh ! Mon Dieu.

Chancelante, je m'appuie au mur frais de la bâtisse. Damian tend la main et me caresse le bras. Je me laisse faire. J'ai le vertige tant j'ai peur.

— Alors, voilà, Liv. Notre fille de douze ans qui, d'après toi, n'était absolument pas affectée par ta récente conduite, a fait une fugue. Et à présent, elle est Dieu sait où, avec Dieu sait qui, à faire Dieu sait quoi !

— Non.

Des larmes me picotent les paupières. Je suis terrifiée à l'idée qu'Hannah est toute seule. Et si elle se fait voler ? Ou pire ? Un frisson me traverse. Et si l'homme d'hier était en train de suivre Hannah ? Elle court peut-être un terrible danger. Et c'est par ma faute.

— Hannah est raisonnable, dis-je à Will, pour essayer de le rassurer, et de me rassurer par la même occasion. Elle dit qu'elle va faire les magasins. Exeter n'est pas Los Angeles, quand même ? Elle connaît le centre-ville. Je suis sûre qu'elle va bien.

— Dans ce cas, pourquoi est-ce qu'elle ne répond pas au téléphone ? crie Will.

— Elle le met souvent sur silencieux – ou bien, elle l'ignore.

— Pas quand je l'appelle.

— Tu ne l'appelles pas. Du moins, presque jamais. Moi, je lui parle tous les jours, quand elle a oublié quelque chose pour l'école ou qu'elle est en train de rentrer.

— Oh! Mon Dieu!

La voix de Will se brise. Sa colère s'est évanouie.

— J'ai peur, Livy.

— Moi aussi.

Les larmes me montent aux yeux et, l'espace d'un moment, tout se dissout dans notre lien partagé d'amour.

Damian fronce les sourcils de plus belle. Il passe un bras autour de mes épaules, m'attire à lui, et je me laisse aller contre son torse. Tant pis si c'est déplacé, s'il est indigne de confiance ou en deuil de Julia et que je ne suis qu'un ersatz. C'est ma faute. Je m'y suis si mal prise avec Hannah qu'elle s'est enfuie… peut-être dans les bras d'un tueur.

— S'il arrive quoi que ce soit…

Will marque une pause et j'entends les mots qu'il ne dit pas : *parce que tu as été si absorbée par ces sottises concernant Julia… et à t'imaginer que j'ai une liaison…*

— Je sais.

Je pleure, ma voix étouffée contre la chemise de Damian. Il me caresse les cheveux.

— Allons, dit-il doucement. Allons.

À l'autre bout du fil, Will retient brusquement son souffle. Oh! Mon Dieu, a-t-il entendu?

— Tu es avec l'ex de Julia ? demande-t-il, d'une voix sèche et amère. Tu as passé la nuit avec lui ? C'est pour ça que ton téléphone était éteint ?

— Non.

Je me détache de Damian.

— Je vais essayer d'avoir Hannah. Elle va bien finir par répondre.

— Je l'espère, bordel. Il faut que je retourne à cette réunion. Je te rappelle dans quelques minutes.

Il coupe. Je me tourne vers Damian et lui explique ce qui s'est passé. Un léger grondement de tonnerre résonne au loin.

— Bon Dieu ! Qu'est-ce que tu vas faire ?

— Lui téléphoner. Avec un peu de chance, elle s'est lassée de faire du shopping – elle ne doit pas avoir beaucoup d'argent sur elle – et elle est déjà en train de rentrer.

Ma voix s'éteint, tandis qu'une foule d'autres possibilités se présentent à mon esprit. Si l'assassin de Julia n'a pas kidnappé ma fille, il reste tout de même un million d'autres épouvantables dangers : elle a pu être enlevée par des hommes au coin d'une rue, attirée dans une voiture qui passait. Non, je dramatise. De telles choses ne se produisent presque jamais. Et Hannah n'est pas idiote. Elle ne se laisserait pas abuser. N'est-ce pas ?

Damian hoche la tête.

Il attend pendant que je laisse un message sur la boîte vocale d'Hannah disant que je suis à la maison et qu'elle doit soit rentrer immédiatement si elle est à proximité, soit me téléphoner pour que je vienne la chercher. J'essaie de ne pas m'énerver. Je suis sûre que le message de Will aura été furieux, et si

Hannah va bien – et je me force à admettre que rien ne suggère le contraire –, je ne veux pas qu'elle n'ose pas rentrer de peur d'être punie. J'appelle chez nous aussi au cas où elle serait déjà là, mais personne ne décroche.

Il commence à pleuvoir alors que nous nous éloignons de la cathédrale. Les touristes s'en vont aussi, cherchant refuge sur le seuil des magasins. Des gouttes de pluie dégoulinent sur mon visage. Damian a toujours les sourcils froncés. J'ai l'impression qu'il n'a pas changé d'expression depuis que nous avons appris la mort de Shannon.

J'envisage de prendre un taxi, mais le bus passe tout près d'ici et sera sans doute plus rapide. Je me tourne vers Damian et expire lentement, essayant de me concentrer.

— Je vais rentrer.

— Bien sûr. Tu veux que je t'accompagne ?

La pluie s'est mise à tomber plus fort, et il passe un bras autour de mes épaules pour me guider vers l'arrêt de bus. Il n'y a personne là, mais pas mal de badauds en face. J'éprouve une brusque bouffée de honte. Et si quelqu'un nous remarque ? Puis je pense à la mort de Julia, à la trahison de Will et à la disparition d'Hannah – et l'idée qu'on puisse me voir avec Damian paraît si insignifiante qu'elle en serait presque risible.

Nous patientons. Un bus est censé arriver dans trois minutes. Damian me sourit avec tant de gentillesse que je m'abandonne contre lui et pleure pour de bon. Il me serre dans ses bras, ma tête repose sur sa poitrine. Je ne me souviens pas de la dernière fois que Will m'a tenue ainsi – pour me réconforter, avec affection. Mes pleurs redoublent.

Je n'ai aucune notion du temps qui s'écoule. Seulement une minute ou deux, sans doute. Quand je lève les yeux, la pluie s'est muée en bruine. Voitures et camionnettes roulent à toute allure. Les passants se pressent des deux côtés de la rue. Damian me contemple avec une compassion mêlée de sollicitude. Soudain, je suis captivée par son regard, mon cœur fait un bond dans ma poitrine. À cet instant, je n'ai qu'une envie et c'est qu'il m'embrasse. Et alors même que j'essaie de me raisonner, il se penche et presse ses lèvres sur les miennes.

J'ouvre la bouche, savoure son baiser. Je suis perdue dans sa chaleur, dans le désir qu'il éveille en moi. J'oublie où je suis. J'oublie tout.

Dix secondes durant.

Puis je me dégage. Damian, une légère rougeur sur son beau visage, me serre étroitement contre lui, ses yeux toujours soudés aux miens. Avec un frisson d'excitation, je songe que je pourrais rentrer avec lui, que nous pourrions faire l'amour. J'ai l'impression de vivre un fantasme.

Je soupire. Bien sûr. Bien sûr que c'est un fantasme. Le désir qui brille dans le regard de Damian ne s'adresse pas vraiment à moi. C'est juste une tentative pour cesser de souffrir pendant quelques minutes. Il aimait – il aime encore – Julia. Il est vulnérable, en deuil et furieux qu'elle lui ait été arrachée. Quant à moi… il m'attire, c'est certain. Il est facile à… désirer, même. Mais la vérité, c'est que je suis perdue, désemparée à cause de tout ce qui s'est passé. Au fond, ce moment entre nous n'est pas plus réel pour moi qu'il ne l'est pour lui.

J'inspire à fond et fais un pas en arrière.

— Pardon.

Il secoue la tête.

— Ne t'excuse pas.

— Il faut que je retourne à la maison, dis-je, d'une voix incertaine. Que j'essaie de contacter ma fille. Et que je sois là quand elle rentrera.

Damian acquiesce. Il recule à son tour, lâche mes bras.

— Tu m'appelles plus tard, d'accord ?

Dès qu'il est parti, je tente de téléphoner à Hannah. Pas de réponse. Un bus arrive quelques instants plus tard et je suis de retour chez moi en un quart d'heure. Mes clés ayant disparu dans l'incendie, je farfouille à la recherche de la clé de secours que nous laissons dans le jardin, sous l'érable du Japon planté en souvenir de Kara. Hannah n'est évidemment pas là sinon elle s'en serait servie. Je la rappelle aussitôt à l'intérieur. En vain. J'envoie un texto à Will et à ma mère pour leur dire qu'il n'y a pas de nouvelles. Ensuite, j'essaie Hannah de nouveau. Je lui répète de rentrer à la maison, que je me fais du souci, que je veux lui parler et que je l'aime.

Dix minutes s'écoulent. Toujours pas d'appel. Will téléphone sur le fixe pour ne pas encombrer les lignes de nos téléphones portables. Nous parlons d'avertir la police.

— Ils ne feront rien pour l'instant, soupire-t-il. Elle n'a pas disparu depuis assez longtemps. Au sens strict du terme, elle n'a même pas disparu, elle ne répond pas à nos coups de téléphone, c'est tout.

Il a raison, bien sûr. Notre dernière communication avec Hannah remonte à une heure et demie, quand elle a envoyé un texto à sa grand-mère. À nous deux, Will et moi lui téléphonons sans relâche depuis environ cinquante minutes.

— Ta réunion va durer encore longtemps?

— Une demi-heure environ. Quarante minutes maximum.

— Appelons la police après. Ça fera deux heures depuis son texto.

— D'accord.

Il semble un peu plus calme à présent que nous avons un plan.

— S'il n'y avait pas cette réunion, je prendrais la voiture pour la chercher dans Exeter, mais…

— Ça ne servirait à rien de patrouiller les rues au hasard. De toute façon, Hannah n'est peut-être même pas à Exeter. Elle a peut-être changé d'avis.

— C'est possible, admet-il avec émotion. Bon sang, Liv, appelle-moi si tu apprends quelque chose.

Je le lui promets, rongée par l'angoisse. Je n'ai pas pu me résoudre à l'avouer à Will, mais je suis hantée par la crainte que l'homme qui nous a suivis, Damian et moi, ait enlevé notre fille. Il a essayé de nous tuer, j'en suis quasi certaine, en mettant le feu au cottage. Et il a dû assassiner Shannon aussi. Peut-être a-t-il emmené Hannah pour me réduire au silence.

Mon téléphone sonne. Je me jette dessus. C'est Paul, qui parle avant même que j'en aie eu le temps.

— Salut, Livy, désolé d'appeler sur cette ligne – je sais que tu la gardes sans doute libre pour Hannah. Je suis au bureau avec Will – mon père

350

m'a demandé de classer des dossiers – mais j'ai fini et je me demandais si tu voulais que je vienne en attendant que Will ait terminé. Il est dans tous ses états et j'imagine que toi aussi.

Il marque une pause.

—Je pourrais te tenir compagnie un moment. Qu'en dis-tu ?

Un sanglot m'étouffe.

—Oui. Merci, Paul.

Il raccroche. En larmes maintenant, je laisse à Hannah un énième message, la suppliant de me rappeler si elle le peut. Je fais les cent pas dans le salon quand une idée me vient subitement. Je cours à la commode de ma chambre et vais droit au tiroir du bas, où j'ai fourré le soutien-gorge et le slip en faux léopard que j'ai confisqués à ma fille.

Les sous-vêtements ont disparu.

Une panique différente s'empare de moi. Hannah les a-t-elle mis dans ses bagages ? Quelqu'un lui a-t-il parlé ? A-t-on essayé de la persuader de les porter ?

Des pensées chaotiques, terrifiantes, se bousculent dans mon esprit. Je me rue dans la chambre d'Hannah et entreprends de vider son armoire. À mon grand soulagement, je trouve la lingerie presque immédiatement. Au moins elle ne l'a pas emportée en catimini en vue d'un rendez-vous secret. À moins qu'il n'y ait d'autres articles de ce genre dont j'ignore l'existence ? D'autres dessous qu'on lui aurait offerts, peut-être ?

Des craintes épouvantables me traversent. Hannah ressemble tant à Kara. L'homme qui nous a attaqués s'en est-il rendu compte ? A-t-il Dieu sait comment réussi à l'apprivoiser pour abuser d'elle ?

351

À l'enlever ? Je ne peux pas croire que ce soit possible – après tout, c'est hier seulement qu'il nous a vus dans l'appartement de Shannon à Torquay. Mais ma raison est en chute libre, ma peur croît à une vitesse infinie.

Quelques minutes plus tard, Paul arrive à moto. Il a dû enfreindre les limitations de vitesse tout le long du chemin. Je tombe en pleurs dans ses bras. Une fois à l'intérieur, il s'empresse de nous servir un whisky. J'en bois une gorgée, puis m'essuie les yeux et me mouche.

Paul me tapote la main.

— Ça va aller, Livy. Tu sais comment sont les enfants.

J'hésite, submergée par l'envie presque irrépressible de parler à Paul de l'inconnu qui a essayé de me tuer. Seulement, c'est difficile de savoir où commencer.

— Merci d'être là.

— Je t'en prie, Liv.

Il hausse les épaules.

— On se connaît depuis quand ? C'est le moins que je puisse faire. Je veux dire, je sais que je ne suis pas Julia, mais tu es une de mes plus vieilles amies. Combien d'autres gens se souviennent que tu as porté une permanente et un tee-shirt Riot Grrrl ?

Je lui presse les doigts, riant malgré moi.

— Sans parler de ton Hasselblad, soupire-t-il. Tu prenais tout le temps des photos avec ce truc, rappelle-toi. Qu'est-ce qu'il est devenu ?

À mon tour de hausser les épaules. Bizarrement, ne pas savoir où est passé cet appareil photo semble résumer tout ce qui est allé de travers dans ma vie.

— Enfin.

Il s'éclaircit la voix.

— Je sais que les choses sont difficiles ici, aussi. Enfin, entre Will et toi – je sais que vous avez des… euh… problèmes. C'est pour ça que tu m'as téléphoné en début de semaine, en me posant des questions sur lui, non ?

Je lève les yeux.

— Il t'a dit quelque chose ?

— Non, je l'ai su par mon père.

Il secoue la tête d'un air las.

— J'ai parlé de vous deux hier soir et il m'a raconté ce qui s'était passé à Genève, ce qu'il avait vu. Ç'a été un gros choc. Je n'étais pas là alors je ne me doutais de rien. Tu sais que je ne fais pas autant de voyages professionnels que notre polyglotte.

Une légère tension pointe dans sa voix alors qu'il fait allusion à Will, et il me vient à l'esprit que Paul a peut-être mal digéré que Leo ait récemment promu Will au poste de directeur adjoint.

— Remarque, je ne me plains pas, se hâte-t-il d'ajouter. J'adore le contact direct avec les clients. Mon père sait que je ne suis pas fait pour la gestion, l'administration et toutes ces conneries. Will, lui, fait ça très bien – c'est un bureaucrate-né.

— Ah bon ?

— Hé, reprend Paul en me tapotant le bras. C'est moi qui vous ai présentés, souviens-toi ? Il s'est conduit comme un idiot, mais s'il y a un couple qui peut survivre à tout ça, c'est le vôtre.

Je hoche la tête, songeant à cette soirée au pub où nous nous sommes rencontrés, Will et moi. Nous étions si jeunes, alors, nous avions toute la vie

353

devant nous. Je jette un coup d'œil à mon téléphone : je veux si désespérément qu'il sonne. Will ne devrait pas tarder à sortir de réunion. Dans vingt minutes, nous avertirons la police.

— Je ne me rappelle pas… combien de temps Kara a-t-elle été portée disparue avant qu'on la retrouve ? demande Paul, d'une voix sourde, teintée de compassion.

— Deux heures à peine. Julia s'est rendu compte qu'elle n'était pas là dès qu'elle est rentrée de la soirée et a donné l'alerte aussitôt. Un jogger l'a trouvée au bord du canal peu après.

— Pauvre Julia.

Il y a une expression lointaine dans le regard de Paul et je me demande s'il se remémore leur unique nuit ensemble, il y a dix-huit ans.

Je songe à la version laide que Robbie m'a livrée de Julia, à celle, idéalisée, de Damian, et je suis soudain saisie du désir d'entendre un avis impartial sur ma meilleure amie.

— Tu l'aimais bien, non ? Je veux dire, je sais qu'elle et toi… mais…

Paul se tourne vers moi.

— Julia était sympa, dit-il fermement. Et elle vous adorait, les enfants et toi.

Il marque une pause.

— Cela dit, elle traînait de sacrés bagages et elle couchait avec le premier venu.

Une seconde, un éclair de désapprobation traverse son regard, puis son expression s'adoucit et il soupire.

— Comme je disais, pauvre Julia. Et pauvre toi. Je suis sûr que c'est encore pire de s'inquiéter pour un enfant.

Je me mords la lèvre. Une fois de plus, je suis sur le point de tout révéler à Paul.

Mon téléphone sonne. Je le saisis, le cœur cognant à toute allure.

Faites que ce soit Hannah.

Mais aucun nom ne s'affiche sur l'écran. Seuls ces mots : *numéro masqué.*

La panique déferle en moi.

— Allô ? Qui est-ce ?

Julia

« Je ne peux croire en un Dieu qui veut être loué sans arrêt. »
Friedrich Nietzsche

J'avoue qu'avec Julia, je n'ai rien vu venir. Voyez, je peux être humble ! Je la connaissais bien, évidemment, mais j'ignorais complètement qu'elle s'acharnait depuis dix-huit ans à retrouver l'assassin de sa meilleure amie. Une ténacité incroyable. Enfin, ça, c'était Julia. Une étrange créature : aussi tordue qu'intelligente, aussi laide à l'intérieur que belle au-dehors, aussi malheureuse qu'elle était pleine d'appétit pour la vie.

J'ai reçu mon premier avertissement en découvrant, plusieurs jours après les faits, que mon coffret avait été ouvert et que le médaillon de Kara n'était plus là. J'ai tout de suite su qui l'avait pris, et pourquoi – pour avoir de l'argent, évidemment. J'ai accusé l'auteur du larcin, n'étant guère réconforté de lui avoir raconté auparavant que cette boîte appartenait à quelqu'un d'autre – quelqu'un que cette personne n'aimait pas et en qui elle n'avait pas confiance. J'ai demandé à savoir où se trouvait le médaillon désormais. On m'a répondu qu'il avait été vendu anonymement sur eBay, mais pas que c'était cette traînée de Shannon qui s'en était chargée. L'auteur du larcin, redoutant des représailles, avait veillé à ne pas citer son nom. Cependant, cette misérable créature a avoué avoir été retrouvée et interrogée par Julia deux heures plus tôt. Ma fureur s'est accrue lorsque j'ai compris qu'elle lui avait révélé le nom de la personne qu'elle croyait être le propriétaire de la boîte et du médaillon, et que, par conséquent, Julia devait penser connaître l'identité de l'assassin de Kara. J'étais soulagé, évidemment, qu'elle ne pense pas qu'il s'agisse de moi, mais quand même, elle s'approchait un peu trop de la vérité. De fait, elle apprendrait forcément tôt ou tard que le coffret m'appartenait, et alors, il serait délicat d'expliquer que je sois en possession du médaillon.

J'ai agi sans tarder.

Julia n'était pas une victime que j'aurais choisie, mais le destin l'avait mise sur mon chemin et je me suis créé un défi pour son meurtre : j'avais déjà maquillé des crimes en accidents, et conduit des femmes au suicide. Cette fois, j'étais décidé à simuler le suicide lui-même. Je savais que Julia avait effectué des recherches sur le suicide dans le milieu de la mode – nous en avions parlé quelques mois auparavant – qu'elle s'était intéressée aux différentes méthodes utilisées pour se donner la mort et qu'elle avait découvert combien il était facile de se procurer certaines drogues sur Internet.

Armé de la brochure et du Nembutal, je me suis rendu chez elle, en prenant soin d'éviter la caméra de surveillance placée au bout de la rue. Elle a hésité à me faire entrer, mais quand j'ai prétendu que je venais de découvrir qui était l'assassin de Kara et que j'avais besoin de conseils, elle a cédé. C'était une ruse habile de ma part, parce que, bien sûr, elle était confrontée exactement au même dilemme.

Julia était au comble de l'agitation. Nous nous sommes assis. Je lui ai demandé un bourbon. Une boisson révoltante. Comme je l'ai déjà dit, je préfère le single malt. Mais je savais que Julia aurait une bouteille de Jack Daniels ouverte. Elle en avait toujours une. Et, évidemment, une fois que je lui ai révélé ma propre « découverte » concernant ce maudit médaillon, elle a expliqué, avec un soulagement évident, ce qu'elle savait (sans toutefois faire allusion à Shannon). Nos histoires concordaient. Bien entendu, puisque j'étais la source de toutes les informations ! Pauvre Julia. Elle avait presque atteint son but, elle avait vu juste à tant d'égards. Et pourtant, en fin de compte, elle était parvenue à la mauvaise conclusion.

Elle m'a quand même menti sur l'endroit où se trouvait le médaillon. Peut-être qu'à ce moment-là, elle commençait à me soupçonner, ou que tromper autrui était une seconde nature chez elle, mais elle a lourdement laissé entendre qu'il était enfoui en lieu sûr et que personne à part elle ne pourrait le retrouver. Bien entendu, en réalité, il était encore en possession de Shannon – qui avait été trop méfiante pour l'apporter lors de leur rendez-vous, deux jours plus tôt.

J'avais déjà versé le Nembutal dans son verre. Elle est morte peu après, là où elle était assise, sur le canapé. J'ai essuyé les surfaces, à l'affût des cheveux et des fibres. Je ne l'avais pas touchée. J'étais propre. J'ai effacé les dossiers concernant Kara sur son ordinateur, ajouté la note expliquant son suicide, déposé le Nembutal sur son bureau, après quoi je suis parti aussi prudemment que j'étais arrivé, en emportant tous les papiers au sujet de Kara et – comme d'habitude – un petit souvenir.

Et là, me suis-je dit, c'est fait. Fini. Terminé.

Je n'avais pas le médaillon mais j'étais certain que personne n'allait le chercher. J'étais certain aussi que personne ne douterait du « suicide » de Julia. Cependant, sur ces deux points, je me trompais.

Peu importe. J'ai déjà récupéré le médaillon.

Et bientôt, je vais m'occuper de ceux qui s'entêtent à le chercher.

17

— Allô Livy ?

Une voix de femme.

— Oui ?

Je suis décontenancée. Je ne pense qu'à Hannah. Il faut que je me débarrasse de cette personne le plus vite possible, qui qu'elle soit. Paul me regarde de l'autre côté de la table de cuisine, les yeux pleins de sollicitude.

— Qui est à l'appareil ?

— Sally Collins, la mère de Romayne. Hannah… euh… m'a demandé de vous appeler.

Je bondis sur mes pieds.

— Hannah est avec vous ? Elle va bien ?

— Oui, oui, elle va bien. Nous sommes sorties faire du shopping. Je sais que vous avez laissé plusieurs messages sur son téléphone. Je suis terriblement désolée qu'elle ne vous ait pas demandé la permission de venir. Les deux filles m'ont juré que vous saviez où elle était.

Le soulagement déferle en moi. Les jambes en coton, je m'affaisse sur la chaise. En face de moi, Paul croise mon regard et désigne son téléphone.

J'acquiesce, sachant qu'il va appeler Will pour lui annoncer la nouvelle.

— Pouvez-vous me la passer, s'il vous plaît ?

Il y a un bref silence, une conversation étouffée. Je me blinde, prête à insister si Hannah refuse de me parler, comme hier. Il est évident qu'elle redoute ma réaction – c'est pourquoi elle a persuadé cette pauvre femme de téléphoner à sa place.

Mais quelques secondes plus tard, Hannah est là, au bord des larmes.

— Maman ?

— Oh ! Hannah, ma chérie, Dieu merci tu n'as rien. On s'est fait tellement de souci, tous les deux.

Silence à l'autre bout du fil.

— Papa est vraiment fâché contre moi, n'est-ce pas ? murmure-t-elle d'une toute petite voix.

— Nous sommes fâchés tous les deux, mon chou, dis-je, en m'efforçant de prendre un ton sévère.

Paul est sorti. Je l'entends parler à Will dans le couloir.

— Mais tu sais, nous avons surtout eu peur. Depuis tout le temps qu'on t'appelle…

— Je n'ai pas eu tes messages. On était dans Top Shop et…

— Il n'est pas question de ça, Hannah. Le problème, c'est que tu es partie sans rien dire. Mets-toi à notre place. Tu es notre petite fille et tu t'enfuis…

— J'ai douze ans, coupe-t-elle, reprenant du poil de la bête.

— Je sais. Je sais que tu es plus adulte que nous le pensons, mais c'est quand même un grand pas d'aller prendre le train et de faire tout ce chemin

361

toute seule, et de toute façon tu n'avais pas notre permission.

— J'ai envoyé un texto à mamie.

— Laisser un mot n'est pas la même chose que demander la permission.

J'essaie de paraître aussi conciliante que possible.

— Tu le sais. Tu es intelligente. Allons, tu reconnais que ta conduite était inacceptable, non ?

— Oui, maman. Pardon.

Sa voix est presque inaudible. Elle semble très fragile.

— Où es-tu ?

Hannah renifle.

— À Princesshay. Dans une pizzeria.

— Eh bien, je veux que tu rentres à la maison, dis-je gentiment, mais fermement. Je vais venir te chercher.

— La maman de Romayne ne peut pas me ramener ? On va partir dès qu'on aura fini de déjeuner. On a déjà commandé les pizzas.

J'hésite, pesant le pour et le contre. D'un côté, je veux qu'Hannah soit de retour le plus vite possible. En partie parce que j'ai été si inquiète, mais aussi parce qu'elle doit comprendre qu'elle ne peut pas fuguer sans qu'il y ait des conséquences. De plus, je sais que Will sera du même avis que moi. D'un autre côté, cela paraît injuste de perturber le déjeuner de Sally Collins alors qu'elle a déjà commandé et Hannah va rentrer presque aussi vite si elle la ramène.

— Repasse-la-moi, s'il te plaît.

J'entends des bruits d'assiettes et de chaises qu'on tire. Sally reprend l'appareil.

Elle propose immédiatement de déposer Hannah à la maison dès leur repas terminé, et s'excuse de nouveau de ne pas avoir compris qu'elle ne m'avait pas demandé l'autorisation de sortir. Je la remercie, puis mets fin à la conversation et pousse un soupir de soulagement au moment où Paul rentre dans la cuisine.

— Will voudrait que tu le rappelles. Sa réunion vient de s'achever.

— D'accord, merci.

Paul prend sa veste.

— Alors, elle va bien ?

Je hoche la tête.

— Bon.

Il hésite.

— Tu n'es pas obligé de partir tout de suite. Franchement.

Il m'adresse un sourire de regret.

— J'ai du travail. Et après, je vais voir mon père. Martha n'est pas rentrée. Et... Becky n'est pas là non plus, comme tu le sais, alors... mais appelle-moi si je peux faire quoi que ce soit, ou si tu as besoin d'une épaule pour pleurer.

Il marque une pause.

— Je sais que Will et moi travaillons ensemble, mais il ne m'a rien dit et, enfin, tu étais mon amie avant, Liv. J'espère qu'on n'en viendra pas là, mais si vous n'arrivez pas à vous réconcilier, je suis là pour toi. N'importe quand. D'accord ?

— Merci, Paul.

Je l'étreins, puis le raccompagne à la porte.

— Dis bonjour à Leo.

Paul parti, je rappelle Will. Il est toujours en colère, mais le soulagement perce dans sa voix.

— Il faut que je participe à une autre saloperie de vidéoconférence avec des Allemands dans dix minutes. Je rentrerai tout de suite après. Il faut qu'on parle, Liv.

— D'Hannah ?

— Et de nous.

— D'accord. Plus tard. Ce soir.

Je sens la nausée m'envahir à la perspective de la discussion qui nous attend.

Ensuite, je téléphone à ma mère pour la rassurer. Je la devine un peu émue, pourtant elle refoule ses larmes. Sa voix devient plus lointaine au fur et à mesure qu'elle parle. Je sais qu'elle pense à Kara mais elle ne le dit pas et moi non plus. Alors que nous tournons autour des souvenirs qui nous tourmentent, les paroles de Damian me reviennent en mémoire :

Ton existence n'est pas étriquée, tu t'es seulement habituée à rester en marge, c'est tout.

Peut-être est-ce une façon de vivre que j'ai apprise de ma mère. C'est indéniablement comme cela que nous nous conduisons quand nous sommes ensemble.

Un instant après, Zack prend le téléphone. Il pleure et demande à rentrer à la maison. Je parle à ma mère de nouveau, et m'excuse d'avoir bouleversé les moments que nous devions passer ensemble avec les enfants. Elle balaie mes excuses de quelques mots, affirmant que c'est sans importance compte tenu des circonstances. Je lui dis que l'un de nous deux va venir chercher Zack, puis je rappelle Will.

Il propose d'y aller sitôt sa conférence terminée. De mon côté, je vais attendre le retour d'Hannah.

—Nous serons tous à la maison pour le dîner, dis-je, m'efforçant à la gaieté.

—C'est ça, on va jouer à la petite famille, soupire-t-il.

Il semble si malheureux. Un sanglot me monte à la gorge. Peut-être est-ce une bonne chose que Will et moi soyons en train de nous effondrer. Peut-être fallait-il que les choses en arrivent là pour résoudre nos problèmes une fois pour toutes. Parce que – et il faut que je voie la réalité en face – je ne pourrai plus jamais avoir confiance en lui.

Mes pensées se tournent vers Damian. Je me demande comment il va. Je songe à l'appeler, juste pour essayer de mettre un peu d'ordre dans ce que nous avons appris. Je décide de boire un thé d'abord – c'était gentil à Paul de me servir un whisky, mais je supporte mal l'alcool fort à cette heure de la journée – et le lait dans le frigo est à moitié tourné. Sans compter qu'il n'y a rien pour dîner. Je n'ai ni mon sac ni mes cartes bancaires, évidemment, et je trouve très peu de liquide dans la maison, alors je farfouille à la recherche d'une carte bancaire qui correspond à un vieux compte à mon nom de jeune fille, dont je ne me sers presque jamais. Puis j'enfile rapidement un jean et un haut à manches longues. Il fait beaucoup plus frais que tout à l'heure, la pluie qui est tombée quand Damian et moi avons quitté la cathédrale a nettoyé l'air.

Je vais à Sainsbury's. Je n'ai pas beaucoup de temps devant moi, et je passe en hâte devant les croquettes pour animaux quand une silhouette familière apparaît au bout du rayon.

— Leo, salut.

Le patron de Will est la dernière personne que je m'attendais à voir – ou que j'avais envie de voir, d'ailleurs – mais je plaque un sourire sur mon visage.

— Qu'est-ce que tu fais là ? Je te croyais au bureau avec Will.

— On vient de sortir, dit-il d'une voix sonore. J'ai fait un saut ici sur le chemin de la maison.

Les yeux de Leo expriment une chaleur sincère. Il porte un pantalon en velours côtelé et une chemise à col ouvert. Des touffes de poils gris émergent du coton soigneusement repassé.

— Will m'a expliqué pour Hannah. Dieu merci, il ne lui est rien arrivé, dit-il en secouant la tête. Les gamins… franchement. Le pauvre Will, je ne sais pas comment il a pu se souvenir de son allemand cet après-midi. C'est un type brillant, un atout pour la société.

Je rougis, gênée par cette manifestation d'admiration pour Will. Désireuse de changer de sujet, je me surprends à commenter que ça paraît étrange de tomber sur lui au supermarché. Leo, l'air un peu perplexe, me fait remarquer que Martha et lui habitent à deux pas d'ici, encore que dans la direction opposée à notre maison.

— Ce n'est pas ça, dis-je en rougissant de plus belle. Plutôt que je ne t'avais jamais imaginé en train de faire les courses.

Leo éclate d'un rire sonore.

— Eh bien, Martha n'est toujours pas rentrée, alors ce week-end, je me débrouille tout seul. Je suis sorti hier soir.

Il baisse la voix, adopte un ton de confident, bien qu'il parle nettement plus fort que moi.

— J'ai beaucoup trop bu. Et ce soir, Paul vient regarder un match et nous allons manger des plats à emporter.

Il brandit son panier, qui contient quelques boîtes de pâtée pour chat, du thé et un sachet de salade, et désigne les feuilles de laitue.

— Ça, c'est histoire de compenser.

— Ah, oui, Paul m'a dit qu'il allait te voir plus tard.

J'explique qu'il est venu m'apporter son soutien tout à l'heure.

— C'est un bon garçon, commente Leo avec approbation. Il est très loyal envers ses amis. Depuis toujours.

Loyal. Contrairement à Will. Leo a dû voir mon visage s'assombrir. Le sien se défait aussitôt.

— Bon sang, Livy, je ne peux pas m'en aller sans parler de ça, lâche-t-il brusquement. Je suis désolé que Martha t'ait dit… ce qui s'est passé à Genève.

Je le dévisage. Il est au courant ?

— J'ai deviné qu'elle te l'avait dit, reprend-il avec une moue. On ne peut pas être marié à quelqu'un depuis quinze ans et ne pas savoir qu'il ou elle vous cache quelque chose.

— Ah bon, dis-je, souriant à l'ironie de cette remarque. J'espère que tu n'as pas été trop dur avec Martha, elle a agi par amitié envers moi.

— Pour être franc, c'est surtout toi qui m'inquiètes.

367

Il marque une pause.

—Quand ma première femme et moi nous sommes séparés, mon univers s'est effondré. J'étais anéanti. Je n'ai pas vu Paul pendant une éternité.

Il secoue la tête.

—Je sais qu'il n'y a pas de comparaison, mais je comprends que tu sois blessée.

Les larmes me montent aux yeux. Je me détourne, à la fois touchée et humiliée.

—Ne sois pas si gentil avec moi. Tu vas me faire pleurer.

—Oh! Livy, soupire-t-il. Will est un idiot. Je voudrais n'avoir rien vu...

Je me remémore ce que Martha m'a raconté: Will embrassant Catrina alors qu'il sortait de la chambre de celle-ci. Je m'efforce de refouler cette image. Je me sens tellement stupide. Insupportablement stupide. À cet instant, je sais que je vais devoir quitter Will. Lui donner une nouvelle chance reviendrait à perdre tout respect de moi-même. La séparation sera douloureuse pour les enfants, mais vivre avec une mère vaincue et malheureuse le serait tout autant. Peut-être me suis-je en effet trop habituée à rester en marge de ma vie. Eh bien, à partir d'aujourd'hui, je vais rentrer pile dans le centre, changer d'approche sur tout, y compris ma famille.

—Que vas-tu faire? demande Leo, un pli inquiet sur le front.

Devant son expression bienveillante, paternelle, une larme s'échappe de mon œil et coule sur ma joue. Si seulement mon père était là! Il est mort depuis des années, mais à des moments pareils, quand j'aurais besoin de son affection solide, raisonnable, il me manque plus que jamais. De l'autre côté de l'allée, un homme s'avance gauchement vers un présentoir de thés exotiques. En le regardant, je pense à la démarche tranquille et détendue de Will et mon cœur se recroqueville dans ma poitrine.

— Je ne sais pas, dis-je dans un murmure. Je ne sais pas.

Soudain, tous les efforts que Damian et moi avons accomplis pour découvrir ce qui est réellement arrivé à Julia me paraissent absurdes. Rien ne la ramènera. Rien ne nous fera revenir en arrière.

Rien ne pourra nous réparer, Will et moi.

Leo me tapote le bras de sa main large, pesante.

— Appelle-nous si tu as besoin de quoi que ce soit.

Il se penche, me donne un baiser sur la joue, puis s'éloigne.

Sa sollicitude est attendrissante – et pourtant, le sentiment qui domine en moi est la honte.

Et le chagrin.

Au rayon surgelé, je craque. Debout devant les congélateurs, je feins d'examiner les cartons de crème glacée tandis que les larmes roulent sur mes joues. Comment Will a-t-il pu ? Des images de Catrina et de lui s'imposent à moi, insupportables. Je les vois s'embrasser, elle le déshabille, le regard plein de désir. J'ai l'impression que je deviens folle. Que je vais devenir folle.

— Arrête.

Je prononce le mot à voix haute, pour chasser les visions. Je me force à me concentrer sur les glaces. Zack aime la fraise. Hannah préfère le chocolat. Je suis sur le point de prendre une de chaque quand je repère la tranche napolitaine. C'est bien. Will et moi pourrons manger la vanille.

Un dernier dîner, je crois, avant que je lui demande de quitter la maison pour de bon.

Hannah repose son couteau et sa fourchette et repousse son assiette. Pour une fois, elle a tout mangé – j'ai fait du ragoût et de la purée – et elle est restée docilement assise pendant le repas. Cependant, je ne suis pas si sûre que ce calme apparent soit un bon signe. Elle a gardé le silence quand Will est rentré à la maison avec Zack et lui a dit, d'un ton sévère et sans l'ombre d'un sourire, qu'elle était privée de sorties pour une semaine et qu'elle ne devait jamais repartir comme ça sans nous dire où elle allait. Je trouve qu'il a bien géré la situation, qu'il a fixé des limites précises sans pour autant être trop dur. Hannah l'a écouté tête baissée, et puis a filé dans sa chambre. Maintenant, elle a l'air inquiète et malheureuse. Je décide que Will et moi devrons avoir notre conversation dans le garage, où les enfants ne pourront pas nous entendre.

Zack continue à manger, de la sauce tout autour de la bouche. Je me penche et tamponne ses lèvres avec une feuille d'essuie-tout. Il m'adresse un grand sourire, les yeux brillants de bonheur sous ses longs cils noirs. Je contemple son visage rond et innocent en pensant que j'aimerais qu'il reste toujours ainsi. Dire que, dans quelques années, il sera un adolescent boutonneux, grognon et dégingandé ! C'est presque inimaginable.

Je lève la tête. Will m'observe. Il prend son assiette et celle d'Hannah et les dépose sur le plan de travail, au-dessus du lave-vaisselle.

— J'ai acheté de la glace pour le dessert.

— Non, merci, dit Hannah en se levant.

— Pour moi non plus.

Will se détourne et sort de la pièce.

Je regarde Zack. Il termine son ragoût en une gigantesque bouchée.

— À la fraise ? demande-t-il avec espoir.

Je le sers et me prépare un thé. J'entends Hannah marcher dans sa chambre. Will a allumé la télévision dans le salon. Au temps pour notre dîner en famille. Dix minutes d'un repas partagé, puis chacun retombe dans son mode de fonctionnement par défaut. Je me mordille la lèvre. Peut-être qu'une séparation entre Will et moi aura certains effets positifs, qu'ils ne seront pas tous négatifs. En tout cas, elle devrait changer toutes ces habitudes, toute cette routine.

Je remplis le lave-vaisselle, en me demandant avec rancœur comment j'ai pu laisser s'instaurer un système où c'est moi qui fais la cuisine et moi qui range après. Est-ce vraiment ma faute ? Bien sûr, quand j'ai arrêté de travailler, Will et moi nous sommes mis d'accord pour que je m'occupe de la maison pendant qu'il se concentrait sur sa carrière, mais cela signifie-t-il qu'il ne peut même pas débarrasser la table ? Évidemment, je pourrais toujours lui demander de m'aider – pareil pour Zack et Hannah – mais pourquoi devrais-je y être obligée ? Will devrait se rendre compte que j'ai besoin d'un coup de main dans la cuisine. Il devrait proposer son aide.

Zack avale sa dernière cuillerée de glace, la bouche barbouillée de diverses nuances de rose.

— Au bain dans vingt minutes, dis-je.

— Je peux jouer à *Temple Run* ?

— Bien sûr.

Il détale et je mets les restes du ragoût dans une boîte Tupperware que je laisse de côté, prête à ranger dans le congélateur.

L'heure suivante se traîne. Will ne ressort pas du salon. Je houspille Zack pour qu'il prenne son bain et lui fais enfiler son pyjama. Il s'endort à peine la lumière éteinte. Je me dirige vers la chambre voisine, celle d'Hannah, et m'arrête sur le seuil. Elle lève les yeux. Elle est assise en tailleur sur son lit, des écouteurs sur les oreilles. Elle coupe la musique.

— Ça va, Hanabana ?

C'est le sobriquet que Will a inventé pour elle et je me prépare à l'entendre rugir de ne pas l'appeler comme ça ou à la voir froncer les sourcils et exiger, pour la énième fois, que je quitte sa chambre. Mais elle ne fait ni l'autre. Elle se contente d'acquiescer et retourne à sa musique.

J'entends la batterie en sourdine et pivote. Le moment est venu. J'entre dans le salon.

— On y va ?

Will me regarde, éteint la télé sans un mot.

J'ai le cœur qui cogne. Il me suit jusqu'au garage. Il fait frais et clair sous la lumière artificielle. Il flotte une odeur de bois et de pétrole. Je fixe la pile de vieux magazines moto, puis l'endroit où j'ai retrouvé la bague de Julia. J'ai l'impression que ma vie, telle que je la connais, est terminée. Qu'après cette conversation, tout va changer pour toujours.

18

Will et moi nous faisons face, debout au milieu du garage. Il n'y a pas d'endroit où s'asseoir, mais c'est une bonne chose. Nous ne devons pas être trop confortablement installés pour cette conversation.

— Alors ? dit-il.

— Catrina.

Un seul mot, dur et coupant comme du verre. Il m'écorche la gorge.

Will me dévisage, à la fois furieux et méfiant.

— Liv, je t'ai déjà dit que je n'avais pas couché avec elle.

Je le fixe, la haine et l'humiliation me prenant aux tripes. Comment peut-il me regarder dans les yeux et mentir comme ça ?

— On vous a vus. À Genève.

— Quoi ?

Il fronce les sourcils.

— De quoi parles-tu ? On nous a vus où ? Faire quoi ? Nous n'avons rien fait.

— Tu es sorti de sa chambre en pleine nuit. Tu… Tu l'as embrassée en partant.

Cette vision de Will et de Catrina enlacés, baignant dans le bien-être de leur adultère, me déchire.

—Qui t'a raconté ça ?

Je garde le silence, réticente à citer les noms de Martha et de Leo.

Will secoue la tête.

—Ça ne tient pas debout. Le premier soir, je n'ai vu Catrina que dans l'avion et dans la voiture qui nous a amenés à l'hôtel. Elle est allée à la réception avant moi et elle est montée tout de suite. Je ne sais même pas où était sa chambre. Le lendemain, elle était encore au bar quand je suis allé me coucher. C'était le lendemain de la mort de Julia. Je m'inquiétais pour toi. Pour les enfants. J'étais contrarié de ne pas être à la maison, bon sang. Je n'ai même…

—Leo t'a vu.

Ma voix tremble.

—Devant la chambre de Catrina vers cinq heures du matin.

Will écarquille les yeux.

—C'est Leo qui t'a dit ça ?

Je hoche la tête.

—Martha d'abord, elle m'a répété ce qu'il lui avait dit. Mais j'ai parlé à Leo depuis. Il a tout confirmé.

Silence. Will a l'air assommé.

—Je ne… Je ne peux pas imaginer… ce que Leo pense avoir vu, mais de toute façon, il se trompe.

—Il t'a vu l'embrasser.

—Non.

Will a élevé la voix.

—Non, je te le jure. Ce n'est pas vrai.

Je lâche un long et lent soupir. Alors, il ne peut même pas m'accorder cela. Il ne peut même pas admettre sa culpabilité.

Will secoue la tête et sort son téléphone de sa poche.

— Leo peut me dire ce qu'il pense avoir vu. Je n'y crois pas.

— Non. Ce n'est pas juste envers lui. Ni envers Martha.

— Pas juste…

Will me foudroie du regard.

— Et envers moi… envers nous ? Ils mentent, Liv, ou… ou tu as mal compris… ou…

— Je n'ai pas mal compris.

Un cocktail empoisonné d'émotions me retourne l'estomac, me donne la nausée. Je me sens totalement humiliée, et coupable, que Leo soit placé dans une situation aussi gênante, furieuse contre lui de m'avoir apporté cette affreuse nouvelle, plus que furieuse contre Will de m'avoir trompée et ensuite menti. Et par-dessus tout, je souffre de la trahison de mon mari. La boîte à outils accroche mon regard. Je me souviens de la bague de Julia. Et soudain, j'ai la certitude que le crime de Will va bien au-delà de l'infidélité.

— Julia aussi l'a su, n'est-ce pas ? Elle savait pour Catrina ? Ou pour une autre ?

— Non.

Will porte le téléphone à son oreille.

— Julia ne savait rien. Il n'y avait… Il n'y a rien à savoir.

— Dans ce cas, pourquoi avoir volé sa bague et l'avoir cachée ici ?

—Je n'ai pas...

—Personne d'autre ne vient ici, Will. C'est forcément toi.

—Ce n'est pas vrai, proteste-t-il. Quiconque pénètre dans cette maison peut entrer dans le garage – la clé est pendue dans la buanderie.

C'est vrai. Sa remarque me plonge dans la perplexité. Le message du puzzle surgit devant mes yeux. **STOP**. Celui qui l'a envoyé avait accès à notre maison. S'il a trouvé les pièces du puzzle, pourquoi pas la clé du garage ? Will est toujours le suspect le plus probable, mais ma certitude est ébranlée.

Je me tourne vers un point dont je suis plus sûre.

—Si tu n'avais rien à voir avec le vol de cette bague, pourquoi ne l'as-tu pas renvoyée à Robbie, comme tu avais dit que tu le ferais ?

—Je l'ai expédiée par coursier à Joan, à Bridport.

Will baisse le bras.

—Le portable de Leo est éteint, je vais l'appeler sur le fixe.

Il fait défiler les numéros, presse une touche.

Je me mordille la lèvre. Je ne crois pas m'être sentie plus mal de toute ma vie.

—Bonsoir, Paul, c'est Will... oui, ça va. Leo est là ?

Je retiens mon souffle, attends que Paul passe l'appareil à son père. Ils devraient être là tous les deux. Quand je l'ai vu tout à l'heure, Leo a dit qu'ils allaient acheter des plats à emporter.

—Il rentre quand ?... Bon.

Will hoche la tête.

—Bien, je rappellerai tout à l'heure.

Il coupe la communication.

—Leo est sorti et il rentrera tard. Paul ignore où il est.

Je respire enfin. Je ne sais pas si je suis soulagée ou non que Leo ait changé ses projets ou, ce qui est plus probable, qu'il ne soit pas prêt à prendre l'appel de Will.

—Peu importe Leo. Tu aggraves encore la situation en refusant d'admettre…

—Comment ça, j'aggrave la situation, Livy?

Will hausse le ton de nouveau.

—Explique-moi comment cette situation pourrait s'aggraver, hein?

Je déglutis.

—Je…

—Je sais que ça va mal, qu'on passe par une mauvaise phase depuis un certain temps, reprend-il. Je sais que tu n'as pas… confiance en moi.

Il se masse le front.

—Si. J'avais confiance en toi et tu m'as ridiculisée.

L'émotion me submerge. Ma voix se brise.

—Pourquoi est-ce que tu ne me crois pas? demande Will, sa voix presque aussi brisée que la mienne.

—Parce que… comment le pourrais-je?

—Donc, tu préfères croire Leo plutôt que moi?

—Leo n'a aucune raison de me mentir.

—Contrairement à moi, tu veux dire? Liv, je ne te mens pas.

Nous nous dévisageons.

—Tu m'as menti par le passé. Tu m'as menti il y a six ans.

—Mais c'était différent, insiste-t-il. Tu sais que c'était différent. À l'époque, Zack venait de naître et... Bon sang, Livy, tu étais obnubilée par lui. C'était comme si je n'existais plus. Comme si tu étais tombée amoureuse de ton rôle de mère et que je n'étais qu'un... portefeuille ambulant.

Je me détourne. Je me souviens nettement que Will se plaignait de n'avoir qu'un rôle financier au sein de la famille. Ça n'a jamais été vrai. Pas pour moi, en tout cas. Et ça n'a aucun rapport avec ce dont il est question maintenant.

— Ne me mets pas en cause. Tu adores ton travail. Il te plaît. Il t'a toujours plu.

— Ce n'est pas aussi simple, soupire-t-il. Allons, Liv. Tu penses vraiment que j'ai envie de passer ma vie au boulot ? J'aimerais être à la maison plus souvent. Je te regarde et je t'envie de pouvoir prendre une heure par-ci, par-là, quand tu veux. Tu pourrais même te remettre à la photographie – ou faire cette maîtrise dont tu parlais.

Je baisse les yeux sur le sol poussiéreux.

— Ce n'est pas si facile.

— Ce n'est pas facile pour moi non plus. C'est horrible de savoir que tu ne me fais pas confiance.

Je me redresse, exaspérée.

— Oui, eh bien, à qui la faute ?

— Tu crois que je ne sais pas que c'est ma faute ? Tu crois que je ne regrette pas ce qui s'est passé il y a six ans ? Je pensais que les choses s'arrangeaient, mais maintenant... maintenant...

Nous sommes tous les deux au bord du précipice, retenus seulement par l'énormité du vide devant nous.

— Ça ne marche pas, dis-je.

— Je sais.

Nous nous regardons fixement.

— Tu m'aimes toujours ? demande-t-il. Parce que moi, je t'aime.

Un nœud se forme dans ma gorge.

— Je ne sais pas.

Will hoche la tête, la colère qui brillait dans ses yeux s'éteint. Un autre long silence s'étire entre nous. Je me sens vide à l'intérieur, comme si tout l'espoir et toute la vie de notre relation s'étaient consumés, ne laissant que des cendres. Tout ce que je touche meurt. Kara. Julia. Mon mariage.

— Je veux que tu t'en ailles.

— Non, Livy, enfin. Je n'ai même pas eu le temps de parler à Leo. De lui demander à quoi il joue. Tu ne peux pas…

— Ne me donne pas d'ordres, Will. Tu as tout gâché. Tu as gâché tout ce qu'on avait.

J'ai craché ces derniers mots. J'ai la nausée, l'acide me ronge l'estomac. Tout est poison.

Will me dévisage, les lèvres frémissantes de rage et de chagrin.

— Au minimum, on a besoin d'une séparation temporaire.

— Et les enfants ? dit-il en me foudroyant du regard. Quel effet est-ce que ça va avoir sur eux ? Sur Hannah, surtout ? Je ne veux pas faire ça, Liv. On peut sûrement…

— On verra comment ça se passe. Je ne dis pas que tu ne peux pas venir voir les enfants quand tu…

— Bon Dieu ! explose-t-il. Ne commence pas à me dire quand je peux voir les enfants. C'est…

— … la seule solution.

Je le fixe, le regard dur. Tant pis si je suis effondrée intérieurement. Il refuse d'admettre qu'il m'a trompée. Il refuse de nous donner une possibilité de surmonter cette crise. Je n'ai pas confiance en lui. Je n'aurai plus jamais confiance en lui.

— Très bien, rugit-il. Je vais à l'hôtel. Je dirai aux enfants que c'est pour le travail. Mais je veux les avoir demain. Ici. Toi, tu peux aller à l'hôtel demain. Ou chez le gigolo de Julia. Où tu voudras.

J'ouvre la bouche pour protester, mais Will s'en va avant que j'en aie eu le temps. Je reste figée au milieu du garage. Un instant, j'ai l'impression que la pièce, la maison, le monde entier tournent dans ma tête. Will a laissé la porte de la cuisine ouverte. Je l'entends traverser le couloir, monter les marches. Deux, trois minutes s'écoulent. Puis il redescend l'escalier bruyamment. Enfile le couloir. La porte se referme. Un claquement sec. Il est parti.

Je me laisse glisser sur le sol. La petite botte de Thomas la Locomotive est couchée sur le côté devant la boîte à outils où j'ai trouvé la bague de Julia. Elle me fait penser à Zack. Et à Hannah. Et à Will, à la manière dont Will et moi sommes sur le point de gâcher leur vie. Je ne lui ai rien révélé de ce que Damian et moi avons découvert au sujet de Julia. Je ne lui ai pas parlé de l'incendie ni de la mort de Shannon. Je me rappelle combien je désirais sa présence tout à l'heure, quand je me sentais si vulnérable, et je ne suis plus qu'une loque branlante, affalée sur le ciment froid et poussiéreux, le cœur en mille morceaux.

Le lendemain matin passe dans une sorte de brouillard. Les deux enfants dorment tard, même si, pour Zack, ça veut seulement dire jusqu'à huit heures. J'ai à peine fermé l'œil. En partie à cause de ce qui s'est passé avec Will, en partie parce que j'ai peur pour notre sécurité, celle des enfants et la mienne. Je ferme chaque porte à double tour et vérifie par trois fois que toutes les fenêtres sont bien verrouillées.

À onze heures, les parents de Barney, un copain de Zack, passent le prendre pour l'emmener au zoo de Paignton avec Noah, un autre de leurs copains. Je le laisse partir à regret. La frayeur que j'ai eue hier avec Hannah n'a peut-être aucun rapport avec l'assassin de Julia, mais l'homme qui nous a suivis, Damian et moi, rôde encore.

Il sait qui je suis ; peut-être sait-il tout de moi. Je ne suis pas en sécurité, par conséquent mes enfants non plus. Pourtant, à la lumière ensoleillée de cette journée d'été, je ne peux trouver aucune raison valable pour empêcher Zack de sortir. Après tout, l'incendie remonte à deux jours et il n'y a pas eu d'autre menace depuis. Damian appelle pour s'assurer que je vais bien. Il me fait remarquer qu'avec l'affolement causé par la disparition d'Hannah, je ne lui ai jamais dit ce que j'avais appris de Robbie.

J'hésite. J'ai à peine songé à cette conversation – et à ce qu'elle m'a révélé – depuis hier matin.

— Qu'est-ce qu'il y a, Liv ?

Je prends une profonde inspiration et lui parle du testament détruit par Robbie.

—D'après lui, elle t'avait tout laissé, mais le document n'a jamais été enregistré auprès d'un notaire alors…

Damian accuse le coup.

—J'ignorais totalement qu'elle avait fait ça, dit-il, la voix assourdie par l'émotion.

Je le crois. D'ailleurs, s'il avait été au courant de l'existence du testament, il aurait demandé à la police de le chercher. Et il n'aurait pas tué Julia avant de s'être assuré qu'il était légalement son héritier. De toute façon, au point où j'en suis, j'ai besoin de faire confiance à quelqu'un.

Pourtant, je ne lui parle pas de Will et de moi. Je ne l'ai dit à personne. Il est beaucoup trop tôt pour bouleverser ma mère en lui annonçant la nouvelle et je ne veux pas de la pitié de mes amis. Je me serais confiée à Julia. En partie parce qu'elle m'aurait dit tout de suite qu'elle était de mon côté, quoi que je décide de faire. Et en partie parce que je lui ai toujours tout dit. Hier, Robbie a presque gâché mes souvenirs d'elle. Pour essayer d'oublier ses propos, je dis à Damian combien elle me manque, elle et son sens de la repartie, son pragmatisme sans concession. Il me renvoie ses propres anecdotes, évoquant l'humour de Julia, son soutien. Comment elle l'a aidé à garder le moral quand il a perdu trois contrats de suite et qu'il commençait à douter de ses capacités, comment elle le faisait rire, comme elle était douce « à l'intérieur, ce que personne ne pouvait sentir, Livy ». Il est difficile de réconcilier la version de Damian avec celle de Robbie. La vérité, c'est que je ne reconnais ma meilleure amie ni dans

l'un ni dans l'autre de ces portraits. Et cette découverte me laisse plus abattue que jamais.

Notre conversation se porte sur ce que nous
devrions faire dorénavant. Damian a enfin accepté
l'idée d'alerter la police.

—Nous n'avons pas de preuve, mais l'accumu-
lation des faits devrait suffire, conclut-il. La mort
de Shannon ; l'incendie ; le type qui nous a envoyé
l'avertissement et qui nous a suivis. Tu vas devoir
tout dire aux flics. Les laisser prendre la relève.

Il hésite.

—Il va aussi falloir que tu leur dises que Will a
volé la bague de Julia.

—Justement, je m'interrogeais là-dessus, dis-je,
me rappelant la pensée qui m'est venue à l'esprit
hier au soir. Celui qui a volé les pièces du puzzle
aurait très bien pu entrer dans le garage et y laisser
la bague.

Damian soupire.

—Ce qui tendrait à confirmer que c'est Will qui
a fait l'un et l'autre, non ?

Il a raison. Le désespoir s'insinue dans mes
veines. Je ne veux pas parler de cela à la police. Je ne
veux parler de cela à personne. Cependant, j'accepte
de retrouver Damian plus tard dans la journée –
après tout, si Will parle sérieusement de garder
les enfants ici ce soir, il va falloir que je trouve un
endroit où coucher. Je me rends compte que Will et
moi n'allons pas pouvoir faire durer cette situation
très longtemps, mais pour l'instant, je ne peux pas
me projeter plus loin que ce soir.

Notre conversation est à peine terminée que mon téléphone portable recommence à sonner. C'est Robbie.

—Salut, Livy.

Sa respiration est haletante, pleine d'espoir. Elle me retourne l'estomac.

—Salut, dis-je. Écoute, ce n'est pas le bon moment.

—D'accord, bien sûr. Je te rappellerai plus tard. C'est juste que…

Il hésite.

—Je voulais te dire que c'était génial de te voir hier. Je me demandais si on pourrait se voir plus tard. Pour prendre un verre, peut-être ?

Son assurance me stupéfie.

—Merci, Robbie, mais ça tombe mal. Je t'appellerai.

—Bien sûr, bien sûr.

Il n'insiste pas.

Je m'assieds sur le canapé, pose mon téléphone et enfouis le visage dans mes mains. Je suis incapable de réfléchir. J'ai la tête pleine de brouillard. Il ne manquait plus que Robbie, vraiment. Hannah entre dans le salon. À ma surprise, elle vient se blottir contre moi. Je passe un bras hésitant autour d'elle. Nous restons silencieuses une minute, puis elle se déplie, s'étire avec la souplesse d'un chat.

—Je peux aller chez Romayne ?

Voilà donc ce que cachait cette soudaine démonstration d'affection. De l'amour intéressé, dirait ma mère. Je suis agacée.

—Non, Hannah. Tu es privée de sortie jusqu'à la fin de la semaine. Papa te l'a expliqué hier.

Hannah se redresse, affichant une moue rebelle.

—Ce n'est pas juste.

— C'est comme ça.

Je me lève et Hannah me suit en récriminant. Nous finissons par nous disputer. Elle s'enfuit en larmes, et j'entends claquer la porte de sa chambre. Je passe l'heure suivante assise à la table de cuisine, comme clouée sur place. En fin de compte, je m'aperçois que j'ai faim et que je n'ai rien mangé depuis le dîner d'hier, alors je me fais une tartine de pain grillé. Je ne parviens à en avaler que la moitié. Hannah n'a pas réapparu.

On sonne à la porte. Je me traîne dans l'entrée, déprimée au possible. Paul est sur le seuil. Le soleil brille, le trottoir mouillé scintille. Je ne m'étais même pas rendu compte qu'il avait plu. Paul sourit. Ses dents sont blanches, son pantalon est repassé avec soin, sa chemise amidonnée. Il a l'air frais et dispos. Moi, en revanche, je porte un tee-shirt lâche sur un survêtement et pas le moindre maquillage. Mes cheveux tombent en baguettes raides autour de mon visage. Je m'abrite les yeux, gênée par mon apparence en plus du reste.

— Ça va ? demande-t-il doucement.

— Oui, c'est juste que je n'ai pas encore peaufiné mon look B.C.B.G. ce matin.

Paul lâche un petit rire.

— On croirait entendre Julia. Heu, mais tu as une sale mine.

— Merci. Non, sérieusement, ça va.

Il incline la tête d'un côté.

— Je ne suis pas sûr de te croire.

Il sourit de nouveau. Un sourire chaleureux, plein de sollicitude.

C'est la dernière goutte d'eau, et avant même que j'aie compris ce qui se passe, les larmes débordent sur mes joues. Paul fronce les sourcils, passe un bras autour de mes épaules et me guide vers la cuisine. Je hoquette, je veux arrêter de pleurer, à la fois affreusement gênée et soulagée d'évacuer un peu de la douleur que j'éprouve. Paul m'oblige à m'asseoir, va me chercher une feuille d'essuie-tout, puis s'approche de l'évier et remplit la bouilloire.

— Thé ou café ?

— Du thé, s'il te plaît.

Je renifle, puis me mouche.

— Écoute, Paul, je suis désolée.

— Ne t'excuse pas.

Il se retourne, une brique de lait à la main.

— Je sais que c'est épouvantable, ce qui se passe entre Will et toi.

Ce n'est pas seulement mon mariage.

Pendant que Paul prépare le thé, j'essaie de décider par où commencer à lui raconter ce que je sais : que Julia a presque certainement été assassinée parce qu'elle avait découvert l'identité du tueur de Kara, que ce tueur sait que je suis sur sa piste, qu'il est presque certainement quelqu'un que je connais.

Il s'assied en face de moi et met la théière fumante sur la table, entre nous deux.

— Will a téléphoné hier soir. Mon père n'a pas voulu lui parler, il a fait semblant de ne pas être là.

— Je sais. Paul, écoute…

— Et puis, Will est venu. Il était furieux.

— *Quoi ?*

Des images de bagarre surgissent devant mes yeux : le visage de Will décomposé par la colère, du sang sur les mains.

— Will est allé chez Leo ? Que s'est-il passé ?

— Il a tambouriné à la porte en hurlant à pleins poumons.

— Oh! Mon Dieu, Leo lui a parlé? Ou toi?

— Non. Nous ne lui avons même pas ouvert. On est restés au salon jusqu'à ce qu'il renonce et s'en aille.

J'enfouis la tête dans mes mains. Quel gâchis!

Paul s'éclaircit la voix.

— Liv? Je peux te dire quelque chose?

— Bien sûr.

Je me mouche de nouveau et lève les yeux.

— Becky et moi avons des problèmes aussi. Alors, je sais ce que c'est. Je voulais te le dire hier, mais ça semblait… je ne sais pas… déplacé, avec cette histoire d'Hannah.

Il plaisante, sûrement. Je le fixe, me remémorant leurs gestes d'affection à la soirée de Leo.

— Vous deux? Vous n'aviez pas l'air d'avoir de problèmes la dernière fois que je vous ai vus.

— Becky et moi, on sait jouer la comédie devant les autres, mais la vérité, c'est qu'elle n'est pas allée en Espagne pour voir ses parents. Elle y est pour… s'éloigner de moi… une séparation temporaire. Je lui ai parlé hier. Elle envisage même un divorce.

J'en reste bouche bée.

— Non.

— Si, dit Paul, d'un ton empli de regret. On n'a pas voulu gâcher la fête de mon père en montrant que ça n'allait pas, mais…

— Ce n'est pas possible.

— Si.

J'ai du mal à croire que je n'aie rien remarqué d'anormal entre eux.

— Mais comment… pourquoi? Que s'est-il passé?

387

— Je ne sais pas, répond Paul avec un haussement d'épaules. Je l'aime encore, mais elle dit que je ne l'écoute pas, que je ne la remarque pas… qu'elle en a assez d'être la seule à faire des efforts. Les clichés habituels.

Il marque une pause.

— Moi, je pense plutôt qu'elle a l'impression que sa vie est vide, même si elle refuse de l'admettre. Elle a toujours déclaré catégoriquement qu'elle ne voulait pas d'enfants, mais je crois qu'elle a vu ses amies devenir mères ces dernières années, et que c'est difficile pour elle.

Il me regarde.

— Je me suis souvent demandé pourquoi vous vous entendiez bien toutes les deux, vous êtes tellement différentes. Becky est une fonceuse, elle ne prend pas de gants… elle sait ce qu'elle veut et va le chercher.

— Tandis que je suis en marge de la vie?

J'ai du mal à masquer mon amertume. Ai-je vraiment vécu à travers les autres depuis la mort de Kara? À travers Julia – ou Will – ou mes enfants?

Paul rougit.

— Non. Je n'ai pas dit ça pour te rabaisser, Liv. Tu es géniale. Une épouse fantastique. Une mère merveilleuse.

— C'est ça.

Un silence tombe entre nous. Je refuse de penser aux implications de ce que Paul vient de dire: ses paroles font trop écho à celles de Damian. Au lieu de quoi, je me reporte à cette soirée chez Leo et Martha, il y a tout juste quelques semaines, et à l'envie que Paul et Becky m'avaient inspirée. On ne comprend vraiment jamais les relations des autres.

— Je n'aurais jamais deviné pour vous deux.

— Oui, eh bien…

Paul verse le thé. Son téléphone émet un bip.

— Je me suis juste dit que ça t'aiderait peut-être de savoir que tous les mariages passent par des moments difficiles.

— Notre situation est différente. Ce n'est pas la première fois que Will fait ça. Et nous avons deux enfants dont les vies seront dévastées…

— Je sais. Raison de plus de s'accrocher, non ?

Il jette un coup d'œil à son téléphone, puis se lève.

— Excuse-moi, Liv. Il faut que je parte. Je loge dans une maison qui appartient à ma mère pendant les travaux. Et elle veut que je vérifie qu'il n'y a pas d'humidité ou quelque chose comme ça.

Il marque une pause.

— À vrai dire, Becky et moi rénovons la maison en vue de la revendre. Nous avons parlé de ça hier aussi.

— Paul, je suis désolée.

Les mots semblent tout à fait inadéquats.

— Merci, soupire-t-il. Bon, il faut vraiment que j'y aille.

— Tu ne bois pas ton thé ?

Il fait la moue.

— Une autre fois. Prends soin de toi.

Il se penche sur moi, me plante un baiser sur la tempe.

— Ne te lève pas, je connais le chemin. Je t'appelle. Et n'oublie pas que je suis là pour toi. N'importe quand.

Il s'en va. Je bois une gorgée de thé. Il est parfait, juste assez infusé. Will le sert toujours trop tôt, alors que j'ai tendance à l'oublier et à le boire froid.

Comme je repose mon mug, ma bague de fiançailles tinte contre la porcelaine. Je sens qu'elle tourne autour de mon doigt, comme mon pantalon est lâche autour de mes hanches. Une vision de la bague en diamant et émeraude de Julia s'impose à moi. Je ne sais toujours pas comment elle a échoué dans notre garage. Je ne sais toujours pas ce que Julia a découvert à propos de l'assassin de Kara. Ni qui l'a tuée.

Quelques minutes plus tard, Hannah réapparaît, brandissant triomphalement son téléphone.

— Papa dit que je peux aller chez Romayne.

— Quoi ?

Je prends l'appareil. Will confirme qu'il est revenu sur la punition, ce qui ne lui ressemble pas du tout. J'en conclus qu'il veut passer pour le gentil parent et me défier. L'envie me démange de l'accuser de saper mon autorité – et de lui demander ce qui lui est passé par la tête pour aller cogner à la porte de Leo hier soir – mais Hannah est là, tout excitée.

— Très bien. Je te déposerai dans une heure environ.

Hannah gambade dans la pièce, ravie. Je m'adresse de nouveau à Will, toujours au téléphone.

— Tu pourras aller la chercher, lui dis-je d'une voix tendue. Zack rentrera vers six heures. Tu veux que je l'attende ou est-ce que tu seras là ?

— Je serai là, murmure-t-il. Tu n'as pas besoin de rester.

— Bien. Il y a à manger dans le frigo alors je suis sûre que vous vous débrouillerez sans moi ce soir. Si c'est ce que tu veux.

— Rien de tout ça ne correspond à ce que je veux, dit-il froidement.

L'estomac noué, je rends l'appareil à Hannah. Je suis à deux doigts de rappeler Will pour lui dire que, moi non plus, je ne veux pas que les choses se passent comme ça. Et puis je me souviens de Catrina et de son entêtement à refuser d'admettre que leur liaison a recommencé. Il ne sert à rien de parler.

J'essaie de faire bonne figure en déposant Hannah, mais les larmes roulent sur mes joues sur le chemin du retour. J'ai l'impression d'être une ratée. Je vérifie l'heure en me garant devant la maison. Il est à peine cinq heures, mais la température a baissé subitement, la touffeur d'hier s'est complètement dissipée. L'air est frais sur mes joues brûlantes. La maison va me sembler si vide. Mon Dieu, comment mon univers peut-il se désintégrer à ce point ? Je m'adosse au portail de l'allée. J'ai les membres lourds, je me sens étourdie. Je n'ai rien avalé aujourd'hui à part une tartine grillée. La seule pensée de manger me donne la nausée.

Je me redresse, inspire à fond. Quoi qu'il arrive, il va falloir que je sois forte pour les enfants.

Maintenant je sais ce que je sais, et je fais ce que je veux faire. Et si ça te déplaît, mon amour, tu peux aller en enfer.

La langue acérée de Julia résonne à mes oreilles, récitant une de ses citations préférées de Dorothy Parker. Je souris presque. D'une manière ou d'une autre, je survivrai à tout ça.

Je me tourne, prête à ouvrir le portail. De nulle part, un frisson me parcourt l'échine. J'ai la nette impression d'être observée. Je fais volte-face, regarde d'un côté et de l'autre. Du coin de l'œil, j'aperçois une ombre, une silhouette qui disparaît en hâte derrière une camionnette.

J'attends une seconde, retenant mon souffle, puis une jeune femme vêtue d'un short et d'un tee-shirt sort de derrière le véhicule. Très maigre, des cheveux châtains raides et mal coiffés. Elle traverse la rue, le regard rivé sur moi.

Je reste immobile. Je ne me sens pas menacée, elle est plus petite et plus légère que moi, et il y a dans sa posture quelque chose de soumis, de vaincu. Un grondement sourd de tonnerre résonne au loin. La fille atteint le trottoir et vient vers moi.

De près, je lui donne une trentaine d'années. Sa peau est affreuse, creusée de cicatrices de varicelle et d'acné.

— Vous êtes Livy, n'est-ce pas ?

Elle s'exprime avec un accent classe moyenne qui me surprend. Son visage est bouffi, pâle, et elle est beaucoup, beaucoup trop maigre.

— Comment savez-vous mon nom ?

— J'ai quelque chose qui vous intéresse, dit-elle en se grattant le bras.

J'ai un mouvement de recul. C'est une droguée. Des marques de piqûres courent sur son avant-bras.

— Ne partez pas.

C'est une supplique, pas un ordre.

Je lève la tête. Elle a un regard hanté. Malheureux. Il y a une chaîne ternie autour de son cou. La lettre P pend au bout.

— Comment vous appelez-vous ?

Elle me dévisage en cillant.

— Ça commence par un P ?

Elle se tait.

— P et quoi ? Penny ? Patsy ? Pippa ?

Elle secoue la tête. Un nouveau grondement de tonnerre au loin.

—C'est moi qui ai apporté à Shannon le médaillon que vous cherchez. Je suis venue vous dire que je l'ai. J'allais sonner à votre porte.

Je suis prise de vertige, assaillie d'émotions contradictoires. Elle pourrait mentir. Sauf que, dans ce cas, comment diable saurait-elle que Shannon avait le médaillon ? Bon sang, c'est une junkie. Elle ment forcément. Pourtant, je ne peux pas lui dire de s'en aller. Si elle sait quelque chose, n'importe quoi, il faut que je le découvre.

—Qui êtes-vous ? Comment savez-vous où j'habite ?

—Peu importe.

Pourrait-elle être l'assassin de Kara ? Elle est peut-être plus âgée qu'elle n'en a l'air. Mais enfin, si c'était une meurtrière, elle ne serait sûrement pas là en train de m'offrir des renseignements.

—Parlez-moi du médaillon. À quoi ressemble-t-il ?

—Il est en argent, répond-elle sans hésiter. Avec une photo de deux filles à l'intérieur.

—Bon. Où l'avez-vous trouvé ?

Elle se gratte de nouveau.

—Je vous le dirai si vous me payez.

De l'argent. Bien sûr. Elle veut de l'argent.

—Comment est-ce que je peux savoir si vous dites la vérité ?

La fille secoue la tête. Fait un pas en arrière.

—Attendez.

Je la retiens par le bras. Elle n'a que la peau sur les os. Elle se dégage, avec une grimace de douleur.

—Je veux seulement de l'argent. Cinq cents livres.

Je jette un coup d'œil à la route, en direction de notre maison. Une bouffée de panique m'envahit.

Cette droguée est liée d'une manière ou d'une autre à un tueur. Elle sait qui je suis. Où je vis. Où mes enfants vivent. J'ai la gorge sèche. La fille recule encore.

— Alors ?

— Attendez. D'accord.

Je sors de ma poche la seule carte bancaire qu'il me reste, la vieille, celle qui donne accès au compte ouvert à mon nom de jeune fille.

— Je n'ai pas de liquide sur moi. En revanche, je peux aller avec vous à un distributeur et vous donner ce que je pourrai retirer.

La fille hésite, puis hoche la tête d'un geste bref, sec.

— D'accord.

Je fais mine de me diriger vers ma voiture. Elle ne bouge pas.

— Je ne monte pas avec vous.

— Mais…

J'ai les tempes qui cognent. Une petite voix me souffle de m'éloigner, de ne pas faire confiance à cette fille, qu'elle ne peut rien savoir. Pourtant, elle connaissait le nom de Shannon, elle a décrit le médaillon…

— Bon. On va aller dans Fore Street, il y a un distributeur là-bas.

Elle acquiesce. Nous partons ensemble. La fille ne dit rien. Elle respire avec difficulté et je me rends compte que je marche trop vite pour elle. J'essaie de ralentir, mais l'anxiété me rend fébrile, les mêmes questions se bousculant sans cesse dans mon esprit : que savez-vous ? Où avez-vous eu ce médaillon ? Je réprime l'envie d'appeler Damian : je ne veux pas qu'elle prenne peur et s'enfuie.

Au bout de quelques minutes, nous avons atteint le distributeur. Je glisse ma carte dans la fente – espérant qu'il y ait suffisamment de fonds sur mon compte pour persuader la fille de répondre à mes questions. Elle se tient à côté de moi et je couvre le clavier de ma main libre tandis que je compose mon code – la date de naissance de Kara. Je tente cent livres. Dieu merci, les billets sortent. Je me hâte de les prendre. La fille s'approche.

— Dites-moi qui vous êtes et où vous avez eu le médaillon.

Elle me toise d'un air rebelle.

— Bon. Si vous ne voulez pas me dire qui vous êtes, expliquez-moi comment vous avez connu Shannon.

Elle secoue la tête.

— Vous devez me donner au moins une information avant que je vous paie. Comment avez-vous eu le médaillon ? Pourquoi l'avez-vous remis à Shannon ?

— Je lui devais de l'argent et elle commençait à en faire tout un plat, avoue la fille avec réticence. Elle a envoyé des gros bras pour me menacer.

Cela concorde avec ce que Shannon nous a raconté.

— Et le médaillon ?

— Je l'ai trouvé.

— Où ?

— Là où je vis.

— Où est-ce ?

— L'argent d'abord.

Je lui tends trois billets de vingt.

— Plus.

J'ajoute les quarante livres restantes.

— C'est tout ce que j'ai pour l'instant. Maintenant, dites-moi où vous avez découvert le médaillon. Je vous donnerai le reste après.

Les sourcils froncés, elle empoche l'argent avec précaution. Je l'observe et j'attends. Le ciel est gris comme une chape, les gaz d'échappement emplissent mes narines.

La fille recule d'un pas, un rictus sur les lèvres. Je sens qu'elle va décamper et esquisse un geste pour l'en empêcher.

— Allez vous faire foutre.

Elle me décoche un coup de pied dans le tibia.

L'espace de deux secondes, je me tiens la jambe à deux mains, terrassée par la douleur, puis je m'oblige à me redresser. La fille descend la rue à toute allure. Je fais un pas en avant. Mon tibia me fait affreusement mal. Serrant les dents, je me force à continuer. La fille se hâte vers l'arrêt de bus.

Elle ralentit, j'accélère. Un bus approche.

Il faut que je la rattrape avant qu'elle monte. Il faut que je découvre ce qu'elle sait. Je cours vers elle, de toutes mes forces. De toutes mes forces.

Shannon

« La colère de Dieu reste longtemps assoupie. Elle a été cachée pendant un million d'années avant qu'il y ait des hommes et seuls les hommes ont le pouvoir de la réveiller. »

Cormac McCarthy, *Méridien de sang*[1]

Quand j'ai découvert que Shannon avait mon médaillon, j'ai été furieux.

Furieux contre tout le monde.

Contre Shannon, évidemment, mais aussi contre Poppy qui l'avait volé. Et surtout contre Julia, cette petite garce sournoise et supérieure.

Il m'a fallu longtemps pour apprendre que Shannon avait le médaillon. Poppy affirmait l'avoir vendu anonymement sur eBay. En réalité elle l'avait donné à Shannon en guise de paiement pour une de ses dettes de junkie et c'est Shannon qui l'avait mis en vente sur Internet. Julia m'avait seulement dit qu'elle avait vu le médaillon sur eBay et qu'il lui avait fallu plusieurs jours pour retrouver la trace de Poppy.

---

1. Traduction de François Hirsch, Éditions de l'Olivier, 1998. (*N.d.T.*)

Comme ni l'une ni l'autre n'avaient mentionné Shannon – qui avait été en possession de ce fichu truc tout ce temps – j'avais supposé que la transaction avait été un échange direct entre elles. Je n'ai découvert la vérité que lorsque Livy s'est mise à fouiner. À elles trois, ces femmes ont provoqué la mort de Shannon.

Après avoir suivi Livy à Torquay, je n'ai eu aucun mal à la filer jusqu'au cottage de Julia à Lympstone. Je m'en voulais de ne pas avoir pensé plus tôt que Shannon ait pu s'y cacher.

Évidemment, l'incendie n'a tué personne, mais au moins il a détruit toutes les affaires de Julia. Retrouver Shannon par la suite a été un jeu d'enfant. À ce moment-là, j'étais sur sa piste depuis plus d'une semaine, par conséquent je connaissais ses amis. Shannon, de manière prévisible, a demandé de l'aide à la plus proche – une traînée qui vivait à Exmouth et que je surveillais déjà. L'idiote de pute.

C'est comme cela qu'elle gagnait l'argent qu'elle dépensait en bijoux et vêtements de marque… c'était une poule de luxe. Alexa Carling lui servait d'entremetteuse – c'est une pute aussi. Quand même, je ne crois pas que Shannon aimait cette vie-là, malgré tout l'argent qu'elle gagnait. Je crois qu'elle préférait son emploi à Honey Hearts, où elle était libre de piéger les hommes, de les dépouiller sans rien leur donner en échange.

Bref, j'ai suivi Shannon quand elle s'est esquivée pour faire des courses. Je l'ai menacée d'un couteau pour l'obliger à monter dans ma voiture. Je l'ai emmenée sur une étendue de plage déserte.

À l'abri d'un rocher, j'ai fait le nécessaire, récupéré le médaillon de Kara et pris une des boucles d'oreilles Chanel de Shannon en souvenir. Blabla… un autre meurtre facile, maquillé en noyade suite à un abus d'alcool et de drogue.

Shannon, c'est réglé. Un événement imprévu dû aux circonstances. Je n'aime pas qu'on me résiste, qu'on me mette la pression.

Les responsables vont payer.

Julia a déjà payé de sa vie.

Pour Livy, le prix sera beaucoup plus élevé.

19

Je cours lourdement sur le trottoir. Le bus s'est arrêté. Le numéro 57 à destination de Brixington. La fille bouscule les vieilles dames qui font la queue calmement pour monter à bord. Des têtes se tournent, en colère. Je me rue en avant. J'y suis presque, mais les portes se ferment en gémissant et le bus s'ébranle.

La fille est montée. Quelques secondes trop tard, j'abats la main sur le côté de l'abribus et me plie en deux, haletante.

—Merde.

Les gens qui attendent me dévisagent comme si j'étais folle. Mais c'est ma vie qui est folle en ce moment. Si folle, en fait, que poursuivre une droguée qui tente de monnayer des renseignements semble une entreprise on ne peut plus rationnelle. Si cette maigrichonne aux cheveux gras a donné le médaillon à Shannon, elle doit savoir quelque chose sur son meurtrier. Et par conséquent, sur l'assassin de Julia.

Je ne peux pas la laisser m'échapper. Il commence à pleuvoir. Le bus est déjà loin mais je suis sûre que la fille m'observe depuis la vitre arrière, ses cheveux raides encadrant son visage anxieux. Je regarde, vaincue, le véhicule s'engager dans une autre rue.

—Pressée, mon petit? demande un vieillard au visage rougeaud et souriant, appuyé sur sa canne.

Je hoche la tête en grimaçant.

—Ce n'est pas grave, allez.

Mais si, c'est grave. Ma meilleure chance de découvrir ce qui est réellement arrivé à Julia et à Kara est en train de s'évanouir sous mes yeux. Il faut que je fasse quelque chose. Je me rue vers la petite agence de taxis située un peu plus loin et entre en trombe à l'intérieur.

—J'ai besoin d'un taxi. Tout de suite!

Le jeune homme derrière le comptoir me toise d'un air nerveux.

—Ben! appelle-t-il.

Un homme d'âge moyen, aux cheveux gris coupés à ras, sort du bureau.

—Pour où? demande-t-il, jovial.

—Je viens de voir une vieille amie monter dans un bus. Nous nous sommes perdues de vue mais avant on était vraiment proches. Il faut que j'essaie de la trouver. Dépêchez-vous, s'il vous plaît.

Le mensonge a glissé sur ma langue avec une aisance effrayante. Les deux hommes échangent un regard, puis le plus âgé sourit.

—La voiture est dehors. Allons-y.

J'explique quel bus la fille a pris. Le chauffeur connaît son parcours et quelques minutes plus tard, nous l'apercevons devant nous.

—Vous voulez que je vous dépose au prochain arrêt?

401

—Euh… non, dis-je en rougissant, sachant que ma réponse va paraître étrange. Je préfère attendre de voir où elle va descendre.

—Bon.

Il vérifie le compteur et continue.

J'aperçois la fille, toujours debout à l'arrière du bus, le regard rivé à la vitre. Je me recroqueville contre mon siège. Je ne veux pas qu'elle me voie, qu'elle sache que je la suis.

Nous continuons à rouler. Le bus traverse Topsham et Lympstone – le village où se trouve le cottage de Julia. À chaque arrêt, le chauffeur de taxi ralentit. Je guette la fille avec tant de concentration que j'en ai mal aux yeux. Il doit penser que je suis folle. Je lisse mes cheveux, gênée. La fille ne descend pas. Après Lympstone, les champs de colza défilent, d'un jaune brillant à la lumière déclinante, et soudain nous débouchons sur la route principale qui mène à Exmouth.

J'observe. Et j'observe. Les arrêts se succèdent. La bruine s'installe, les trottoirs luisent quelques secondes à la faveur d'un rayon de soleil, puis redeviennent ternes. La fille chétive aux cheveux raides et aux bras marqués reste dans le bus, mais à mesure qu'il se remplit, je la perds de vue.

Les minutes s'écoulent et je commence à penser que j'ai dû la manquer quand enfin, elle descend, près du centre d'Exmouth. Après avoir jeté un coup d'œil furtif autour d'elle, elle s'éloigne à pas vifs, les épaules tassées contre la pluie.

Mon téléphone sonne alors que je me hâte de régler le taxi. C'est Robbie.

Bon sang.

—Salut, Livy.

Sa voix est chaude, intime. Beaucoup trop intime.

—Tu peux parler ? J'étais un peu inquiet à cause de la fin de notre conversation tout à l'heure. Je…

—Je suis occupée, Robbie, dis-je sèchement.

Et aussi exaspérée, à bout de nerfs, lasse d'être gentille.

—Je t'ai expliqué plus tôt que je t'appellerai quand je pourrai.

—Je sais, c'est juste que…

—Tu ne m'écoutes pas. Ne rappelle pas, s'il te plaît.

J'éteins l'appareil.

La fille prend à droite au rond-point en haut de la rue. Je la suis, en gardant la tête baissée. Si elle se retourne, elle me verra tout de suite, mais elle n'en fait rien. Elle tourne encore à droite, puis à gauche. Elle marche d'un pas décidé, on dirait qu'elle a un but précis en tête. À moins qu'elle se dépêche d'arriver pour se mettre à l'abri. Il bruine toujours, une brume fine se dépose sur mes cheveux et mes vêtements.

La fille vire brusquement à droite. Arrivée au coin, je la cherche des yeux et mon cœur se met à cogner : je sais où nous sommes ; l'immeuble qui abrite les bureaux de Honey Hearts se trouve au milieu de cette rue et la fille se dirige droit vers lui. Un instant plus tard, elle s'arrête devant et appuie sur le bouton de l'interphone. Une voix répond. Masculine. Je n'entends pas ce qu'elle dit. En revanche, la fille parle fort.

—Oui, Honey Hearts, au deuxième étage…

Je me raidis. La maigrichonne ne ressemble guère aux hôtesses que j'ai vues, pourtant si elle n'est pas une employée, que fait-elle là ?

—Il n'y a personne à l'accueil, mais je sais que Mme Carling est là.

Elle s'est mise à crier.

—Elle vient toujours le dimanche après-midi pour mettre ses papiers à jour. Laissez-moi entrer s'il vous plaît, c'est ma mère, bordel !

Alexa Carling, la mère de cette fille ? Mon cœur se met à battre plus vite.

Je m'avance en catimini. Elle s'acharne à pousser la porte, comme si elle était certaine qu'on allait lui ouvrir.

Je me glisse derrière le mur de l'immeuble voisin, puis jette un coup d'œil prudent dans la rue. Il pleut plus dru. J'essuie une mèche humide qui me tombe dans les yeux.

La fille tambourine au battant à présent. Tout en proférant des jurons, elle tire un portable du petit sac en plastique qui se balance à sa main. Elle presse quelques touches, porte l'appareil à son oreille. Recroquevillée sous le porche, se balançant légèrement d'avant en arrière, le visage livide, elle fait peine à voir.

—Maman ?

Sa voix est dure, blessée. Elle s'efforce de ne pas pleurer.

—Je suis dehors. Ce salaud de gardien refuse de me laisser entrer.

Il y a un silence, pendant que son interlocutrice lui répond.

—S'il te plaît, maman. Je ne vais pas…

La fille se tait brusquement, en voyant la porte s'ouvrir.

Un instant plus tard, elle disparaît à l'intérieur.

Je m'adosse au mur et lâche un soupir lent, tremblant. Je suis tout près d'avoir des réponses. Tout me ramène à ce médaillon. Honey Hearts est le lien entre les éléments disparates que Damian et moi avons rassemblés depuis la mort de Julia.

Et pourtant, je ne comprends toujours pas comment.

La pluie redouble, me pique le visage, coule le long de ma nuque. Sans prendre le temps de réfléchir, je me dirige vers l'immeuble. À mon tour, je presse sur la touche de l'interphone de Honey Hearts. Pas de réponse. Je me rabats sur celle qui indique : « Accueil principal ».

— Oui ?

— Bonjour.

Je me présente, donnant mon nom de jeune fille, Small, comme avant.

— Je suis une des… euh… clientes de Mme Carling. Je suis désolée de la déranger un dimanche, mais j'ai vraiment besoin de lui parler. Puis-je monter la voir ? Ça ne prendra pas longtemps. C'est une urgence.

J'attends. Une goutte de pluie roule sur ma joue. Un long silence s'ensuit, puis le bourdonnement de la porte s'élève. Je la pousse, la poitrine comprimée par l'excitation.

Je suis entrée.

Le gardien a un léger haut-le-corps à ma vue : je suis trempée, décoiffée, dégoulinante.

— Mme Carling est occupée, mais si vous voulez patienter dans la salle d'attente, elle vous recevra dans quelques minutes.

— Merci.

Je m'engage dans l'escalier. N'y a-t-il vraiment qu'une semaine que je suis venue là ? J'ai l'impression d'avoir vécu plusieurs vies entre-temps.

J'arrive dans la salle d'attente aux murs beiges, qui m'avait paru si terne, si respectable.

Trop fébrile pour m'asseoir, je fais les cent pas dans la pièce. Comment Alexa Carling peut-elle être impliquée dans cette histoire ? Je scrute le couloir. Elle doit être dans son bureau. Je m'avance, puis ralentis en m'approchant. Je regarde à gauche et à droite. Personne. Je m'arrête et colle l'oreille au battant.

La voix d'Alexa Carling me parvient aussitôt.

— Je refuse de l'entendre, Poppy, dit-elle, avec tant de mépris que j'en frissonne.

— Pardon, maman.

Poppy parle d'un ton pleurnichard, presque enfantin. Elle espère clairement amadouer sa mère, mais apparemment, ça ne marche guère.

Je jette un nouveau coup d'œil dans le couloir. Personne ne vient. Je me penche, regarde par le trou de la serrure. Elles se font face au milieu de la pièce. Alexa attrape sa fille par le poignet, inspecte son bras et secoue la tête.

— Rends-moi les clés, ordonne-t-elle.

— Non.

Poppy essaie de reculer, en vain. Alexa la tient fermement.

—C'était ta dernière chance. Je t'ai avertie que si tu recommençais…

La voix d'Alexa est dure comme de l'acier, pourtant j'entends la douleur derrière ses paroles. Une seconde, j'oublie pourquoi je suis ici et j'imagine ce que j'éprouverais si ma propre fille se droguait.

—S'il te plaît, maman.

Poppy sanglote, tête baissée.

—J'ai de l'argent, je…

—Il n'est pas question d'argent.

Même de là où je suis, je lis la souffrance gravée sur les traits d'Alexa.

—Je n'en peux plus. Les clés.

Poppy lui tend le sac en plastique. Alexa le prend, et la lâche enfin. La jeune femme s'affaisse contre le mur.

—Où veux-tu que j'aille ? Tu ne peux pas me jeter dehors.

Sa mère fouille dans le sac et en sort les clés. J'entends le tintement du métal alors qu'elle les fourre dans un tiroir.

—Ce qu'il faut que tu comprennes, c'est que les autres ne peuvent t'aider que jusqu'à un certain point, dit-elle d'un ton sec, en réapparaissant dans mon champ de vision. Je t'ai donné une chance après l'autre. Je sais que tu as volé des objets à Crowdale. Comment as-tu pu faire ça, Poppy ?

—Ce n'est pas vrai ! Ce n'était pas ma faute.

—Ce n'est jamais ta faute, n'est-ce pas ? soupire Alexa. Il faut que tu partes maintenant.

—Non, sanglote Poppy.

—Maintenant.

Leurs pas se rapprochent. Je pivote et me hâte sans bruit vers les toilettes, m'engouffrant juste à temps à l'intérieur. Je me jette dans une cabine, le cœur battant.

Je touche au but. Poppy m'a avoué avoir obtenu le médaillon là où elle vivait. Sans doute voulait-elle parler de la maison dont les clés sont désormais dans le bureau d'Alexa.

En sortant de la cabine, je jette un coup d'œil dans la glace. J'ai une mine affreuse avec mes cheveux humides plaqués à mes joues rougies, mes yeux troublés, hagards. Pas étonnant que le gardien ait été choqué.

Je me redresse et émerge des toilettes. Alexa Carling m'attend dans le couloir. Elle m'adresse un sourire lisse et professionnel. Il n'y a pas la moindre trace d'émotion sur son visage.

— Mon Dieu, Olivia, vous êtes trempée.

— Ce n'est rien.

Elle me fait entrer et me fait signe de m'asseoir. Je m'exécute, gênée, les paumes moites de sueur. Maintenant que je suis là, je ne sais absolument pas quoi dire.

— Olivia, est-il arrivé quelque chose? Que faites-vous ici un dimanche?

Elle se penche vers moi, la sollicitude incarnée. Un instant, je suis assaillie par le doute. Comment cette femme aurait-elle pu jouer un rôle dans la mort de Julia? Je prends une profonde inspiration et me jette à l'eau.

— J'ai entendu votre conversation à l'instant. C'était votre fille?

Alexa détourne les yeux, mais pas avant que j'aie vu un éclair de chagrin dans son regard. Une seconde, j'imagine ce qu'elle doit ressentir après avoir coupé les ponts avec sa fille comme elle vient de le faire. C'est impensable. Et pourtant… je pense à Hannah qui me rend déjà folle à douze ans, alors que je peux invoquer toutes sortes d'excuses pour sa conduite. Pour autant que je le sache, Alexa soutient Poppy depuis des années et le dernier incident a eu raison de sa patience.

— Je vous ai entendue dire qu'elle avait volé quelque chose ? C'était chez vous ?

Je suis sur un terrain dangereux, mais il faut que je sache.

Alexa fronce les sourcils.

— Seulement dans une maison que je loue à des vacanciers. Mais nous sommes ici pour vous, Olivia. Je suis navrée que vous ayez surpris des propos déplaisants.

Décontenancée, je passe distraitement une main dans mes cheveux mouillés. Le médaillon de Kara se trouvait dans une maison de vacances ?

— Ce n'est pas ça, dis-je en hâte. C'est juste que c'est pire, n'est-ce pas, quand son foyer est touché. C'est une sorte de violation.

Alexa fronce les sourcils de plus belle.

— Olivia, dites-moi ce qui vous amène, s'il vous plaît.

Je me force à me focaliser sur son visage, à ne pas regarder le fameux tiroir. Les dossiers sont toujours soigneusement rangés sur les étagères, des piles de documents encombrent toujours le bureau.

Je pousse un profond soupir.

—C'est mon mari. Je suis plus sûre que jamais qu'il me trompe.

Ces paroles font monter de vraies larmes à mes yeux. Je les ravale. Tout jaillit de moi. Mon cœur se brise, je n'ai pas besoin de mentir. Je ne cite aucun nom, j'explique seulement que, depuis ma dernière visite, j'ai des preuves supplémentaires de l'infidélité de Will.

—Voyez-vous, le chef de mon mari l'a vu quitter la chambre de cette femme, celle avec qui il a eu une liaison par le passé.

Alexa hoche la tête avec compassion.

—Le problème, c'est qu'il refuse toujours d'admettre qu'il m'a trompée. J'ai besoin qu'il avoue pour aller de l'avant.

—Oh, mon petit, dit-elle d'un ton apaisant. Je suis vraiment désolée, ça doit être très douloureux pour vous.

—Oui.

Je regarde autour de moi en reniflant.

—Vous auriez un mouchoir en papier, s'il vous plaît?

—Bien sûr.

Elle se penche derrière le canapé et attrape une boîte de mouchoirs posée sur une table basse que je n'avais pas remarquée.

J'en prends un.

—Merci.

Je songe au tiroir, un plan s'ébauchant dans mon esprit. Peut-être pourrais-je inspecter moi-même cette maison, y chercher des indices? Maintenant qu'Alexa a mis Poppy à la porte, l'endroit doit être inoccupé. Je ne vais rien emporter. Juste jeter un coup d'œil.

Pour cela, j'ai besoin des clés. Ce qui signifie faire sortir Alexa de la pièce.

— Laissez-moi consulter mes notes, dit-elle en ouvrant un dossier pendant que je me mouche. Ah, que diriez-vous de Brooke ? Elle est ici, justement. Je viens de la briefer sur une autre cliente. Voudriez-vous la rencontrer ? Il me semble que vous avez besoin d'une conclusion rapide à cette affaire.

— Oui, s'il vous plaît.

Contrairement à ce que j'avais espéré, Alexa ne sort pas. Elle se contente de décrocher son téléphone.

— Pourriez-vous venir, Brooke, s'il vous plaît ?

Elle replace le récepteur et reste debout, adossée au bureau. Mes yeux s'arrêtent sur la carafe d'eau et les deux verres à côté. Une idée me vient.

Je n'ai pas le temps de réfléchir à la manière de la mettre à exécution, car la porte s'ouvre et une grande jeune femme blonde apparaît. Elle ressemble à Shannon – silhouette voluptueuse, beauté de poupée aux airs effarouchés. Elle porte un tee-shirt moulant, très court, et un pantalon en soie rouge qui épouse ses hanches minces. Elle est superbe, elle a entre vingt-cinq et trente ans, je dirais, avec des yeux sombres, légèrement bridés, à l'expression alanguie et sensuelle.

Elle vient droit à moi et me serre la main.

Soudain efficace et professionnelle, Alexa s'acquitte des présentations.

— Olivia, pourriez-vous expliquer votre situation à Brooke ?

Je m'exécute. Brooke hoche la tête du début à la fin. Elle n'est pas idiote, cette fille. Je le vois à ses yeux. Quand j'ai terminé, elle consulte Alexa du regard. Celle-ci l'encourage d'un geste.

— Eh bien, voici la manière dont ça se passe…, commence Brooke. Vous m'indiquez un endroit où j'ai des chances de trouver votre mari – peut-être l'adresse d'un bar où il se rend en sortant du bureau – et je l'aborderai là-bas, un soir, dans les semaines à venir. Je lui dirai que son costume lui va bien ou que son après-rasage sent bon… quelque chose d'anodin. Et puis, j'engagerai la conversation, je flirterai un peu, histoire de le sonder, si vous voulez. En général, je dis aux hommes que je suis gérante d'un hôtel à deux pas de là, je guide la conversation sur les gens qui y viennent pour des liaisons, surtout les hommes mariés. Souvent, il n'en faut pas davantage pour qu'ils commencent à évoquer leurs aventures. Nous échangeons des anecdotes et, en principe, s'ils ont quoi que ce soit à avouer, c'est à ce moment-là.

Je la dévisage, oubliant un instant les clés rangées dans le tiroir d'Alexa.

— Vous voulez dire que les hommes que vous séduisez vous racontent ce qu'ils ont fait, juste comme ça ?

Brooke sourit et ses yeux s'étrécissent comme ceux d'un chat.

— D'abord, je ne les séduis pas. Les choses ne vont jamais jusque-là. Pas même jusqu'à un baiser. La conversation est enregistrée, alors la cliente peut vérifier par elle-même. Deuxièmement, oui, bien sûr qu'ils me le disent. Pour être franche, après avoir bavardé un peu, bu quelques verres, ils se vantent de leurs exploits pour m'impressionner.

À côté de nous, Alexa sourit. Je reste bouche bée.

— Les hommes sont aussi bêtes que ça ?

La remarque m'a échappé. Brooke et Alexa éclatent de rire. Le gloussement d'Alexa est léger et cristallin, mais le rire de Brooke est franc, aussi sexy que son regard. Soudain, je ne suis pas si étonnée que les hommes lui livrent leurs secrets. Une seconde, je vacille. Puis je songe à Will et à son refus d'admettre que sa liaison avec Catrina a repris. Je serre les dents. Il l'a cherché. J'ai le droit de savoir la vérité. Et si je dis non maintenant, je partirai sans avoir aucun moyen d'y parvenir. Et sans ces clés.

— Disons qu'ils ne sont pas aussi intelligents qu'ils ont parfois tendance à le croire, lance Alexa avec un nouveau gloussement.

Je hoche la tête, résolue à poursuivre.

— Où dois-je signer ?

Alexa s'éclipse et Brooke prend des notes sur un formulaire en tous points semblable à ceux que j'ai vus dans les dossiers. J'hésite avant de donner le nom de Will. Non que je songe à me rétracter, mais il figurait aussi sur le formulaire de Julia. Cela dit, il est tout à fait possible qu'il y ait deux Will Jackson à Exeter. C'est un nom courant. Nous achevons de remplir le formulaire, après quoi j'envoie à Brooke une photo de Will par téléphone et lui indique le bar qu'il fréquente le vendredi soir.

Alexa revient alors que la fille s'en va. Elle se rassied à côté de moi.

— Vous ne regretterez pas cette décision, Olivia. Brooke est une de nos meilleures hôtesses. Elle obtiendra la vérité de votre mari, et vous saurez exactement à qui vous avez affaire.

— Mais… euh… combien de temps faudra-t-il ?

— Tout dépend de Brooke à présent, déclare Alexa calmement. Elle vous contactera dans une semaine ou deux pour prendre rendez-vous et vous faire un compte rendu.

Je règle par carte bancaire – la carte qui est à mon nom de jeune fille. Alexa tamponne mon formulaire de la lettre P.

P. Payé.

Je revois brusquement celui de Julia, qui n'avait pas été tamponné. Par conséquent, Julia n'a jamais payé pour que Shannon aborde Will. Cela confirme les dires de Shannon : l'opération n'était qu'une couverture.

Je me mordille la lèvre, anxieuse. C'est le moment. Je me lève et arpente la pièce. Je vais au bout du canapé, puis reviens, me tordant les mains.

— Il est impossible que mon mari découvre ce que j'ai fait, n'est-ce pas ?

Je jette un coup d'œil au bureau, où les papiers d'Alexa sont étalés entre l'ordinateur et la carafe.

— Tout à fait impossible, affirme-t-elle. Nos hôtesses sont la discrétion même. Notre réputation en dépend.

À l'évidence, elle a oublié l'esclandre de Damian lors de ma dernière visite – ou, du moins, elle espère que, moi, je l'ai oublié.

Je me retourne et recommence à faire les cent pas. Cette fois je me dirige vers le bureau et désigne la carafe.

— Puis-je ?

414

—Certainement.

Alexa se lève, mais j'arrive la première, et tends la main vers la carafe. Et la renverse. De l'eau éclabousse le téléphone, les feuilles de papier, coule sur la moquette beige.

—Oh, mon Dieu!

Je me mets à genoux et tapote la moquette, sans grand résultat.

—Oh! Je suis désolée.

—Ce n'est pas grave.

Un instant, je crois qu'elle va se servir du téléphone trempé pour appeler à l'aide, mais non.

—Je vais chercher une serpillière.

Dès que la porte se referme, je bondis sur mes pieds. En un éclair, j'ai traversé la pièce, ouvert le tiroir et attrapé les clés. Il y en a deux accrochées ensemble, avec une simple étiquette en plastique indiquant «Crowdale».

Des pas résonnent dans le couloir. Pas le temps de réfléchir. Je fourre mon butin dans la poche de mon jean, referme le tiroir et me remets à genoux au moment où Alexa rentre, un torchon dans une main et un verre dans l'autre.

—Oh! Ce n'est pas la peine, dit-elle en s'approchant.

Je me relève et prends le verre qu'elle m'offre. Je bois quelques gorgées et manque de m'étouffer. J'ai l'impression que les clés dans ma poche clignotent comme une enseigne au néon. *Reste calme.*

—Eh bien, dis-je, en plaquant un semblant de sourire sur mon visage. Tout est réglé, alors?

Occupée à éponger la moquette, Alexa lève les yeux et hoche la tête d'un geste bref.

— Absolument.

Elle se remet debout.

— Comme je vous le disais, Brooke s'en occupe. Elle vous rappellera bientôt.

Je m'oblige à descendre les marches en marchant plutôt qu'au pas de course, mais ne peux m'empêcher de dévaler les dernières. Dehors, la pluie a cessé. En revanche, le ciel reste couvert, lourd de nuages gris acier.

Je m'éloigne à la hâte, le cœur qui cogne. Je suis une voleuse. J'ai volé des clés. Je n'ai jamais rien volé avant, même pas quand j'étais petite. Kara si. Un souvenir surgit dans mon esprit, net et vrai. Il est difficile à réconcilier avec l'image que j'ai de Kara aujourd'hui, mais, à treize ans environ, elle dérobait des bonbons au marchand de journaux du quartier. Kara arborait son sourire angélique, et le vieux Pakistanais qui tenait le magasin lui rendait son sourire, sans soupçonner un instant que, dès qu'il avait le dos tourné, les doigts minces de Kara se refermaient sur des barres chocolatées qu'elle glissait dans sa poche.

Elle ne paniquait jamais. Elle sortait du magasin en flânant comme une délinquante chevronnée. Je la regardais depuis le seuil, mi-admirative, mi-atterrée. Je la disputais toujours sévèrement, en lui disant qu'elle était bête et méchante, mais, en réalité, je lui enviais son sang-froid et son absence de remords. Moi, j'aimais bien le vieux Pakistanais au dos voûté et à la barbe grisonnante. J'avais les joues en feu à la pensée que nous l'avions volé.

Cependant, jamais je n'ai dénoncé Kara. Et pas seulement parce qu'elle prenait aussi une barre chocolatée pour moi. Je ne voulais pas la dénoncer parce que, d'une certaine manière, j'avais honte de sa culpabilité. Peut-être que, déjà alors, je voulais protéger l'image familiale de ma petite sœur – celle que papa et maman avaient construite au fil des années : Kara la rêveuse, Kara la naïve, Kara la docile.

Notre vision de Kara était-elle une illusion, une fabrication à laquelle nous voulions croire ? Après sa mort, cette vision de Kara innocente est devenue la seule possible : une créature trop douce pour ce monde, arrachée trop jeune aux siens. Tous ceux qui la connaissaient y croyaient.

Tous sauf Julia, me dis-je, songeuse. Peut-être était-ce justement pour ça que Kara l'aimait tant : Julia lui permettait d'être elle-même.

Arrivée au bout de la rue, je me mets à trottiner. Pas trop vite, de peur d'attirer l'attention sur moi, mais les clés me brûlent la peau à travers le tissu et j'imagine Alexa remarquant leur disparition, appelant la police. Mon imagination est tellement rivée à cette possibilité que j'entends presque les sirènes hurler. Je pousse au hasard la porte d'un snack-bar. L'endroit n'est guère reluisant : le linoléum est sale, les tables en plastique tachées, l'odeur du café réchauffé flotte dans l'air. Je demande un cappuccino à la serveuse au teint cireux. Elle se retire derrière le comptoir. Il n'y a que trois autres clients, un homme qui lit un journal dans le coin et deux femmes en grande conversation à côté de la vitrine.

Personne ne fait attention à moi. Je plonge la main dans ma poche et sors les clés de la maison de location. Je regarde l'étiquette. *Crowdale*.

Je sors mon téléphone et googlise le nom. Moins d'une seconde plus tard, les détails apparaissent sur l'écran. Crowdale, Princetown, Dartmoor. Le même code postal. Je clique sur le lien d'une agence immobilière en ligne. Apparemment, la propriété a changé de mains voici trois ans.

Je secoue la tête. Je ne vois toujours pas comment cette maison de vacances pourrait receler des indices importants. Même si Alexa, une femme d'âge mûr, très comme il faut bien qu'à la tête d'un commerce plutôt sordide, était d'une manière ou d'une autre liée à un viol et à un meurtre vieux de dix-huit ans, pourquoi garderait-elle des objets compromettants dans un lieu aussi public?

Princetown se trouve à environ une heure de route, dans une partie assez isolée du parc national du Dartmoor. Mon cappuccino arrive. J'en bois une gorgée. Il est à la fois fade et brûlé. Infect.

J'appelle Damian, lui explique où je suis et que j'ai du nouveau, mais que je ne peux pas parler au téléphone. Il est allé récupérer sa voiture à Honiton et me demande de l'attendre. Je ne peux pas finir mon café alors je commande un jus d'orange, puis j'utilise le séchoir à mains des toilettes pour chasser le gros de l'humidité de mes cheveux. Mes vêtements moites me collent à la peau. Je sirote mon jus d'orange et songe à appeler Will. Zack et Hannah doivent être avec lui à l'heure qu'il est. Je lui envoie un texto pour savoir si les enfants ont passé une bonne journée mais il ne répond pas.

Une heure s'écoule. Damian est coincé dans les embouteillages. Je prends un autre jus d'orange et attends. Le soleil se couche et le café est sur le point de fermer quand il arrive. Il bondit hors de sa Mercedes et se rue à l'intérieur avant même que j'aie eu le temps de me lever. Nous repartons aussitôt, et regagnons sa voiture sous la pluie.

—Qu'as-tu découvert? demande-t-il, tendu.

Une fois à l'abri, je lui raconte que Poppy est venue essayer de me vendre des informations.

—Je ne crois pas qu'elle m'aurait révélé où elle avait obtenu le médaillon – ni par qui – elle voulait de l'argent, c'est tout. Bref, je l'ai suivie jusqu'à l'agence de Honey Hearts…

Damian écarquille les yeux de plus belle quand je lui relate la conversation de Poppy avec sa mère, puis explique que j'ai dérobé les clés de la maison où elle logeait.

—Et la police, Livy? coupe-t-il, l'air choqué. Je pensais qu'on s'était mis d'accord tout à l'heure pour que tu ailles avertir la police.

Je le dévisage. Cela m'était complètement sorti de l'esprit.

—Je peux toujours le faire.

La pluie tambourine sur le toit de la voiture.

—Je peux remettre les clés à la police. Elle ira perquisitionner les lieux.

—Mais…

Damian secoue la tête.

—Tu ne te rends pas compte que si Alexa est impliquée dans la mort de Julia, elle sait forcément que le médaillon que Poppy a volé est important? Et par conséquent, la maison où elle l'a volé aussi?

—Bon. Dans ce cas…

—Si elle devine que c'est toi qui as pris ses clés, elle va s'empresser d'aller détruire les preuves.

419

— En quoi est-ce que cela m'empêche d'aller avertir la police ? Comme je disais, ils peuvent y aller et fouiller les lieux.

Damian me regarde comme si j'avais perdu l'esprit.

— Les flics n'iront nulle part sans mandat, et il n'y a aucune raison qu'ils en demandent un.

— Si. Poppy a affirmé qu'elle avait découvert le médaillon là-bas.

— La parole d'une droguée ne comptera pas pour grand-chose, crois-moi. D'ailleurs, il faudrait déjà que tu la retrouves et qu'Alexa confirme ses dires, ce qui semble peu probable.

— Dans ce cas, qu'allons-nous faire ?

— Eh bien, nous n'avons guère le choix, soupire-t-il. Alexa Carling a dit que c'était une maison de location, c'est ça ?

— Oui.

— Donc, si sa fille s'en servait mais qu'elle vient de lui rendre les clés, il y a fort à parier que l'endroit est vide. Il faut qu'on aille y jeter un coup d'œil le plus vite possible, avant qu'Alexa se rende compte de ce que tu as fait.

Nous roulons en silence en direction des landes du Dartmoor. Le ciel s'assombrit peu à peu. Je vérifie mon téléphone, mais Will n'a toujours pas répondu à mon texto. Il a forcément récupéré Zack et Hannah maintenant. J'ai le cœur serré de les imaginer tous les trois ensemble chez nous, sans moi. Je jette un regard furtif à Damian. Il me semble soudain très jeune et beaucoup moins séduisant qu'hier.

La pluie redouble, apportant un brouillard gris pâle qui rend les panneaux plus difficiles à déchiffrer.

420

En fin de compte, nous nous égarons en allant à Princetown, et, une fois là, il n'est guère facile de trouver Crowdale. Les maisons sont éparpillées sur la lande, en retrait des routes étroites que bordent des murets en pierre. Notre tâche est compliquée par les nappes de brume qui tournoient autour de nous, menaçantes.

Nous roulons au pas quand les dernières lueurs du jour disparaissent dans le ciel, et que la pluie se calme. On a l'impression qu'il est beaucoup plus tard qu'en réalité.

—Là.

Damian, qui vient de consulter la carte, désigne une route sur la gauche. Nous nous engageons dans ce qui n'est guère plus qu'un chemin, et nous arrêtons devant une barrière basse qui le traverse. Un panneau indique Crowdale : un cottage trapu, en pierre, distant d'une quarantaine de mètres. Je rabats la capuche de ma veste en descendant de voiture. Damian remonte son col. En silence, nous escaladons la clôture et suivons tant bien que mal le sentier qui mène à la maison. Elle se détache sur le ciel anthracite et argenté, sinistre. Désertée. Effrayante. Des rideaux foncés sont accrochés aux fenêtres closes. Aucune lumière n'est allumée.

Nous atteignons la porte d'entrée. Du lierre grimpe de part et d'autre. Un panneau accroché au-dessus bat contre le mur.

Crowdale.

Damian me regarde.

—À toi de jouer.

Je tire de ma poche les clés d'Alexa et introduis la plus grosse dans la serrure du haut. Elle tourne

421

avec un déclic. Je prends la seconde et la glisse dans la serrure inférieure. Elle résiste. Je la secoue. La porte, raide et vieille et lourde, s'ouvre. L'intérieur est plongé dans la pénombre. Je franchis le seuil ; les dalles en pierre sont froides sous mes pieds, même à travers mes chaussures.

Derrière moi, Damian tâtonne à la recherche de l'interrupteur.

D'un seul coup, le couloir s'emplit de lumière vive. Il y a deux portes, une de chaque côté, et un escalier qui mène à l'étage supérieur. Je jette un coup d'œil dans la première pièce. Un salon, où règne un ordre absolu.

Une phrase tirée du rapport d'enquête sur le meurtre de Kara surgit brusquement dans mon esprit : *D'après les profileurs, l'auteur de ce crime a fait preuve d'une méticulosité obsessive : il n'a laissé aucun indice, aucune trace de sa présence.*

Je suis Damian en frissonnant. Le mobilier est sommaire : deux canapés bas et une grande télé à écran plat ; un placard mural qui contient une étagère pleine de DVD. J'en sors quelques-uns au hasard. Ce sont des films d'auteur, surtout étrangers.

— Drôle de sélection pour une maison de vacances. On s'attendrait plutôt à trouver des dessins animés, pas ce genre de chose.

Damian acquiesce.

Jusqu'ici, rien ne suggère que Poppy a habité là. La droguée aux cheveux hirsutes que j'ai vue n'aurait-elle pas laissé plus de désordre ? Je traverse le couloir pour gagner la cuisine. Une grande bouteille de Pepsi a été laissée sur la table, avec les restes d'un repas – du pain, un morceau de beurre, un peu de fromage.

Nous montons au premier. En face du palier minuscule se trouve une petite salle de bains dont la porte est entrebâillée. Un lavabo, un placard au-dessus, une baignoire. Pas de bibelots. Rien de superflu. Pas plus que dans le reste de la maison. Même pas de glace.

L'armoire de toilette contient d'un côté un flacon de bain de bouche, une brosse à dents et du denti-frice. De l'autre, de la mousse à raser, un blaireau et un rasoir. C'est tout. Sur le lavabo est posé un gros savon orange. Une serviette élimée pend sur un côté.

— Je ne comprends pas. On dirait qu'un homme vit ici, dis-je en ressortant. Un moine.

— Tu crois ?

Damian me désigne la pièce de droite, une chambre exiguë où règne un fatras indescriptible. Vêtements et magazines jonchent le sol autour d'une petite penderie en bois vide, béante. Un lit bas occupe le milieu de la pièce. Pas de draps. Deux coussins crasseux semblent faire office d'oreillers. Une trousse de toilette traîne sur le matelas sale, dégorgeant deux tubes de rouge à lèvres, une brosse à dents apparemment neuve et une boîte de tampons sur l'unique couverture.

— Bon sang, je n'en sais rien.

Je me détourne et ouvre la porte d'en face.

Retour chez M. Maniaque. Le lit en fer est recouvert d'une couette blanche tirée avec soin. Les murs et le plancher ont été peints en blanc, ainsi que l'armoire. À l'intérieur, des chemises, deux costumes et des pantalons sont pendus de manière bien ordonnée, régulièrement espacés, de sorte qu'aucun cintre ne touche le suivant. Des chaussures d'homme – surtout habillées, marron ou noires – sont alignées sous les vêtements. Pendant que Damian se dirige vers la commode, je regarde autour de moi. Il n'y a absolument rien dans cette pièce qui révèle la personnalité de son occupant. Pas de livres – en fait, il n'y a pas un seul livre dans le cottage. Pas d'ordinateur. Pas de téléphone. Pas de tableaux. Pas de bibelots. Même le dessus de la commode est complètement vide. Je vérifie sous les oreillers. Pas de linge de nuit. En revanche, je déniche une longue clé à l'ancienne qu'on a dissimulée sous le matelas.

La pièce est d'une stérilité troublante. Je frissonne. Damian pose une main sur mon épaule.

— Je ne comprends pas, dit-il.

Nous retournons au rez-de-chaussée. Je suis sur le point de lui dire que la maison tout entière – à part la chambre en désordre – correspond au profil de l'assassin de Kara, quand je remarque du coin de l'œil une porte sous l'escalier.

— Et là-dedans ?

Il me rejoint à grandes enjambées. La porte est fermée à clé. Il recule d'un pas en grognant.

— Si je l'enfonce, il sera évident que nous sommes venus ici.

J'ouvre ma paume, révélant ma trouvaille.

— Essaie ça.

Elle entre dans la serrure. Damian la tourne avec un clic et pousse le battant. Une volée de marches étroites, en ciment, plonge dans l'obscurité. Damian trouve l'interrupteur. Le presse. Je le suis. Nous

424

descendons dans une cave carrée, dépourvue de fenêtres, au sol cimenté. Deux cartons sont posés dans un coin. Je jette un coup d'œil dedans et ne vois que des livres : des romans policiers, des livres de poche écornés, quelques vieilles encyclopédies. Rien de personnel, rien qui indique l'identité de leur propriétaire. Une ampoule dénudée pend au plafond.

Je scrute les lieux, à l'affût de quelque chose, n'importe quoi, qui puisse expliquer comment la fille d'Alexa Carling a découvert le médaillon dans cette étrange maison. En promenant les mains sur le mur, je rencontre une aspérité. Je m'immobilise. Regarde de plus près. Distingue un interstice entre deux rangées de briques : les premières sont légèrement en saillie. Le joint s'effrite sous mes doigts.

— Regarde.

Damian se hâte vers moi et se met à genoux. Nous glissons nos doigts entre les briques. Toutes les quatre viennent sans résister, révélant un trou noir. Dans le silence total, je n'entends que ma propre respiration, hachée.

— Vas-y, m'encourage Damian.

Je tâtonne à l'intérieur. Mes doigts moites rencontrent du métal froid. Un coffret. Je le prends par les côtés et le sors. Il est superbe – environ de la taille d'une boîte à chaussures, en argent martelé. Très simple et très original.

— Je n'ai jamais rien vu de pareil, dis-je dans un murmure.

— Ouvrons-le.

Damian s'accroupit et tente de lever le couvercle. Il est fermé et, cette fois, il n'y a aucune trace de clé.

Je jette un coup d'œil à Damian, le dos parcouru de frissons.

— Il y a quelque chose de maléfique là-dedans.

Ma voix est rauque. Je ne crois ni aux fantômes ni aux esprits malins, mais si c'était le cas, je jurerais que l'un d'eux rôde dans cette boîte.

— Je ne veux pas l'ouvrir.

Le silence qui nous entoure – celui de la maison et de la lande au-delà – m'étouffe comme une présence physique. Le mal est là, dans cette pièce, il émane de ce coffret.

— Si nous l'ouvrons, nous allons laisser sortir le mal.

— Ne dis pas de sottises.

Damian me prend la boîte et scrute la serrure. J'insiste.

— Tu ne le sens pas ?

Il secoue la tête, concentré sur son examen. Il disparaît, revient une minute plus tard muni d'un couteau qu'il a récupéré dans la cuisine. Il insère la lame sous le couvercle, qui saute avec un claquement sec.

J'étouffe un cri.

— Il le fallait, Livy, ce type le cachait.

Damian pose le coffret sur le sol entre nous.

— Prête ?

J'acquiesce. Damian soulève doucement le couvercle, révélant une collection d'objets hétéro-clites : un petit cahier, un bouton en plastique, une minuscule broche à dorures, un flacon de vernis à ongles, une boucle de ceinturon en forme de serpent, une épingle à cheveux en forme de papillon, et une seule boucle d'oreille Chanel qui décrit un double C.

—Qu'est-ce que c'est que tout ça ?

Damian désigne la boucle d'oreille.

—Shannon la portait le jour où nous l'avons rencontrée.

Il a raison. Je regarde le cahier de plus près. Les mots « Expérience scientiffique » sont écrits sur la couverture. Je le prends. Mon cœur fait un bond dans ma poitrine. Le médaillon de Kara est dessous. Le cœur battant à tout rompre, je sors le bijou, reconnaissable à la petite éraflure au dos et à la photo de Julia et d'elle à l'intérieur. Je le fixe, submergée par la nausée.

Ce coffret appartient à l'assassin.

Nous l'avons trouvé.

20

—Oh, mon Dieu !

Damian regarde le vernis à ongles.

—C'est celui de Julia.

Il a raison. Je reconnais la couleur argentée des orteils de Julia le soir où elle est morte. Je recule, envahie de picotements, incapable de supporter l'idée que son meurtrier, le meurtrier de Kara, a touché ce coffret.

—Bon, ça suffit.

Damian claque le couvercle.

—Fichons le camp d'ici. Emportons tout ça à la police. Laissons-les continuer.

Je le suis dans l'escalier en titubant. Damian tient le coffret d'une main. De l'autre, il sort son portable. Un instant plus tard, il lâche un juron.

—Pas de réseau.

Je vérifie le mien. Pareil. Ce n'est pas étonnant. Nous sommes au fin fond du Dartmoor. Dehors, l'air est froid, le ciel tout noir, un léger crachin s'est mis à tomber. Je n'arrive toujours pas à faire le lien entre Alexa Carling et l'intérieur masculin de cette maison, mais peu importe. Ce qui compte, c'est de partir, d'alerter la police.

Nous dévalons le sentier en courant, passons par-dessus la clôture. Un linceul de brume sinistre enveloppe le sentier boueux. Je monte en hâte dans la voiture. Damian prend place à côté de moi et me tend le coffret en argent. Il me répugne de le toucher, si bien que je garde les mains sur le tableau de bord. Damian démarre et fait demi-tour.

Le brouillard nous enveloppe, opaque et étrange dans le faisceau des phares. Au moment où nous partons je saisis un mouvement : une ombre qui traverse devant nous.

— C'était quoi ?

— Sans doute un renard, avance Damian, d'un ton incertain.

Je baisse les yeux sur le coffret, de nouveau terrifiée. Je sais que c'est idiot, mais je ne peux pas m'empêcher de penser à des esprits maléfiques.

— Qu'est-ce que c'est que ça ?

Damian, penché en avant, scrute le pare-brise.

Je suis son regard. Une forme est allongée sur le chemin. Un frisson remonte le long de mon échine.

C'est un enfant – de sept ou huit ans, tout au plus – vêtu d'un jean et d'un sweat trop grand pour lui qui fait des plis autour de sa taille, déformant sa silhouette. Damian arrête la voiture. Mon sang bat furieusement à mes oreilles.

A-t-il été renversé ? Je ne vois pas de sang. La large capuche rabattue sur son visage nous empêche de savoir s'il s'agit d'un garçon ou d'une fille. Nous ne sommes plus qu'à un mètre de lui. L'enfant ne bouge pas. La peur m'étreint la gorge.

— Oh ! Mon Dieu.

À côté de moi, Damian semble s'être figé.

Il coupe le moteur, mais laisse les phares allumés. L'enfant porte des baskets jaunes. Je me penche en avant, regarde avec plus d'attention. Zack possède une paire exactement comme celle-là.

Le monde bascule autour de moi, la réalité me percute avec la violence d'un coup de poing.

— Zack !

Je murmure son nom dans un souffle, déjà j'ai écarté le coffret et je me rue hors de la voiture. Je tombe à genoux dans la boue à côté de lui. Zack. Mon fils.

Je tends la main vers son visage. Le tourne vers moi. Il a les yeux fermés. Pas de sang. Est-il mort ? Ce n'est pas possible. Je mouille mon doigt et le mets devant son nez exactement comme je le faisais quand il était tout bébé. Chaque cellule de mon corps se détend quand je sens la fraîcheur de sa respiration sur mon index.

— Zack ? Zack ?

Je l'appelle, lui secoue l'épaule, mais il reste inerte. La panique me submerge. Je palpe ses bras, ses jambes, son ventre. Rien ne semble anormal. Pas de fractures. Je touche sa tête. Pas d'hématomes, pas de bosses, pas de contusions.

Je ne comprends pas. Je ne comprends pas.

— Damian !

Pourquoi n'est-il pas là ? Je tâtonne sur mon téléphone. Toujours pas de réseau.

— Damian !

Où est-il donc ? J'ai besoin de son aide pour ramener Zack à la voiture.

Alors que je me retourne, les phares s'éteignent brusquement, plongeant le chemin dans une obscurité totale.

— Damian !

La pluie tombe plus fort. Je serre Zack contre moi. C'est un poids mort, trop lourd pour que je puisse le soulever, alors je me résigne à le tirer vers la voiture que je distingue à peine dans la pénombre brumeuse.

— Damian !

Que diable se passe-t-il ? J'ai le cœur au bord des lèvres, le crâne prêt à exploser.

— Au secours !

Les jambes de Zack traînent dans la gadoue. Je suis hors d'haleine en atteignant la voiture. Je dépose Zack à mes pieds et cherche la poignée. La portière est verrouillée.

— Damian ?

Je tente à nouveau d'ouvrir la portière. Pourquoi est-elle fermée ?

— Damian !

La peur rampe sur ma peau comme une colonne de fourmis. Je tremble, la pluie dégouline sur mon visage, se faufile dans ma bouche. Zack est affaissé contre mes jambes flageolantes. Je tire mon téléphone de ma poche. Il s'allume quand je le touche. Toujours pas de réseau. Je dirige l'appareil vers la vitre. Il émet juste assez de clarté pour que je distingue la silhouette de Damian. Il est assis là où je l'ai laissé, à la place du conducteur, les yeux voilés mais ouverts.

— Damian ?

Ma voix frémit. Je cogne à la vitre, crie son nom de nouveau. Qu'est-ce qu'il a ? Pourquoi ne m'entend-il pas ? Soudain la lumière éclaire la flaque rouge foncé qui luit sur le tableau de bord et goutte sur le plancher. Je m'essuie les yeux, essayant de forcer mon cerveau à assimiler la scène.

Du sang. Il coule de la gorge de Damian, imprègne sa chemise, forme une flaque étale autour de lui. Une terrible seconde s'écoule, puis sa tête s'affaisse d'un côté. Je le fixe, incapable de réfléchir. Il a la gorge tranchée. Avec un déclic, les portières se déverrouillent. Je fais volte-face.

— Qui est là ?

Je n'entends que le clapotis de la pluie, qui tombe régulièrement autour de moi.

Je tremble sans pouvoir me contrôler. Voir Zack à mes pieds m'arrache à ma torpeur. Je l'éloigne de la portière, que j'ouvre. La veilleuse illumine l'habitacle. Oh ! Mon Dieu ! L'intérieur est cramoisi. Il y a du sang partout, sur les sièges, le plafond, le tableau de bord.

Je tends la main et effleure la joue de Damian. Il a les yeux écarquillés, fixes. Son bras pend, inerte et lourd. J'appuie, fort, sur son poignet. Je retire mes doigts. Pas de pouls.

Un gémissement sourd m'échappe. Je touche son cou ensanglanté, poisseux. Palpe le creux de sa gorge. Rien.

— Oh, Damian.

Ma voix n'est qu'un chuchotement. Je recule en titubant, la bile dans la gorge. La puanteur âcre, métallique, du sang emplit mes narines. J'inspire à fond l'air sombre et froid. Qui a fait ça ? Où est-il ?

Je regarde autour de moi. Je ne vois rien, mais l'assassin doit être là, tout près.

Zack est toujours inconscient. J'essaie de me concentrer, de mettre de l'ordre dans mes pensées incohérentes. Il faut que j'éloigne Zack d'ici. Il faut que je parte.

Ce qui signifie déplacer Damian pour que je puisse conduire.

Serrant les dents, j'essaie de le pousser. Il est trop lourd. Je me rue de l'autre côté, ouvre la portière passager et essaie de le tirer vers moi. Je ne peux pas. En sanglotant, je refais le tour et lui tire sur le bras, une seule idée en tête à présent, le sortir de la voiture.

Soudain, des pas se font entendre derrière moi. Je me redresse. Quelqu'un s'avance, une torche à la main.

— Oui ?

La personne ne dit rien. Son visage est invisible à cause de la lumière vive de la lampe. Je m'abrite les yeux. C'est un homme. J'en suis sûre. Il porte une combinaison en plastique, comme celles des gens de la police scientifique.

C'est lui. Le tueur.

Je recule, la main tendue vers Zack. L'homme fait un pas en avant. Il se tient au-dessus de mon fils.

— Buvez ça.

Il dépose une bouteille d'eau par terre. Il porte des gants. Sa voix est un murmure sourd. Je ne peux pas la reconnaître, mais je suis sûre que je l'ai déjà entendue.

— Non.

Je recule de nouveau, traînant Zack sur le chemin.

— Qui êtes-vous ?

Il fait un autre pas en avant. Il a un couteau à la main.

— Arrêtez.

Je me fige. Il s'agenouille à côté de Zack. Je n'arrive toujours pas à voir son visage. Sa combinaison est blanche. Il a aussi des chaussons en plastique par-dessus ses chaussures, qui me rappellent les techniciens venus chez Julia.

— Buvez, sinon je le tue.

La longue lame du couteau lance des étincelles à la lueur de la lampe. Il l'approche, la fait reposer tout contre la gorge de Zack.

— Oh ! Mon Dieu ! Non, je vous en prie.

Affolée, je me rue en avant et ramasse la bouteille.

— Je vous en prie, ne lui faites pas de mal.

— Buvez, ordonne la voix, basse et apaisante.

Je sais que je l'ai déjà entendue.

— Buvez et je vous promets que vous reverrez votre fils.

Je porte la bouteille à mes lèvres et bois une gorgée. Le liquide est salé.

— Encore.

— Qu'est-ce que c'est ?

— Ça ne va pas vous tuer.

J'hésite de nouveau, les yeux sur le couteau. Un minuscule glissement et Zack aura la gorge tranchée, exactement comme Damian.

Je prends deux grandes gorgées de liquide. Encore deux. J'en ai bu à peu près la moitié.

— C'est bon. Maintenant, montez dans le coffre et j'allongerai Zack à côté de vous.

Il connaît le nom de mon fils. Une nouvelle vague de terreur m'envahit.

— Pourquoi ? Qu'est-ce que vous allez nous faire ?

— Vous voulez avoir Zack avec vous ? Ou dois-je l'égorger ici ?

— D'accord.

Je n'ai pas d'autre choix que de le croire. Je contourne la voiture à pas lents, aveuglée par la lampe. L'homme atteint le coffre avant moi. Il l'ouvre. Je monte, puis regarde derrière moi. Je ne vois que le faisceau de la torche, trouée blanche sur le ciel noir.

— Zack.

J'ai les tempes qui bourdonnent. Si Zack est là, où est Hannah ? Où est Will ?

— Téléphone.

Je mets la main dans ma poche et lui tends mon portable.

— Que…

Le coffre se referme avec un claquement sec. La panique monte en moi. Et Zack ? Je tambourine sur le métal au-dessus de ma tête. Il n'y a pas d'espace. Je ne peux pas bouger. La claustrophobie me gagne. J'ouvre la bouche pour hurler mais avant qu'aucun son n'en sorte, le coffre s'ouvre de nouveau. Pas de lampe, juste la silhouette de l'homme. Je ne distingue toujours pas ses traits, il porte un masque chirurgical. Zack est dans ses bras. Je tends les miens pour le prendre. La main gantée effleure ma joue. Elle sent le caoutchouc et les produits chimiques.

— Que…

— Taisez-vous sinon je tue votre fille.

J'étouffe un cri. Le coffre claque. Je serre Zack contre moi, le cœur cognant follement.

Il a enlevé Hannah aussi.

Je retiens mon souffle, écoute les coups et cognements qui me parviennent depuis l'habitacle. Le noir est oppressant. Hannah se trouve-t-elle dans la voiture ? Et Will ?

Je serre Zack plus fort. Il est toujours sans connaissance.

La voiture démarre. Nous partons.

J'essaie de respirer plus calmement. De réfléchir à la façon dont je pourrais m'échapper. Le coffre est bien fermé. Où est Hannah ? Où est Will ?

Je reste immobile, essayant de me concentrer. Le temps passe. Zack ne bouge pas. J'ai déjà entendu la voix de cet homme. Mais où ? Comment ? Je n'arrive pas à comprendre ce qui arrive. L'obscurité tournoie autour de moi. Je me cramponne à Zack, j'ai peur de tomber. De tomber d'où ? Je me rends brusquement compte que je ne sens plus mon fils. Je ne sens plus rien. Je ne peux pas bouger, même pas mes doigts. Je ne peux pas parler.

Tout semble être un rêve. Zack est ma seule réalité. Je me force à ouvrir les yeux, à scruter la pénombre.

Le monde danse dans ma tête. Je suis moite de sueur.

Et si j'étais en train de mourir, là, maintenant ? Et si c'était la mort ?

L'homme a dit que je n'allais pas mourir.

Tu ne peux pas te fier à lui.

Il a dit que tu serais avec Zack et c'est vrai.

Tu ne peux pas te fier à lui.

Tu ne peux te fier à rien.

Je ferme les yeux. Les vibrations de la voiture se répercutent dans mon corps et, peu à peu, la nuit m'engloutit.

436

J'ai la tête lourde, comprimée, la gorge si sèche que c'en est douloureux. Mes muscles sont courbaturés. Je ne peux pas bouger. Il y a du noir tout autour, qui m'écrase. Une seconde, je crois être dans un cercueil. Puis je me souviens. Je suis dans le coffre de la voiture de Damian.

Zack.

Le souvenir de mon fils inconscient efface toutes mes autres pensées. Nous étions serrés l'un contre l'autre avant, tout près l'un de l'autre. J'essaie de tendre la main, plisse les yeux dans l'obscurité. Où est-il?

Parti.

Je veux crier, taper du poing contre le coffre de la voiture, mais je suis paralysée. La terreur me submerge. Je me rends compte que la voiture est immobile, que le moteur ne tourne plus. De longues minutes s'écoulent. Puis le coffre s'ouvre. L'air froid me gifle les joues. Je sens la mer. J'entends des vagues se briser contre les rochers. L'homme de tout à l'heure est là, encore vêtu de sa combinaison en plastique, le visage toujours dissimulé par son masque chirurgical. Je tente de me recroqueviller dans un coin, mais il me tire dehors avec un grognement.

Il me porte. Je ne vois que le mince plastique de sa combinaison. Je ne peux pas tourner la tête. Il fait nuit. Combien de temps a passé? Où est Zack? Je voudrais parler mais aucun son ne sort de ma bouche. Nous descendons une pente. Le vent forcit. Mes cheveux me fouettent le visage.

Et puis il y a un clic. Un éclair de lumière. J'entends un cognement. Un coffre s'ouvre devant moi. Sommes-nous de retour à la voiture ? Nous nous sommes pourtant éloignés, en descendant la pente ? Je ne comprends pas.

Ce coffre-là contient des objets. Je sens des formes dures contre mon corps. Il a une odeur différente aussi. Je suis certaine qu'il est plus grand. Un autre coffre. Un autre véhicule. Je ne comprends pas.

Je reste là, cherchant en vain à discerner quelque chose dans le noir.

Les heures passent. La voiture ne démarre pas. Je perds toute notion du temps. La peur me paralyse le cerveau.

Au bout d'un moment, dans une sorte de semi-conscience, je remue la main. Je réalise que je peux bouger. Je m'étire. Ma jambe heurte un objet en forme de T, en plastique. Je sens sa longueur. C'est une poignée de trottinette. Je touche le pied en métal, large et plat.

Je crie.

— Au secours !

Ma voix est rauque, mais au moins je peux parler à présent.

Petit à petit, je recouvre l'usage de mes membres. Je crie plus fort, je tape, donne des coups de pied. Personne ne vient.

Soudain, sans crier gare, on ouvre le coffre. Une silhouette me toise. C'est l'homme. Seuls ses yeux sont visibles au-dessus de son masque.

— Où est Zack ?

Il m'ignore. Il tend la main, me saisit par le bras.

— Dehors !

J'oblige mes muscles endoloris à obéir. Je me cogne la jambe et la tête en sortant tant bien que mal. Nous sommes en haut d'une falaise au bord de la mer. Le ciel est plus clair qu'avant. Combien de temps s'est écoulé? À gauche, je distingue la crête des vagues, loin au-dessous de nous. À droite, je n'aperçois que le ciel et le contour d'une forêt. Pas de lumières. Pas de maisons.

Personne.

Je revois Damian, son regard voilé, le sang dégoulinant sur son cou. La nausée me submerge, me monte à la gorge.

Je me tourne vers celui qui m'a amenée ici.

— Où est Zack?

Il me serre le poignet. Je me dégage. Je suis encore un peu assommée, mais plus forte qu'il ne s'y attend. Les pieds bien plantés sur le sol, j'attends une seconde que le vent âpre et salé me glace, me réveille pour de bon. Puis, en un éclair, je lui arrache son masque.

L'horreur déferle en moi.

Je sais qui il est. Mais je n'arrive pas à y croire.

Il sourit.

— Du calme, Livy. Je t'emmène voir les enfants. Aie confiance en moi.

Livy

« Dieu répand amour sur tous d'une main prodigue, mais Il réserve Sa vengeance aux Siens. »
Mark Twain

Livy a découvert ma cachette. Mon second foyer, pour l'amour du Ciel. Il fallait bien qu'Alexa Carling soit au beau milieu de ce fichu désastre. Cette bonne femme n'est pas qu'une pute, c'est un trou noir.

Livy a découvert mon coffret aussi. Exactement comme Poppy. Sauf que cette idiote de Poppy n'a pris le médaillon que pour le vendre et rembourser ses dettes. Livy et cet idiot d'ex de Julia ont tout embarqué pour me dénoncer.

Comment osent-ils ?

Je suis fou de rage. Jamais je n'ai pris autant de plaisir à trancher une chair, à voir le sang gicler et couler.

La mort de Damian m'a apaisé. Pourtant, ç'a été un meurtre brouillon, exécuté dans la hâte et la précipitation. Tout comme la manière dont je m'y suis pris pour me débarrasser du cadavre. Avec Livy, je vais recouvrer mon équilibre, et surpasser mes précédents exploits.

J'ai un plan. Du pur bonheur, ce moment d'antici-pation. Et une si douce ironie de penser que toute la force de ma vengeance va s'abattre sur la sœur de la seule femme que j'aie jamais vraiment aimée.

Si Kara était un ange, Livy est le diable incarné. Et comme le diable, elle devra affronter sa honte la plus profonde, la plus noire. Oui. Maintenant… ici… à travers Livy… je vais créer une poésie neuve, ténébreuse.

Je n'écrirai plus. Pendant un moment. Pas avant que l'acte soit commis. Ah, maintenant… « Si c'en était fait quand c'est fait, alors ce serait bien, on l'aurait vite fait[1]. »

Tout à fait de cet avis.

J'y retourne.

---

1. William Shakespeare, *Macbeth*, acte I, scène VII, traduction de Jean-Michel Déprats, Gallimard, coll. « La Pléiade », 2002. (*N.d.T.*)

21

C'est Paul. Paul, un de mes plus vieux amis. Paul qui, voici quelques heures, assis dans ma cuisine, compatissait sur l'état de mon mariage, me confiant sa propre douleur, sa propre histoire.

Je suis si choquée que j'ai du mal à le croire.

— C'est toi qui as tué Julia ? Toi qui as tué Kara ?

Paul soutient mon regard. À la lueur du coffre ouvert, je vois la courbe résolue de sa joue, ses lèvres farouchement pincées.

— Oui, c'est moi.

Il semble fier de lui, presque arrogant.

Mes genoux se dérobent. Paul est un assassin. *L'assassin.*

— Et Damian ? Et Shannon ?

— Oui.

Il me saisit par le poignet.

— Comment ? Pourquoi ? Je ne comprends pas. Paul, s'il te plaît. C'est moi. C'est nous.

Paul ne dit rien. Je regarde autour de moi, au désespoir. La voiture dont il vient de me faire sortir est garée en haut de la falaise. Je tressaille en comprenant que c'est la Rover de Will. J'étais allongée dans mon propre coffre, la trottinette de

442

Zack pressée contre mes jambes. Je me retourne vers Paul, incrédule.

— Où sont Zack et Hannah ?

Il garde le silence. Je me mets à crier.

— Zack ! Hannah !

Au lieu de m'ordonner de me taire, il se contente de sourire.

— Il n'y a personne ici qui puisse t'aider, Livy.

Le précipice n'est qu'à quelques mètres. Je sais où nous sommes : à environ cinquante kilomètres de la maison de location où Damian et moi avons découvert le coffret, où ce pauvre Damian a été tué. Nous sommes tout près de l'endroit favori de Julia, Bolt Head. La mer est noire comme un four. Que va faire Paul ?

— Où sont les enfants ? Tu as dit que tu m'emmenais voir les enfants ?

Il me tire le poignet d'un coup sec. Je le suis en titubant, nous dépassons la voiture. Will est à l'intérieur, la tête appuyée à la vitre, les yeux fermés.

— Will ! Will !

Il ne se réveille pas. Est-il drogué ? Est-il mort ?

Paul me secoue violemment le bras.

— Tais-toi, ordonne-t-il d'un ton irrité. Will a absorbé la même drogue que toi. Il ne peut pas t'entendre.

— Will !

Il me tire.

— Will !

— Assez.

Paul me gifle. J'ai le souffle coupé – c'est le choc plutôt que la douleur. Ma joue me brûle tandis qu'il me traîne sur quelques mètres le long de la paroi rocheuse. J'essaie de me retourner, de regarder la voiture. Je ne remarque la petite cabane, construite à même la falaise, que lorsque nous atteignons la porte. Un énorme rocher la bloque. Sans lâcher mon poignet, Paul tend sa main libre vers une pince-monseigneur posée contre la pierre.

Je me raidis, luttant contre sa prise, donnant des coups de pied.

Paul me tord le bras dans le dos.

— Hannah et Zack sont là, siffle-t-il. Tu ne veux pas les voir ?

Je cesse de résister, glacée par la menace qui perce dans sa voix. Il s'empare de l'outil, écarte le rocher et me pousse à l'intérieur. Il fait noir. Froid. Seule une lampe à pétrole dans le coin diffuse un semblant de lumière. À côté, on distingue deux petites silhouettes par terre.

Paul me lâche. Déséquilibrée, je trébuche. Alors que la porte claque derrière moi, une des silhouettes se rue sur moi. J'aperçois un éclair de cheveux blonds et puis elle est sur moi, enfouit la tête dans ma poitrine, s'accroche à moi comme si c'était une question de vie ou de mort.

— Hannah.

— Oh ! Maman, maman.

Elle éclate en sanglots bruyants, incontrôlables.

Je la serre dans mes bras.

— Hannah.

Ma voix est rauque. Je me retourne. Paul a disparu. Je pousse la porte, mettant tout mon poids dans mon geste. Elle refuse de bouger.

Les sanglots d'Hannah s'apaisent lentement. Je la conduis au fond de la pièce, vers la lampe. Zack est allongé là, pelotonné sur lui-même, les yeux fermés. Je me penche sur lui, gardant Hannah serrée contre moi. Je lui secoue l'épaule.

—Zack?

Il est toujours inconscient. Le crâne laminé par des élancements, j'entoure Hannah de mes bras et me laisse tomber par terre. Au bout d'un moment, mes yeux s'habituent à la pénombre. La cabane est basse de plafond, elle doit faire moins d'un mètre quatre-vingts de hauteur. Hormis la lampe elle est vide – un sol et des murs nus, en ciment. Un courant d'air s'engouffre sous la porte fermée à clé. Il y a des taches de sang séché sur mon haut et sur mes mains. Je berce ma fille d'avant en arrière tandis qu'elle sanglote.

—Que s'est-il passé, Hannah?

—Paul nous a amenés ici, il a drogué Zack, il a ligoté papa.

Sa voix est menue, terrifiée, les mots se bousculent sur ses lèvres.

Je l'étreins.

—Hé, va moins vite. Je suis là. Dis-moi ce qui s'est passé.

Hannah tremble dans mes bras.

—Papa est venu me chercher chez Romayne. Il avait déjà Zack avec lui. Il était de mauvaise humeur et il avait laissé Zack s'asseoir devant, alors j'ai dû me mettre derrière.

—Continue.

—On est rentré à la maison et Paul est arrivé avant même qu'on soit descendus de voiture, et papa et lui ont parlé d'une moto, et tout à coup il est monté à l'arrière à côté de moi, ce qui était bizarre.

Et puis il a sorti un couteau… et… et il a dit qu'il allait me tuer si papa refusait de conduire.

Elle fond en larmes.

— Oh ! Mon Dieu.

Je la serre plus fort. Elle est secouée de frissons.

— Et ensuite ?

— Zack s'est mis à hurler. Paul lui a dit d'arrêter mais il a continué, alors papa lui a dit d'arrêter aussi. Ensuite, Paul a sorti une bouteille d'eau et a ordonné à Zack d'en boire. Et puis il m'en a fait boire aussi. Elle était salée, mais il m'a obligée. Et on a roulé. Après je ne me souviens plus de rien.

Je hoche la tête. La vision de la gorge tranchée de Damian s'impose de nouveau à moi. Luttant contre la nausée, je baisse les yeux sur Zack. Si nous avons tous été drogués, pourquoi est-il le seul à demeurer inconscient ?

— Pourquoi est-ce qu'il fait ça, maman ?

Hannah se roule en boule à côté de moi. Elle semble si jeune, presque aussi jeune que Zack, tout à coup.

— Je ne sais pas.

Je m'adosse au mur, essaie de mettre un peu d'ordre dans mes pensées. Si incroyable que cela paraisse, Paul a tué Damian, Julia et Shannon – et ma petite sœur. Je songe aux sévices que Kara a subis avant de mourir, à ce dont Paul est capable, et mon sang se glace.

— Maman, il y a autre chose.

J'ouvre les yeux. Hannah me regarde, une expression pleine de douleur et de crainte sur les traits. Il y a un peu de saleté sur sa joue. Je l'enlève du bout du doigt.

— Quoi, ma chérie ?

— J'ai pris quelque chose…

Sa voix tremble.

— Le jour où nous avons trouvé Julia ?

Je fronce les sourcils.

— Comment ça ?

Hannah se tord les mains.

— Ce n'est pas grave, dis-je pour la rassurer. Dis-moi.

— C'était la bague de Julia, avoue-t-elle dans un sanglot. Je l'ai prise dans sa chambre pendant que tu étais dans le salon avec Zack. Je suis désolée, maman, je sais que c'était mal. C'est juste que je l'ai vue et…

Les larmes l'étouffent.

— Hannah, ce n'est rien, ne t'inquiète pas.

Je serre ma fille contre moi, recommence à la bercer.

— Ça n'a pas d'importance.

Mais j'ai pensé que c'était Will. J'ai accusé Will.

— Je l'ai cachée dans la boîte à outils de papa, parce que tu dis toujours qu'il ne s'en sert jamais, alors je savais que personne n'irait la chercher là.

— Ce n'est rien. Peu importe.

Je me mords la lèvre. Will n'a pas volé la bague. Il n'a joué aucun rôle dans la mort de Julia. Et maintenant, il est ligoté dans notre voiture, dehors.

Quel sort Paul lui réserve-t-il ? Pourquoi n'est-il pas là, avec nous ? Un frisson d'horreur me traverse. Je me moque de ce que Will a fait, de sa liaison avec Catrina… j'aime toujours mon mari. J'ignorais à quel point jusqu'à cet instant. Je ne veux pas le perdre. Je ne veux pas perdre mes enfants.

Ces pensées me déchirent tandis que les sanglots d'Hannah refluent peu à peu. Je lui caresse la joue, essuie ses larmes. Elle semble plus jeune que jamais, et si jolie, elle a les yeux si bleus, si brillants, le teint clair et immaculé.

— La bague n'a pas d'importance, Hannah. Je l'ai trouvée et j'en ai parlé à papa…

— Je sais.

Ses lèvres frémissent.

— Je vous ai entendus vous disputer. Tu pensais qu'il l'avait prise, n'est-ce pas ? C'est pour ça que tu t'es fâchée. C'est pour ça qu'il est parti, hein ?

Son visage se décompose.

Je la regarde, horrifiée qu'elle ait compris – et pourtant mal compris – tant de choses.

— Non, dis-je en hâte, désireuse de la rassurer. Papa et moi avions des problèmes qui n'avaient aucun rapport avec…

Une clé tourne dans la serrure et la porte s'ouvre à la volée, claquant contre le mur. Hannah et moi sursautons. Je me lève précipitamment à l'entrée de Paul. Il porte toujours sa combinaison en plastique blanche et des gants en caoutchouc bien serrés.

Il veille à ne pas laisser d'empreintes.

Hannah se réfugie dans mon dos. Je lui fais un bouclier de mon corps, jetant un coup d'œil vers Zack.

Paul nous fixe.

— Pourquoi sommes-nous ici ? Que vas-tu faire ?

Il garde le silence.

Une seconde, j'envisage d'attraper Hannah par la main et de forcer le passage. Il ne semble pas avoir le couteau et la porte grande ouverte laisse entrer l'air froid qui vient de la mer. Mais il y a Zack. Jamais je n'arriverai à franchir le seuil avec les deux enfants. Je doute même de pouvoir soulever Zack. Et puis qu'adviendrait-il de Will ?

Paul se contente de nous observer. Ses yeux scintillent à la lueur de la lampe.

— Qu'est-ce que tu veux ?

Ma voix est incertaine.

Pas de réponse.

— Hannah, viens là.

Il tend la main vers elle.

Hannah se dérobe, s'accroche à moi en gémissant.

— Non, dis-je, prise de panique.

Paul s'avance vers nous, la main toujours tendue. Je pousse Hannah derrière moi.

— Non. S'il te plaît, non.

Il sourit et ses yeux se plissent. Une seconde, j'ai l'impression qu'il s'imagine être charmant.

— Elle ressemble tant à Kara, dit-il. Je ne m'en étais jamais vraiment rendu compte avant, mais ce soir…

Je retiens un cri. Il saisit Hannah par le poignet. Elle devient toute molle, me lâche, se rend.

— Non !

Instinctivement, je me jette en avant, lève le bras pour m'interposer. Paul m'écarte brutalement de sa main libre. Je tombe à côté de Zack.

Hannah hurle.

— Maman ! Maman !

Paul la tire à sa suite.

— Tais-toi !

— Hannah !

Je me relève aussi vite que je peux mais trop tard. La porte claque. Le cri d'Hannah s'éloigne, devient inaudible.

— Ramène-la ! Ramène-la !

Ils sont partis. Je presse mon oreille contre le bois. Seul me parvient le bruissement indistinct des vagues.

Je tambourine au battant.

— Au secours ! Reviens !

Cela ne sert à rien. Je me détourne, trop choquée, trop effrayée pour pleurer. Je suis à peine capable de respirer. Zack est toujours inconscient. Je m'approche de lui, me penche et lui caresse le visage, lisse ses cheveux en arrière. Il ne se réveille pas. Pour la première fois, je m'en félicite. Je ne veux pas qu'il me voie ainsi, terrifiée.

Je tourne en rond. La pièce mesure dix pas de long sur cinq de large. Il n'y a pas de fenêtre. Aucune issue hormis la porte. Je vérifie encore une fois l'état de Zack. Que fait Paul avec Hannah ? Je songe à ce que le tueur – ce que Paul – a fait subir à Kara avant de la tuer.

Oh ! Mon Dieu ! La bile monte dans ma gorge, je respire par saccades. Je ne peux pas supporter de rester immobile.

Réfléchis, Livy. Je m'oblige à m'asseoir. À respirer. Il faut que j'essaie de réfléchir.

Je compte lentement jusqu'à dix, mais des images surgissent dans mon esprit. Damian couvert de sang. Will dans notre voiture, inconscient. Et maintenant, Hannah, la bouche ouverte en un cri alors que l'homme appuie une main sur sa gorge, la force à s'allonger.

Je m'oblige à regarder Zack fixement, à essayer d'imiter son souffle régulier.

— Aidez-moi, dis-je dans le vide. Aidez-moi.

Mon cerveau refuse de se calmer. Dix minutes s'écoulent, quinze peut-être. Je n'ai pas la moindre idée de l'heure qu'il est.

La porte s'ouvre de nouveau, et Paul entre. Il est seul. Je me lève.

— Où est Hannah ? Qu'as-tu fait d'elle ? Où est Will ?

Paul incline la tête de côté, m'observe. Une seconde passe. Une nouvelle résolution se forme dans mes entrailles. Je ne permettrai pas à cet homme de faire du mal aux miens.

— J'ai besoin de Zack, dit-il.

Je baisse les yeux sur mon fils. Des larmes douloureuses bouillonnent en moi.

— Non, tu ne vas pas me le prendre.

Je serre les poings, prête à me battre.

— Il faudra me tuer d'abord.

Paul lâche un petit rire, comme si j'étais complètement à côté de la plaque.

— Non, Liv. Tu vas venir aussi. Soulève-le.

J'essaie de hisser Zack dans mes bras. En vain. Il est trop lourd. Je finis par le porter à moitié, et le traîner à moitié. Une fois dehors, je cherche la voiture des yeux. Elle est toujours là, mais je n'arrive pas à voir Will. Le ciel s'est éclairci, c'est presque l'aube. Paul me fait descendre le long de la falaise, en direction d'une petite plateforme rocheuse qui surplombe la mer d'une dizaine de mètres. Hannah est déjà étendue là.

Je retiens mon souffle.

— Elle est inconsciente, c'est tout, explique Paul. Je lui ai donné du GHB, comme à vous tous.

— Du GHB ? Qu'est-ce que c'est ?

— Une drogue qu'on utilise pour violer les filles. Comme le Rohypnol, sauf qu'elle agit plus vite. Et qu'elle ne laisse pas de traces au-delà de quelques heures.

— Violer des filles ?

Je le fixe.

— Tu as… ? Tu es… ?

Je ne peux me résoudre à poser la question.

Paul me lance un regard méprisant.

— Enfin, Livy. Ce n'est qu'une gamine.

Il me fait signe de déposer Zack à côté d'Hannah. Sa tête brune repose contre les cheveux blonds de sa sœur. On les croirait paisiblement endormis.

— Que vas-tu faire d'eux, alors ?

Je tremble de tout mon corps, mais je suis hyper-éveillée, je vois tout nettement, clairement.

Paul sourit, et je me souviens des nombreuses soirées que nous avons passées ensemble avec Becky et Will, de sa gentillesse quand il est venu à la maison hier. Le vertige me saisit. Comment quelqu'un d'aussi normal, quelqu'un qui est mon ami depuis près de vingt ans, peut-il se comporter ainsi ?

— Tu ne t'inquiètes pas pour ton mari ? demande-t-il, ironique.

— Si, évidemment.

Je jette un nouveau coup d'œil vers la voiture. J'en distingue tout juste le contour. Je me retourne vers mon geôlier.

Paul sourit de nouveau.

— Ma mère m'a appelé et m'a dit qu'elle était presque certaine qu'une de ses clientes – une certaine Olivia Small – avait volé le trousseau de clés de Poppy…

— Ta mère ? Tu veux dire Alexa Carling ?

Paul acquiesce.

— Souviens-toi. Je t'ai dit que je logeais dans une de ses propriétés pendant qu'on faisait des travaux chez nous. On en a parlé à la soirée de Leo et de Martha. Et je te l'ai dit hier aussi.

Des bribes de conversation me reviennent à l'esprit. Ainsi, Alexa était le lien, la raison pour laquelle toutes les pistes convergeaient sur l'agence.

— Poppy est ma demi-sœur, reprend-il. Je t'ai parlé d'elle aussi – il y a des années.

Je secoue la tête. Je me souviens vaguement du mépris qu'il vouait à sa mère quand nous étions étudiants. Il était furieux qu'elle se soit remariée et déclarait haïr son beau-père. A-t-il évoqué une petite sœur ? Je ne peux pas en être sûre.

— Poppy a commencé à se droguer il y a des années. Pas étonnant, vu le salaud qu'elle avait pour père. Elle n'a jamais arrêté, même si, de temps à autre, elle a persuadé ma mère du contraire.

Paul lâche un soupir. Il semble moins furibond à présent, juste attristé. Je n'arrive pas à le comprendre. C'est comme si on avait une conversation normale.

— Poppy s'est fait mettre à la porte de son dernier logement, alors ma mère a insisté pour qu'elle habite dans la maison de location pendant quelques semaines. Quand elle a volé ce médaillon… je ne pouvais pas expliquer pourquoi c'était si important. Ma mère voulait lui donner une seconde chance. Et Poppy faisait des efforts. Mais je ne pouvais pas la laisser rester après l'histoire du médaillon, alors je me suis arrangé pour qu'elle trouve de la drogue.

Il soupire de nouveau.

— Il n'a guère fallu la pousser.

— Tu as pris ce médaillon à ma sœur.

Mon cerveau lutte pour assimiler ce que je sais être la vérité.

— Tu l'as pris quand tu l'as tuée. Elle n'avait que dix-huit ans.

— Je sais. Elle était magnifique, n'est-ce pas ? C'était un ange.

Il semble sincèrement ému par le souvenir de Kara. Comment est-ce possible ? Je ne le comprends pas. Je ne comprends rien à tout cela.

— Comment as-tu pu ?

Paul lève les yeux au ciel.

— Tes questions sont si prévisibles. Tu ne veux pas m'interroger au sujet de mon père ? C'est sa faute si Poppy t'a trouvée.

— Que veux-tu dire ?

— Poppy m'a entendu parler de toi avec papa… Leo… ce matin. C'est comme ça qu'elle a su que tu cherchais le médaillon.

Je fronce les sourcils.

— Qu'est-ce que Leo a à voir avec tout ça ?

Paul me lance un sourire narquois.

— Cette pauvre Julia pensait que Leo était l'assassin de ta sœur.

— Quoi ? *Pourquoi ?*

— J'ai dit à Poppy que la boîte contenant le médaillon appartenait à mon père, que je la gardais pour lui. Poppy l'a répété à Shannon. Et Shannon l'a dit à Julia.

— Est-ce que Leo sait ? Il sait… qui tu es réellement ? Est-ce que quelqu'un sait… Martha ? Becky ?

— Non, non ! Mon père est tombé sur mon flacon de Nembutal le lendemain de la mort de Julia. Il m'a

454

interrogé. D'abord, j'ai essayé de mettre ça sur le dos de Poppy. Mais quand on a appris les résultats de l'autopsie de Julia, il n'a pas pu ne pas faire le lien. Il est revenu, en rage. J'ai prétendu que Julia m'avait demandé des barbituriques parce qu'elle écrivait un article sur les suicides dans l'industrie de la mode. Que j'ignorais complètement qu'elle pensait à se donner la mort. Il m'a cru. Il voulait me croire.

Un autre sourire se dessine sur les lèvres de Paul.

— L'histoire du suicide a très bien marché, en fait. Presque tout le monde a cru qu'elle était secrètement déprimée.

— Moi pas. Damian non plus.

— C'est vrai, admet-il doucement. Et quand mon père a su que tu avais des soupçons sur la mort de Julia, il a eu peur que tu ne découvres ce que j'avais fait. Peur pour moi, bien sûr, mais aussi terrifié à l'idée qu'un scandale pouvait éclater. J'aurais pu aller en prison. Moi, Paul Harbury, le fils du patron. Harbury Media n'aurait pas survécu à ça. Mon père aurait perdu son entreprise. Il fallait qu'on t'empêche d'enquêter, alors j'ai pensé à un mensonge qu'il pourrait te raconter.

— Un mensonge?

— Concernant Will. Pour t'inquiéter, pour que tu oublies la mort de Julia. C'est triste, mais ç'a été un jeu d'enfant de te convaincre qu'il avait renoué avec cette traînée de Catrina, répond Paul d'un ton méprisant. Quel manque de confiance!

Qu'est-il en train de dire? Que Will n'a pas couché avec Catrina? Que mon mari dit la vérité depuis le début?

— Je ne peux pas te garantir que Will est fidèle, mais mon père n'a rien vu à l'hôtel à Genève. Ça, je le sais.

— Leo m'a menti ?

— Et il a menti à sa femme, renchérit Paul avec satisfaction. Vous l'avez cru toutes les deux.

La honte m'envahit. Je me retourne vers la voiture où Will gît, inconscient, et mon estomac se noue.

— Si tu nous fais du mal, à ma famille et à moi, ton père finira par faire le lien avec toi, dis-je, m'efforçant de parler avec conviction.

Paul écarquille les yeux.

— Qui a mal ?

— Tu as tué Damian.

— Oui.

Il désigne un point rouge qui luit dans le noir, de l'autre côté de la crique.

— Tu vois ce feu ? C'est la voiture de Damian, son cadavre est à l'intérieur. Après t'avoir transférée dans le coffre de ta voiture, j'ai pris la sienne et j'y ai mis le feu dans un champ à la sortie de Salcombe. On croira qu'une bande de manouches ivres se sont emballés un peu, dit-il l'air content de lui. La police ne trouvera rien qui puisse la mener jusqu'à moi.

Oh ! Mon Dieu. Ce pauvre Damian.

Je regarde tour à tour Zack et Hannah, puis Paul de nouveau.

— Que vas-tu faire de nous ?

— On va jouer à un jeu, annonce-t-il avec satisfaction.

Mon cœur cogne contre mes côtes.

— Quel jeu ?

Je garde les yeux rivés à ceux de Paul, sombres et méchants.

— Un jeu où on choisit. Un peu comme les chaises musicales.

Il glousse et toise les enfants.

Mon cœur manque un battement.

— On choisit ? dis-je dans un souffle. Tu veux que je choisisse celui que tu vas tuer ?

— Non.

Il secoue la tête avec mépris. Son sourire détendu s'est effacé. Tout à coup, il a l'air exaspéré.

— Accorde-moi un peu d'originalité, espèce d'idiote.

Je le dévisage, atterrée.

— Que veux-tu dire, alors ?

Il m'observe. J'ai l'impression qu'il attend de voir si je vais deviner.

J'ai le vertige. Je suis incapable de réfléchir. Où veut-il en venir ? C'est un assassin, mais il affirme qu'il ne va pas tuer mes enfants.

— Choisir. Choisir.

Je répète le mot, cherchant désespérément à comprendre.

— Choisir quoi, si personne ne doit mourir ?

— Oh ! Un d'entre eux va mourir, déclare-t-il lentement. Et c'est *toi* qui vas décider lequel.

La panique me prend à la gorge. Je peux à peine émettre un son.

— Mais tu as dit que tu n'allais pas les tuer. Ni l'un ni l'autre.

— C'est exact, Livy. C'est toi qui vas le faire.

22

—Tuer un des deux?

Je baisse les yeux sur mes enfants. J'ai oublié la nuit humide, le vent qui plaque mon chemisier à mon corps, les embruns qui me mouillent le visage. Je suis glacée, pourtant je sens à peine le froid. Une larme unique s'échappe du coin de mon œil.

Paul m'observe alors que mon univers tout entier bascule. Mon regard va de mon magnifique petit garçon à mon angélique petite fille, pelotonnés à même le rocher.

Tuer Zack pour sauver Hannah. Tuer Hannah pour sauver Zack.

Non.

La larme sèche sur ma joue. Je ne permettrai pas à cet homme de me prendre mes enfants. Les secondes s'égrènent. J'inspire, expire, tente de ralentir mon pouls. Ma peur se mue en rage. Comment ose-t-il nous enlever et nous menacer ainsi?

—Tu as choisi, Livy?

—Comment peux-tu t'attendre à ce que je fasse une chose pareille?

458

— Parce que l'autre possibilité, c'est que je les tue tous les deux. De cette manière, tu en sauves un. Le choix de Livy.

Il rit, ses yeux sombres comme des balles de fusil. Comment ai-je jamais pu le trouver gentil ?

Ma fureur redouble. Je me redresse. Je ne tremblerai pas. Je ne montrerai pas ma peur.

— Je ne sais même pas s'ils sont encore vivants. Zack est sans connaissance depuis des heures.

— Il est plus petit que vous autres, répond Paul avec indifférence. Les effets du GHB vont mettre plus longtemps à se dissiper. Vérifie, si tu veux.

Je m'agenouille et cherche le pouls de Zack. Il est fort et régulier. Je lui secoue l'épaule et il gémit dans son sommeil. Je me tourne vers Hannah. Elle est plus profondément inconsciente mais son souffle est chaud sur mon doigt.

Un cri étouffé nous parvient de la voiture, suivi d'une série de coups sourds. Je me relève. Impossible de voir Will d'où je suis. À en juger par le bruit, il doit se jeter contre la portière.

— Ah, tu vois ? Will s'est réveillé.

Paul frotte ses mains gantées l'une contre l'autre.

— Juste au bon moment. Il pourra assister au spectacle.

Il s'éloigne en direction de la voiture. Je m'accroupis de nouveau. Si seulement les enfants se réveillaient !

— Zack ! Hannah !

Je chuchote leurs noms, les secoue. Essaie de les soulever, de les tirer, en vain. Je les ai à peine déplacés de quelques centimètres quand Paul revient, Will à

459

côté de lui. Il a les mains liées derrière le dos, mais son bâillon a été retiré.

Il me dévisage.

— Ça va ? Les enfants ?

— Ils vont tous bien, intervient Paul impatiemment.

Je hoche la tête.

— Ça va. Ils ont été drogués, alors…

— Nous attendons, Livy, coupe Paul, en croisant les bras. Lequel as-tu choisi ?

— Qu'est-ce que tu racontes ? s'énerve Will. Paul, c'est nous. Nous sommes amis. Tu ne peux pas…

Il se tait brusquement en voyant Paul tirer de sa poche un couteau rangé dans un étui. Il sort la lame de sa gaine en cuir. Douze bons centimètres d'acier étincelant. Le couteau qui a tué Damian, et que j'ai vu pour la dernière fois pressé contre le cou de mon fils. À présent, il place la pointe contre la chemise de Will, juste sous ses côtes.

— Silence.

Will baisse les yeux sur l'arme, mais c'est moi que Paul observe. Ses yeux noirs brillent d'excitation. Il s'attend à ce que je sois effrayée. Mais non. Une seule émotion m'habite. Une seule idée. Une seule ambition.

— Alors ? Quel enfant vas-tu sacrifier ?

Will étouffe un cri.

— Tu me promets de laisser la vie sauve à l'autre ?

Je sais que Paul ne tiendra pas sa promesse mais une petite voix dans ma tête me souffle qu'il a tenu parole en mettant Zack dans le coffre avec moi, et que je peux marchander avec lui.

À l'évidence, Will a eu la même idée.

—Tue-moi à leur place, dit-il. Prends-moi. Épargne les enfants. Épargne Livy. Je t'en prie, pour l'amour du ciel.

Will jette un nouveau coup d'œil au couteau.

—Bon sang, Livy, il me parlait de cette moto qu'il a achetée. Je ne savais…

—La ferme, ordonne Paul en pressant la lame plus fort contre ses côtes.

—Il ment, ajoute Will. Il va nous tuer tous, en donnant l'impression que tu as pété un plomb, exactement comme il a fait avec Julia.

—La ferme, répète Paul.

Will se tait.

—Livy. Maintenant.

—Je vais choisir, dis-je, en essayant de garder une voix calme.

Il faut que je continue à le faire parler. Que je gagne du temps pour réfléchir.

—Mais dis-moi pourquoi tu fais tout ça. Pourquoi as-tu tué Julia ? Et ma sœur ? Elle n'avait que dix-huit ans, toute la vie devant elle et tu la lui as volée.

Paul incline la tête de côté. Il semble réfléchir sérieusement à ma question.

—Tu ne comprendrais pas, Livy Small.

Il a prononcé mon nom de jeune fille en ricanant.

—Je ne voulais pas d'une vie étriquée. Je voulais réaliser mon potentiel.

Je le fixe. De quoi parle-t-il ?

—Tu ne peux pas forcer Livy à faire ça, proteste Will, serrant les dents. Que veux-tu qu'elle fasse ? Qu'elle les tue avec quoi ?

—Ses mains, répond Paul. Ses mains nues.

Je frissonne, regarde mes mains froides, engourdies.

— Allons, Livy.

Je m'agenouille sur le rocher. Je touche le visage d'Hannah, effleure son cou. Sa peau est douce et pâle, son pouls palpite sous mes doigts.

— Elle ressemble tellement à Kara, n'est-ce pas ? murmure Paul.

À côté de lui, Will se raidit. Je lève les yeux. Que vais-je faire ?

— Tu veux que ce soit elle… Hannah ?

Le visage de Paul s'assombrit.

— Je veux que tu choisisses, connasse. Allez, magne-toi.

Je presse ma main sur la gorge d'Hannah. Une seconde j'imagine ce que j'éprouverais en l'étouffant. La pensée est insupportable.

Impossible.

S'il vous plaît, aidez-moi. Je repense à l'enterrement de Kara. J'ai prié ce jour-là, mais je me suis arrêtée à mi-chemin de ce que je disais : une requête au vague concept d'un pouvoir supérieur. *S'il vous plaît, donnez-moi la force.*

Une énergie nouvelle m'envahit. Je plante mon regard dans celui de Paul.

— Non. Je ne le ferai pas.

Nous restons silencieux un instant. Puis Paul soupire. Il lève son couteau.

— Dis adieu à ton mari, Livy.

— Non !

En un éclair, je me rue sur Will, essayant de m'interposer. Surpris, Paul recule en titubant. Je

462

noue mes bras autour de Will. Il baisse la tête, me souffle à l'oreille.

— Prends le couteau.

Une fraction de seconde plus tard, Paul m'arrache à Will, l'écartant sans ménagement. Il est en colère à présent, il respire fort. Il me tire brutalement vers Zack, le plus proche des enfants, et me force à m'agenouiller. Puis il se place à côté de moi et me fourre le couteau dans la main, gardant ses doigts gantés sur les miens.

— Quand le professeur est prêt, l'élève apparaît, murmure-t-il.

J'écoute à peine. J'ai la gorge sèche.

— Le plus rapide, c'est de trancher la carotide, explique-t-il. Mets-lui la tête en arrière et passe le couteau de gauche à droite. Il ne sentira rien du tout.

Mes doigts se referment sur le manche en métal. Je ne peux m'empêcher de trembler. Je me rapproche de Zack. Sa peau est si lisse, si claire. L'idée que j'ai le pouvoir de la trancher déclenche des frissons terrifiants qui me secouent des pieds à la tête. Paul, tendu par l'impatience, a les yeux rivés sur moi. À quelques mètres de là, Will, à genoux, nous regarde fixement.

— Je suis prête.

La pluie se met à tomber, crépite autour de nous.

— Bien.

Je raffermis ma prise sur le manche et incline doucement la tête de Zack en arrière. Ses cheveux soyeux sont déjà humides. Je mets le couteau en position sur sa gorge. Il suffirait d'un faux mouvement… oh! Mon Dieu, je suis si près. Paul desserre légèrement les doigts. Il veut que ce soit moi qui choisisse, qui prenne la responsabilité, qui tranche la chair.

Ma main tremble. Je déborde de haine et de fureur. Maintenant. Il faut que ce soit maintenant.

Paul s'accroupit à côté de moi. Je me concentre sur Zack, mais je sens la chaleur de Paul, son impatience.

En un éclair, j'écarte mon bras loin de Paul qui lâche l'arme. Se jette en avant pour la récupérer. J'esquive et la lame luit, étincelante, devant mes yeux. Avec un rugissement j'abats le poing, mettant toutes mes forces dans mon geste. Le couteau plonge à travers la combinaison en plastique.

Paul crie de douleur, les yeux dilatés par le choc. Il titube, recule tandis que je me cramponne au couteau qui ressort de son ventre. Le sang coule sur la combinaison blanche.

Il se plie en deux et je me retourne.

Will est déjà là. Il pivote, me tend ses poings liés. Je bataille avec le couteau, essaie de trancher la corde. La pluie crépite sur mon visage. Des mains me saisissent par-derrière. Je me retourne. Le couteau m'échappe, tombe en tintant sur le rocher. Paul me domine de toute sa hauteur. Il lève la main, me frappe à la tempe. Je m'effondre, la vision brouillée par des étincelles de lumière.

Paul vacille, se tient le ventre. Il tombe à côté de moi, pantelant, en furie.

— Espèce de salope. Espèce de foutue salope.

J'essaie de me relever, mais il me plaque à terre. L'instant d'après, il est sur moi, le genou pressé contre mon estomac, il m'écrase de tout son poids. La douleur me déchire.

Je hurle.

Il a les mains autour de ma gorge, il m'étouffe. Mon cri meurt sur mes lèvres. Il va me tuer. Et après, il tuera ma famille. Des images défilent dans ma tête. Zack enroulant ses petits bras autour de mon cou, son haleine qui sent le chocolat, les doigts d'Hannah s'attardant sur sa trousse de maquillage sur la table de cuisine. Je vois Will le jour où elle est née, son sourire plein d'amour et de fierté et de soulagement. Je vois la bouche de mon père trembler alors qu'il s'éloigne de la dépouille de Kara. Je vois le regard doux de ma mère. Je vois Julia qui éclate de rire, les cheveux qui tombent sur son visage. Et je vois Kara, ma petite sœur, qui court derrière moi en route pour l'école, ses cheveux blonds coiffés en tresses bien nettes, ses yeux doux exprimant une adoration dont je ne voulais pas ou que je n'ai pas comprise avant qu'il soit trop tard.

— Tu ne peux pas tuer cela, dis-je dans un souffle.

Mes paroles sont inaudibles. Le noir vacille autour de mes yeux. J'ai tellement envie de respirer.

Du lointain s'élève un grognement. Paul bouge. On le force à bouger. Soudain, je suis libérée de son poids. Will s'est emparé du couteau et lutte avec Paul. Ils roulent sur le rocher. Je me mets à genoux, rampe jusqu'au bord de la falaise. Will brandit le couteau, le dirige vers le torse de Paul qui se tortille et cherche à le lui reprendre. Et s'en saisit.

— Non !

Je me rue vers eux. Paul assène des coups de couteau dans l'air. Rate son but. Recommence. Il vise le visage de Will, qui lui attrape le bras. Le tord. Je les ai rejoints et ajoute mon poids à celui de Will sur le bras de Paul. Il se débat. Mais à nous deux, nous sommes trop forts pour lui. Le couteau plonge dans la poitrine de Paul qui bascule dans le vide.

Dans un hurlement, il tombe, tombe.

Puis c'est le silence.

Moins d'une heure plus tard, tous ces événements me font l'effet d'un rêve. Une impression renforcée par le mugissement des sirènes annonçant l'arrivée d'une ambulance et d'un secouriste bienveillant qui m'affirme que les enfants respirent et m'enveloppe d'une couverture de survie, puis soigne l'entaille que j'ai à la tempe. Rien ne me paraît réel.

Après la chute de Paul, Will est descendu le long de la falaise pour voir où il était, mais il ne l'a pas trouvé. Logiquement, nous savons qu'il a dû tomber dans la mer. Il était grièvement blessé à la poitrine et si sa plaie et la chute ne l'ont pas tué, les rochers et le courant s'en sont probablement chargés. Et pourtant… je ne peux m'empêcher de penser au coffret en argent et au mal que j'ai perçu en le touchant. Je ne peux pas chasser de mon esprit la vision des yeux noirs de Paul.

Nous avons installé les enfants dans la petite cabane, à l'abri du vent. À la lumière rose de l'aube, Will a fouillé sans succès notre voiture à la recherche des clés. Comme il l'a dit, elles sont sûrement dans la poche de Paul, et savoir qu'il n'a pas été retrouvé me remplit d'angoisse, comme s'il pouvait réapparaître, qu'il avait encore la possibilité de prendre notre voiture, qu'il conservait un pouvoir sur nous. Je sais que c'est irrationnel, mais je ne peux pas m'empêcher de le penser, pas plus que je ne peux réprimer mes frissons.

Au moins, Will a trouvé nos téléphones, ainsi qu'un sac contenant plusieurs combinaisons en plastique jetables, et un flacon de liquide transparent qui, j'en suis certaine, se révélera être le GHB que Paul nous a administré plus tôt. Will a appelé la police et une ambulance. Ensemble, nous avons attendu, debout près de nos enfants. À mon grand soulagement, Zack a commencé à s'agiter, fébrile sous les derniers effets de la drogue.

Ici, à l'hôpital, nous avons été examinés par les médecins et interrogés séparément par la police. Enfin, au bout de deux heures, on nous a autorisés à entrer dans la chambre où dorment nos enfants. D'après le personnel médical, ils ne vont pas tarder à se réveiller pour de bon. Alors Will et moi les regardons et attendons.

Nous ne nous sommes pas touchés depuis que je me suis jetée sur lui et qu'il m'a chuchoté de prendre le couteau de Paul. On penserait qu'après ce que nous venons de traverser, nous serions blottis l'un contre l'autre, que nous refuserions de nous lâcher, mais notre but partagé, la survie, s'est évanoui, et je ne sais pas quoi lui dire.

En partie c'est à cause de Will. Il est furieux et essaie de ne pas me montrer à quel point. Si furieux que je le soupçonne de s'effrayer lui-même. Il fait les cent pas dans la chambre d'hôpital, jette un coup d'œil aux enfants, à l'horloge. Au bout de dix minutes, il déclare qu'il va chercher du café.

Je le suis dans le couloir.

— Will ?

Il se retourne, les yeux étincelants.

— Ça va ?

Il acquiesce.

— C'est juste que, quand je pense à ce qui a failli…

— Je sais.

J'hésite. Ce n'est pas le moment d'avoir cette conversation, mais je ne peux me taire plus longtemps.

— Paul m'a avoué que Leo avait menti à propos de toi et de Catrina. Ils voulaient me détourner de mes recherches sur la mort de Julia, ils savaient que tu avais été infidèle par le passé…

Je baisse la tête, les joues en feu.

— Je regrette de ne pas avoir eu confiance en toi, dis-je dans un souffle. Je regrette que tu aies dû vivre avec ce manque de confiance depuis si longtemps.

Il y a un long silence. Une infirmière passe, son chariot de médicaments bringuebalant sur le sol en linoléum.

Will prend ma main.

— Il faut que tu aies confiance en moi à partir de maintenant, murmure-t-il d'une voix sourde. C'est… je sais que j'ai fait une erreur il y a des années, et que c'est difficile d'aller de l'avant, mais si nous ne pouvons pas nous faire confiance, nous n'avons rien.

Je désigne la chambre où Hannah et Zack sont endormis.

— Nous les avons, eux.

— Tu sais ce que je veux dire.

— Oui. Dans ce cas, nous devons être honnêtes l'un avec l'autre.

— D'accord, admet-il. Si tu veux la vérité, la voici. Quand je suis allé à Genève, Catrina a flirté avec moi. Elle m'a clairement fait comprendre que nous pouvions recommencer. Je lui ai clairement fait comprendre que je ne voulais pas.

Je ravale ma salive.

— Tu as été tenté ?

Will rencontre mon regard.

— L'espace d'un moment. Tu as été tentée avec Damian ?

Je marque une pause, me remémorant notre baiser à l'arrêt de bus.

— L'espace d'un moment.

— Il y aura toujours des moments comme ceux-là, observe-t-il.

— Je sais.

Et à cet instant, j'accepte le passé.

Une autre heure s'écoule. Zack se réveille. Il est encore assommé, et a mal à la tête, mais il a faim aussi. Étonnamment, il ne semble guère traumatisé. Comme le fait remarquer le médecin, il a été drogué le plus clair de la nuit et n'a presque aucun souvenir de ce qui s'est passé. Dès que nous lui avons affirmé que Paul ne peut plus nous faire de mal, il engloutit deux tranches de pain grillé et avale un verre de lait, charmant toutes les infirmières qui passent dans sa chambre.

Hannah met plus longtemps à se réveiller et quand elle le fait, elle tremble de peur en revivant la nuit écoulée. Paul ne l'a pas violée, mais il a chuchoté à son oreille des obscénités qui l'ont terrorisée. Un regain de haine m'envahit pour cet homme qui a trahi notre amitié et profané ma famille. Cependant, ma fureur ne peut soulager Hannah. Je tente de la lui cacher, tout comme Will tente de cacher sa propre rage, et nous réconfortons notre enfant de notre mieux.

Nous avons de nouveau été interrogés par la police. En reliant les morceaux du puzzle dont je dispose, j'apprends que Leo a confessé son mensonge concernant la liaison de Will, mais qu'il prétend tout ignorer de la véritable nature de Paul et de ses actions. Alexa Carling aussi. Après avoir été questionnée, elle a fui à l'autre bout du pays, loin des commérages du Devon.

Je contemple mes enfants, en me demandant comment on peut survivre en sachant que le fruit de sa chair et de son sang a été capable de tant de cruauté, de tant de violence.

Je révèle à ma mère que Paul était l'assassin de Kara, qu'il a avoué avant de tomber du haut de la falaise. Elle prend la nouvelle avec son stoïcisme habituel. Après tout, comme elle dit, le savoir ne ramènera pas Kara. Paul n'a pas tué que ma sœur. La police a récupéré son coffret en argent – et son journal – et cherche à identifier ses victimes à l'aide des objets.

Contrairement à ma mère, Joan a très mal réagi en apprenant que Julia avait été assassinée – par quelqu'un qui avait assisté à ses obsèques. Du moins, c'est ce que Robbie m'a dit. Joan refuse de me parler, ayant apparemment décrété que la restitution de la bague est la preuve que je l'avais dérobée – et que nous nous servons d'Hannah comme bouc émissaire.

Robbie, lui, m'appelle trois jours de suite, jusqu'au jour où, lasse de lui demander de me laisser en paix, je passe le téléphone à Will, qui lui ordonne d'aller se faire voir.

Ça marche. Pas seulement avec Robbie. D'une certaine façon, cela nous rapproche, Will et moi. La semaine suivante, il m'accompagne aux obsèques de Damian, une triste affaire avec famille éplorée et pléthore d'ex-petites amies. Je dépose la photo de Julia sur sa tombe. Il est difficile de comprendre les autres et leurs relations, mais je crois qu'ils s'aimaient vraiment et, dans un coin romantique de mon esprit, je m'autorise à croire qu'ils sont réunis.

Ce soir-là, le corps de Paul s'échoue sur la grève et mes craintes commencent à s'apaiser. Le lendemain, Will démissionne officiellement de Harbury Media. Il n'a pas parlé à Leo. Personne d'autre non plus, d'ailleurs. Martha et lui se terrent dans leur villa d'architecte ; selon les rumeurs, Leo est un homme brisé. Il a été inculpé – mais pas arrêté – pour avoir protégé Paul, et n'a pas reparu au bureau depuis la mort de son fils. Becky aussi évite tout le monde. Elle est restée en Espagne, affirmant tout ignorer de la vie secrète de son mari. D'après elle, il n'y avait pas de problèmes dans leur couple. Paul a menti même à ce sujet. Je ne peux me résoudre à l'appeler et elle ne me contacte pas non plus. Quoi qu'elle en dise, et la police est à l'évidence convaincue, j'ai du mal à croire qu'elle ait vécu si longtemps avec Paul sans rien soupçonner.

Ses parents, c'est une autre histoire. Comme ses amis, ils étaient plus faciles à berner. J'essaie d'imaginer ce que Leo et Alexa doivent ressentir : Paul est non seulement mort mais démasqué comme étant un vil tueur. D'abord, j'en veux énormément à Leo de m'avoir menti. Puis je me demande jusqu'où je serais prête à aller pour protéger Zack ou Hannah. Ce soir-là, sur la falaise, j'aurais tué pour eux. Sans hésiter, sans me poser de questions. Alors, en dépit de ma colère, j'ai pitié de Leo. Toutes sortes d'hypothèses circulent sur l'avenir de Harbury Media. Certains cadres supérieurs envisagent un rachat, mais Will veut faire autre chose, aller de l'avant.

Je suis ravie par sa décision et nous passons des heures à envisager toutes les options possibles et imaginables, comme passer six mois à voyager en Amérique du Sud ou déménager à Londres, où le marché du travail offre plus de débouchés. Will penche pour s'installer en free-lance. À vrai dire, peu m'importe ce qu'il va décider. Il me suffit qu'il me parle comme il ne l'a jamais fait avant, que nous soyons plus heureux que nous ne l'avons été depuis des années. Nous faisons l'amour, tard le soir ou tôt le matin, comme autrefois, avant les enfants. Nous nous disons que nous nous aimons.

Surtout, je lui dis que j'ai confiance en lui. Et c'est vrai.

Quelques jours passent. On nous confirme qu'aucun chef d'accusation ne sera retenu contre nous, qu'il n'y aura pas de procès. Il ne nous reste qu'à affronter le verdict du coroner sur la mort de Julia, dont l'annonce est désormais fixée au début septembre. Et bien que nous n'ayons ni l'un ni l'autre pensé que nous serions poursuivis pour la mort de Paul, la nouvelle nous procure un profond soulagement.

Je songe de plus en plus souvent à Julia. Je suis fière d'avoir gardé foi en elle, d'avoir refusé d'accepter qu'elle s'était tuée. Et pourtant la pensée me taraude que si je n'avais pas essayé de découvrir la vérité, Damian serait encore en vie et que mes enfants n'auraient pas été soumis à cette nuit d'horreur sur la falaise.

Car elle va avoir des conséquences à long terme. Pas avec Zack, peut-être. Au bout de quelques jours, il a cessé d'évoquer « le méchant Paul » et, depuis, Will l'emmène souvent jouer au football dans le parc, lui accordant une attention qu'il savoure. Hannah, en revanche, n'est plus que l'ombre de l'adolescente qu'elle semblait vouloir devenir. Elle ne supporte pas d'être seule, me suit partout dans la maison et tient à ce que je reste avec elle jusqu'à ce qu'elle s'endorme le soir.

« Fais attention à tes souhaits », dit le proverbe. Eh bien, mon désir de retrouver ma petite fille a été exaucé, mais le coût est terrible. Jamais je n'aurais pensé que je regretterais l'impolitesse ou les sautes d'humeur d'Hannah, pourtant, maintenant qu'elle tremble de peur dès qu'une porte claque, qu'elle attend anxieusement que je sorte de la salle de bains, je donnerais cher pour qu'elle redevienne elle-même. Les médecins affirment qu'avec des soins et du soutien, elle s'en sortira. Malgré tout, je redoute que cette épreuve ne l'ait marquée à jamais.

Au moins, elle n'a pas à s'inquiéter pour Will et moi.

Une autre semaine passe, et le temps devient plus chaud. Nous avons réservé en dernière minute des vacances au Portugal et partons ce matin. Je me réveille tôt pour terminer les bagages, puis entre dans

473

le bureau de Will, qui, penché sur son ordinateur, se renseigne sur la législation fiscale applicable aux sociétés à responsabilité limitée. À côté de lui, Zack joue tranquillement avec deux figurines Action Man, content d'être avec son père. Je jette un coup d'œil dans la chambre d'Hannah. Elle dort encore, les bras en croix, ses cheveux blonds déployés sur l'oreiller. Elle se réveillera dans une heure ou deux, je le sais, et se mettra immédiatement à ma recherche.

Je profite de mon temps libre pour nettoyer le frigo puis fais le tour de la maison en ramassant du linge sale. J'ai acheté un nouvel appareil photo. Un bon modèle. Et j'ai l'intention de prendre des photos pendant les vacances, alors il me faut une série d'objectifs et divers accessoires. Tout occupée à vérifier mon attirail, je remarque près d'une heure plus tard un appel manqué sur mon portable. Je ne reconnais pas le numéro, mais on a laissé un message sur ma boîte vocale.

— *Bonjour, Olivia, ici Brooke. Désolée, il a fallu un peu plus de temps que prévu – nous avons eu... euh... quelques problèmes techniques ici – mais j'ai le « rapport » que vous avez demandé et je serais ravie de vous retrouver pour en discuter. Si vous ne me rappelez pas, je réessaierai un peu plus tard. Je tenais à vous joindre aujourd'hui, avant votre départ en vacances. À bientôt.*

Je fronce les sourcils. Une seconde, je me demande qui est cette Brooke, et de quoi diable elle parle. Soudain, en un éclair, je me souviens de notre rencontre chez Honey Hearts, de ce que j'ai dit à Alexa Carling concernant Will, de cette hôtesse que j'ai engagée pour le piéger. Bon sang ! Tout ça m'était complètement sorti de l'esprit. Je réécoute le message. La voix de Brooke est grave et rauque, mais il y a une légèreté – quelque chose d'espiègle – dans son timbre. Je me souviens de m'être demandé comment un homme pouvait lui résister. Elle parle du «rapport», ce qui veut sans doute dire qu'elle a rencontré Will à un moment quelconque au cours de la semaine passée… je ne vois pas quand, il ne m'a rien dit en tout cas. Et pourtant, elle est au courant pour nos vacances, elle sait que nous partons ce matin…

Le cœur battant à tout rompre, je fais les cent pas dans la cuisine. Comment ai-je pu oublier cela ? Un instant, je suis sidérée qu'Alexa Carling n'ait pas compris qui j'étais. Puis je me souviens qu'elle a quitté Exeter, qu'elle se cache depuis le jour où j'ai rencontré Brooke dans son bureau. Pourquoi Brooke aurait-elle fait le lien entre Olivia Small et la Livy Jackson qui a failli être assassinée par le fils d'Alexa ? À supposer d'ailleurs qu'elle connaisse mon nom. Les enfants étant mineurs, les journaux n'ont, Dieu merci, publié ni nos noms ni nos photos.

En haut, Will et Zack éclatent de rire. La porte de la salle de bains s'ouvre avec un grincement, puis se referme. Ce doit être Hannah. Elle ne va pas tarder à descendre.

Je n'ai pas beaucoup de temps pour me décider. Je réécoute le message : *J'ai le rapport que vous m'avez demandé.* Je n'ai pas besoin de rapport. Je veux juste savoir si mon mari a flirté, lui a demandé son numéro, s'est vanté de ses liaisons, a cherché à la revoir.

Mon téléphone sonne au moment où je le repose sur le plan de travail. C'est elle. C'est Brooke.

Mon doigt plane au-dessus de la touche Accepter. *Merde. Merde. Merde.*

J'ai confiance en Will, vraiment. Mais il *faut* que je sache.

La voix de Julia résonne dans ma tête : *Dans ce cas, tu n'as pas du tout confiance en lui, mon chou.*

Une autre sonnerie.

Des bruits de pas sur le palier. Je prends le téléphone. Il faut que je sache.

Je le repose. Non, je n'ai pas besoin de savoir. J'ai confiance en mon mari et si je parle à Brooke, je vais briser cette confiance, parce que si elle me dit quelque chose de positif, je ne pourrai pas avouer à Will que je l'ai mis à l'épreuve et si ce sont de mauvaises nouvelles, il faudra que je me confronte à lui. Dans un cas comme dans l'autre, je saurai que je n'ai pas été honnête.

Le téléphone sonne pour la troisième fois.

Et pourtant, comment puis-je ne pas savoir du tout ?

— Maman ?

La voix d'Hannah, frémissante, inquiète. Et mes idées s'éclaircissent. Il n'y a qu'un seul choix possible.

Un seul avenir.

— Je suis en bas, ma chérie.

Je prends la communication.

— Allô ?

— Olivia ?

Le ton de Brooke est professionnel et intime à la fois.

— J'ai vu votre mari vendredi dernier. J'ai pensé que vous voudriez le savoir.

476

Mes idées s'embrouillent. Vendredi dernier? Comment? Will a passé toute la journée à la maison. Il n'est sorti que pendant une heure ou deux le soir. Pour aller boire un verre avec Mike, un collègue, a-t-il dit.

—Olivia, si le moment est mal choisi, nous pouvons nous donner rendez-vous. C'est juste que je sais que vous partez en vacances aujourd'hui, alors…

—C'est Will qui vous a dit ça?

—Oui. Je l'ai abordé au pub qu'il fréquente. J'ai…

—Arrêtez.

J'inspire à fond.

—Voyez-vous, Brooke, je suis désolée de vous avoir fait perdre votre temps mais je ne souhaite pas pousser les choses plus loin.

Un silence.

—Vous voulez dire que vous ne souhaitez même pas entendre ce que votre mari m'a dit? Ou la réaction qu'il a eue quand je l'ai abordé?

Brooke paraît décontenancée.

J'hésite. La vérité, c'est que j'ai envie de savoir. Très envie. Mais à quoi cela servira-t-il?

Je ne pourrais pas quitter Will maintenant, même s'il s'avérait qu'il a eu une série de liaisons. Hannah a besoin que nous soyons ensemble à long terme. Zack aussi.

Pourtant, il ne s'agit pas que des enfants. C'est tout notre mariage. Si Will veut avoir une liaison, une enquête de Honey Hearts ne l'en empêchera pas. Et s'il n'en a pas l'intention, aucune enquête n'est nécessaire.

— Vous êtes toujours là ? demande Brooke, une pointe d'impatience dans la voix.

— Oui.

J'essaie de décider quoi lui dire, comment exprimer mes sentiments. La vérité, c'est que la liaison de Will avec Catrina il y a six ans signifie sans doute que je ne serai jamais tout à fait certaine qu'il me sera toujours fidèle. Et alors ? Des gens que l'on prenait pour des amis vous trahissent. Et des gens que l'on aime peuvent mourir bien trop tôt. Il n'y a pas de certitudes dans la vie.

Sauf que cela n'est pas tout à fait vrai non plus. Je sais que Will m'aime. Je sais qu'il nous aime, nous, sa famille. Je le revois agenouillé au sommet de la falaise, prêt à se sacrifier pour que Paul nous épargne tous.

— J'ai confiance en cela, dis-je dans un souffle.

— Pardon ? Je n'ai pas entendu.

— À vrai dire, Brooke, je vous disais seulement au revoir.

Je souris à Hannah qui vient d'entrer dans la pièce. Elle est pâle et il y a des cernes sombres sous ses yeux. Et je pose mon téléphone pour pouvoir entourer ma fille de mes bras, la garder à l'abri, éloigner les ténèbres.

REMERCIEMENTS

Je souhaite exprimer mes remerciements et ma gratitude à Jessica McCarthy et Philippa Makepeace, qui m'ont fait découvrir le Devon. Je remercie également mes éditeurs, Maxine Hitchcock, chez Simon & Schuster à Londres, et Jennifer Weis à St Martin's Press à New York, pour leurs précieux conseils et observations.

Composition :
Soft Office – 5 rue Irène Joliot-Curie – 38320 Eybens

Achevé d'imprimer par GGP Media GmbH, Pößneck
en janvier 2016
pour le compte de France Loisirs,
Paris

N° d'éditeur : 83780
Dépôt légal : juillet 2015
Imprimé en Allemagne